絶対猫から動かない　上

新井素子

角川文庫
23358

目次

第一章

大原夢路(おおはらゆめじ)

「ううう……ういやっ」

いきなり。あたし、ちょっと、呻(うめ)いてしまった。いやあ、いきなり来たのよ、〝ういやっ〟って感じが。

ういやっ。

これ、どう説明したものなんだか。

なんか、地中の奥深い処で、揺れている感じ。いや、今あたし地下鉄に乗っているんだから、そもそも何もしなくても揺れている。だから、この感じって説明がすんごく難しいんだけれど……んー……でも……ういやっ。

これは、地震。この気配は、地震のもの。只今(ただいま)地震が起きている、その感じが〝ういやっ〟、なのね。しかもこれ、それなりに大きい。

んでも、ほんの一分たらずで。今度は、〝はっ〟、が、来た。

ここであたし、息を吐く。

その瞬間、あたしが乗っている地下鉄が止まった。

まあ、でも、〝はっ〟が来たもんね。これが来たなら、あとは安心。〝ういやっ〟の気配は、途絶えてくれた。

うん、これってね、多分あたしの思い込みだろうから、だからあたし、他人には絶対に言わないんだけれど……あたし、なんか、時々、地震の揺れと自分がシンクロしているような気分になることがあるのよね。本当に大きな地震の場合、あたし、自分がまったく揺れていなくても、なんだかそれを感知できるような気がするの。その感覚が、〝ういやっ〟。けど、〝はっ〟が来た以上、その揺れは収まったんだ。この地震、多分終息してくれた。

そこで、あたしは。ふうって息を吐く。すると、そんなあたしのため息を待っていたかのように。

「只今地震がありました。西武有楽町(ゆうらくちょう)線は、その地震情報により、停止しております。只今地震がありました。西武有楽町線は、その地震情報により、停止しております」

こんなアナウンスが、繰り返される。

ああ、やっぱりね。

ま、「ういやっ」って具合に、あたしが息を呑(の)む程の地震があったんだ、地下鉄が止まるのは、もうしょうがないかあ。でも、そのちょっと後で「はっ」って感覚があったんだ、この地震は、多分、すでに終息していると思う。とはいえ、そんなことを言う訳にもいかないから。

　ここであたしは、隣り合って座っている冬美に視線をあわせて。

「どしよ？　地下鉄、止まっちゃったよ」

「ん……うーん、どうしよう？　ここでこのまま……何時間も止まることに、なるのかなあ」

　いや。「はっ」って感覚があった以上、多分それはないとは思うんだけれど、そんなこと、言う訳にもいかないし。

「だとすると私はすんごく困る……」

「……だよ、ねえ。とはいえ、原因は地震だもん、ねえ」

「どうしようもないよね」

　こう言うと、冬美は、くすっと笑う。笑っている場合じゃない筈なのに。

「旦那さんに連絡しなくていいの？」

「連絡って、何て？　地震があったから地下鉄止まっちゃった、だから私は早紀のお迎えに行けないよって？」

「……そんな連絡されたって、会社にいる旦那さんも困るか」

「んー、ちょっとはあのひとにだって困って欲しいものなんだけれどね。早紀に何かあった時、いつだって、困るのは私に決まっている、それは何とかしたいものだと思っているんだけれどねえ」

軽く言われたこの台詞は、実はとても重い。けれど、冬美は、そんな台詞の重さをまったく感じさせないように軽やかに。

「ま、連絡なんてしなくっても大丈夫。大体の場合、これ、すぐに何とかなるよ？　経験から言って、きっと、そう。神様は、私が困るようなことはどんどんじゃんじゃんやってくれるんだけれど、夫やあのひとの家族が困るようなことは、まず、しないのよ。だから、この地下鉄、すぐに動き出すんじゃないかと思う。じゃないと、夫やあのひとの家族が困るから。そういう事態には、きっとならない。いつだって、困るのは私。私だけ」

……ぐちゃぐちゃに、重い台詞だ。しかも、正しい。

「ういやっ…………はっ」っていう、あたしの気分で判断する限り、確かに地下鉄は、しばらくすれば復旧する。結構大きな地震だったとは思うんだけれど、東京は震源からかなり遠い筈。冬美の言っていることは正しい。冬美はほんのちょっと足どめされただけで、無事、早紀ちゃんのお迎えに行くことができ、旦那さんもその家族も、多分まったく困らない。

とはいえ。まさか、あたしがそれを言うのは変だし、そもそも、こんな断言をされるっていうのは、ちょっとあの。

で、も、どう相槌を打ったらいいのか判らないので、あたしは軽くため息をついて、地下鉄の中を見渡してみる。

平日、午後三時すぎの西武有楽町線。只今あたし達がいるのは、小竹向原と新桜台の間。

ひとの数はかなり少なくて、ドア付近に立っているひとが何人かいる以外は、大体みなさん、座っている感じ。いや、ドア付近に立っているひとは、多分電車で座るって習慣がないか、次の駅でおりるひとなんじゃないかなあ、空席の方がずっと多い。

そんで。

この地下鉄に乗っているみなさんは、停車して、三分がたった頃から、ぼちぼち御近所の方と話しだしたみたい。あたしと冬美みたいに、もともと知り合い同士で乗っている場合はもっとずっと早くから話しだしていたんだろうけれど、停車が三分ともなると、今度は知らないひと同士でも、どうやら。（三分って、とっても短い時間なんだけれどね、何もない三分は、実は結構長い。）ああ、左ずっと奥の方には、なんだかおんなじジャージを着た女子中学生の集団がいるな、ああいうひと達は、地下鉄が止まって以来、も、しゃべりっぱなしって感じ。只今現在の状況に即さない嬌声（きょうせい）なんかも、聞こえてくる。

と、そんな時。

右斜め向こうの、電車の一番端っこ部分にある、昔はシルバーシートって言ったんだけど、今何て言うのかなあ、老人や妊婦さんや怪我しているひとの為の席あたりから、何か、声が、聞こえてきた。

「救急車！」

「いや、地下鉄が止まってる場合、そこから救急車って、呼べるのか？　つーか、どこに呼ぶんだ」

「最寄り駅だろう、最寄り駅」

え。何だろう、何かあったんだろうか。

「あらあ、急病人がでちゃったのかしら」

なんとなく、あたしと同じ方を見ていた冬美、こう言う。

「ねえ、停止している地下鉄の中から、救急車って、呼べるの？」

そんなこと考えたこともなかったから。本当に判らなくって、あたしがこう言うと。

「大丈夫よ、夢路、きっと」

ほよんと冬美がこう言った。

「地下鉄は、すぐに、動くって。だって、言ったじゃない、神様は、私が困ることしか、しない。あのひとや、あのひとの家族が困ることは絶対にしない。だから、地下鉄は、すぐに動く。じゃないと、私以外のひとが困っちゃうから」

そして。まるでこの冬美の台詞を裏書きするかのように。

がっくん。

いきなり、地下鉄は、動き出したのだ。同時に、アナウンスがはいる。震源が海で、マグニチュードは大きかったものの、津波の心配はない、最も揺れた千葉でも震度三程度であったこと、このまま通常の運転を続けていても大丈夫であろうこと、それが確認できたので運転を再開すること……そんな内容の、流れてゆくアナウンスを聞きながら、冬美は、あたしに向かって、にっこりと笑った。

「ね？」

こう言った時、冬美が浮かべていた微笑が、何かあまりにも〝あんまり〟だったので……

…あたしは、ただ、ただ、ただ、唇を、噛んだ。

☆

さて、自己紹介いきます。

あたしは、大原夢路という。只今五十六。

そんでもって、あたしの隣に座っている関口冬美は、幼稚園からのあたしの友達。なんとまあ、幼稚園、小学校、中学校、高校が一緒っていう〝幼なじみにも程があろう〟っていう友達。当然、おない年。

今、あたしと冬美は、同じ地下鉄に乗っている。隣り合って、座って。

二人で、有楽町まで、とある展覧会を見に行った帰りなのだ。

だが。

おない年のあたしと冬美には、実は、とっても違う処がある。

二人共、二十四で結婚したんだよね、これは、少なくともあたしの友人の間ではかなり早い方だったんだけれど……こっから先が、全然、違う。

結婚してすぐ（二年目くらいだったっけかな？）、冬美は子供を産んだ。

結婚して、ずっとたっても、三十年以上たって、五十六になる今に至るまで、あたしは、子供を産んでいない。(んでもって、当然閉経したので、あたしが子供を産む可能性はすでにない。)

で。二人の子供に恵まれた冬美は、しばらく子育てに忙殺され、このあたりで、あたしと冬美の間の連絡は途切れる。

まあ、子育てに忙しかったであろう冬美は、あたしに連絡する時間なんてなかっただろうし、子供に恵まれなかったあたしが、子育てで忙しい冬美に連絡する理由なんてまったくなかったから。(それに、多分。順調に子供に恵まれた冬美は、子供ができなかったあたしに、なんか連絡しづらい気持ちになったんじゃないのかなーって思う。いや、これ、あたしの被害妄想かも知れないんだけれど。でも、あたしの世代だと、結婚しても子供ができなかったあたしは、あきらかに〝負け組〟であって、二人も子供を産んだ冬美は〝勝ち組〟。勝ち組から負け組への連絡は、しにくい、よ、ねえ。かといって、負け組のあたしから、忙しいであろう勝ち組の冬美への連絡も、ちょっとしにくかったんだ。)

そんで、二十何年……たった、の、か、な?

去年。

いきなり、冬美からあたしに連絡があったのだ。いきなりのお電話。

ま、年賀状はずっとね、やりとりしてましたから、冬美からの連絡、あたしは、嬉(うれ)しいとしか思わなかったんだけれどね。

けど。さすがに。

十何年ではない、二十何年かぶりの連絡っていうのは、凄いよね。それがいきなりのお電話。何なんだろうって思っちゃった。

そんで、言われたのが。

「夢路、ひっさしぶり。……もし、よければ、私とデートしてくれないかな？」

って言葉だったので、あたしにしてみれば、ちょっと焦る。

「何？」

「……や……ちょっと、ごめん。ちょっと……あのね」

この段階で、すでに冬美、電話の向こう側で泣いていたような気がする。で。

んで、いきなりあたしは、高校時代に戻ってしまった、そんな気持ち。

「何があったフユ！」

高校の時、冬美は、ちょっと頼りなくて、ほよんとしていて、あたしや、当時姐御格だった丘さん（通称〝おかーさん〟）の子分って雰囲気でいた筈で、だから、高校の時は、彼女のことを、まるで自分の舎弟のように（つぅか、冬美は女なんだから、〝舎弟〟っていうのは変な表現なんだけどね）、頭っから〝フユ〟って呼びつけるの、いつものことだったので、なんかそんな感じで。

「うひゃ。フユって呼ばれるの、とっても久しぶり」

「ああ、ごめん……っていうか、失礼。フユなんて呼んで悪かった？」

「そんなことない。むしろそう呼ばれて嬉しい」

「……って？」

「私ね」

ここで、冬美が話してくれたことが……なんか……凄かったのだ。

結婚して、割とすぐに長男長女に恵まれた冬美は、幸せな生活を送っていた。

長男も、長女も、順調に育ちあがり、無事に就職もし、実家を離れ自分達で生活を営むようになり……そんでもって、冬美の長男は、これまた結婚年齢がかなり早く……二十四で結婚して、二十六で長男を産んだ冬美は、五十でお姑さんと言われる立場になってしまった。

ここまでは、まず、めでたしめでたし。

ついで、長男夫婦には結構すぐに娘が生まれて、冬美、なんと、五十二でお祖母ちゃんと呼ばれる立場になってしまったのだ。

すっばらしー、めでたしめでたしの連鎖ではないのか、これ。

だが。

めでたかったのは、ここまで。

……いや、そもそも……最初っから、全然めでたくはなかったのか？

二十四で結婚して、一男一女を儲けた冬美の結婚生活は、実は、結構辛いものだったらしいのだ。

まず、お姑さんが、きつい。

何たってあたし達、結婚年齢が二十四だもん。ま、子供、でした。そんで、あたしは、旦那の親が遠くにいたので（旦那の実家は大阪。旦那の勤務地は東京）、その、地の利をいかして（って、言葉がちょっと違うか？）、まったく勝手な結婚生活を営んでいたんだけれど、旦那の親に会うのって、ほぼ、年末年始の里帰りの時だけだったんだけれど、最初っから、旦那の両親と同居することが決まっていた冬美は、かなり鬱屈した新婚時代を過ごしたみたい。何たって、子供ができた瞬間、冬美、仕事、やめたもんなあ。これは、その当時は、「うん、子供ができたんなら、専業主婦って、ありかも。いや、むしろ、楽でいいかもー。冬美、羨ましい」なんて、あたしは思っちゃったんだけれど（というか、あたしと冬美は友達の間ではそもそも結婚が早かったので、冬美は友達間出産第一号で、出産退職第一号だったのだ）……これは、あくまで、冬美が、〝子供ができたから専業主婦になりたい〟って思った場合にのみ、成り立つ理屈だったのだ。

実際の処は。冬美は、仕事をやめたいだなんて、これっぽっちも思っていなかったらしいのだ。ま、退職はしょうがなくても、落ち着いたらパートなり何なりを考えたかったらしいのだけれど、同居しているお姑さんが、これを絶対に許してはくれなかった。〝子供ができた以上、母親は家にいて子供の面倒をみる、それが常識でしょう〟って理屈で。今なら信じられない理屈なんだろうけれど、あたし達が結婚した頃には、これは、〝あり〟

の理屈だったのだ。だから……冬美、仕事をやめざるを得なかった。

仕事をやめる。いや、別に、冬美、仕事が生き甲斐だった訳ではなく、仕事をしている自分に自己実現とか妙な幻想を抱いていた訳じゃないんだけれど、もっと言っちゃうと、仕事、好きだった訳でもまったくなかったそうなんだけれど……ただ、これは、〝収入の道がまったくなくなる〟という事態に、直結する。

と、すると。と、なると。

この後、旦那に対して、冬美は、すっごく意見が言いにくい状態になったのだ。なってしまったのだ。だって、「おまえを養っているのは誰だ」って言われてしまうと（そしてまた、おそろしいことに、冬美の旦那は、これを言う程の莫迦だったのだ）、口答えのしようがない。

そんな状態が二十年以上続き、やがて、成人した長男、結婚。長男のお嫁さんが、出産。

この時。

冬美のお姑さんは、当然のことのように、長男のお嫁さんに厳命したらしい。

子供ができたのだもの、勿論、あなたは、仕事をやめて、家にはいってね。ちゃんと、子供を育てること、それがあなたの使命です。

……まあ……なあ……この発言は、なあ……あたし達がまだ子供だった、あたし達が結婚した、昭和なら、ともかく。（だから冬美は、この発言に同意して退職したんだけれど。）

平成の時代、こんな話、どう考えても、冬美の長男のお嫁さんが呑む訳がない。

そしてまた。

お姑さんにより、無理矢理仕事をやめさせられた、そんな過去がある冬美、この時、やっと、お姑さんに反発した。

「お姑さん、その意見は、あまりにも古すぎます」って。

これには、多分に、自分の旦那に対する諦観もあったのだろうと思う。諦観……うん、諦め、ね。〝反発〟でも〝抗議〟でもない、〝諦観〟。

最初のうちは。冬美、自分が惚れた男だもん、旦那のことが好きだったんだろうと思うんだ。けど……仕事をやめさせられた後で、「おまえを養っているのは誰だ」なんて莫迦なことを言う男、それにより、自分の意見をまったく抹殺する男、これを愛し続けることは、多分、普通のひとには不可能。でも、〝反発〟も、〝抗議〟も、時間がたつにつれてやりにくくなっていって……だから、今の冬美がやっているのは、〝諦観〟。諦め。

その〝諦観〟に一段落ついた頃、お嫁さんへの「仕事やめなさい」問題が勃発して、やっと、冬美、お嫁さん側にたって、初めての反発をしたのだ。

そうしたら。

「冬美さん？　あなた、何言ってるんです」

「おまえ何言ってるんだ？」

冬美の反発は、あっという間に粉砕された。

「だってそれが当たり前だろう？」

「冬美さん、あなたはおかしい」

こんな意見をひたすら却下しつつ、ひたすら長男のお嫁さんの立場に立とうとした冬美は、そんなことを知らない、ただ、結婚して子供ができたらいきなり大姑さんから責められる立場になったお嫁さんに、文句を言われ続ける。

「あの、正気ですか？　あたしが仕事やめちゃったら、うちの家計、どうなります？　ほんっきで、あたしに仕事をやめろと？」

勿論、冬美はそんなことを言っていない。言っているのは、冬美のお姑さんであり、冬美の旦那だ。（だが、冬美の旦那の意見は、冬美の意見だと、お嫁さんは思ってしまうんだよねえ。そこで、「違うの、それは私の意見じゃなくて、あくまで言っているのはお姑さんと夫で……」なんて言える性格、冬美はしていない。）

肝心の長男は、妻と父と祖母の間で、わたわたしていて、何もできない。

一昨年亡くなったというお舅さんは、この頃まだ存命だった筈なんだけれど、こちらも冬美の話に全然でてこないってことは、多分、わたわたしていて何もできなかったんだろうなあ。

で。そうこうする間に。

長男夫婦の間には娘さんが生まれ、その子は早紀って名付けられた。

んで。何故だか。

なんでだかよく判らないんだが、この、早紀ちゃんの面倒を見るのは、冬美の仕事だっていうことに……いつの間にか、何故か、なってしまった……みたい、なん、だよ、ねえ……。

「子供ができたら、母親が仕事をやめて娘の面倒をみる。……当たり前でしょう？　何だって、これをやらないの」

冬美のお姑さんが言っているのは、これに尽きる。

「あり得ない！　こんな酷い話を、お姑さんは容認するんですか？　その場合、うちの家計、どうなるんです！　ひいばあさんがね、将来にわたって、うちの家計を保障してくれるんならともかく、そういう保障、一切なしで、あたしに仕事やめろって、それ、将来的にあたし達に飢え死にしろっていう話なんですか？」

こう、叫んでいるのは、長男のお嫁さん。

いや、別に、〝子供ができたから、母親が仕事をやめて子供の世話をする〟、そんな事実を冬美が容認している訳ではないのだが。

いや、それより前に、長男のお嫁さんが主張しているように、〝子供が生まれたからって、母親が仕事をやめてしまったら、それでは何かあった時に家計が成り立たなくなる可能性が出てくる〟んだが（というか、家計自体がかなり苦しくなってしまうのだが）、今度はこっちが、冬美の旦那の母親の世代には判らない。（夫がまっとうな仕事をしている以上、妻と子供を養えない訳がないって、親世代は思っているのね。夫がまっとうな会社に勤めていて、それでも家計が逼迫するのなら、それは嫁の家計管理が悪い、嫁がとんでもない無駄遣いをしているって話になっちゃうんだよね。ま、実際、親世代では、そうだったのかも知れない。けど、冬美やあたし達の世代では、これ、ちょっとあやしくなる。リストラや倒産の可能性なんか考えると、夫の稼ぎだけに頼るのは微妙に不安。まして、世代が下になれば、単独で妻子を養うのはとっても大変。けれど、これ、どうやら冬美の、あるいは、あたし達の親世代には、感覚的に理解できない話みたいなんだよねー。「夫がちゃんとした会社に就職しているのに妻子を養えない、そんな訳がない」、で、一蹴なの。)

双方の主張は、これに尽きて……結果として、双方共に折れなかったので……いつの間にか、何故か、早紀ちゃんの養育は、間に立っていて、必死の思いで調整している冬美の責任っていうことになってしまった。

こうなると。

ほんっと、被害にあったのは、間に立った、冬美だけ、という話に、なってしまったらしいのだ。おそらくは、冬美の旦那は、この被害にはあっていない。

それは、まあ、冬美の台詞で、判るよな。

〝神様は、私が困ることは、よく、する〟。

〝神様は、私が困らないことは、やらないの〟。

気がつくと、お嫁さんは当然仕事に出ている、その間の早紀ちゃんの養育をするのは何故か近所に住んでいる冬美、早紀ちゃんの保育園の準備をするのも、送り迎えをするのも、すべて冬美、お姑さんは、「冬美さんが嫁を甘やかすからこんなことになっちゃった、これみんな冬美さんのせいでしょう?」ってずっと冬美を罵りっぱなし、保育園への送り迎えなんて手伝ってくれる訳がない。(っていうか、実際の経済事情が判り、嫁の就労の必要性が判り、保育園が必要だって判った後も、おそらくはそれを認めたくないのか、〝そんな莫迦なことしなきゃいけなくなったのは、全部冬美さんのせいでしょ〟って感じで、責任全部冬美に押しつけ、それでおしまい。)

当然、旦那は、何も、何ひとつ、冬美の為になることは、してくれなかった。お舅さんは、存在自体が無茶苦茶希薄。

……こ……これは……冬美、泣くよなあ。どう考えても、冬美、泣くしかない事態なんだけれど、けど、冬美が泣いたって、何ひとつよくなることはない。

こんな状況で。

冬美は、あたしに、電話をしてきたのだ。

「夢路、デートしてくれないかな」って。

デートってね。

何かと思ったら。

冬美が言ってきたのは、あくまで、〝時間の予約〟、それだけ。

とにかく現時点では、早紀ちゃんの保育園への送り迎えだの何だのは、すべて、何故か冬美の仕事になっている。そうだって話が決まってしまっている。

基本。

早紀ちゃんは、保育園児。いきなり熱をだしたり、怪我をしたり、〃何かある〃可能性は、常にある。

冬美は専業主婦。こんなに時間の都合がつけやすい人間はいないって、他のすべてのひとが思っている。（ちゃんと主婦業をやっていれば、実はそんなことまるでないんだけれど、専業主婦以外のひとは、何故かそう思っている。）

ということは、冬美には、自分の時間というものが、まったくないという話になってしまうのだ。なんでだか判らないけれど、冬美の時間は、すべて、早紀ちゃんの為に出撃用意をしていなきゃいけない待機時間だ、家事やってる時だって、早紀ちゃんに何かあれば、当然冬美は時間をやりくりして早紀ちゃん問題にあたらなきゃいけない、その時やってた家事は、勿論冬美の裁量で自分の時間内でやりくりし、冬美は早紀ちゃんの面倒をみたあとでちゃんと家事をこなす、そんな話になってしまったのである。

「早紀の面倒をみるのは、全然嫌じゃないの。早紀と手をつないで保育園から帰る時なんて、むしろ、今の生活の中で一番楽しい。早紀に縛られているとも思わない。けど、この流れは、ちょっと……あの……ね……。時々、とっても辛くなるの」

こういう冬美の気持ちは、何となく判る。

でも。

……でも……その……これは、とっても、〃変〃な話じゃない？

そりゃ、基本的には早紀ちゃんのお母さんがやるべきことだろ？

いや、ちょっと待て。そもそも母親のみがこんな負担を担うのは、変、だよな？

だから、これを、早紀ちゃんのお母さんがやるべきことだって思うのが変なんだが、じゃ、早紀ちゃんのお祖母さんである冬美が専従でこれをやるのは変ではないのか？

ちょっと待て、その場合、お父さんとかはどうなっているのだ？　お祖父さんである冬美の旦那は、それ、まったく関知しなくていいのか？　いや、冬美の旦那はまだ現役で仕事してるんだから、それこそ、健康で元気で年金生活で何もやっていない大姑さんこそ、手を貸してくれたっていいんじゃないか？

……なんか……色々……話を聞いただけのあたしにも言いたいことはあるんだけれど。

でも……まあ、ここまで話が拗れてしまったのなら。


だから、冬美は、あたしに、こうリクエストした。

「デート、しない？」

うん、デート、なら、ね。

今日の場合なんかだと、十時から始まる有楽町の美術館の絵画展を見て、そのあと遅いお昼を食べる為に、あたしと冬美はデートの約束をしたんだよね。

つまる処、今日の十時から四時すぎくらいまでは、冬美には予定がはいっている。

そういう〝予定〟を詰めなければ、多分、冬美には自由になる時間が、まったく、ない。

そういう世界で、冬美は日常を過ごしている。

あたしとデートしてる。自分の時間を予約している、この時間だけは、冬美、ふうって息をつける。

で、そんな。

そんな、とっても貴重な、冬美が息をつけるほんとの僅(わず)かな時間に、地下鉄が止まってしまった。

そこで、冬美は、言うのだ。

「大丈夫よ、夢路。神様は、私が困ることしか、しない」

地下鉄が止まっても、それは、冬美の自由時間が減少するだけ。

「あのひとや、あのひとの家族が困ることは、絶対に、しない」

本気で大災害が起こって、冬美に何かあったり、冬美が何十時間も閉じ込められるようなことが起きて、冬美以外のひとが困るようなことを、神様は、しない。

……ああ、なんか、あんまりな、現状認識、だよ、なあ。

それにまた。

……あの、ひと。

冬美の旦那さん。

多分、冬美が結婚した時、冬美にとって最愛であった筈のひと。

それが、すでに、〝あのひと〟、です、かい。

〝他人〟よりもっとずっと〝他人〟、そういう感じの、〝あのひと〟、ですかい。

しかも。

〝あのひとの家族〟、ですかい。

旦那も、お姑さんも、長男も、長男のお嫁さんも、一括してまとめて、〝あのひとの家族〟。自分の家族ではなく。あきらかに自分の家族でもある筈なのに、〝あのひとの家族〟ですかい。

そんでもって……神様は、こんな冬美が困ること、それだけは、絶対に、やるんですかい。

……凄いな、これ、何か。

氷川稔

え、あっ？

と、しか、言いようがない。

まず。俺が乗っている地下鉄が、何故か急に止まってしまった。

そんでもって、いきなり止まった地下鉄に面食らっている俺の膝が、いきなり、重くなったのだ。どさっ。俺の膝の上に乗っかったものがある。

いや。そもそも、地下鉄で座ったのが間違いだったんだよな。

俺には普段、電車に乗った時、座るっていう〝文化〟はない。そもそも電車には、普通、朝夕の通勤時にしか俺は乗らないから、座るって〝発想〟そのものが、ない。いや、だって、通勤時間帯の電車なんて、〝人に押し潰されない自分の空間を確保できたら僥倖〟ってのが普通だろ？　〝座る〟って、どんな夢だよそれ。

だが。今日に限って、俺は、昼間の地下鉄に乗っている。

ちょっと前に、うちの営業の若手から、とんでもない連絡がはいっちまったから。

詳しい事情はよく判らないんだが、営業車で都内を回っている奴が、練馬で事故を起こしたらしいのだ。どんな経緯でそうなったのか、今ひとつよく判らないんだが、うちの営業車が、練馬の住宅街の道で追突され、とあるお宅の生け垣をかなり削りとってしまったらしいのだ。

事故を起こした奴は、只今警察官と一緒に現場検証中。追突されて生け垣につっこんだのなら、そりゃ、こっちの責任ではないような気もしないでもないんだが、生け垣削られたお宅にはもっと非がない訳で、うちの営業車がやったことなんだ、総務の俺が、慌てて菓子折り持って、生け垣を削ってしまったお宅に謝罪に出向く処。

……なんで俺がこんなこと……って思わないでもないのだが、それが総務の仕事だって言われれば、まさにそのとおり。だから、しょうがない、只今俺は、菓子折り持って、昼下がりをちょっと越した時間の地下鉄に乗っている。

　初めて乗った路線だが、これは妙にすいていた。通勤時間帯の山手線(やまのて)のことを考えると、信じられないことに、空いているシートがやたらとある。つーか、空きばっかりだ。だもんで、俺は、ついつい、自分が乗った乗車口から一番近い隅っこのシートに座ってしまった。

　座ってしまってから判ったんだけれど、このシート、色が他の奴と違うんだよな。ああ、優先席か。そこに、まったく健康な俺が座っちゃ悪いかなって、一瞬思ったんだけれど……ここまでがらがらの車内だ、ま、いっかーって気持ちになって、座り続けてしまったのだ。いや、ま、何で俺がこんなことしなきゃいけねーんだよって気持ちがあったから、妙に荒(すさ)んで、どっかり空いているスペースに腰を下ろしてしまった、そんな事情もあったんだけど。

　んで、まあ、多分、これが、失敗だったんだろうなあ。


「え、あっ？」

　何故だかいきなり地下鉄が止まってしまい、俺があたふたしていたら……これまたいきなり、俺の膝が重くなったのだ。どさって感じで。何かなって思ったら……俺の膝の上に、女の体がのしかかっている。多分隣に座っていた女だ。その女が、何でだか、俺の膝の上に……。

何だこれ、一体、何があった。一体何がどうして……俺の膝の上に、隣に座っていた女が、乗っているんだ？　それも、電車に乗って座ったのでついつい眠ってしまいました、それで隣のひとにもたれかかっています、なんて感じじゃまったくなくて……ほぼ、これ、倒れかかってきているっていう事態だよな。

「大丈夫ですか？」

俺の右の方、ドアの前に立っていた男が、こんな声をかけてくる。

けど、俺の膝の上には、とにかく見知らぬ女の体がある訳で、なんかそれはぐたっとしていて、体に芯(しん)がまったく通っていない感じがして……こ、これは、これはあの。寝てる、とか、単に何となくもたれかかった、とか、そういう感じじゃ、絶対にない。

「救急車」

呼んだ方がいいのかも知れない。というか、救急車、呼ぶべき事態なんじゃないのか、これ。けど……俺は、本当に、この時、訳が判らなくって。ただ、単語しか、言えなかった。

いや、だって、どうすればいいの？

隣の女……病気か事故か、とにかく普通ではないよなあ。

いや、それより前に。

地下鉄。

止まってるよな、こいつ、今。

何だって地下鉄が駅でもないのに止まるんだよって思った瞬間、アナウンスがはいる。

はいよ、地震かよ。

地震が起こって、地下鉄が止まって、そんでもって、俺の膝の上には、見知らぬ女が倒れかかっている？

と、「大丈夫ですか？」って声をかけてきた、ドアの前に立っていた男が、俺の膝の上にくずおれている女の脇に、両手をいれる。女の体を、一瞬、まっすぐにして、俺の膝の上から女の体重の負担を除ける。そして。

「すみません、その辺の座席に座っている方、席をあけてくださいませんか？」

「……って？」

って、俺はまさに、〃その辺の座席に座っている方〃だったもんで、こぅ、反問。

「この女性を、横にしたいと思うんです。みなさまが退いてくださると、この女性を、シートの上に横たえることができるのではないかと……」

「あ……ああ」

ここで慌てて俺は席を立つ。この女の反対側にいたひとも、多分、席を立った気配。これでこの優先席、完全に空く。そして、そこに、女の体を横たえて……。

「ふう」

俺が息を吐く理由なんかまったくなかったんだけれど、男が、倒れてしまった女の体をシートに安置した処で、俺は、ちょっと、息を吐く。なんか、微妙に安心したのだ。

そんで、思い出す。だから、言ってみる。

「あの……救急車は……」

すると、男、なんかちょっと困ったような表情になって。

「呼びたい……ん、ですが。普通だったら絶対に呼ぶ処なんですが。緊急停止してしまった地下鉄の中から、救急車って……呼べる、もの、なんでしょうか？　どうやって」

と、ここで。やっと、あたりの他の乗客達が騒ぎだした。（それまでは、多分、俺以上に現状が理解できなかったんだろう。）

「救急車！」

「いや、地下鉄が止まってる場合、そこから救急車って、呼べるのか？　つーか、どこに呼ぶんだ？」

「最寄り駅だろう、最寄り駅」

「地下鉄の中に救急車は無理だ」

「そもそも地下鉄の線路に救急車なんてはいってこられないよな」

ああ。みなさん。俺のまわりにいたみなさん。できるだけのことをしようと、いきなり思い立ってくれた訳、なんだよな。けど、それは……多分、無理、だ。

んでもって、こうなると……。とれる次善の策と言えば。

「医者を募る、のかよ」

ぼそっとこう言ってみる。すると、いきなり、女の体を横たえた男の顔が明るくなって。

「ああ、そうですよね。それに決まってます」

それから、男、ちょっと息を吸うと。

「あの、お客さまの中で、お医者さまは、いらっしゃいませんか？」

響きわたる、この男の声。だが、この男の声にただちに反応してくれるひとは、少なくとも、この車両の中にはいなかった。

「……いない、みたい、だな」

と。

ここまでは、あまりに異常な事態が続いていた為、つい〝素〟で反応していた俺なんだけれど、このあたりでやっと気がつく。俺の反応って、ま、〝素〟ならこうなんだが、ぶっきら棒にも程があろうってものになっている。

だから、慌てて、言いなおす。

「お医者さんは、いないみたいですよね」

「……です、ねえ。まあ、日本の人口に対する医師の比率がどのくらいだか判らないんですけど……この人数じゃ、お医者さまがいなくても、しょうがないか」

ああ。

結構すいている有楽町線、只今、この車両にいるのは、二、三十人って数かも。その上、あっちの方には、ジャージを着た女の子の団体がいる。二、三十人のうち、十人くらいがその団体さんで、あれはまあ、中学生だろうなあ。中学生の医者っていうのはあり得ないから、この電車に只今乗っているひとは、中学生除くと実質十数人って人数か。なら、医者がいなくっても、まったく不思議はない。その上、遠くにいるひとには、この男の声、聞こえていない可能性もある。（今、俺達がいる優先席は、車両の、ま、端っこにある。同じ車両にいるとはいえ、逆端の方にいる連中には、この男の声、聞こえなかったかも。また、位置的に近いとはいえ、隣の車両にいる人達には、間に連結部があるんだ、この騒動それ自体が伝わっていなかったような気もしないでもない。）

と。

ジャージの女子集団の前を通って、女がひとり、やってきてくれた。

「すみません、お医者さまではないんですけど、あたし、ナースです。すっごい新米なんですけど、一応、ナースです」

こう言った女、シートの上に寝かされている女の前にやってきて、状態を見、「もしもし、聞こえてますか？　あの、大丈夫ですか」とか何とか声をかけ、ついでかがみこんで何か確認している風情になり、その後脈をとり、そしてそれから。

「あの、あたしはお医者さまではないですし、すんごい新米ですし、こんな緊急のこと、よく判らないんですけれど……この方、やばいです。やばい、ような気がします」

いやあ、ナースの言葉遣いとして、〝この方、やばいです〟は、ないだろう。こんな言い方しちまうって、本当にこいつ、新米のナースなんだろうな。

「すぐに救急搬送……は、できないのか、ああ、ちっくしょうっ！　やばいよな、やばいですこれ」

……ヤンキーあがりのナースなんだろうか？

「すぐに搬送しないと、だってこの方……」

と、この瞬間。

がっくん。

いきなり体が、前に、のめった。

のと同時に、地下鉄が動き出したのが判った。同時にはいるアナウンス。

「あ……。やりいっ！」

ナースを自称した女が叫ぶ。

「地下鉄、動き出しましたよね？　なら、次の駅についた処で、このひと降ろして、あとはとにかく救急車！　今すぐに救急搬送すれば、この方、一命を取り留める可能性、ありますっ」

え。

逆に言えば。今すぐに対応しないと、この、俺の膝の上にくずおれてきてしまった女は、死んでしまう可能性があるっていうことか。

ぎくんとした。驚いた。

だって、普通に地下鉄に乗っていたんだろ？　俺の上に倒れてくるまでは、この女、普通に生活してたんだろ？　それが、いきなり、死の可能性？

……いや……まあ……。

それがあり得ないことではないって、俺は知っている。

うん、親父が心筋梗塞起こした時は、ほんっと、驚いたよ。

昨日までまったく元気で、普通に話していた親父が、心筋梗塞の発作を起こしたって連絡がお袋からあり……そんで、次に俺が目にしたのは、親父の死体。

心筋梗塞起こして救急搬送されたものの、病院へ着く前に死んでしまった、親父の死体。

ひとっていうのは、ほんっと、死ぬ時は死ぬんだな。死ぬ時は、あっという間に死んでしまうんだな。

それ、判っていた筈なんだけれど。

でも、普通のひとは、〝死〟というものを、嘗めている。嘗めるにも程があろうっていうくらい嘗めている。

〝死〟、なんて。

絶対に、すぐ、そこに、ある、すべてのひとが、確実にそれにあう、そんなこと判っている事態なのに。

なのに、絶対、すべての人は、それを容認しないのだ。

普通の場合、それは、思いっきり、〝他人事〟なのだ。

……まあ、な。

いつだって、死ぬのは絶対に他人だ。

自分が死ぬ時には、その〝死〟を認識できるひとはいない。

だから、いつだって、〝死〟は他人事なんだけどよ。

☆

と、まあ、この辺で、俺のことを一応説明しておこうか。

俺は、氷川稔、五十四歳。一応、結構大手企業の、関連会社の、総務に勤務している。(大手企業の総務なら、まだかっこよかったんだけどよ。) 大学出たのが二十二で、それから三十年ちょっと、総務一本やり。部次長、とかいう、変な役職。

ま、三十年以上総務で、他の課の仕事を齧ることもなく、五十過ぎて部次長なんだから、これ以上出世することはないと思う。したい気持ちも、別にない。だが、このまま勤めあげれば、一応名の通った企業の一員だ、将来はちょっと安心している。

ま、総務だしな。社員の福利厚生には詳しいしな。

うちの社員は、年金の受給年齢は時の政府の政策によって変わってしまうかも知れないが、それでもかなり恵まれている方に属する筈。んでもって俺も、当然、その恩恵に浴する筈。

だから、このまま定年まであと六年、つつがなくうちの会社で勤めあげれば、あとはまあ……六十から貰える予定だった年金が六十五まで貰えない、その五年だけ何とか凌ぐことができれば……悠々自適の老後って奴を、期待できる筈だったのだ。そんな将来設計を描いていたのだ。

……問題、さえ、なければな。

だが……問題が、ある。

問題。

こんな言葉で言うのも何なんだが……問題。

問題は……恭輔、だ。

うちの息子。一人息子。

遅くできた子供だったので、只今十六。

だが、十六だぞ！

俺が愛好している大河ドラマや時代小説の世界でいうなら、元服していたってまったく何の不思議もない年だ。ま、元服は冗談だとしても、いくら遅くできた子供とはいえ、俺が定年になる時には二十二、立派な成人になっている筈。

そんな年の子供のことで、何だって俺がこうも悩まなきゃいけないんだよっ！

だが、悩まざるを得ない。

どうしたって悩んでしまう。

恭輔というのは、そういう息子なのだ。

村雨大河（むらさめたいが）

地下鉄が、緊急停止した時。

僕は、ドアの横に、立っていた。そうしたら、自分のそば、優先席に座っている人のうち、女性の体が、くずおれた。いや、この辺の時系列は、実の処、よく判らない。地下鉄が緊急停止する前に、この女のひとの体はくずおれたのかも知れない、この女のひとがくずおれたあと、地下鉄が緊急停止したのかも知れない。けど、そんなことは、まあ、どっちでもいい訳で。

女のひと。

見るからに。

体から、力という力が抜けてしまったような感じ。いきなり、がっくりと、すべての力が抜けてしまって、その人は隣の男性の膝の上に自分の体をまったく委（ゆだ）ねてしまう。

「大丈夫ですか？」

とは、聞いてはみたものの、大丈夫ではないことは、もう、判り切っている。

「……？　……？」

その女性に乗りかかられた、隣に座っている男性が、とっても驚いていたことは、見ていただけでもよく判った。彼が、も、どうしようもない、というか、何をどうしたらいいのか、よく判らない風情でいることは、僕にも、判った。

とにかく僕は、その女性の体を保持しつつ、優先席に座っていた人達に退いてもらい、そこに女性の体を横たえる。（医学的に言ってこれが正しい処置だったのかどうか、実は僕には判らない。あるいは、動かさない方が正解なのかも知れない。だが、女性に膝に乗りかかられた男性が、本当にパニックを起こしそうな風情だったので、彼女を横にした方がまだましだと思ったのだ。）そして、女性に乗りかかられた男性の提案により、車内からお医者さまを募り、だが、それに応えてくれるお医者さまはひとりもおらず、ただ、ナースさんだけが来てくれた。

そして、ナースさんが、くずおれてしまった女性の体をみてくれているうちに、地下鉄は再び動き出し、やがて、次の駅、新桜台に着く。

地下鉄が駅に着き、ドアが開いた瞬間。

ナースさんが、弾丸のように止まった電車から飛び出していった。

「駅員さん！　駅員さんはいませんか？　急病人です！」

なんて叫びながら。

…………………凄い、な。

いつも思うことなんだけれど。

僕は、本当に、僕以外のひとを尊敬してやまない。

いきなり女性にのしかかられ、訳が判らない状態でいたにもかかわらず、お医者さまを募ることを提案してくれた男性、そして、やってきてくれたナースさん。

本当に僕は、彼らのことを尊敬してやまない。

というのは……僕以外のひとは、いつだって、僕にできないことをやるからだ。

いや、〝僕にできないことをやれるのだから、だから、それは、僕以外のひと〟なんだろうけれど。

ナースさんがすっとんでいってからしばらくすると、アナウンスがはいった。あ、ナースさん、何とかこの病人のことを、駅員さんに引き継ぐことができたみたいだ。

「只今、急病人が確認されました。地震による停止から引き続き申し訳ありませんが、只今、新桜台駅で、急病人が確認されました。病人の搬送が終わるまで、西武有楽町線は停止致します」

そんで、しばらくして、がらがらと、ストレッチャー（っていうんだろうか？）がここへやってきて、ここで、ようやっと、シートに寝かされていた女性の体が、そこに乗せられる。その、ストレッチャーの前にいたのは、あの、ナースさん。

「あの、あたし一応、救急車が来るまでつきそいますから。ちっくしょう、これじゃ遅刻しちまうよなあ、ああ、もう、師長さんにどんだけ怒られるんだよ、でも、つきそいますから。はい！　それがナースのお仕事ですからっ！」

誰に対してなんだか。ナースさん、きっぱりとこう宣言すると、そのまま、ストレッチャーにつきそって。電車から、出てゆく。

そして。

プシュー。

音がする。電車のドアが、閉まったのだ。

それから、しばらくして。

「遅延がありまして申し訳ありませんでした、運転を再開致します」

そんなアナウンスが、聞こえてきた。

そして、ごとん、ごとん、電車は揺れて。

「遅延がありまして大変申し訳ありません、次は、練馬です。次は、練馬です」

というアナウンスがはいる。

日常が……復帰したのだ。

あの、くずおれてしまった女のひとは、無事に助かるんだろうか?

そういう疑問が心に浮かんだのだが、だが、それは、僕には何もできないこと。そして、僕が心配したってしょうがないこと。

だから、ぶるんと一回首をふると、僕はその思いを心の中から消し去って……もう、こんな処に立っている必要はないな、ということは、こんなに空席があるんだ、どこかに座ってもいいのだが、まだ、心のどこかが波だっていて、すぐに座る気持ちになれない。まあ、僕が降りるのは石神井公園だ、すぐそこなんだから、このまま、ドアのそばに立っていよう。

僕は。村雨大河という。

只今、六十一歳。去年定年退職となり、今はのんびりと老後の時間を過ごしている。今日は、市ケ谷(いちがや)にある日本棋院に、ぶらっと趣味の囲碁を打ちにゆき、その帰り。

そして……。

☆

くすっ。

いや、六十男が、〝くすっ〟なんて笑ったら、そりゃ、不気味だよね。

それは、判っているんだけれど、でも、くすっ。

僕が、地下鉄のドア付近に立っていたのには、実は、訳がある。僕は、優先席の処に女性がいたので、ついつい、彼女の近くに行こうとしていたのだ。なんとなく、彼女のことを見守っていたかったのだ。とはいうものの、あんまり彼女の近くにいてはまずいよなあって思って、ドアあたりに立っていた訳なのだ。(その、彼女が、まさに、地下鉄が止まった瞬間、倒れてしまった女性である。これはもう、本当に驚いた。)

優先席に座っていた女性。この時、僕は、彼女のことを、妊婦さんだと思っていた。

だって、優先席に座っていて、にもかかわらず、障害があったり、怪我をしてる様子がまったくないんだもの、これはもう、妊婦さんに違いないだろう？　そんでもって、僕は、妊婦さんのことを、只今、とてもとても守る気持ちでいる訳なのだ。

いや、とはいうものの。彼女が倒れてしまったことを考えると、あるいは彼女、妊婦さんではなかったのかも知れない。今になって思ってみれば、彼女、体調が悪くて、我慢できなくて優先席に座った、そんな、普通の女のひとだったのかも知れない。

けど、それは、今になったから判ること。

あの時は。最初は。ドア付近に立つことにした時には。そんなこと、判らなかったから。

だから。

彼女がくずおれてしまうまでは、僕はとても楽しい気持ちで、彼女のことを見守っていたのだ。

いや、だって、彼女は（その時の僕の心の中では）、妊婦さん。

ああ、妊婦さんを見る、幸せ。

くすっ。そして、うふっ。

妊婦さんを見ると、こみあげてきてしまう気持ち。妊婦さんを見ると嬉しくなるこの意識。

うふっ。

いや、ね。

いやあの。

くすくす、うふっ。

僕には、どうやら、孫ができるらしいのだ。

その、ね。

くすっ。

僕の長男である昭行(あきゆき)のお嫁さんである胡桃(くるみ)さん、彼女がどうやら妊娠しているらしいのだ。昨日、妻から、そんな話を聞いた。

胡桃さんが妊娠していて、そして出産をすると……僕には、孫が、できるのだ。

うふっ。くすくすくす……。

ああ、自分でも、よく考えると気持ちが悪い。

六十男が、妊婦さんを見るたび、くすってこみあげてきてしまう笑いを押し殺すっていうのは……いや、確かにこれは、どう考えても気持ちが悪い。くすって言っているのが自分でなければ、絶対にこれは変だ。とても気持ちが悪い。

でも……くすっ。

この、こみあげてきてしまう喜びを、僕としてはどうしようもない。

胡桃さんが昭行と結婚した時には、特に何も思わなかった。結婚前、何回か会った胡桃さんは、昭行には勿体ないくらい、しっかりしたいいお嬢さんで、僕に似て、いささか頼りない処がある昭行が、よくこんなお嬢さんを伴侶に得たものだって喜んだだけだった。結婚後も、同じ東京に住んでいるから、時々うちに昭行と一緒に遊びに来てくれる胡桃さんを、なんとなく眺めていただけだった。

だが、今の胡桃さんは、僕にとってまったく違う存在になってしまったのだ。

だって、胡桃さんは、昭行の子供を産んでくれる。

胡桃さんが産んでくれる子供。

うふっ。

僕の……孫、だ。

……まご、かあ。

息子の、昭行はなあ、まあ、生まれてきてくれて嬉しかったけれど、可愛かったけれど、それだけのもの。

けど……孫、は、なあ。

うふっ。くすっ。

もう、三十年以上前。妻から、妊娠したかもって言われた時は、確かに嬉しかった。だが、その喜びは、〝うふっ〟なんて思えるようなものではなかった。

背筋に走る責任感。

これからは。妻と、子供、その二人を、僕が何とかしなきゃいけない。僕の背中には、ずっしりと、妻と子供がのしかかってきている。

勿論、嬉しかった。でも、それ以上に、責任を感じた。この、頼りない、自分以外の人をすべて尊敬しちゃうような性格の僕が……僕、こそが、この二人に、責任を負わなきゃいけない。

あの時の、自然に伸びてしまった背筋。あの時の感覚。

まあ、あれはあれで結構いいものだったとは思うんだが……だが、重荷感も絶対にあった。と言うか、思い返すと〝重荷〟以外まったくなかったような気もする。

それが。

この、只今の、〝うふっ〟とは、違うのだ。

うふっ。くすくす……。

だって今は。

だって今は、僕、ただただ、楽しみだけを思っていればいいんだもの。

胡桃さんが産んでくれる子供。孫。

その誕生を、それだけを夢みて、それだけを楽しみにして、僕は、いいんだ。

今の僕の、すばらしい夢。

胡桃さんが産んでくれる、僕の孫……。

佐川逸美

いきなり電車が止まった時は、も、どうしようかと思った。

だってわたし、中学生十二人を引率している、中学生十二人を引率しているんだもの！

中学生十二人を引率している、ということは、わたしは、中学生十二人に対して、責任を持たなきゃいけない立場にいる！

昼過ぎですいている有楽町線、その電車の中で、おのおの、勝手に立ったり座ったりしているバスケ部のメンバーに、わたし、慌てて声をかけた。

「キャプテン！　点呼を……」

「とる必要、多分、ないんじゃないですか」

と、のっほほんとした、バスケ部キャプテン、大野渚のお返事。

「別に何かみんながばらけるような事態が発生した訳でもないし……地震だし……」

……言われてみれば。ま、それは確かにそのとおり。

いきなり、「点呼を」って言ってしまった、わたしの方が、変なんだよね。というか、今年初めて中学校教諭になったわたし、まさか最初の年で、クラブ活動の顧問になるだなんて想定してなくて、そもそも、他の学校に練習試合で遠征するのも初めてで、地震が起きた瞬間、軽くパニックになってしまったみたい。

「いっちゃんせんせー。みんな同じ車両にいるんだから、点呼とる必要ないんじゃね？」

「ない、ない、だってみんな動いてないもん」

部員の、真理亜や梓もこんなことを言う。確かに、考えてみれば、そのとおり。ただ、あのね。ないんじゃね？って、なんで語尾あげるのよ、真理亜。

で、しょうがないわたしは。

「うん……。だよね。そうでした、てへ」

とか、言ってみる。別に中学生達に迎合しているつもりはないんだけれど、ここでわたしが、「てへっ」とか言って、首をちょっとすくめてみたりして、「はい、わたし、失敗しましたー」って態度を示した方が、なんか、あとあと、楽になるような気がするから。

(こんなことやっちゃうから、わたしが中学生達に莫迦にされてる可能性もあるんだが……中学赴任一年目の〝先生〟が、中学在籍二年目、三年目の中学二、三年生に対抗するんだ、このくらいの迎合は、あっていいって思って欲しい。)

と。

いきなり、座っているわたし達の前を、駆け抜けてゆく女性。

「あ、何？」

その女性は、この列車のはしっこまで行って、「ナースです」とか言ってる感じで……。

「おわっ。今、なんか、うちらの前を走っていったのは、ナースさん、でしたか」

「あ、なんか、急病人がでたのかも。『お客さまの中にお医者さまはいませんか』とか、さっき聞こえたような気がする」

「うわあっ。『お客さまの中にお医者さまはいませんか』、実際にある台詞なんだあ」

「映画じゃないのに」

「すんげえ」

「ナースさん、うけるー」

「かっけー」

「かっこいいよーなー、ナースさん」

ここで。

将来。かっこいいナースさんになる為にも、あなた達はちゃんとお勉強しなきゃね、みたいなことを……まっとうな中学の先生は、言うべきなんだろうか？……言うって、わたしが？

あり得ない。

どう考えても、わたしがそれを言うということはあり得なかったので、そのまま、わたしは言葉を呑み込んだ。

……あ。
またた。
なっちまった。

そんな言葉が、そんな思いが、ふるふるとその辺を駆け抜ける。

どうして、結界ができちゃうか、なあ。
どうして、地下鉄の中で、昏睡に陥る奴がでてくるのかなあ。
けど。
できてしまった〝結界〟は、強い。
結界ができてしまった以上、最早、それに抗う術はない。

と、いうことは。

この状況を、何とかするしか、ないんだ。

第二章

六月は気候が不安定だ。

暖かい、というか、もろに暑いっていう日もあれば、いきなり寒くなってしまう日だってある。

そんでもって、今日は、あったかい方の日。暑くはないんだけれど、寒くもない、そんなちょうどいい、あったかい日。

そんな日の放課後。

豊島区のとある私立中学のバスケット部員の女子達は、体育館に集まって、円陣組んでストレッチ態勢になっておきながら、なのにストレッチを始めず、なんか、ひそひそと言葉を交わしていたのだ。

「……今日も、千草、休み？」

「千草、授業にも出てなかったって」

「部活のサボりじゃなくて、欠席かあ」

「そう言えば瑞枝も来てないし……今日、あたし、瑞枝見てないような気がするー」

「あ、うち、瑞枝とおんなじクラスー。でもって、瑞枝、授業にも来てなかった」

「こっちも欠席、かあ」

「ねえ、なんか、ねえ、流行ってるの？　インフルエンザとか」

「今時インフルはないんじゃね？　だって六月だよ」

「いやあ、最近の病気は判らないって。うちのママも言ってたけど、昔は、なんか、病気にも旬ってものがあったんだって」

「びょーきの旬って、何だそれー。妙にうけます、あたし、ツボかも」

「いや、だから、この病気はこの季節に流行るとか、なんかそんなの。昔はそーゆーのがけっこあったらしいんだけれど、それが今はまったくなくなっちゃって、いつ、どんな病気が流行るのか、まったく判らなくなっちゃったって」

　この辺まできた処で。中央にいた女の子が、ぱんぱんって手を叩く。そして。

「いや、だから、はい！　みんな注目！　おしゃべりもういいから、ストレッチしよ」

「おお。キャプテンは真面目だ」

「はい、うちの部、キャプテンでもってます」

「キャプテンいなかったらどーなってんのー」

「んなこたどうでもいいから！　はい、ストレッチ、始めます。まず、手首足首からほぐすね。そんじゃ、両方の手首を……」

と。

　ここでいきなり。

　駆け込んできた女の子がいたので、話は展開してしまう。

「千草、死んだって！」

駆け込んできた女の子、まず、こう叫んだのだ。

「え、ゆきちゃん、それマジ？」

「何それ」

「死んだって何で」

「そんなことあたしも知らない。けど、千草が死んだって……」

「ゆきちゃん。冗談でもそんなこと言っちゃ」

「冗談でこんなこと言わない！　ちょっと前に、千草が死んだって……」

佐川逸美

日渡（ひわたり）千草が亡くなった。

そう聞いた瞬間、わたしは、なんかもう、反応に困る。ずんってきてしまったものがあって、それをもう、どうしていいのか判らない。

千草。うちの部のムードメーカーだった。

わたしにも、わりとすぐに親しんでくれて、わたしのことを「いっちゃんせんせー」って呼びだしたのは、多分、千草じゃなかったのかなあ。

わたしは、彼女の担任をしていた訳じゃないし、教科としての英語でも、千草がいるクラスを担当していなかったから、部活だけの付き合いだったんだけれど、それでも、千草の笑顔を見るのは好きだった。わたしは、毎日の基礎のストレッチとランニングが終わった頃、部に顔をだす。そして、大体の生徒は、この時、「うへーっ」て顔になってるのよ。ストレッチはともかく、ランニングは、好きな生徒、あんまりいないらしく、これが終わるとみんななんだか疲弊している。でも、そのあと、何て呼ぶのかよく判らないけれど、三対三で攻撃したり守備したりする練習とか、そういうのが始まると、いきなりみんなの顔が変わって、元気になる。そんな中で、ランニングが終わった時でも、千草だけは、いつも明るかった。(……まあ……もともと、陸上部にはいるかバスケ部にはいるか悩むらい、走るのが好きな娘だったって、のちに判ったんだけれど。)

そう言えば、ちょっと前、石神井の中学校への遠征試合の時も、学校から出発した時は、地下鉄に乗るまでは、やたらと元気でひたすらしゃべっていた千草、電車から降りた時には、なんだか妙に元気がなかったよな、あの時から、確かに千草は元気がなくて、スタメン予定だったのに、結局試合にも出なかったよな、そんで、翌日からずっと学校休んでいたんだよな……。

とはいうものの、まさか。まさか、死んでしまうだなんて。

だもんで。

「え、本当ですか？　まじっすか？」

って、まるで中学生のような台詞(せりふ)を言ってしまい、次の瞬間、わたしは、職員室の中で硬直する。いや、まじっすか、は、ない。これはない。あきらかに言葉が違う。

そしてまた。そう思った瞬間、わたしは二重の困惑にみまわれる。二重に硬直してしまう。

うん。

まず、最初の困惑は、今、反射的に思ったように、「まじっすか」って反応はない、というものだ。

そして、二番目の困惑は……そんなこと、言葉遣いを気にするだなんてこと、そもそも、教師が、思っていいのかよ！っていうものだった。

うん。だって、そうだよ。

教師たるもの、教え子が死んだのだ、それも、名前しか判らない子が死んだ訳じゃない、千草が死んだのだ、言葉遣いに拘泥するより前に、考えなきゃいけないことが絶対にある筈(はず)で……。というか、生徒が死んでしまったのだ、もっと、ショックうけるだの何だの、あるべき反応が絶対にある筈で、いや、確かにずんって何かいわくいいがたいショックは受けたんだけれど、だけど、その後、まず、自分の言葉遣いを考えてしまったわたしは、一体教師としてどうなのかっていうものだった。

気持ち、情けなさ、すぎる。うん、あまりにも情けない、わたしはもっと違う反応をするべきだったので、いや、反応を、〝するべき〟だの、〝するべきじゃない〟って思った時からすでに、これは間違っているのであって……ああ、もう、何が何やら。

だが。

幸いなことに、生徒の死があまりに急な出来事であったせいか、こんなわたしの反応に拘るひとはいなかった。

「佐川先生、マジ、なんですよ。さっき、日渡さんの御両親から連絡がありました。……心不全、だ、そうです」

「し……心不全、って、だって、千草はまだ中三でしょう？　十いくつって年、でしょう？　心臓関係の病気で亡くなるには若すぎるっていうか、そもそも、こないだまでバスケ部で元気に活躍してたんだから、心臓に疾患があった訳が」

「だから、心不全、なんですよ」

「って、はい？」

「日渡に心臓関係の病気があったという話は聞いていません。少なくとも、僕は聞いていなかった。そもそも、日渡に死ぬような病気があったと言う話も、僕は聞いていなかった。なのに、亡くなってしまった。……こういう時、よく言われるんです、心不全」

「戸田先生、先生の仰ってることが、わたしにはよく判りません」

いや、千草が死んでしまったのが本当なら、それは、間違いなくわたしにこのニュースを伝えてくれた戸田先生に責任がある訳じゃないって判ってはいたんだけれど、わたしにしてみれば、戸田先生に嚙みつくしか、動揺する気持ちに対処する方法がなかった。

「原因不明の病死はね、病死であることが確かなら、〝心不全〟って言われてしまうケースが、昔からよくあるんですよ。亡くなった以上、心臓は絶対止まってますから。そして、これは、ある意味、ありがたい病名なんです」

「……意味、判りません」

「とにかく、病死であることだけは確かなんですから、〝心不全〟。……こうしておけば、これ以上問題が追及されませんから」

「追及って、追及って、あの……？」

何を追及すると言うんだ。誰が追及するというのだ。

あ。

こう思った瞬間、その答が判ってしまったから、それが自分では、とっても嫌だ。

学校が追及される可能性。

病院が追及される可能性。

社会が追及される可能性。

追及されて、結果として、学校や、病院や、地域や、その他に責任があるとされる可能性。

それがまったくない死因、〝心不全〟というのは、おそらくはそういうものなのだ。

こんな話は、とっても嫌だ。

わたしは、心からそう思ったのだけれど……でも……だからと言って、どうしようも、なかった。

とにかく。

判っているのは、これだけ。

日渡千草は、死んでしまった。

大原夢路

なあんか。

ちょっと前から。ここ、数日。

うん、少なくとも……今日起きた時は、そうだった、昨日も、多分、そうだった。一昨日も、きっと……。

あたしは、夢をみているのだ。何度もみているのだ。

それも……同じ、夢。

……なの、かな？　……なんだ、よ、ね。

夢の中で、あたしは、地下鉄の中にいる。

四日前、冬美と一緒にいた、あの、地震で緊急停止してしまった地下鉄の中にだ。

それは、判る。そこまでは、判る。

地震で止まってしまった地下鉄。

そんな中に、あたしと冬美はいて……。

よく判らないんだけれど。

どうも、こと、〝夢〟に関しても、あたしってちょっと特殊なのかも。（いやあ。地震に関する、「うぃやっ、はっ」って話のあとで、夢に関してもこんなこと言っちゃうと、これはもう、自分でも、ちょっとどうかとは思う。思わざるを得ない。あの、あたし、別に、スピリチュアル関係のひとじゃありませんって主張したくなるような気分だ。「霊なんてまったく見えません、前世も知りません、死後の世界だってあるんだかないんだか知らないんです」って主張せざるを得ないくらい……というか、こういう主張をしないと、微妙にひとに誤解を与えてしまうくらい、あたしのこの発言って、妙にスピリチュアル関係者っぽいよね。うーん、違うのに……。）

ま、でも、事実は事実なので、しょうがない、それはおいといて。

あたし以外のひとは。

どうも、同じ夢をみることって、あんまりない、らしい、のね？

いや、これはもう、〝うぃやっ……はっ〟と同じで、〝あたしがこう思っている〟っていう世界の話だ。

だって、他のひとがどんな夢をみているのか、あたしに判る筈がない。

だから、これはもう、本を読んだりいろんなひとの話を聞いたりして、〝推測〟するしかない、〝あたしはこう思っている〟っていう世界の話なんだけれど……。

世の中のあたし以外のひとにとってみれば、夢って、どうやら、切れ切れの断片らしい、のね。


訳が判らないことが多い。

すんごくあやふや。

前後に脈絡がない。

そもそもあんまり覚えていない。

うん、最後のひとつ。これが一番の問題なのかな。

そもそもあんまり覚えていない。

ひとは毎日、ほぼ確実に夢をみている筈なのに、どうやら、それを覚えていないひとが、結構いるみたいなのだ。「今日は私、夢をみませんでした」なんて言うひとも割といて、でも、そんなこと、ある筈がない。すべてのひとは、眠っている以上、必ず夢をみている筈なのだ。（レム睡眠とノンレム睡眠っていう波が、眠っているひとにある以上、絶対みんな、夢をみている筈だよね？）なのに、「今日は私、夢をみませんでした」って言うってことは、そのひと、自分がみた夢のことを、忘れているだけなのだ。


と、まあ、こんなことを、つらつら言うっていうことは。

あたしにしてみれば、夢は、切れ切れの断片では、ない。

なんでこんな夢をみたのか、訳は大体の場合推測がつくし、あやふやでもまったくない、脈絡も全部ある。しっかりみんな、覚えている。

どんな奇想天外な夢であっても、理由をうーんと考えてみると、納得できることが多い。二十数年前に死んじゃって、それまで思い出しもしなかったおばあちゃんが、いきなり夢にでてきた時も、好きでも何でもないタレントが、何故か夢の中で自分の夫になっていても、つらつら考えると、その〝種〟になった事実が、判る。

それはまあ、「昨日買った福神漬けは無茶苦茶おいしかったよなー。今度っから、福神漬けは、絶対あの店で買おう。群を抜いておいしいもん」（そしておばあちゃんは福神漬けがとても好きだった、だから、おばあちゃんが夢の中に出てきたのだ）とか、「なんであんな、住宅街の中で、スピードだしてる車があるんだよっ。ほんっと、撥ねられそうだったわあたし。あの車、酷い」って思った車のＣＭに、そのタレントが出ていた、（けど、そのタレントが、あたしの夫役を務めていたっていうことは……これは、何で、だ？　あたし、自分でも知らないけれど、夫に何か不満があるのか？　これはあとでゆっくり考えよう）とか、ま、〝種〟の推測は、つく。（〝種〟から、どんな風に夢が発展していってしまうのかは、また、別の問題だとして。）

だから、あたしは、覚えている。

あの日。四日前。

地震があって、地下鉄が止まった、あの日。

あの日の晩、当然あたしは眠って、ということは、夢をみて、そして、その夢を覚えていて……。

そして。

そして、凄く、それが、おかしかったのだ。

いや。だって。

夢っていうのは、そもそもが〝切れ切れ〟のものであり、脈絡も何もない、夢をみたひとがそれを忘れてしまうのが普通、だから、どんな夢だって、続いている訳がない、そういうものだと……あたし以外のみんなは、思っている訳、なんだよね？

でも。

あの、地震のあった日。地下鉄が止まってしまった日。

あの日からあと、あたしがみている夢は、なんか、そういうものではなくなってきてしまって……。

うん。

まあ、あたしだって、普段みる夢は、意味は推測できるにせよ、解釈は色々やってみるにせよ、ま、脈絡のないもんです。

けど。

あの日からあとは。

なんか、脈絡があるんだよ？

続いている、と、言うべきなのかも知れない。

と、言うか。

〝状況〟というか、〝設定〟が続いている。

いや、お話としては、続いていないの。

あの地震の日の夢で、こんなことがあって、次の日の夢では、それがこんなふうに展開した、そういう、お話としての続きは、ないの。

でも、〝状況〟と〝設定〟は、常に、おんなじ。夢が、固定されている。うん、一番近い表現は、これじゃないのかなあ。

あの日の地下鉄。その中に、あたしと冬美はいる。これは、四日間、まったくおんなじ。

地震がおきて、電車が止まって、でも、しばらくするとそれは復旧、その辺の処は、まったく一緒。まるで、時間が戻ってしまったかのようだ。

そこで、まあ、なんか色々あって、夢だから、その辺はよく判らなくなって……でも、そんな感じが、あの日から今まで、ううん、多分、今日も明日も、きっと、あたしの夢の中では続いていて……。

四日前の夢では。

止まってしまった地下鉄の中にいるあたし達はまったくあの時のとおりだったんだけれど、そして、のんびりあたしと冬美はおしゃべりをしていたんだけれど。

「うちのお姑さんはねー、なんか、ふやっとした柿が好きらしいのね」

「ふやっとした柿って、どんな？」

「んー、種がない奴」

「種がなくったって、今の柿は大体しゃりしゃりしてるよ？　冬美のお姑さんが好きなのは、干し柿みたいな奴のこと？」

「それが違うんだなあ、そうじゃなくて……」

なんて言っていたら。左側、おそろいのジャージを着た女子中学生の団体から、なんか、悲鳴のような声が上がった。

ここであたし、目が覚める。

三日前の夢では。

女子中学生の集団が、とっても騒いでいる。あたしと冬美は、その騒ぎがあまりに煩かったので、ちょっと眉をひそめて、「最近の中学生は煩い、とか言い出したら、これ、あたし達も年をとったってこと？」なんて言い合っている。とは言え、〝煩いから〟って理由で、この話題を断ち切っちゃうのも何かなあって思い、あたしは言葉を継ぐ。

「やあ、でも、まあ。自分が中学生だった時のことを思えば。煩いのが〝中学生〟じゃない？　確かに、煩かったかも、あたし達」

「うわはっ。それ……そう言い切っちゃうのが、〝年をとった〟証拠だって言われちゃうよ、夢路」

「うー、うー、じゃ、そんな、中学生に歩み寄った発言なんてしてあげない。あいつら、単に、煩いわ。うざったらしいわっ。煩いだけだわっ」

「って、そんなこと言い切っちゃうのが、いかにも夢路だよね」

んで、こんな冬美の台詞を聞いて、あたしは目が覚める。

二日前の夢では。

なんか、もの凄い悲鳴が、中学生の集団の方から聞こえてきた。これはもう、〝煩い〟でかたをつけてはいけないような悲鳴だ。

あたしと冬美は目と目を見交わす。あたし達の近所にいたひと達も、左側の中学生の集団に注目している気配。

でも、何もできない。そして、目が覚める。

昨日の夢では。女子中学生の集団が放つ悲鳴が、もっとずっとおそろしいボリュームになってきた。うん、夢の中であたし、冬美相手に、こんな会話しちゃったもん。

「ねえ、フユ、あれ、何だと思う？」

「若い女の子のじゃれてる声……じゃ、完全に、ないわよね。……あれ、悲鳴？」

「にしか聞こえないよね」

「何かあったのかしら。私、あっちへ行ってみようかな」

「やめっ」

この時。

なんでだか判らないんだけれど、あたしは、立ち上がりかけた冬美を止めた。

全力で、立ち上がりかけていた冬美を、彼女の席に押しこめようとした。

実際に、自分が立って、立ち上がりかけた冬美の両肩を押さえたと思う。

うん。

あたしの本能が、〝あれには絶対に触らない方がいい〟って、全力で主張していた。

冬美は、あたしの剣幕に押されてか、自分の席から立たず……そして、あたしは、目が覚めた。

いや、ま。

夢の話だからね。

夢の中の話なんだから、本能も何もないんだけれどね。

けど。とはいえ。

一体、これは、何なんだろう。

あたしは。

何でこんな夢をみてしまうのだろうか。

自分で、みた夢を覚えていて、その関係だって推測できるって思っているのだ、あたしは、勿論(もちろん)、この、みた夢を分析してみた。

で、結果が。

判らない。いくら考えてみても、判らない。

とは言うものの、えっと、あの、ね？

これ、ストレスのせいなのかな、ストレス。

やあ、まあ、ストレスっていうんなら、こりゃもうあたし、売る程あるんだ。（って、買ってくれるひとがいるとはまったく思っていないけど。）

いやあ、だってあたし。

二十二で大学卒業したあと、ま、ちっとは名が知れている大手出版社の正社員になり、そこでずっと校閲一筋。あたしはこの仕事がとても好きだったし、作家さんの評判も悪くなかったし、みなさまにも有能だって言ってもらえた、そんな感じで仕事してたのだ。校閲の仕事はとても好きだったから、「これって天職かも」なんて思った瞬間もあり、収入もそれなり、このまま定年までこの仕事で走っていっちゃってよし！って思っていた訳なんだけれど。

けれど、ま、本人が「ＯＫ」って思っていることは、大体、そんなにうまく続かない。そこまでうまくいったら、人生うまくゆきすぎってもんだろう。

で、案の定。四十五になったら、大問題が発生した。

とても簡単。

まず、あたしの父が、パーキンソン病になってしまったのだ。

いや、そもそも、ずっと前から父は発病していたのかも知れない。本人も、家族も、気がついていなかっただけで。

で、家族が気がついた時には、病状が進行していて……それでも、何とか、最初の一年は父も在宅でがんばってくれていたのだが、そのあと。

自分では、ほぼ、動けなくなってしまった父を、母が、ひとりで、在宅で介護するのは、まあ、無理だった。

わははははは、これでまず、あたしの将来設計は、見事に挫折の第一歩を辿ったのだ。

父の看病をちゃんとしようと思ったら、これはもう、仕事に支障でまくり。

いや、でも、この時点ではまだ、母が元気だったから。いろんなことを母に丸投げして、なんとか、あたしは仕事を続けていたんだけれど……でも、それでも、パーキンソンを発病し、ほぼ動けなくなった父の介護をしながらの会社勤めは、かなり、きつかった。でも、あたしも、母も、何とか五年、がんばった。

あたしは、仕事をしながら、家事やって、介護やって、母と二人で父を入院させてくれる病院を探しまわることになり、いや、もう、これが、時間かかるかかる。なんたってあの時代（ひょっとしたら今もそうなのかな？）、病状が安定している病人は、ひとつの病院に三ヵ月以上継続して入院することは不可っていう規則があったらしくて、父が入院した瞬間から、あたしと母は、次の父の入院先を探しに病院めぐりをしなきゃいけなくなった。そんでまた、ないんだなあ、これが。

すっごい不思議だった。

実際に父が入院していて、父のお見舞いにも行きたいんだけれど、というかそもそも、肉親が入院しているんだ、その看病するのは当然だろうって思っているのに……なのに、看病なんてしてる時間がどこにもない！　ゆっくりお見舞いにすら、行けない。入院している父をほっといて、あたしも母も、ひたすら〝次の父の入院先〟探しに奔走しなきゃいけない。これやらないと、三ヵ月後の父が、宙に浮いてしまう。

この事態は、何か、とても、変だ。

ま、でも、あたしと母の奔走の甲斐(かい)あって、次の父の入院先が決まり、三ヵ月入院した父は、無事、転院。翌日からまた、あたしと母の、次の父の入院先探しの旅が始まる。

これを何度も何度も繰り返していたら……そうしたら。

いつの間にか、今度は母が、認知症を発症してしまったのだ！

わはははは。

も、どーしようもない。

父を高齢者専門の病院にいれた。〝治療〟というよりは、〝介護〟に特化した病院に。

（……最初っから父を、高齢者専門の病院にいれることにしたのなら、三ヵ月ごとのこんな苦労は、多分しなくても済んだのだと思う。ただ、父の看護を始めた頃には、普通の病院ではない、高齢者専門病院に父をいれるということは、何だか最先端の医療を諦めることになるような気がして、あたしも母も、それはとってもやりたくなかったのだ。）

ま、三ヵ月ごとに病院を転々とするのに較べたら、これはとっても楽になったっていう話なのだが（だって、高齢者専門の病院は、一回入院したら、あとは、三ヵ月たっても三年たっても、ずっといれていてくれるんだもん。そのかわり、入院費が「……え……」なんだけどね。けど、この病院に父がはいれたおかげで、やっと、あたしは、入院した父をゆっくりお見舞いすることができるようになった）、その病院を選ぶのに、その病院に父の入院を認めてもらえるのに、どんなに時間がかかり、これがまたどんなに大変なことだったのかは、ま、言ってもしょうがないから言わない。

また、そのあと、今度は認知症になった母をいれることができるグループホームを見つけるまで（これがまた、どんなに時間がかかり、どんなに大変なことだったのかは、ま、言ってもしょうがないから言わない。って、これ、見事に前に書いていることの繰り返しになってますわなあ。でも、本当にそういうものだったのだ）、あたしが、どんなに、苦労をしたことか。

この、介護と看護の間に。

しょうがないから、あたしは退職した。

せざるを得なかった。

いつの間にか気がつくと、有休を遣い果たし（おお、就職以来、完璧に有休を消化したのはこの年が初めてだ）、それでも足りずに休暇をとり、それでも足りずに……なんてやっていたら、そりゃ、もう、お勤め、無理。

また。

さすがに、母が認知症っぽくなったら。

母に丸投げしていた父関係の用事は、全部あたしの仕事になり、新たに母の認知症に対処もしなきゃいけなくなって……これは、もう、さすがに。

さすがに、会社に行っている時間が、まったくなくなったのだ。

落ち着いたら、正社員は無理でも、何とか復職しよう。

勿論、あの時は、あたし、そう思っていた。

だが、そんなことを思っているうちに、父が亡くなる。

大慌てで葬儀だの何だのやっているうちに、今度は大阪の義母が徘徊問題をおこしていることが発覚。

父の葬儀を済ませて大阪に駆けつけ、とりあえずディケアとか何とかで、義母の面倒をみてくれる施設を探している間にも、今度は義父の具合が悪くなる。緊急入院。

ま、とりあえず、デイケアだけでは凌げない状態の義母を何とかグループホームにいれ(これをみつけるまでに、これまたもの凄く大変なことがあったんだけれど、そういう話は全部省略)、具合があんまりよくない義父が退院したあと家で自立できるよう介護の態勢を整え……。

そしたら今度は、母がいきなり亡くなった。

お葬式やったり何だりやって、そんなこんなが、やっと、一段落したのが、ほんのちょっと前。

当然、〝復職〟なんて、考えている時間は、まったくなかった。

会社をやめてからの数年間。

もう、なんだかジェットコースターに乗っているような気分だった。

ジェットコースターに乗っているとしか思えなかった。

だって。父の介護から始まって、母の発症、父の死、義母の徘徊、義父の発病、母の死。

……子供がいなくてほんとによかった。

〝子供がいないこと〟を、心から神様に感謝したのは、ほんっと、この時が、最初。高校生や中学生の子供がいたら、体力、持たなかったと思う。

また、うちの家計は、他のことすべておいといて、親の介護だけに向かって特別予算を組んで……それで、やっと、いっぱいいっぱいだったんだよ。(というか、実は、子供がいなくて共稼ぎだった我が家には、普通の家より貯蓄がある。結構ある。それを、ひたすら取り崩して介護をしていたのだ。)

まあ、うちの場合。

あたしが一人娘で、旦那が一人息子だったってことは、ある。一緒に介護や看護を担ってくれる兄弟姉妹がいなかったって事情はある。

けど、とはいえ。

このまま、親の介護を続けていれば、早晩、貯金がなくなってしまう可能性はある、ということは、あたしは仕事に復帰したい、というか、しなきゃいけない、だって、旦那の定年はもう見えている、んでもって、あたし達の世代って、六十から年金が出る訳ではないのだ。

けど。

大阪の親の状態は、まだ、まったく安定していない。

いつ、大阪に呼ばれるのか、まったく判らない。

あたしは、一応、〝校閲〟っていう特殊技能を持ってはいる、けど、これで就職できるかどうかは、まったくの謎。大体、すでに五十超えてるし。あたしが経営者なら、五十超えた女より、校閲の専門学校出たての若い子を雇うだろう。間違いなく、あたしの方が校閲能力あるんだけれど、五十超えた人を雇うより、多少技術は低くても、若い子を雇って教育した方が、将来的なコストパフォーマンスいいだろうって、普通の経営者なら、思っちゃうだろう。

故に、只今(ただいま)のあたしはまったくの無職で、冬美から電話があったのは、そんな時期だったのだ。

だから、まあ、平日の昼間に、有楽町の美術館のデートができた。

あたしにだって、色々と思ってしまうことがあったから、むしろ、冬美とデートできて、気晴らしになったって、言って言えないこともない。

けど。

これは……まあ……これは、なあ……これは、ストレス……たまらない訳が、ないですよなあ。

天職であったって自分でも思っている〝校閲〟。

この仕事に、あたしは、かえりたい。

かえりたい……とはいうものの、その前に。

もっと不安な要素がある。

義父と義母。

義母は、まあ、只今施設にいる訳で、彼女の安全は確保できているんだが、義父の方は、介護を受けてはいるとはいうものの、自宅にいる。安全は、確保できていない。

いや、その前。

もっと言っちゃうと。


あたしは、何を、しなくちゃいけない？


はい。

あたしは、義父と義母を養わなきゃいけないのだ。

いつまで？

判る訳がない。


今。

親の介護の為に仕事をやめた。というか、親の介護をする為には、仕事を続けていることができなくなった。

ということは、あたしには、そもそも収入がない。

この辺、冬美と一緒だ。

にもかかわらず、これから、あたしには、ずっと支出が義務づけられている。いや、勿論、あたしに収入がない以上、支出を担当するのはうちの旦那なのだが、ずっと共稼ぎをしていたあたし、旦那の収入と自分の収入をたして、〝うちの収入〟だって思う癖がついている。

うん。だから、あたしって主語を遣ったのは、間違いね。

あたし達夫婦が何をしなきゃいけないのか。

両親を養わなくちゃいけないのだ。


切実に、仕事に復帰したいと思った。

仕事、やめなければよかったって、心から思った。

だが……無理、だ、なあ。

どう考えても、あの地獄の日々（って、これは、あたしの親の介護が始まった日々のことね）に、あたしが、仕事を続けるのは、無理だった。それやったら、多分、あたしが倒れただろうと思う。（実際。大阪の義父母の介護が始まった時、それまで、あたしの両親の介護でもう一杯一杯だったあたしと旦那は、大阪までの行ったり来たりが大変で、順番に過労で倒れたのだった。）


正式に退職したんだ、あたしには、もう、ストレートにそのまま、前職に戻れる可能性がない。

現時点のあたしには、収入の路(みち)がない。

でも、今のあたしは、切実に、ほんっとおに切実に、収入が欲しい。

それにまた。

好きだったのに、校閲。

かえりたいのに、あの仕事に。

こんなあたしが、もう、ストレス満載だってことは、お判りいただけるんじゃないかと思う。

ストレス満載。

いやもう、ストレスしかないかも。

ま、こんだけストレスフルなんだもん。

変な夢をみたって、しょうがないよね？

氷川稔

あ、ひょいっ。

俺は、席を立った。

ひょいっとな。

いや、だって。

このままここに座っていると……なんだか、とっても〝嫌なこと〟が起こりそうな予感がして……だから、ひょいっとな。

したら、俺の斜め前にいる男に、怒られてしまった。

いや。彼とは初対面だと思うんだが……別にこの男、知り合いでも何でもないと思うんだが…… いきなり。

「あの。何回も言いますが、なんだってあなたは、毎回毎回御自分の席から逃げてしまうんですか？」

って、それは一体、何の話だ？

何回も言いますがって、席から逃げるって、それは一体なんの話だ？

それがまったく判らなかったので、俺はあたりを見まわしてみる。

と、言うか……ここ、どこよ？

見まわしてみると……んー……ここは、ええと……電車の中、なの、かな？

乗ってるひとがとっても少ない、そんな電車の中。そんな処に、俺はいる。

んでもって、俺は、その電車の中で、優先席に座っている。そんで、なんか、微妙に嫌な気持ちがして……ああ、なんだかよく判らないんだけれど、このまま この優先席に座っていると、近い将来電車が止まり、その上、俺の膝（ひざ）の上に、のしかかってくる奴がいるような気がしちまって……そんで、だから、ひょいっと席を立ってみたのだ。俺の膝の上に、誰かがのしかかってくる、その前に。

ここで俺は文句を言われて……なんなんだこれ。なんで俺、文句なんて言われんの？

すると。

俺に文句を言った、斜め前にいる男、はああって息をついて、そして、そのまま、頭を抱えるようにして。

「あなたは、多分、覚えていないんでしょうね」

って、何をだ。

「あなたの隣には、女性が座っています」

いや、そんなこと、見れば判る。

「その女性は、あとちょっとすると、倒れます」

って、なんなんだそれ。言われて慌てて、それまで俺が座っていた席の隣にいた女性に視線を送る。けど……え？　……これ……なんだ？

ついさっきまで、俺が座っていた時には、俺の隣には、確かに二十代くらいの女がいた筈だったのだ。いや、まったく詳しくは覚えていないのだが、なんだかそんな気がするのだ。いきなり俺、気がつくと〝ひょいっとな〟って立ったんで、そもそも隣のひとのことなんかまるで気にしていなかったんだが……確かに、女がいたような気がするというか何というか……。

だが、今、俺がいた席の隣に座っているのは……いや、確かに、女っぽくは見えるのだが……女、じゃ、ないよな。

いや、その前に……これは、人間か？　なんか、案山子みたいに見えるんだけれど。

「その女性が、近い未来、あなたの膝の上に倒れかかってきて、あなたは多分、それがとっても嫌だったんでしょう」

いや、そりゃ、確かに、見知らぬ女性がいきなり膝の上に倒れかかってきたら、それは絶対、俺は嫌だよ。

「だから、それを避けようとして、あなたは、女性が倒れかかってくる前に、席から立ってしまうんですけれど、それは、酷くありませんか？　あなたが立ってしまうと、あの女性は、あなたという緩衝材なしでいきなり座席に倒れてしまうんですよ」

……って？

一体何の話をしているのだ、この男。

いや、その前に。

俺の隣に座っているのは……これ……ほんとに案山子？　マネキン？　女性っぽいフォルムはしている、そんな服装もしている、けど、どっからどう見ても、どう考えても、生きている人間には見えないんだけど……〝作り物〟にしか見えないんだけれど……。

だから、俺は、おずおずと言ってみる。

「これ……女……というか、そもそも人間に見えないんだけれど……」

「今はそうです」

って、なんだそれ。

「でも、最初は、その方、女性だったんです」

「……あの？」

何を言っているんだこの男。というか、この話の流れは何だ。

最初は、その方、女性だったんです。

つまりは今、これ、〝女性〟じゃないよな？　そもそも人間に思えないよな？　んで、それが倒れかかってくるからって、それを俺が避けたからって……いや、そもそも、俺には予知能力なんてないんだ、こいつが倒れかかってくるからって、それを避ける為にひょいっと立つことなんてできない筈で……。じゃあ、なんでまた、俺が、ひょいっとなって席を立ったのかって言えば、それは全然判らない訳で……。

まったく訳が判らないまま、俺はふうって息を吐き、息を吐いた瞬間、ふっと意識が遠くなり……そして俺は、目が覚めた。

目が覚めた瞬間、俺は今の夢のことをまったく忘れてしまったんだけれど……忘れてしまった俺、〝自分が忘れてしまったこと〟すら、すでに覚えてはいない。

村雨大河

……あ。

また、だ。

また、立ってしまった、〝彼女〟の横に座っていた筈の男のひと。

このひとが立ってしまうと、近い将来倒れてしまう女のひとは、緩衝材がまったくなく、ひたすら倒れることになってしまう訳で、だから、僕としては、この男のひとが席を立ってしまうことをとっても認めたくはなく……。

いや。

だって。

この女のひとは、多分、違うんだろうけれど。妊婦さんじゃ、ないんだろうけれど。

それでも、最初、僕がこの女のひとの側に来たのは、この女のひとが妊婦さんだと思ったからだ。うん、妊婦さんを守ろうって思って、僕は、この女のひとの側に来た訳で、この男のひとが立ってしまうと、妊婦さんが、何の緩衝材もなく、そのまますると座席の上に倒れてしまうことになる。

勿論、間に、緩衝材である男性がいたって、妊婦さんが倒れてしまうという事実は変わらないのだが、それでも、緩衝材である男のひとがいるのといないのとでは、多分、妊婦さんにかかる衝撃は、違う筈。

だから。絶対に、僕は、この男のひとに、その位置にいて欲しかった。緩衝材になって欲しかった。

けれど、何度文句を言っても、何度抗議しても、このひとはそれをまったく歯牙にもかけてくれず……そういう意味では、多分、とても心が強いひとなんだろうなあ、このひと。

……と、あれ？

〝何度文句を言っても〟？　〝何度抗議しても〟？

あれ、僕、何度もこのひとに文句を言っているんだろうか。

というか、僕は、何故、何回も文句を言うことができるんだろうか？

あれ？　だってこれ、僕にとって初めての事態だよね？　あれ？　違う、のか？　あれ？

しかも。

今回は、この男のひと、まったく違うことを言った。

え？　〝違うこと？〟。この男のひとがまったく〝違うこと〟を言ったって思えるってことは……僕は、やはり、このひとに文句を言ったり抗議をした経験が、あるんだろうか？

それがないと、〝しかも、今回は、この男のひと、まったく違うことを言った〟って表現にはならないのではないかという気が……。

ただ、こんな僕の思い、その男のひとが言った台詞により、考えていられない事態になる。だって、この男のひと、こんなこと言ったんだもの。

「これ……女……というか、そもそも人間に見えないんだけれど……」

え？

で、言われて改めて女のひとを見てみたら……。

あららららら。

どうしよう、これは、僕が思った、妊婦さんかもっていう女性ではない。

というか……男のひとが言っているように、あきらかに、人間では、ない。

お、おかしい。

パペットっていうのかな、男のひとの隣にいたのは、あきらかに〝操り人形〟。どこからどう見ても、人間ではない。

まるで木彫りのような顔。とても硬い質感。あきらかにこれは、生身の生き物ではない感じがする。しかも、顔が、ないんだ。いや、〝ない〟っていうのとは違うか、その、のっぺりとした、目鼻がまるでない顔。なんだか（別に木製という訳でもないような気がするんだが、それでも）、樹木の年輪のようなものが顔に刻まれているような感じさえ、する。

あれ。

あれれ、変だな。

僕は、この女のひとが妊婦さんだと思ったから、だから気を配っていた筈なのに……こんな、どっからどう見ても人間ではないひとがそこにいたって、僕が気を配る筈がない。

（いや、それより前に、普通の地下鉄の中に、どこからどう見ても人間ではない〝もの〟が、あたかも人間然として座っていたら、そっちの方がずっと問題なんじゃなかろうか。そんな気がする。）

けど……確かに、さっきまでは違った筈で、最初はこのひと、絶対に女性だった筈で、しかも僕が妊婦さんだと思った女性だった筈で……。

だから僕はこう言ってみる。

「今はそうです」

うん、確かに、今は、そうなんだよね。けど。

「でも、最初は、その方、女性だったんです」

この僕の台詞を受けた、男のひと、無茶苦茶苦い薬を飲んだような表情になって……でも、何も、言わない。

いや、〝何も言わない〟のか、〝何も言えない〟のか、判らないんだけれど。

んで、そんなことを思っていたら。

いきなり、僕が乗っている電車の形が崩れだす。

どんどん、電車は、崩れてゆく。

電車が、崩れてゆくと、思い出す。

この女の人は、妊婦さんではなかった。

もっと他の病気を患っているかも知れないひとで……だから、このひと、この後に倒れてしまうことになって、今、彼女を避けようとしている男性が、お医者さまを呼ぶことを提案してくれ、不幸なことにこの車両の中にはお医者さまはおらず、かわりにナースさんが来てくれ……ああ、そんなことを思い出していたら、遠くで、なんか、きゃあきゃあ言っている女の子の声が聞こえてきた。

子供……？　いや、もうちょっと上の感じ。中学生？　高校生？

くるんと、首をひねってみる。

僕は地下鉄の車両の端っこの方にいたのだが、逆側の方に、おそろいのジャージを着ている団体がいた。ジャージの色は、緑。かなり独特な緑で、ほんの僅か、アクセントにはいっているオレンジがえらく印象的で（率直に言おう。見た瞬間から、趣味が悪いとしか思えなかった）、あ、あれ、僕の知っているジャージだ。僕は、あの趣味の悪いジャージ、どこかで見た記憶があるな。

多分。おそらくは。断言できないけれど。

☆

そこで、僕は、目が覚めた。

「いやあ、去年の、高城名人の一戦！」

起きた瞬間、ほぼ、夢のことを忘れていた僕は、いつもの行動として、身だしなみを整えると、適当な時間にいつもの碁会所に行ってみたりする。散歩がてら、川沿いを三十分くらい歩き、駅でいえば一つ先にある碁会所に。いや、もっと近い碁会所はあるのだが、ここの雰囲気が、僕は好きなのだ。だから、普段行くとしたら、大体、ここ。（日本棋院なんて、精神的な意味での敷居が高くて、なかなか行けない。ま、知らないひとと打てるので、勉強にはなるのだが。また、売店での囲碁関係の書籍の充実さ加減が、近所の本屋さんよりはるかにいいので、囲碁関係の本を買いたいと思った時は、日本棋院に行くのだが。）と、そこには、僕の最大の、そして最愛の碁敵である佐伯さんがいて（いや、佐伯さんはいつだっている。このひとは、本当に、まるでこの碁会所の主のように、いつだっているのだ。だから……いつだって彼がいるから、だから僕はここが好きなのかも知れない）、気がつくと僕は、佐伯さんと碁を打っていた。

佐伯さんが、僕に、二子置き。これがいつもの手合割。

「あれは、なんか、すっとしましたなわたしゃ。いや、溜飲がさがったって言ってもいい……いや、そこまで言うと、言い過ぎになっちゃうか」

「……って……」

どう相槌をうったものだか。だって、佐伯さんのこの台詞を聞くの、二回目や三回目じゃないんだもの。佐伯さん、よっぽど高城名人が好きなんだろうな、高城九段が名人になった、去年の名人戦の話題が、殊の外好きなのだ。

「いや、井沢(いざわ)七冠、あのひとは凄い。確かに囲碁界の至宝でしょう。けど、ま、いっちゃ悪いが、あのひたあまだ二十代でしょ」

「いえ、この間三十超えたと思うんですが……」

「あ、そなの？　なんか、デビューが十いくつだったからさあ、いっつまでも若い、若いって気がしてなあ、あのひと。……うん、とは言っても、すでに三十超えてたとしても、でも、それでも、まだ、ぎりぎり私の孫っつって悪くない年だよ、あの七冠は。うん、そうだよ、若い」

うん。それに対しての反論は、ない。

「若いのが台頭してくるのは嬉(うれ)しい、けど、若いのがあんまり強いのは悔しい、というか、若いのが胸はって七冠やってるのって、嬉しいけど悔しい、この感覚、このびみょーな感じ、村雨さんなら判ってくれるでしょ？」

……んー……まあ……判らないでも、ない、の、かな。

囲碁界全体のことを考えれば、若い棋士が台頭してきてくれないと盛り上がらない、だから、ぜひ、若い棋士に台頭してきて欲しい、でも、台頭してきた若い棋士があんまり強すぎると、もう何十年も囲碁やってて、全然強くならない自分がちょっと悔しい、いや、勿論、プロとアマを較べてもしょうがないんだけれど、あんまりにも若いうちにプロになって、そのままひたすら強くい続けるひとって、いささか我々老人の劣等感を刺激しすぎるっていうか……んー……これはもう、どう表現したらいいのだか。

ま。

確かに、若い七冠が、どんどん勝ってゆくのにつれて、古参の棋士達を応援する気持ちに、自分がなっていなかったかっていえば……それは、確かに、なっていたと、思わないでもない。

「んで、そこで、やってくれたんだよ、高城さんがよ。あのひたあ、老人の希望の星だよ」

この台詞には。いささか解説が必要かも知れない。

ちょっと前に。囲碁界には、井沢七冠という若い天才が現れたのだ。史上初、囲碁の七大タイトルを、すべて独占してしまうような天才が。

このひとが現れた直後は、このひとが、五冠になり六冠になり、そして史上初の七冠になるまで、僕達囲碁ファンは、どれだけこのひとに注目していたことだろう。どれだけ、このひとのことを応援していたことだろう。

だが。

七冠になってしまえば、また、話は違ってきてしまう。

若い、しかも、強すぎる七冠は、〝判官贔屓(ほうがんびいき)〟を引き寄せてしまう。

そう。判官贔屓。

日本人っていうのは、基本的に〝弱いもの〟を、〝負けるもの〟を、贔屓する属性を持っている訳で、ここで、それまでは、〝若い〟〝強い〟〝このひとに七冠をとらせてあげたい〟と思っていた、井沢さんに対する感情が、一転する。

井沢七冠。

強いよね。

凄いよね。

でも、同時に。

あんまり強いのは、ちょっと、ね。いくら何でも井沢七冠、強すぎるよね。あまりにも危なげなく、あまりにもあっけらかんと（いや、勿論、〝あっけらかん〟っていうのは、見ている僕達の感想。実際に戦っている井沢七冠にしたら、おそらく、〝あっけらかん〟っていう言葉はないだろうと思うのだが……観戦している僕達には、あっけらかんと勝っているように見えてしまった）、井沢七冠がいくつもの防衛戦に勝利したので、そんな僕達の気持ちは、より、強くなる。

そんな、井沢七冠が、去年の名人戦で、高城九段に負けた。それも、七番勝負全部を使って、競り合って、競り合って、それで、最終戦で、負けた。結果として、井沢七冠は、井沢六冠となり、高城九段は名人となった。

……いや、高城名人だって、僕からしてみればかなり若い、佐伯さんからしてみたら、かなりどころかずっと若い、まだ四十にしかなっていないひとなんだが……だから、このひとを〝若い七冠に押されていたのを押し返した、我々老人の希望の星〟って言っちゃうのは、いくら何でも、逆に高城名人に失礼だっていう気がしないでもないのだが……まあ、確かに、井沢七冠（いや、今は、六冠か）に較べれば、高城名人は、我々老人の方に、年が近いか。まあ、孫よりは息子の年になる訳だし。

「いや、孫みたいな年の子供がね、強いのは、そりゃ、嬉しい。とても嬉しいことだ、それはよく判っている。年下の連中が強くなってくれないと、囲碁界の未来はない。んなこと、よーく、判っている」

「です……よ……ねえ」

んでもって、パチっ。うーん、佐伯さん、なんか、しゃべるのに夢中になっていやしないか？　なってるな、多分。

だって、佐伯さんの石は、今の僕の一手でもって、分断されちゃうんだもの。ここ、切られてしまうと……おそらくは、佐伯さんの勝ちは、ないと思う。

「でもね、こっちとしちゃね、高城名人をひたすら応援したいと……と。……とっ！　と、と、と、あの？」

この段階で。

ようやっと石の分断に気がついた佐伯さん、あわあわとなって。

「こ……こっちか」

無理矢理連絡を復活させようとしてぱちんって打った佐伯さんの手、これは読んである。だから、僕はそこに対応する手を、ぱちんと。

「あ……やられちゃったか、ということは、これは……」

佐伯さん、ひたすら、先を読む。でも、悪いけど、その先の手、僕は読み尽くしていると思う。そして、それは佐伯さんにも判ったんじゃないかな。佐伯さん、目先を変えて。分断された片側の石の連絡を諦めて。かわりに、残ったもう片方の石を何とかしようと……。

「ということは、とにかくこっちだ。こっちを何とかしないと……」

んで、ぱちん。

そこで打たれた石の先……でも、悪いけれど、そこも、僕は、読んでいる。こっちは、ぎりぎり下方の石に連絡の可能性があるんだが、そこも僕は読み切っているつもり。僕が、読み切っている対処を、全部きちんとやったのなら、まぎれてしまって、僕が間違えない限り、佐伯さんの石が助かることは、多分、ないと思う。

んで、その、連絡の急所に、ぱちん。

だから、佐伯さん、僕にここに打たれて、更にわたわたして、ぱたぱたして……。

「この辺……いや、ここ……あ、でも、駄目か……」

で、ここで。

「あー、〝負けました〟」

佐伯さんは、勝負において、おそろしく〝いさぎよい〟。

現時点で、僕の右下にはかなり広大な地があるので、僕が佐伯さんだったら、死ぬの覚悟で、ここに無理矢理落下傘降下するだろう。勿論、そんなことはほぼ無理に決まっているのだが、どうせこの碁は負けだと思ったら、そういうこと、やって損はない。そんでもって、何とか無理矢理、ここで、生きることができたら、これは勝負が判らなくなる。けれど、佐伯さんは、そういうことをやらないひとなのだ。

だから。

負けました。

んで、それに対して僕は。

「ありがとうございました」

って、ぺこんと頭を下げた。

そんでもって、ここからは、〝感想戦〟。今の碁の、何がどうよくて、何がどういけなかったのか、それをお互いに言い合うのだ。

「んー……敗着は、ここ、か」

僕が佐伯さんの石を切った、まさにその一手前の石に、佐伯さん着目する。うん、まさにそれが敗着っていうか……ここで、彼が自軍を守っていたら、僕のこういう勝ちは、なかった。

「ですねえ。……ここを、切らせて貰えましたから。ここ切っちゃうと」

「分断されたこっちの石の〝生き〟はないわなあ。ま、かたっぽはぎりぎり生きるとしたって、犠牲が大きすぎる」

いや、その〝かたっぽ〞も、僕は殺す気満々でしたし、実際に殺したと思うんだけれど……。

「両方生きるのは無理か」

それだけは確かです。

「つーことは、ここは、ここだけは、切らせちゃいけなかったんだなあ」

「ですよね」

「んー、成程」

がしがしがし。

佐伯さんは頭をかく。

なんか、微妙にふけがとんできそうな気持ちがして、僕はちょっと佐伯さんから身を引いたのだが、そうしたら。

いきなり、碁会所のドアを開けたひとがいたのだ。

「ちょっと、おじいちゃん」

いきなり碁会所のドアがばたんと開いて、んで、そこにいたのは、どこからどう見ても、まだ中学生の女の子。きっちり、制服を着ている。んで、この女の子を見て、佐伯さん、なんかちょっとあせっている感じになる。

「お、何だ。なんかあったんか渚」

「おじいちゃん、なんだって碁会所なんかにいるの！」

「って、いや、そりゃもう、ずいぶん前に定年になったんだから、会社やめたらわたしゃずっと碁会所にいるって、頼子にもそう言っただろ」

「って、それは、〝何もなかった時の話〟でしょ？　おじいちゃん、ママに約束した筈じゃない。〝なんかあったら家で留守を守る〟って」

この台詞を聞いた瞬間、佐伯さんは、なんだかもじもじする。何だかとっても、うしろめたいことがあるようだ。

「今日。知り合いのお葬式があるから、私とママはそれに参列するから、おじいちゃんには家にいてねって言った筈だよね？　昨日、ママ、そう言ったよね？　絶対にそう言ったよね？　私聞いてたからね。なのに何だっておじいちゃん、家にいないの。んでもって、何だってこんな処にいるの」

あらら。佐伯さんったら、何やってるんだ。

「い……いや……だって……その〝お葬式〟って、〝よく知らないひと〟の奴、だろ？　少なくともわたしゃ、頼子からそう聞いたと思うんだが……」

ふうむ。頼子さんっていうのが、おそらくは佐伯さんのお嬢さんか、息子さんのお嫁さんで、この中学生のママ、かな？

「〝儀礼として、出なくてはいけない、だが、よく知っているひとではない〟、そんな方のお葬式だって、そんなニュアンスで言われたと思ったんだが……だからまあ、その、何だなあ、たいして重要ではない〝お葬式〟だと思ったんだが……えーと……その……違う、の、か？」

「違う。全然違う」

こう言うと。佐伯さんのお孫さん、きっと、佐伯さんのことを睨む。

その瞬間。

僕は、ちょっと、はっとした。

この子。

僕、見覚えが、あるような気がする。どこかで見たような気がする。

だが、そんな僕の思いとは関係なく、事態は進行していって……。

「確かに、ママにしてみれば、今日のお葬式は、〝よく知らないひと〟のもので、〝儀礼として出なきゃいけないもの〟だったんだろうと思う。けど、それは、違う。違うの」

話がこうなると。

さすがに、年の功で、佐伯さんには判ったみたいだ。

「ああ……。その……今日のお葬式は……頼子にしてみれば、他人も同然のひとのお葬式だったんだろうけれど、渚、おまえにしてみれば、まったく違うもの、だったんだね？」

「……なのっ！　うちのクラブの子！　友達っ！　千草のお葬式っ！」

千草の。

名前を言った時のお孫さんの表情で判った。亡くなった方は、お孫さんにとって、大切なひとだったのだ。多分。

「で、ママと一緒に私お葬式に参列していて……途中でパパからママの携帯にメールが来て……広島のおじいちゃんが転んで足の骨折って入院することになったって話で、でもパパはすぐに広島に行けないからママに広島に行って欲しいって話になって」

ああ。この話の流れで、もっと判ったことがある。

頼子さんというのは、確実に佐伯さんの娘さんだ。じゃないと、これはおそらく、もうちょっと違った表現になる筈。

〝広島のおじいちゃん〟というのは、佐伯さんがこの娘さんの母方のおじいちゃんだということに鑑(かんが)みて、父方の祖父だろう。

「だからママは慌てて広島に行かなきゃいけなくなって、んで、とにかくおじいちゃんに連絡をと思って、家に電話しても、誰も、出ないっ！」

あ……ああ。

もの凄く、ばつが悪いって表情をしている佐伯さん。いや、それはそうだろう。もし、僕が今の佐伯さんの立場になっていたとしたら……それは、ばつが悪いだなんてものではない筈。

「おじいちゃんはいくら言っても携帯持ってくれないしっ。スマホの操作が判らなくったって、世の中には老人携帯ってものだってあるんだよっ。もう、キー操作ほんのいくつかで、とにかく電話かけられて、電話受けられるやつが。スマホ使えなくたって、携帯の操作が判らなくったって、せめてそれくらい、持っててくれたっていいじゃないっ。老人携帯は、老人が使えるようにできてる奴なんだよっ！」

いや、お嬢さん、それは、世の中の老人全般に対して、あまりにも失礼な言いぐさじゃないかと思うんですが……だが、これはもう、そんなこと言える状況じゃないよなあ。

ここで僕は思い切って言う。佐伯さんに。

「佐伯さん、とにかく娘さんに謝りなさい。家にいなくて悪かったって。んでもって、家に帰りなさい」

「あ……ああ、村雨さん、ええっと……」

すると。ここで。初めて僕という存在に気がついたのか、制服を着ている、おそらくは中学生のお嬢さん、僕に向かって。

「あ……すみません、対局中に、いきなり乱入して、その上変なこと言っちゃって」

おお。佐伯さんの教育がとってもできているのか、この中学生の娘さん、僕達の対局にまで気を遣ってくれる。

「いや、大丈夫ですよ、対局はすでに終わっていますから」

「あ、そうなんですか、なら、よかった。……えっと、私、大野渚って言います。おじいちゃんの孫で……って、あ、これは何の説明にもなっていないか、佐伯義一の孫です。いつも祖父がお世話になっております」

おお。〝いつも祖父が〟ってきましたね。おじいちゃんが、じゃ、なくて。これは見事に素晴らしくよくできた孫だなあ。

「はい、私は、村雨大河と申します。いつも、あなたのおじいさんには、お世話になっております」

と。そんなことを言った時に。そんなことを言った瞬間に。

僕は思い出した。

〝素晴らしくよくできた孫〟と、〝とっても趣味の悪いジャージ〟。

ちょっと前に、そんなことを思った記憶が……。

あ。

いや、違うか。

まったく逆か。

〝素晴らしく悪い親子関係〟。

僕の記憶の片隅にある、〝趣味の悪いジャージ〟って言葉、そういう話の末にあったんだよね。で、この娘さんを見ていると、何故だか、あの〝趣味の悪いジャージ〟のことが浮かんできてしまって……。

で、つい、うっかり。

「あ、あの趣味の悪いジャージ！」

言ってしまった瞬間、僕はもう、後悔に塗れる。

いや、だって、中学生の女の子がこれだけ気遣いがある言葉遣いをしているっていうのに、六十を超えた、この僕の台詞は、ないだろう？

「え？」

案の定、中学生の渚嬢、狐につままれたような顔になる。

「あ、いえ、何でもないんです、何でも」

と、僕は誤魔化してみたのだが。

「ああ、二月、でしたっけか」

渚嬢には、もう、ばればれだった。

「ゆきちゃんの……ああ、いえ、山形雪野のおじいちゃ……いいえ、山形雪野の祖父の、あ、あれ？」

ここで、渚嬢、ちょっと口ごもる。自分の知り合いである、山形雪野さんのおじいさんのことを、どう呼ぶのが敬語的に正しいんだか、そりゃ、判らなくって当然だろうと思う。自分が山形雪野の親戚でない以上、〝祖父〟って言っちゃまずいことは判る、けど、ここで、〝おじいちゃん〟っていう言葉を遣うのが敬語的に正しいのかどうだかよく判らない。

(いや、そんなことは……実は、齢六十を超えた、僕にだってよく判らない。自分の祖父ならともかく、自分の知り合いの祖父を、そのひとと関係がある、しかも自分の祖父と関係がある目上の人に向かって話す時、問題の〝祖父〟にどう敬称をつけたらいいのか、どう呼んだらいいのか、そりゃ、判らないのが当然だ。)

でも。

果敢にも渚嬢、そういうことを、一回、うんって呑み込んで、そのあと、そういう事情を一切無視して。

「二月の、山形雪野さんのおじいさんのお葬式で、話題になったそうだって聞き及んでおります。あの……うちの……うちの中学の、とっても趣味が悪いジャージが。村雨さんは、その時のことを、仰っているんですよね？」

おおおおおっ。

僕は、またまた、佐伯さんに嫉妬した。

こりゃ、こりゃ、なんてよくできたお孫さんなんだろう。

敬語問題だけじゃないわな、すべてのことをいい感じで要約しているわ、話し方によってはあっちこっちに問題が発生するだろうことをすべて丸く収めてはいるわ、おお、なんてうまい話し方をするお孫さんなんだ。

今年生まれる予定の僕の孫。

その子は、この子程によくできた孫になってくれるんだろうか？

……いや。

この子が素晴らしすぎるんだよね。

で、ここで、思い出す。

山形さんのお葬式の時のことを。

山形彰夫、享年七十二。

胃癌で死亡。

山形さんは、うちの町内にひとり住まいしていたひとだったので、うちの町内会は、勿論、山形さんのお葬式に協力しようと思っていた。

だが、協力、できなかった。

何故ならば。山形さんのお葬式を出そうとする遺族が、いなかったからだ。

いや、遺族、勿論、捜せばいる。

住民票を辿ってみれば、豊島区に山形さんの長男夫妻がいて、当然、遺族は、そのひと達だった。

このひと達が、練馬区の山形さんのお家でお葬式をやるのならば、当然、町内会は協力する。だが、豊島区でお葬式を営むのならば、そりゃ、うちの町内会にしてみれば、他区の行事なのであって、ほっとく……というか、ほっとくしかない事態になった筈なんだけれど……話は、そういう風に、すすまなかった。

何故って。

豊島区にいた、山形さんの遺族が、そもそも、お葬式をやろうとはしていなかったからだ。

「私は、あのひとを、家族だとは認めない。まして、父だとは絶対に認めない」

長男の山形栄さんが、断固として、こう言ったので。

「のたれ死んでください。あなたに息子がいるだなんて間違っても思わないでください。……私は、あのひとにそう言いました。実際、私は、あのひとを父とは認めない。認められる訳がない。絶対に、認めない」

……いや……えっと……あの……。

この反応は、病院にとっても、非常に困ったものだったのだそうだ。

とにかく、山形さんが死んだ時、その遺体の引き取り手がいない。

お葬式より前に、病院としては、死んだ患者さんがいた場合、とにかく遺体を何とかしてもらわなきゃいけない。なのに、遺族にはそれを引き取ってお葬式を営む気持ちがまったくない。

……また。話を伝え聞いたうちの町内会の、特に老人達の間では、これ、とっても辛い話として流布したのだ。

独居老人が亡くなって……なのに、遺族が、遺体を引き取ってくれない。お葬式まであげる気がないと言う。

これはない。これはないだろう。これは辛すぎる。

この段階で、無茶苦茶話題になったのだ、山形さんのこと。

とはいえ。

山形さんに限っては、こりゃ、しょうがないって言えば、しょうがないのかな。

だってほんとに、話を聞く限りでは、山形彰夫さんってひとが、酷すぎたんだもの。とにかく自分より〝目下〟、〝格下〟と思えるひとは、問答無用でひたすら罵倒(ばとう)し尽くすひとだったらしい。

奥さんは、ほぼ人間扱いじゃなかったし、お嫁さんも、また、しかり。

息子さん夫婦になかなか子供ができなかった時なんかは、ほぼ、人間性の限界に挑戦っていう感じのいきおいで、妊娠できなかったお嫁さんを罵倒し尽くし、不妊治療を強制し、途中で不妊の原因が旦那さんの方にあるって判ってからは、今度は自分の奥さんを、また罵倒し尽くしたらしい。(息子をそんな風に産んだ、ということで。)

なのに。自分より〝目上〟であったり〝格上〟であるって認識しているひとには、そういうこと、一切しなかったらしいんだよね、山形彰夫さん。

それがあまりにもあからさまだったので、ついに、実の息子さんにも見限られ、息子さんに子供ができたあとでも（つまりはお孫さんができたあとでも)、その諍(いさか)いは続き、緩衝材になっていた奥さんが亡くなったせいで、ついには息子さんに「どうぞのたれ死んでください」って縁を切られたそうなんだけれど……かといって。

はっきり言って、今の日本では、これは許されない。

ひとが病院で死んでしまい、戸籍的な意味で遺族がいて、なのに、遺体の引き取り手がないというのは、許されない。

結果、しょうがなく、息子さんが山形彰夫さんの遺体を引き取り、密葬して……その時、それまで、山形さん関係のことで色々心を砕いていた、うちの町内会の担当は、しょうがない、そのお葬式を、眇(すがめ)でみていた。

そこで、こんな話があったのである。

この、お葬式に参列した中学生の服装について。

「いくら何でも、ありゃ、趣味が悪すぎ」

いや、ものは、ジャージなんだけどね。

密葬に参列した中学生って、つまりは〝遺族〟に他ならないんだけれどね。

その時、遺族である中学生が着ていたのは、ジャージで、そのジャージが、あまりにも、あまりにも、趣味が悪すぎるんじゃないかと。――まあ。遺族が、ジャージを着て密葬に参列していたのは、変って言えばとっても変だ。普通は、この為に、〝喪服〟というものがあるのだ。学生だったら、礼装としての制服がある筈だし。……けど、まあ、息子が、「のたれ死んでください」って言うような父だ、遺族にまっとうなお葬式のドレスコードを期待する方が、むしろおかしいのではないのかと思う。まあ、息子さんの家庭内で、彰夫さんがどう思われていたのかを思えば、部活帰りだか何だか判らないけれど、ジャージでお孫さんが参列してくれただけでもめっけものだったのかも知れない――。

ここで。

これをことさらあげつらったうちの町内会の理屈は、僕にもよく判る。

だって、うちの町内会、とにかく、山形さんのお葬式をうちでできなかったことを、気にしているだけなんだもの。もっと言っちゃえば、一部の老人達が、老人である山形さんが息子さんに見限られたことを気にしていただけなんだもの。

けど、それを、あからさまに〝問題〟にすることはできない。

だから、〝遺族〟の服装なんかを、あげつらってみているだけ。

だから、〝遺族〟が、ジャージなんか着ていて、それでお弔いをやったことを、問題にしてみる。


まあ、ただ。

それとはまったく違う話で、とにかく、この中学のジャージが、あまりにも趣味の悪い色彩感覚をしている、それだけは確かだったので……うん。

あのジャージの趣味の悪さだけは、町内会の中で、別種の話題に……なって、しまった、んだよ、なあ……。(密葬の話とはまったく別に、話の種として、その中学のジャージの写真まで、僕は見せられた記憶がある。確かに悪趣味としか言いようがなかった。)

だから。僕は、このジャージの趣味の悪さだけは、覚えていた訳なんである。

緑のジャージに、オレンジのライン。それがまた、えらく趣味の悪い形で、趣味の悪い処に、はいっている。しかもオレンジは蛍光色。

緑に、オレンジ。

すごく、ちかちかする。

……なんでこんな色のジャージ、作ったんだろう？
それを。
この時、僕は、思い出したのだ。
そうか。
あの、趣味の悪いジャージ。
あれは、この娘さんの学校のものだったんだなって。
これがまあ、その、〝趣味の悪いジャージ〟の顚末(てんまつ)である。

んで。
ちょっと思ってみる。
つい最近。
僕は、この〝趣味の悪いジャージ〟を、見た、よね？
見たような気がする。
絶対に見た。
んで、さて。
見たとしたら、それは、どこで、だ？
そんで……何で、この娘さんを見ていると、それを思い出してしまうんだろう……？

ひとりは、殺した。

いや、殺す気はなかったというか、むしろ殺さない方がこっちにしてみれば好ましかったのだが……どうしようもなかった。

あそこまで、目と目があってしまった以上、もう、これはしょうがない。

そして。

実は、二人目も……。

これもまた、しょうがない。


……あんまり……殺したくはない。殺す気はないんだが……他に、どうしろと？


その前に。

特定しなければいけない〝人間〟がいる。

この〝結界〟を作ってしまった人間。

間違いなくこの段階で、その人間は昏睡している筈だ。

ということは、この〝結界〟の中にいる人間からすると、それは〝人間〟には見えない筈。

まるで操り人形のようにしか見えない、あるいは、かくかくとしたパペットのように見える、さもなければマネキンのように見える……少なくとも、この〝結界〟の中にいる人間にとって、まったく人間には見えない誰かが。

それが、結界を作っている、昏睡している人間だ。

その人間を、特定したい。

そして、その人間を特定さえできれば。

その上で、その人間を殺すことさえできれば。

そうすれば、この結界は、解ける。

今の人間は、結構賢い。

故に、できることならば、〝皆殺し〟という結果は避けたい。

そもそも、この結界の中には、二十何人という驚くべき数の人間がはいっているのだ。

当然、中にはお互いに関係性がある人間がある程度の数、含まれていると思うべきだろう。関係性がある人間が、何人も連続して死んでゆけば、今の人間は、間違いなくそれを問題にするだろう。だから、〝皆殺し〟だけは、避けたい。避けたいのだ。

だが……そもそも。

ここまで多くの人間と、〝閉ざされた世界〟の中にずっと閉じこもる気なんてまったくなかったのだ。ほんの一駅、各駅停車ならほんの数分だけ一緒に〝閉ざされた世界〟にはいる、それしか思っていなかったのに。

……地下鉄が止まってしまうだなんて、まして、止まってしまった地下鉄の中で、いきなり昏睡してしまう人間がいるだなんて、想定してもいなかったのだ。

〝閉ざされた世界〟が、解けない結界になってしまう可能性なんて、まったく想定していなかったのだ。

「キャプテン！　入院している瑞枝先輩のお見舞い……あんまり大勢で行くと瑞枝先輩に負担がかかるから……家族のひとから遠慮して欲しいって言われて……それでキャプテンといっちゃん先生が代表して行ったって聞いたんですけど……あたし、行きたかったけど、行けなかったので……んで……瑞枝先輩、どうでした？」

女子更衣室から体育館へ向かう道すがら。うしろから走ってきて追いついた、バスケ部の後輩の女の子に、こう声を掛けられて、大野渚、軽くため息。

うん、昨日は入院している瑞枝のお見舞いに行き……その前は、千草の告別式があって……。

なんか、こんなことが続くと、渚、気持ちが疲れてしまう。何をしたって訳でもないのに、気持ちがどっと疲れていて……しかも、お見舞いには行ったものの、瑞枝に何もできなかった。励ますことすら、できなかった。というか、瑞枝、渚が病室にいる間中、ひたすら眠り続けていたのだ。声すら、掛けられなかった。

だから。

「ん……あんまり……」

いい状態じゃないと思う。

けれど、後輩にそんなことを言うのも何だか憚られて……。

「話、とか、できなかったし」

実際は違う。

〝あんまり話ができなかった〟のではなくて、瑞枝が目を覚まさなかったのだ。ま、でも、区切っているのだ、渚、後輩に対して嘘ついた訳じゃないよね？

眠っている瑞枝。

渚にはよく判らない話なのだが、家族の話によれば、瑞枝、別に昏睡している訳ではないらしい。というか、入院はしているものの、そもそも、悪い処がみつからない。どこが悪いのか、どんなに検査しても判らないらしい。

ただ、体力が非常になくなっていて、起き上がるのが辛くなり、結果としてずっと眠ってばっかりに近い状態になり……。

基本、何が悪いのか、入院して、検査をどんなに繰り返しても、判らない。

ただ、酷い貧血状態であることだけは確からしく、それも、放っておけば致命的になる程の貧血であることだけは確からしく（しかし、貧血になる原因がまったく判らない）、対症療法として、ひたすら輸血を繰り返している、らしい。

この状態の瑞枝には、とにかく体力がないらしくて、起き上がって食事を摂ることすらできない。だから、只今の瑞枝には、輸血と同時に、高カロリー輸液も施されている。

「まるでっ！　まるでモルモット！」

瑞枝のお母さんは、この状態の瑞枝にずっと付き添っていた為か、ちょっとなんだか、〝いろんな意味で箍がはずれてる〟感じになっていて。まだ中学生の渚相手に、ひたすら愚痴を零す。そこには勿論、佐川先生だっていたのだが、お母さん、限定・渚相手に、ひたすら。

「瑞枝がどんなに検査ばっかりされたかっ！　採血されて、レントゲンとられて、MRIだか何だかやって、CTもやって、それも全身に！　胸部CTって、私も一回、レントゲンでひっかかった時に、念の為って受けたことがあるけど、MRIもCTも、全身にって、何なのっ！　挙げ句に、カテーテルいれて無理矢理尿まで取られて、血液検査と尿検査は毎日！　血液検査に至っては、毎日どころか六時間おきよっ！　その上、骨髄穿刺までやったの。そこまでやって、なのに、なに一つ、判らないってお医者さまは言うのよっ」

「……」

「瑞枝の造血細胞は普通だって、何の問題もないって、お医者さまは言うのよ。なのに、瑞枝の貧血状態は回復しないの。何の問題も発見されていないのに、このまま放置すると瑞枝は死んでしまうってお医者さまは言うのよ。……ねえ、渚ちゃん、こんなこと、あっていいと思う？」

「…………」

「……その……あなたの学校の……その……その……」

この辺から。何だか嫌な雲行きになったのだ。

「その……バスケット部で、何か、病気が、流行っているってこと……ない？」

「え？　あの……？」

「だって。ちょっと前に、日渡さんって方が、亡くなったんでしょ？　その子、瑞枝と同じ学年、よ、ねえ。でも、クラスは違うわよねえ。一緒なのは、部活、だけ？」

「千草は……いえ、日渡さんは、確かにバスケ部で、瑞枝さんとおない年で、でも、日渡さんはD組、瑞枝さんはA組でした」

「その子が何か変な病気に感染していて、それでそれがうちの瑞枝にうつったっていうことは……。……だって、その子の死因だって、結局はよく判らないんでしょう？　その、日渡さんってひとが、どこかで何か変な病気に感染して、それが何の非もないうちの瑞枝に……。同じバスケット部だっていうだけで。おんなじバスケット部だっていうだけなのに」

〝どこかで何か変な病気に感染して〟。〝それが何の非もないうちの瑞枝に〟。〝同じバスケット部だっていうだけで〟。

言われた言葉が、微妙に嫌で。でも、原因不明の病気になった、しかも命が危ない瑞枝の家族にしてみれば、これは当然の反応なのかなって気も、少しして。けど、それを認めるのは、何となく、嫌。

と。脇にいた佐川先生が。渚を庇うようにすっと前に出て。

「もし、そういうことがあったのなら、お医者さまがそう仰っていると思います」

こう、きっぱりと言い切ってくれ、これを聞くと瑞枝の母、いきなり頰を叩かれたような雰囲気になり。でも、先生には目をあわせずに。

「ああ、そうだわ、ごめんなさい渚ちゃん、私、とても変なことを言ってしまった。……そうよ、もし、これが何かの感染症なら、お医者さまがそう言うだろうし……こんだけ血液検査を繰り返しているんだもの、もし感染症なら、それが判らない訳がない」

母親が。

何を疑問に思って、それを問題視し、また、何を根拠にしてそれをねじ伏せたのか、それは渚にはまったく判らない。

いや、〝判るような気がする〟から、余計、〝絶対それは判りたくない〟。

だが。

とにかく。

大野渚は、なんだかとても疲れたのだ……。

しかも。

この日。

渚が部活に出た処、同じくバスケット部三年の真理亜が部活にいなかった。

慌てて確認してみたら、真理亜、授業も欠席しているらしい。

そして、そのあとも、真理亜の欠席は、続く……。

大原夢路

ちょっと前から、あたしは悩んでいた。

……その……冬美に電話しようかなー、どうしようかなあって。

いや、あの、続いている夢。その夢で一昨日(おととい)。

明らかに冬美は、騒いでいる（それも、最初のうちは嬌声(きょうせい)かな？って雰囲気だった声が、どんどん荒(すさ)んできて、一昨日あたりから明らかに悲鳴になり、昨日なんかは断末魔の絶叫って雰囲気になってきた）女子中学生達の方へ、行こうとしている。

一昨日は、立ち上がりかけた冬美を、あたしが押さえ込んだ。

昨日は、押さえ込むあたしの手をふりきって中学生の方へ行こうとする冬美を、あたしが泣き落とした。（「お願い。あっちへ行かないで。ね、フユ、行かないで、お願い」って。）

で、今日、これからみる予定の夢の中では。

もう冬美には、泣き落としだってきかないような気が、なんだかする。

でも、あたしの中の、〝あっちへは絶対行かない方がいい、あっちへ行っちゃまずい〟っていう感覚は、どんどん強くなってきている。

ただ。同時に。

あたし、思ってもいたんだよね。

うん、だって、これは、〝夢〟。

あくまで〝夢〟にすぎない。

この〝夢〟が連続しているのは、あくまで〝あたしの心の中で〟だけなのかも知れないし、そもそも冬美はこんな夢なんて見ていないかも知れないし……。

で。

現実の冬美に、電話してみようかなあって。

ま、十中九、現実の冬美は、こんな夢のことなんか知らないだろう。あたしが夢の話をしても、ぽかんとしているのが冬美の反応だろうと思う。

だが。

十のうち、一つ。

たった一つでも、冬美が。

もし、冬美が、この夢のことを覚えていたのなら。

あの中学生達にかかわらない方がいい。それはもう、絶対に、いい。

こういう意見を、冬美に、何が何でも伝えたい。伝えなきゃいけない。

そんな気持ちが、日を経るごとにどんどん、どんどん、してきて……あたしは、携帯を持つと、冬美にかけてみる……。

☆

「あ、はい。夢路？　どうしたの？」

「……あ……やあ……その……」

耳で聞く、冬美の声が、なんかあんまり普通だったので。あたしは、ここで、ちょっと息を吐く。

ふうう。あたしが妙に神経質になっていただけ、なのかな？

「フユの処で、何もないんなら、それでいいんだけれど」

「ほえ？」

あたしの台詞が、なんか〝変〟に聞こえたのかなあ（いや、そりゃ、〝変〟でしょう）、冬美、電話の向こうで首を傾げている気配。

「何もないって……何が？」

「いや、ごめん。何もないのなら、いいの、何もないのなら」

「って、だから、〝何もない〟って、何がないの？」

「んと……」

さて。〝何もない〟って、こりゃ、どう説明したらいいんだか。

ただ。たった一つ。これだけは、確認しておいた方が、いいよね？　で、あたしは言ってみる。

「いや、フュが、中学生のこと、何とも思っていなきゃ、いいのよそれで」

「ふひ？」

電話の向こうで。より、冬美が、首を傾げている気配。

「中学生って、何？」

いや、そりゃ、確かにそうなんだよ。あきらかに、あたしが言っていることが異常であって、あたしが変な夢をみるからって、その夢の中で中学生が変だからって、この台詞が、冬美に通じる訳がない。いや、むしろ、通じなくてよかった。

「うん、ごめん、冬美。あなたには判らなくていいの」

「……」

「変なこと言っちゃってごめんね」

んで、あたしが電話を切ろうとすると。

「あの、駄目だよ夢路、電話切っちゃ」

って、いきなり冬美に言われてしまうのである。

「何で」

「だって夢路、最初は私のこと、フユって呼んだ。んでも、話をまとめようとする時には、冬美って呼んだ」

……ぐわあああっ。何だって、こんな処ばっかり、鋭いんだよ冬美はっ。だから、あたし、しょうがない、誤魔化す感じで。

「あ、ごめん、フユって呼んじゃうのは、高校の時からの癖ね。それが気に障るのなら……」

「そんなこと言ってないって、夢路だって判っているでしょうが。私はむしろ、夢路にフユって呼びつけられる方が、なんか嬉しい気持ちがするんだもん」

ああ。そう言ってくれて……ありがとう。

「だから、呼び方が変わった方が、問題なの、私にしてみれば。〝冬美〟になった途端、これはいきなり、他人行儀になったってことだよね？　と、いうことは、ここで夢路、なんか無理矢理話を終わりにしようとしているでしょう」

「…………」

「なんか、あるんじゃない？　ここでいきなり話を他人行儀にしてしまわなければいけないようなことが」

「…………」

「絶対あるよね。夢路が私に内緒にしたいこと。はい、夢路、それを私に教えて。一体、何があったの。何を夢路は私に内緒にしたいの」

ああっ。

だから。

幼なじみは、子供の頃からの友人は、嫌なんだよっ。

こっちのこと、みんな判ってるし。こっちの反応、全部読めちゃってるし。

しかも、あたしが冬美に対して、フユって呼びつける時は、あたしの方が何か冬美に対して積極的に言いたいことがある、冬美って呼ぶ時にはそれがないって、あっちにまる判りっていうことは……。

けど。ここであたし、どう話を取り繕ったらいいのか、すでによく判らなくなっている。

と、冬美は。

「あのねー、夢路、ここで電話切ったら私怒るよ？　別に私が怒ったって夢路はそれ気にしないかも知れないけれど、怒った私は夢路に電話するよ？　それも、何回も何回も。十回だって二十回だって、夢路が私の話につきあってくれるまで、電話するよ」

ああ、はいはい、冬美は確かにそうするでしょうよ。とてもまめで律儀なひとなんだもん。

ということは、ここで話してしまう方が、まだましなんだ。

そこであたしは、しょうがなく。

「えっと……フユ、さあ、〝中学生〟って聞いて、なんか思うこと、ない？」

「ふに？　ああ、さっきも夢路はそんなこと言ったね……」

「中学生。それも、限定、女子中学生」

「じょし……ちゅうがくせい……って……んーと……十三、四くらいの、女の子の、こと、かな？」

「うん、それ」

「いやあ……若くて、いいなあ、とか。早紀もそのうち、そういう子になるのかなあ、とか。ぴっかぴかだよね、とか」

「煩い、とか、騒がしいとか、思ったことは？」

「そりゃ、十代初めの女の子なんて、煩くて、騒がしいに決まっていると思うんだけれど……」

ああ。成程。この反応で判った。冬美はあの夢のことを覚えてはいない。ないしは、冬美はあんな夢、みていない。

でも、念には念をいれて、あたし、確認。

「ところで、フユ、最近どんな夢をみた？」

「え、いきなり何だってそんな処に話が飛ぶの」

「だーかーらあ、あたしがフユに内緒にしていることって、その〝夢〟に関係があって、ね」

「……いや……そういう言い方をするのなら……なら、ちゃんと答えるけれど……私最近、夢なんてまったくみていないと思うんだけれど……。んー……少なくとも、覚えては、いない」

「そか。ならいいや」

ここであたしが、一回息を呑むと。いきなり冬美がそれに噛みついてきた。

「で、そこで話を畳まないで夢路っ！」

あー、はい、はい。

「畳んだら怒る、でしょ？」

「そう。畳んだら怒る」

「なら、畳まずに、もっと、畳みかける。……あんたのお姑さんって、ふやっとした柿が好きなんだよね」

「うん。……って、え？　えあ？　何でそんなこと知ってんの夢路」

「フユに聞いたから」

「いつ？　私、そんな話、夢路にしたっけ？」

「うん。夢の中で。ここの処毎日」

「ふへ？」

ここで。

あたしは、今までの夢の話を、冬美にしたのだ。

電車が止まってしまい、しばらくたってから復旧し、急病人が出、ナースさんが駆けつけるまでの話と（ここまでの話は、現実にあったことだったので、当然冬美も覚えていた）、そのあと、何故か眠る度に、あの日の電車の中に連れ戻されてしまい、そこで同じような会話をしている、あたしと冬美の話を。

「しかも。問題なのは、この後。……んーと……あたし達から見て左側の方に、女子中学生の集団がいたの……フユは、覚えてる？」

「え……いや……悪いけれど……全然……」

「あそこのね。女子中学生の集団が、なんか、声を、出すの」

「……はあ……」

「最初はね、嬌声かと思った。甘えているような、じゃれているような、そんな声」

「うん」

「でも、それって、いつの間にか、悲鳴っぽくなってゆくんだよね」

「ふむ」

「しかも、時間をおけばおく程、それは〝悲鳴〟にしか聞こえなくなっていって……やがて、〝悲鳴〟ですらなくなるの」

「……え……〝悲鳴〟ですらないって……えっと……」

「断末魔の叫び。ほぼ、そういう言葉だと思う。あの悲鳴をあげたひとは、死んでしまったんじゃないかと思う」

「……って……えっと……あの？」

「んでねえ、あんまり言いたくはないんだけれど、フユは、どんなにあたしが止めても、夢の中で、何故かその中学生の集団に近づいてゆこうとするんだよ。ま、常識的な大人として、あんな悲鳴をあげている子供がいたら、そりゃ、近づいて行って、〝何があったの、どうしたの〟って聞いてあげ、そのあとのことを色々采配(さいはい)を振るのが正しい判断なのかも知れないけれど」

でも、少なくともあたしは、そう思わない。

〝触らぬ神に祟りなし〟。

ないしは。

〝とても危険だと全身全霊で旗をあげている処には、近づかないに越したことはない。危ないって判っているものには、近づかない〟。

いや、これ、大人の責任を放棄しているような気がしないでもないのだが……〝あまりにも危険な処には近づかない〟、これだって、充分、大人の判断ではないのか。

また、夢の中ではない、現実の冬美も、そう思ったようで。

「え……なんか……それ……聞いただけでも、なんだかとってもまずいことのような気がするんだけれど……」

うん、そうなの。実際、まずい気が、とてもとても、うんと、もの凄く、するから。だからあたしは、夢の中で冬美のことをひたすら止めているんだけれど。

「なんで私はそんなことを……？」

「さあ。それは判らないんだけれど」

って、嘘だ。

実際の処、あたしには、判っている。

〝神様は、私が困ることしかしない〟。

あの冬美の台詞が表していることは……おそらくは、たったの、一つだ。

冬美には、自殺願望がある。

いや、この言葉は、強すぎるから、違うな。

〝自殺願望〟は、おそらくは、ない。

ただ。

冬美は、自分が、もう、いつ死んでもいいと思っている。むしろ、いっそ、死んだ方が冬美的には〝楽〟になるんじゃないかなって思っている。そのくらい、只今の冬美が陥っている事態は、辛いのだ。

うん、自分でも意識はしていないものの、冬美にはおそらくそういう意識があり……だから、冬美、なんの恐れげもなく、〝死〟に近づいてしまう。〝死〟に近づいてしまっても、それが問題だと全然自分で思っていない。

ただだ。

こういう事実を、きちんと冬美に認識させること、それが〝正解〟なのかどうかは……あたしにはまったく判らない。

だから、あたしは、ちょっと話を誤魔化す。

「ま、よく判らないけれど、とにかく、あたしの夢の中での冬美の反応は、そんなもんなの。……ま、けど。これ、あくまで〝夢〟の話だから。現実じゃないし、現実にこれを反映させていいのかどうか、これはまったく判らないし」

「んー……」

　冬美は、こう言うと、一回、こう宣言したのだ。

「ごめん、あんな脅すようなこと言っといて何なんだけれど、私の方から、電話、切るわ」

「って？」

「んー、検索したいことがあるから」

　ここで一回、電話が切れてしまい……。

☆

　そんでもって、二時間くらいしてから。

　いきなりあたしの携帯が鳴った。見ると……相手は、冬美。

「あ、冬美、どした？」

「ああ、ごめんね、夢路、さっきはいきなり電話切っちゃって。あの後、私は、私なりに、調べてみたんだ」

　……って……何、を？

「私は……そんな、夢路みたいな夢をみていないから、だから、その夢に関しては、何もできない。夢路の夢が本当なのかどうなのか、そんなの私には判らない。けど……他のひとは、どうかなって」

「……え……他のひとって……」

「あの日、地下鉄が地震で止まっちゃって、その時、電車の中に急病人がでたのは、これだけは確かでしょ？　んでもって、ナースさんが、その病人に付き添っていった。これも、絶対に、事実の筈」

うん、確かに。

「だから、そのナースさんか病人さんが特定できないかなあって。そのひと達が特定できて、そのひと達に連絡がつけば、話が聞けるんじゃないかなあって。夢路がみている夢が、夢路だけの話なのか、あの時あの地下鉄に乗っていたひとすべてが共有している話なのか、あの時地下鉄に乗っていたひとに連絡がつけば、判るんじゃないかなあって気が、ちょっと、して」

おおお。フユ、冷静じゃない。冷静に、論理的に、只今の事態に対処しているじゃない。

「けど、さすがに、これだけの情報だと、あの時の地下鉄にいたひとや、ナースさんを特定するのは、無理だった。二人程、あの時の地下鉄に乗っていたのかなあってひとのブログはみつけたんだけれど、そのひと達も、その後の夢の話なんかまったくしていないし、ナースさんについても倒れた方のその後についても、まったく知らないみたいなのね」

「おお。すっごい。いちお、そのひと達について、教えてくれる？」

「ん、あのね……」

で、あたし、そのひと達のアカウントをメモ。

でも、メモしながら、何か安心してもいたのだ。

だって結局、あの夢について何か言っているひとはまったくいないらしいし、なら、あの〝夢〟は、あたしだけの〝夢〟だってことで、ということは、それ、忘れてしまってもいいこと、だよね？

と。

あたしが一瞬なりとも〝安心〟し、〝納得〟できたのは……ここまで、だった。

というのは。

冬美が、ここでいきなり爆弾発言をしやがったものだから。

「んで……」

しばらくの、溜め。

それから。

「夢路は、私に〝死亡フラグ〟が立っているって思っている訳でしょ？」

って！　えっと、あの、それは事実だったから……。いや、冬美に死亡フラグが立っているのが事実っていう訳ではない、〝あたしが、冬美に、死亡フラグが立っているんじゃないかって思っている〟のが事実だったので……えっと、えっとお、あたし、どう反応すればいいんだろう……。

「なんか、私が、〝もう死んでもいい〟、いっそ、〝死んだ方が楽だ〟、そう思ってるって、夢路は、思ってない？」

「…………」

「いや、夢路が返事できないのが返事だって、私は思うから。そんで、実際に、それは正しいのよ。……本当に、時々私は、そんなことを、思う。早紀と手を繋いで歩きながら、ふっと、『このまま私がここで〝うっ〟とか言って倒れちゃったら、早紀に何かトラウマあるかなあって、トラウマになっちゃったらまずいよなあ、でも、トラウマにならないのなら。なら、そうなっちゃった方が、私的には、楽かなあ』って」

「フュっ！」

「いや、そうしない。そんなことしない。絶対にしないから安心して夢路」

って、こんなことを言われて安心する人間が、どこの世界にいるんだよっ！

「いや、ごめん、言ってみただけ」

言ってみただけ。

それは、確かに、〝言ってみただけ〟なんだろう。

けれど、〝言ってみただけ〟が、内的真実において、正しいことが、どのくらい、あるんだろう。

言ってみただけ。

けど、それは、ある意味で、心の中での、真実。

「……ま」

今度は、冬美の方が、話を畳もうとする。

そして、あたしは、それを、阻止しない。うん、冬美が、話を畳むに任せる。

「心臓発作なんてねえ、それこそ、起こそうと思って起こせることじゃないんだから。だから、私は、そんなもの起こせないから。ねえ、安心して、夢路」

うん。安心しているよ、冬美。心臓発作なんて、起こそうと思って起こせるものじゃないっていう処だけは、真実だと思っているから。

だから、冬美が、心臓発作を起こそうとして起こすとは、あたしだって、思わない。

けれど。

冬美が、〝心臓発作〟が起きた場合、〝ま、いっかー〟って、それを受け入れてしまう心理状況であること……それが、判った。

それが、判ってしまった。

だから。

この瞬間から、あたしは、始めた。

電話が切れた後、必死になって、あたしは、始めた。

あの、夢。

あの夢についての、全体把握を。

今のあたしにとって、手がかりが〝あの夢〟しかないんだからっ！

あたしは、ここから、始めるしか、ないっ。

☆

その晩。

あたしは、なんか、手ぐすねひいて、寝室にはいった。きっぱり、「やってやる。あたしは絶対にやってやる」って気持ちで、目を瞑った。(ところで、でも、〝やってやる〟って、何を?)

で、目を瞑るとすぐ、何だかあの夢の世界にはいっちゃってて……わはははは、やったぞっ。あたしは、やったあっ!(って、何を?)

「という訳で、お姑さんの好きな柿はね」

地下鉄の中。

あたしは座っていて、隣に冬美。そして、冬美の、こんな台詞。

ああ、なんか、毎回毎回、微妙に台詞は違うものの、ここで繰り返されているのは、あの時の、あたしと冬美の会話だ。左の方に視線を送る。すでに女子中学生達は、騒ぎだしている。なんだか凄い声が聞こえる。でも、それ、無視。あくまでも、無視。

そして。

ここであたし、しゃべり続けている冬美の唇に、自分の右手の人指し指をたて、そしてそれを押し当てる。

人指し指だけをたてる。

これは、普通、「しっ……。黙って」っていう仕種である筈で、その指を、わざわざ冬美の唇に押し当てるっていうことは、これはもう、〃しゃべるな〃って仕種だって、冬美に判って欲しい。

「……？」

何か言おうとして、それでもあたしの仕種を理解してくれたのか、冬美は、言おうとした言葉を呑み込む。つまりは、黙ってくれる。

そこであたしは、思いっきり声をひそめて。

「あたし、ちょっと、この地下鉄の中で、動いてみるわ」

「……？」

あたしが唇に指を押し当てているから、だから何も言えない冬美、でも、とっても不審げな表情。

まあ。この段階の冬美にしてみれば、こりゃ、不審でしょう。電話のことなんか、夢の中の冬美が覚えている訳がないし。

だから。冬美にしてみたら、いきなり地下鉄が止まり、いきなりあたしが冬美の唇に指を当てる、そんな事態にしか思えないだろうから。

いくらだって不審がっていい、でも、けど、冬美、これだけは判って。

けど。

これだけは、これだけは、判って欲しい。

あたしは、思いっきり、威圧的に、冬美に言うのだ。

で。

「フユっ」

全身全霊を込めて。冬美を威圧するつもりで。

このあたしの言葉を聞いた冬美が、びくんとする。

「あたしの言葉を聞いて。勿論、納得できないと思う。納得してくれなくていい。でも、あたしの言葉を聞いて」

冬美の唇から人指し指を離して立ち上がり、今度は冬美の両肩を、自分の両手で押さえる。そして、そんな状態で。

「いいか。あんたは、動くな」

両肩を押さえた手に、更に力を加える。

そして、繰り返す。

「いいか、あんたは、動くな」

ぴくんぴくん。あたしの手の下で、冬美の肩が、ちょっと動く。でも、それを押さえているあたし、手の力を緩めようとはまったく思わない。

「絶対、何があっても、席を立っちゃ、いけない。……了解？」

こくん。

あたしの手の下で、冬美が、こくんって顎を動かした。

それを確認した処で、あたしは、冬美の肩から手を離す。そして……。

そして、まあ、やりたくはないんだけれど、本当に、絶対に、やりたくはないんだけれど……この世界の、探査に……出たのだ。

☆

左端にいる中学生集団。

あそこにだけは、さすがに絶対近づきたくない。

意味、判らないんだけれど……怖い。

うん。

怖い、と、しか、言いようがない。

だから、あたしが目指したのは、まず、向かい側にある、優先席の方。

うん、あたしの記憶が確かならば、多分、ここで、倒れたひとがいた筈で、だからナースさんが呼ばれたと思うので……ということは、夢の中とは違う、現実の生活の中で、まず、とっかかりになるのは、その〝ナースさん〟でしょうがよ。

ゆるゆるゆる。

夢の中を歩くのは、何だか、妙な経験だった。

別に普通に歩けるんだけれど……なのに、一歩ごとに、何だか負荷がかかるのよ。

まるで、水の中を歩いているみたい。

そんな感じで、ゆるゆると、あたしはそこにいるひと達に、歩いて、近づいてゆき、そして声を掛ける。

んーっと、優先席に座っている男性、そのひとになんか文句を言っている立っている男性、それから……それから！

あ！

あうっ！

こ。こ、これは、何だ！

ここには。何だか、よく判らないものがいた。

〝よく判らないもの〟。

そうとしか、いいようがない。

まるっきり、人形のような、ああ、うう、なんか年輪みたいなものまであるぞ、も、絶対にこれは〝人間〟ではない、でも、なら、〝何か〟って聞かれると、返事に困ってしまうようなもの。年輪があるんだ、木彫りの人形かなって一瞬思ったんだけれど、でも、そういうものとは、多分、違う。

それが、我が物顔をして、優先席に座っていた。

けど、見ている限りでは、誰もそれを問題にしていない……。

と、いうことは。

只今、とりあえず、これを問題にしている場合ではないのかな？

そう思ったので、しょうがなく。

あたしは、ここにいる男性二人に、声を掛けてみる。

「あのう」

びっくん。

あたしが声を掛けると。

この二人は、同時に、本当にびっくんとした。瞬時、肩が、びっくんとして飛び上がってしまった感じ。

んで、その後。

片方。立っているひとが。

「あ……ああ、驚きました。この状態の僕達に、声を掛けてくるひとがいるんだ……」

「……あの……それ……変、ですか？」

「いや、変では、ないです。……というか、何が〝変〟で、何が〝変ではない〟のか、僕はすでによく判らない感じになっています……」

「……？」

「いや、判らなくていいです。すでに、僕も、自分で自分が何を言っているのか判りません。そんな状態になってますから」

「…………」

いや、この台詞、余計、訳、判らないんですけれど。

とはいうものの。ここでみんなして硬直していてもしょうがないので。

そこで、あたしは、言ってみる。

「あの……あたしは、大原夢路といいます」

「あ、ああ、村雨大河です」

立っている男性が、こう名乗る。

「けど……あの……よく判らないんですが、大原さん、名乗ったって、あんまり意味がないんじゃないかと、僕は思いますよ」

「って、仰るのは……？」

「どうも……今までの経験では、僕達の記憶は、何故か、連続していない気がするんです。僕は、その……先程から、ここにいる男性に」

ここで、村雨さんという方、シートに座っている男性に視線を送る。

「立ち上がらないように、それをしてしまうと、隣の女性が、何の緩衝材もなく、座席に倒れてしまうって言っているのですが……」

「氷川稔」

座っている男性が、いきなりこう言う。そしてそれから。

「だから、ここに座っているのは〝女〟じゃないって、俺はもう、ずっと主張しているだろうがよっ。というか、その前に、これは、〝人間〟じゃねえってばっ」

「ああ、確かに、今のこの方は、人間ではありませんね」

「……という会話を、俺はあんたと何回もやったよ」

「確かにそんな気もします。けど、とは言うものの……」

ああ。何か、このひと達はこのひと達で、膠着していることがあるのかな？　と、いうか……。

「ひょっとして、えっと、村雨さんと氷川さん、ですか、あなた達、起きた時には、この夢のことを、覚えていないのでは……？」

「つーか、俺は知らんよそんなこと。〝起きた時〟っていうのは何だよ。そもそもこれは夢なのか？」

っていうのが、氷川さんの反応。そして、村雨さんの方は。

「どうも覚えていないらしいんですよね。……というか、この夢のこと、目が覚めるとみなさん、忘れてしまうのではないかと。……こんなこと言っといて、非常に情けない話なんですが、実は、少なくとも、僕は、覚えていません。……現実の僕は、毎回毎回、起きる度にこの夢のことを忘れていて、そして、眠る度にここの世界に戻されてしまうんです。そして、その度に今の状況を思い出して、そこで毎回、この男性に……ああ、氷川さんって仰いましたか、氷川さんに、〝席を立たないでください〟って文句を言うことになって……でも氷川さんの方はそれをあんまり覚えていらっしゃらないみたいで……」

「だからさあ、この、人間じゃない、木彫りのパペットみたいなものに、気を遣ってやる必然性がどこにあるのかと」

「いや、ですから、あのね、今それは、パペットみたいに見えますけれど、実際は違ったんですってば。ちょっと前までは、その方は、女性だったんです。そして、倒れてしまったんです」

え。

今はパペットみたいに見えますけれど、ちょっと前までは女性だった？　んでもって、倒れてしまった？

そ、それは、そのひとこそが、緊急停止してしまった地下鉄の中で、現実に倒れてしまった女性なのでは？　ということは、このひとの素性が判れば、これは具体的に実際の世界にアクセスできるキーワードになる筈。

そう思ったので、あたしが勢い込んで。

「あの、その女性の名前を教えてくださいっ」

だが。誠に残念ながら。

「え……知りません」

と、村雨さん。

「地下鉄に一緒に乗っていた女が倒れたからって、その女の名前、俺が知る訳ねーだろーがっ」

って、氷川さん。

いやあ、そりゃ、そのとおりなんだよなあ……。

でも。ここで納得してしまう訳にはいかない。

「あの……何か、ヒント……ありませんか？」

「いやあ……その……いきなり倒れたひとがいたとしても、倒れたひとの名前のヒントなんて、普通、ないでしょう」

「ねーわなー、そりゃ」

……そのとおりです。

と。

しゅんとしてしまったあたしのことを思いやってか、村雨さん、ひたすら、色々なことを思い出そうとしてくれた。

「んー……そういうヒントは、ないと思うんですが……えっと……うん！　あの、ナースさんについては、覚えていることがあります！」

ああ、ナースさん！

ナースさんは、只今あたしが理解しているこの夢の中で、たったひとり、現実で探すことができるひとだ。あのナースさんの素性さえ判れば、現実のことが、かなり判る。そんな立場のひとだ。

うん。なら。

ナースさんのことを、あたしは、聞きたい。是非、聞きたい。もし、そのナースさんが、問題の患者さんのことを覚えていて、その患者さんのそのあとのことをあたしに教えてくれる、あるいは、この〝夢〟のことを覚えてくれているのなら……。

「あの方、この沿線の病院にお勤めらしいですっ。思い返すと、確かにそんな意味の言葉を、仰ってましたっ」

で、勢い込んで、村雨さんが言ったのが、こんな台詞。

……ああ……その……そりゃ……そうでしょう。それ以外で、ナースさんがこの路線に乗っている意味は、多分、ないと思います。でも、この沿線の病院って、そりゃ、一体どのくらいの数、あるのよ？　ああ、もう、考えたくもない。

期待がとっても大きかった分、あたしの〝がっかり〟感はただごとじゃなくて……あまりにもあたしががっかりしたせいでか、もう、村雨さん、何も言わなくなった。

そして、村雨さんが黙ってしまい、あたしが本当にがっかりしているのが判ると、今度は、氷川さんという男性が。

「えー……その……これは確かなことじゃないんだが」

なんだかまるで村雨さんのことをフォローするみたいに、台詞を続けてくれた。

「昼下がりに電車に乗ってて、そこで急患が発生、でも、患者に付き添って救急車待つと遅刻だ、師長に怒られる、とか言ってたんだ、ありゃ、結構大きい病院のナースだよ。つーのは、あのナース、時間設定その他から言って、これから夜勤だと思えるからだ。夜勤があるナースっつうことは、結構大きい病院のナースだと思うぜ。少なくとも、歯医者だの皮膚科だの眼科だの、なんていう、個人病院は違う」

おお。なんか、ちょっと絞れてきたような気が……。

「また、個人病院で、数床クラスの入院施設しかない処は、無視していいと思う。もし、そういう病院のナースなら、いきなり遅刻しそうになった場合、もっとずっと切羽詰まるからだ。あのナースは、師長に怒られることしか心配していなかった。人員が少ない施設なら、自分が遅刻した場合、患者の看護が不充分になることをまず心配する筈で、〝自分が師長に怒られること〟をまず心配した以上、あのナースは、人員がそれなりにいる、結構大きな病院のナースだろうと思う」

おおおっ。これ、かなり、絞れてきそうな気が……。

「あとは、時間だ。夜勤の時間なんて、病院によって少しずつ違う。あの時間帯に、あの電車に乗っていて、そして、急病人に付き添ってしまうと遅刻する、そういう夜勤の時間帯がある病院は、どこか。それでかなり絞れるのではないかと……」

「凄いっ!」

村雨さんが、拍手をすると、氷川さん、なんかちょっと照れたような感じになる。と、今度は村雨さんの方が勢い込んで。

「そういうことなら、あのナースさんのお勤め先の病院は、多分、所沢(ところざわ)より池袋(いけぶくろ)側に、もっと言ってしまえば、新桜台と石神井公園の間にあるんじゃないかと」

「え?」

「いや、この電車、有楽町線から西武池袋線に乗りいれる電車でしょう。僕は、お勤めしている訳じゃない、時間のゆとりがあるから、市ケ谷から石神井公園まで、乗り換えなしで一本でゆけるこの電車に乗ったんですが、お勤めの方は、あまりそういうルートをとらないのではないかと」

「あ」

そうか。そうだ。有楽町線には、準急や急行がない。それに対して、西武池袋線は、池袋から急行や準急がそれなりに出ている。ということは、石神井公園より埼玉寄りの方に勤め先があるのなら、時間帯にもよるだろうけれど、池袋で有楽町線降りて乗り換える方が普通だ。その方が、通勤時間、短くて済む。

「あ……ありがとうございます。なんか、ナースさんと病人さん、がんばれば特定できそうな気がしてきました……」

「で、大原さんって言ったっけ、何だってあんた、そんなもん特定したいの？」

氷川さんがこう言い、あたしがどう説明しようかちょっと考え込んだ処で……なんか、いきなり、場の空気が変わった。

ざわっ。

ざわざわざわ……。

首のうしろ、盆の窪（くぼ）のあたりを、とってもひやっこい空気の手が撫（な）ぜていったような、そんな、いわく言い難い気配がして……。

次の瞬間。

絶対に近づいてきては欲しくないものが……近づいてきてしまった気配が、したのだ。

氷川稔

ひょいっとな。

いつもの調子で、席を立とうとした瞬間、俺の斜め前にいるじーさんと目があってしまい、俺は、非常に不本意ながら、席を立つのを諦（あきら）める。

……つーか……つーか、これ、何なんだろう。何なんだよっ！

いやあ……よく、判らないんだが……ここで俺が席を立ってしまうと、目の前のじーさんになんか文句を言われそうな予感がする、だから席を立つのをやめたのだが……そんでもじーさん、隣の女がどーのこーの、なんか文句を言ってきている。

隣の女？　んなの、いねーじゃん。

つーか、俺の隣に座っているのは、女じゃねーよって。とゆーか、そもそも、人間でもねーよっ。

……んあ？

……………んああと？

えー、俺は一体何を考えているんだろう。そもそも、俺が席を立ったからって、目の前のじーさんに怒られるって思ってしまうことが、なんか変だし、そもそも何だって俺、席を立とうとしているんだ？　まして、隣の女が女じゃないって、そりゃ、一体全体何なんだ。でも、確かにじーさんは、俺に対して文句を言い出しやがって、それが本当に隣の女問題についてであって、んで、俺もなんか言い返している。何でだろう、何が何だか判らないのに、言い返している。

と。

そんなこんなを、俺とじーさんが言い合っていると、いきなりそんな俺達に声をかけてきた人間がいた。

女。それも、〝歩いてきた女〟。

いや、女が歩いてきたって、それは別に普通のことなんだけれど……けれど……何故か、なんでだか、この女に声をかけられた瞬間、俺はびくんとしてしまった。いや、まさか、この状況下で〝歩いてきて〟、〝こんな俺達に声をかける〟女がいるだなんて……まったく、想定外だったので。

って！

あの！　いや！

ちょ、ちょっと待て、俺。

何だって、〝女が歩いてくる〟のが、想定外なんだ？

普通、男だろうが女だろうが、歩いてくることはあるだろうがよ。

それを、何だって俺は、〝想定外〟だなんて思っているんだ？

いや。それを言うのなら。そもそも、おれがひょいっと席を立つと、目の前のじーさんに文句を言われる、それが判ってしまうことが、変。

いや、その前に、女ですらない、人間ですらない、そんなもんが、俺の隣に座っているのが、そもそも、そもそも、変、すぎっ。

いや、整理しよう、俺。

整理するんだ、俺。


俺の名前は氷川稔。

しょうがない、そんな処から、俺は、整理を始める。

ええっとお、俺は市谷に本社がある、そんな商社の総務に在籍しており、今日は、練馬にでていた営業車が事故を起こしたから、だから、菓子折り持ってそれの謝罪に行く処で……だから、この地下鉄に乗っていて、この地下鉄は、市ケ谷から一本で練馬まで行くもんだから、それに乗って、いや、俺が行きたいのは練馬じゃなくて練馬高野台って駅だから……いや……そもそも……いろいろなことを考えるに……この電車に乗ったのは、俺の、手抜きだ。

厳密に言えば、俺が市ケ谷から練馬高野台に行きたい場合、俺のスマホは、俺が乗ってる電車の何本か前の有楽町線、東武東上線乗り入れの奴に乗り、池袋で降り、そこで西武線の準急に乗り、それを練馬で降り、そして各停の西武池袋線に乗り、練馬高野台で降りろって言ってた。これが只今の時間では一番早いらしい。

けどさあ。この乗り換え、めんどくさくね？　だって、二回も電車乗り換えだよ？　そりゃ、確かに、俺が本当に急いでいるんなら、一番早いこの電車を選んだとは思うんだけどよ、他人の失敗の為に、全然知らない他人様に謝りに行く為に、何だって俺、誠心誠意、そんな最短時間を選ぶ必要があるの。

んで、市ケ谷から出ている、ちょっとあとの西武線直通の奴を選べば、確かに、到着は遅くなる、でも、一本で乗り換えなしに市ケ谷から練馬高野台に行けるんだよなー。

んで、当然、俺は、一本で行ける方を選んだ。

しかも、乗ってみたら、優先席があいていた。（というか、やったら空いている電車だった。）

だもんで、ついうっかり、入り口近くの優先席に座ってしまった。

これが、手抜きその二、な。

普段の俺は、間違っても優先席になんか座らない。

ま、そりゃ勿論、俺は優先席に座る人間じゃないって理由が一番なんだけど（怪我もしてなきゃ病人でもないし、妊娠している訳がない、俺のことを老人っていう奴がいたら殴る）、でも、そーゆーの、おいといても、昨今、色々、怖えーだろ？

俺、まあ、自分でやっていないからだろうけれど、スマホとかの〃動画〃って、よく判んねえ。あれをSNSにあげる人間の気持ちが、よく判んねえ。自分のブログに自分の情報をあげてしまう人間の気持ちも、よく判んねえ。

まったく健康体の俺が、優先席に座っている。

俺の考えで言えば、空き座席が山のようにある電車の中では、ひとは、どこに座ってもいいんじゃないかと思う。だから、俺は、優先席に座った。手近だったから。

けど。万一。もしも。

これが、どっかの動画サイトにアップされたとしたら。その時、「あたりは空席ばっかりでした、氷川さんは、どこに座ってもよかったので、とりあえず手近な優先席に座りました」って情報が隠されていたとしたら。いや、むしろ、悪意を込めて。この、まったく同じ動画に。

「氷川さんは、まっすぐ、どっかりと優先席に座りました。氷川さんには何の障害も何の不自由もありません。なのに、何の躊躇(ちゅうちょ)もなく、氷川さんは優先席に座ったのです」

だなんて言葉がついたとする。

と、いきなり、俺は、どうなる。

あたりの状況は、カメラのアングルによってはまったく判らなくなるから……だから、あるいは、それなりに混んでいる電車の中で、いきなり健康体の俺が、まったく迷いもせずに、優先席にどっかり座ってしまった、そんな感じの〝絵〟を作ることはできる。

こうなったら。

はい、もう、これは俺、かなり常識のない奴だよ。酷い男だって思われてもおかしくない。

こんな。莫迦(ばか)としか思えないことが発生する、そんな可能性を許してしまった、それが、俺の、手抜きその二。

んでまあ、そんな手抜きを二つも重ねたせいで、俺は、目の前のじーさんから怒られる羽目になる。（いや、この間に、俺の隣に座っていた、本当に体調が悪い女性が俺の膝(ひざ)の上に倒れかかってくる、だの、今見てみたら、その体調が悪かった女性は、どうやって見ても女に見えない、いや、その前に、人間に見えないパペットのようなものになっているだの、そんな、訳判らない事実もまた、あるんだが。しかも、なんだか、こんな会話、俺はじーさんと何度も何度もやったような気が、微妙にしてきちまうんだが……。）

んで。

そんな状況の俺に、声をかけてきたのが、〝歩いてきた女〟。

大原夢路とかって、名乗ったと思う。

ここで、じーさんと大原とかって女は、倒れちまった女に付き添っていったナースについて話しだし、大原って女は、じーさんの言葉にもの凄く期待をしていたらしく、じーさんの台詞が期待外れだったもんで、もう、盛大にがっかりした。

その〝がっかり感〟があんまり凄かったもんで、俺は、ついつい、言葉をはさんでしまった。

いや、大原って女は、ま、どーでもいいんだが。

やりとりした記憶があんまりないんだから、これは〝知らないひと〟なんだろうけれど、なんだか、じーさんの方にちょっと親近感があって。

じーさんの援護をしてやりたい気持ちになって。

……いや……まあ……このひとのことを〝じーさん〟って呼んでることの、罪悪感も、ちっとはあるか。

じーさん。村雨さんっていうらしいが。

ほんとのこと言って、俺とそんなに年が離れている訳じゃないだろうと思う。

似たような年齢である俺が、〝じーさん〟って言ってはいけないような年だろうと思える。

けど、あきらかに、このひとは、すでに定年になっている。悠々自適の老後を過ごしている感、満載。会社勤めをしている感じが、まったく、ない。

そして、今。

すでに定年になっている。悠々自適の老後。ということは。

俺の世代と違って、年金とか、きっちり貰えてるんだろーなー、このひと。これからも毎年、貰えるんだろーなー。まあ、うちの会社はちゃんとしてるし、だからそんなに不安はないんだが……でも。将来に不安がまったくない訳じゃないので。

そう思うと、そんなに年が違わないひとなんだろうけれど、どうしたって、実際に年金を貰っている奴らのことは〝じーさん〟って呼びたくなり、実際、俺は心の中で〝じーさん〟っつってんだが……まあ……間違いなく年、十は、違わねーよなー。下手すると、もうちょっと近い年かも知れない。

ま、それで、じーさんの援護をするつもりで、ナースについて色々言ってみたところ、じーさんもこれに参戦。ナースの勤務先がちっとは突き止められそうになった処で……ところ、で。

ざわっ。

いきなり、体感温度が、二、三度下がった。そんな気がした。

首のうしろ。

盆の窪っていう処。

ここ、急所じゃないかなって、俺は思う。

つーのは俺、時々スポーツクラブに行っていて、俺が通ってるスポーツクラブには、風呂がないのだ。シャワーだけ。

ま、夏場はね。これでまったく問題がないので、いいんだが。

冬場は、風呂がなくて、シャワーだけっていうのは、結構辛い。外に出て、風にあたった瞬間、凍えそうになることがある。

んで、そんな時。

後ろ向いて、主に盆の窪にシャワーを浴びせると。ここの処をひたすら温めると。

これだけで、冬場は、結構乗りきれる。ここさえあっためれば、冬場も何とか乗りきれる感じがする。

その、一番肝心の……盆の窪が……いきなり、冷えた、気が、した。

なんか……ざわっ。

すると。

「視線をあげないで」

いきなり。

いきなり、歩いてきた女、大原なんとかって奴が、切羽詰まった口調でこう言ったのだ。

「……え？」

「あの、村雨さんも、氷川さんも、視線をあげないで！　というか、あげない方が、いいです、多分」

「……？」

「判んない。判んないんですけれど、そんな気がして、えっと、あの、絶対にそんな気がして」

　何を言っているんだろう、この女。でも、この女が言っていることは正しい、なんか、そんな、本能的な気持ちがしてきてしまって……俺は、しょうがない、視線を下に向ける。地下鉄の床を見てしまう。

「来た、なにものかに、視線をあわせない方がいい。絶対にいい」

　何だか判んねえけど、この意見には俺も大賛成だ。訳判らないけれど、賛成する気分は、佃煮(つくだに)にする程ある。

　そんで俺が視線をひたすら下に向けていると、俺の視界に靴がはいった。普通の女子中学生が履いていそうなローファー。そして、白い靴下。

　そして。

　そして、聞こえてくる、声。

「この辺で、何か、人間ではない、パペットのようなものが……っていう言葉が、今、聞こえたような気がしたんですけれど」

　聞こえてきたのは、なんだか、警戒するのがおかしいような、まったく普通の、中学生くらいの、女の子の声だった。

「えと、ごめんなさい、あの、ここらへんでパペットのようなもの、見た方、いらっしゃいます？」

　その声は。

あくまで、どこからどう聞いても、普通の女子中学生のものにしか思えなくって……だから、俺は、逆に、唇を噛む。

おおよ。

この、氷川稔さんを嘗めるんじゃねえっ！

声が、まるで女子中学生にしか思えないから、だから、俺は、断言する。

この〝声〟の主は、絶対に、何か、変だ。

近づいてきただけで、体感温度をいきなり下げる女子中学生なんて、いる訳がない。

おそらくは、この声の主、どんな風に見えようとも、でも、絶対に、女子中学生じゃない。そんな気がする。〝擬態〟っていう言葉があるだろう、とても危険な捕食生物が、なんか安心などこにでもいる生き物のふりをして、捕食される生物に近づくっていう奴、それを俺は連想した。この声は、きっと、おそらく、多分、いやあの、断言はできないんだけれど、なんだかそんなものじゃないかっていう気がする。そんな気がしないでもない。そんな気がふんわりとしているような……。（……なんか、どんどん、断言から遠ざかってゆくんだが……。）

んで、この局面で、女子中学生にしか思えないような声が、パペットの所在を聞いてくる。

瞬時、思った。

パペットの所在は、絶対にこいつに教えない方がいい。

だが。

そう思わない奴はいる訳で……。

「あの……すみません、あなた、人間ではない、まるでパペットのように見えるものがあったとしたら、そのあと一体、どうしたいんですか？」

む……村雨さん。じーさん。あああう、あうう、あのな、やめた方がいいと思うんだよな、おい、えっとよお。

あんた、俺の角度からじゃよく判らないんだけれど、まっすぐに、その女子中学生（のような声を出す何か）を見つめていないか？　なんか、あの女子中学生（のように聞こえている声を出すもの）、まっとうに見ちまったら、それだけでアウトだっていう感じがするんだけれど……。

だが。

不思議なことに。

この瞬間、女子中学生の方が、ちょっと足を踏み替えた。この足の踏み替え方は、体の向きをずらしている感じ。何だかじーさんと直接視線を取り交わさないようにしているって、俺は、思った。

そして、それから。

「いえ、知りたいだけ、なんですけれど」

中学生（のようなもの）、こう言って。したら、じーさん。

「あ、そうですか、それなら、すみません、僕も知りません」

あの！

あの、あの、あの、な！

じーさん。

あんたな、とぼけるにもやり方っつーもんが、あるだろうがよ。あんたのとぼけ方は、なんかもう、「いえ、実は私、そのパペットのようなもののことを知っていますよ、でも、今、とぼけていますよ」感満載なんだよっ！　誰がどう聞いても、あんた嘘ついてるって、ばればれなんだよっ。

けど。

次の瞬間。

「判りました」

こう言うと、ついっと、盆の窪の寒けが、去った。

地下鉄の床の、女子中学生のもののように見えるローファーが、俺の視界から去って行こうとする。

その瞬間。

え。

まさにこれ、うちの会社に勤めて以来、総務一筋三十年、理想は平穏無事、余計な問題は絶対に起こさないに限りますっていう総務スピリットのおかげでか、俺は、言いそうになった言葉を、呑み込む。

え。

まさに、俺、そう言いそうになった。でも、言わなかった。

え。

だって。

俺の視界から消える直前。

ローファーと、白い靴下が、いきなりその姿を変えたのだ。

なんか……草履？　それももの凄く古びた奴で、擦り切れている処がとてもありそう。というか、なんだか崩壊しそう。そんな草履を履いた、裸足の足が、俺の目には見えてしまい……え、え、え、なんだこれ。何なんだこれ。

目の前で、今見えていたローファーが、いきなり藁草履に変化した。

それがあんまりショッキングだったんで、俺は、地下鉄の床からちょっと視線をあげてしまい……すると、去ってゆくひとの姿が、見えた。

一瞬、女子中学生に見えた。

次の瞬間、俺の視線がきっちり〝それ〟を捉えると……それは、藁草履を履いた、蓑笠被った、小さな人間のうしろ姿に見えた。

そして、そこからは、揺らがない。

蓑笠被り、藁草履を履いた……そんな、身長百四十センチくらいの姿が……てくてくと、俺の前から去ってゆく。

み……蓑笠、被って、藁草履、履いた、小さな姿が、去ってゆくって……こ、これは、日本昔話か？

いやまあ、地下鉄にはドレスコードないだろうから、どんな格好をした人間が乗ってたっていいんだろうけどよ、コスプレしていて、剣と魔法の世界の騎士の格好をした奴だの、猫耳つけて尻尾(しっぽ)つけたメイドさんがいたって、そりゃいいんだろうけどよ、蓑笠まとって藁草履履いてる小さな人間っつーのはなあ。（不思議なことに、百四十くらいの身長を見ても、俺はそいつが〝子供〟だとはまったく思わなかった。平均身長がとても低い時代の人間なんだな、だから、大人なんだなって、何故か素直に思えてしまった。）

どうなんだろう？

佐川逸美

こわばりが……やっと、解けた。

なんだか、そんな気持ちがする。

んー……わたしは地下鉄に乗っていて、これは、有楽町線沿線である要町(かなめちょう)から、西武池袋線の石神井公園へ行く、一番楽な電車で、わたしは、自分の教え子であり自分が顧問を務めているバスケット部の子供達を引率して、この電車に乗っているのだ。いや、いた、筈、なのだ。

だけど。

ちょっと前から、なんだかわたしは、体が固まってしまっていたような気がする。

理由はまったく判らない。

ただ、なんだかひたすらこわばっている気配……というか、記憶。

うん、実際のわたしがこわばっていたのかどうかは判らないのよ、ただ、やたらこわばっていた記憶がある。ずいぶん長いこと、動けなかったような記憶がある。

しかも。子供達の様子が、変だった。

いつもおおらかで安定している渚は、やっぱり安定しているんだけれど、いつも騒がしい梓なんかあからさまにきゃあきゃあ言ってる、瑞枝の様子はあきらかに変だったし、何より、千草が。

ちょっと前に、千草は、誰かと、もろに視線をあわせていた感じがした。

いや、わたし、それを見ていない、だから、これ、〝感じ〟だけなんだけれど。

誰かって誰って聞かれても、それはわたしには判らないことなんだけれど。

でも、そんな〝感じ〟がもの凄く、とってもして……そして、最初のうち、千草は、やっぱり〝きゃあきゃあ〟言っていたような気がする。

なんか、ふざけているような、甘えているような、嬌声(きょうせい)って感じの声をだしていたような気がする。

でも、やがて……うん、今日じゃない、ずいぶん前に、千草の嬌声は、〝嬌声〟っていうものではなくなってくる。

なんか、声に、絶望が混じる感じ。

そんな感じの声がして、そんな感じの声が続いて、次の瞬間、ぱたっと、千草の声が途切れる。

あう？

この途切れ方がすっごく嫌で。

あまりに不吉な途切れ方で。

わたしは、思った。

……ひょっとして、千草、死んでしまったのでは？

ああ、いや、ない、ない、これはない。絶対にあってはいけない。

自分が受け持っている生徒が死ぬだなんて、そんなこと、教師たるもの、絶対に思ってはいけない。

でも、そんな気がするのは、何故？

ここで、わたし、思い返す。

え？

え、わたし、今、変なことを思わなかった？

いや、思ったよわたし。

これは〝記憶〟だ、とか、「今日じゃない、ずいぶん前に、千草の嬌声は、〝嬌声〟っていうものではなくなってくる」とか。


え？

え、え、え、何？

何だか、わたしは、とっても混乱する。

時制、というものが、狂ってしまっているのではないのか？　そんな気が、とってもして、でも、〝時制が狂ってしまった現実〟っていうのは、より一層、把握しがたいもののような気がして。


いや、あの。

今は、今、でしょ？

今じゃないの？

あの、だって今、わたしは石神井の中学とのバスケットの練習試合の為に生徒達を引率している訳であって……あの、それが、〝今〟でしょ？

このわたしの混乱は、おそらくは〝今〟がいつだか、何だか判らないような気分になったからで、そして、何故、こんな混乱がおこったのかと言えば……わたしは、何だか、同じシーンを、何度も何度も繰り返している……ような、気が、するからだ。

そして、それには。

多分、原因がある。

何だか判らないんだけれど、〝わたしをこわばらせるもの〟が、この近所にいて、そのせいでわたし、自分がこわばっていることも、何だか混沌(こんとん)としていることも、今まで自覚できなかったのだ。

ただ、耳だけは生きていて、だから、子供達の声だけが聞こえてきていて。

今。

たったひとつのことが、判る。

というか、今、いきなり判った。

わたしが時制の混乱を覚えた、その原因。

〝それ〟が、〝わたしをこわばらせている何か〟が、何故か、今、この近所からいなくなってくれたのだ。

だから、わたしの、こわばりが解けた。

こわばりが解けたからこそ、それ故にやっと、わたしは、今まで自分がこわばっていたことが、判った。

で。

えとえと。

こわばりが解けると、気になるのはうちの子供達。生徒達。

あの……。


なんだか、とっても嫌な感じがする。

わたしの生徒に、最悪のことが発生してしまったような気持ちがして、その気持ちを否定することができなくって、でも、そんなことは許せなくって……で。

思う。


千草。

千草の声だけが、今、聞こえないのは、何故？


ついさっきまで。

一番の音量で、悲鳴をあげていたのは、千草だと思う。

なのに、今、千草の声は、聞こえない。

何故。これは、何故。

……考えてゆくと……なんだか、どんどん、怖い可能性が、浮かんできてしまう……。

みぃつけたっ。

と、思う。

優先席のあたりで揉めていた二人。

座っている中年の男と、立っている初老の男。この、座っている方の中年男の隣にいるのが、多分、問題の人物だ。パペットのようなものになってしまった、只今結界を作っている、昏睡してしまった人間だと思う。

だが。

不思議なことに、中年も、初老も、「ここらへんでパペットのようなもの、見た方、いらっしゃいます？」って言葉に、諾ってはくれなかったのだ。中年の方は、まるでこの台詞を無視していたし、反応してくれた初老の方は、「それを聞いてどうするのか」って意味のことを質問したあと、あからさまに、嘘をついている。

まあ。

中年の方は、まだ、いいのだ。まだ、判る。

世の中には、時々、とても鋭い人間がいる。

現に、中年、視線を下に向けている。視線を避けるどころではない、絶対にこっちを見ようとはしない。

こういう人間は、過去、時々いて、自分の同類が人類への接近遭遇をした場合、この種の人間だけは生き延びていた。

そうだ。

人間にとってとても危険な〝生き物〟に遭遇してしまった場合、それも、ライオンのような猛獣ではない、物理的な脅威を伴わない、もっと違う意味で〝危険な生き物〟に遭遇してしまった場合、〝目を絶対にあわさない〟というのは、ひとつの解ではあるのだ。

実際、目があわなければ、どうしようもないのだし。

ただ。これはあくまで、〝場合による〟。

人を襲う闇の種族、その種族によっては、むしろ、目をあわさないでいてくれることを、これ幸いって思う奴らもいる。

そいつらは、物理的に、人間を襲うのであって……目を逸らしてくれたのなら、むしろ、それは、襲うチャンス増大！っていう話になる。

だから、まあ、目を逸らすのがいつも正解という訳ではないのだが……とりあえず、今回の場合だけは、正解。

判らないのが、初老の男の方だ。

この男は、なんと、自分からまっすぐにこっちを見たのだ。中年みたいにあからさまに視線をあわせないようにするひとは珍しいけれど、我々に対して、ここまでまっすぐな視線を寄越す人間は、あんまりいない。（普通、なんかちょっと嫌な気持ちがして、まっすぐ我々に視線を寄越す人間はいないのだ。人間の方が、きょときょと目を逸らそうとする、でも、何かの都合で、ふいに目と目があってしまう、そういうのが、我々と人間が見つめあってしまうケースの殆ど。）

瞬時、こちらの方が、慌てて視線を逸らす。

体を動かす。

ポーズを変える。

何故って。もし、今、この初老の男と目と目があってしまったら。

こっちにはまったくそんな気がないのに、この男まで死ぬことになってしまうから。

そして、この状況下でそんなことがおきてしまえば、こっちの方が困る、昏睡している人間に続く糸が切れてしまう。だから、体を動かす。この男と会話をしながら、でも、絶対に視線があわない位置に。

そんでもって、また。

この男は、こんな状況下で、嘘を言ったのだ。

「すみません、僕も知りません」

こんなにもはっきり〝嘘〟だって判る台詞は、なかなか、ないぞ。

でも、とりあえず、これは、スルー。あっちの方からこちらの目を見ようとしているのだ、この状況で会話を続ける訳にはいかない、そんなことしたら、目と目があってしまう可能性が高い。今は、スルーするしか、ない。

「判りました」

だから、こう言って、この場から一旦は去ることにして……。

あとは。

ここを一旦去ったあと、どうやって昏睡してしまった人間のことを追求すればいいのか、だが……。

その前に。

もっと、ずっと、大変な問題がある。


まったくそんな気はなかったのに。

最初に目があった人間は、団体のひとりだった。

地下鉄の中にいる人間は、相互に関係性がないだろうと思っていたのに、それが普通だろうに、なのに、最初に目があった人間は、団体のうちのひとりだった。

おそろしいまでの誤算。というか、想定外。

団体――相互に関係性がある人間の集団。どこかの中学の部活の集団だったらしい。

そして、最初のひとりに引き続き、二人目と、目と目があってしまったのなら。

団体で二人、謎の死が続いてしまったのなら。

この団体が、その〝死〟を問題にしない訳がない。

しかも、ちょっと動いたら三人目とも、目があいそうになってしまった。普通だったら、ひとり、こんなことになり、二人、目があってしまったら、三人目以降は、あちらから目を逸らすだろうに。相手が子供だったのがまずかったのか、相手が集団だったのがまずかったのか、三人目まで、目と目があいそうになってしまった。

これは、まずい。このままだと……三人目も死んでしまう。

ひとり目、二人目は、もう、しょうがないとして。

三人目は、できれば、死んで欲しくない。

三人目が死んでしまえば、絶対にこの集団は、理由を詮索する。それは、して欲しくない。

だから。

できるだけ速やかに、この集団から離れることにして、とりあえず、昏睡している人間を捜しに出たのだが……出た先で、こちらはこちらで、何かあっけらかんと視線を寄越す初老の男がいた。

一体全体。何だってこんな目にあってしまうんだろう。

……って、まあ。

ほんとのこと言って、こう言いたいのは、おそらくは人間の方だろうな、とは、思うのだが。

でも。こっちだって、ちょっとは文句を言いたいよお。
一体全体。何だってこんな目にあってしまうんだろう……。

「……はあ。まだ、新野(にいの)さん、昏睡(こんすい)したままですか……。これでもう、十日近くになりますよね。……え、あ、はい、いちお、こっちも医療関係者の端くれですから判っています。こんだけ昏睡が続くと、あんまり予後は期待できないのは当然っつーか」

市川(いちかわ)さより、こう言うと、スマホ越しに相手に届かないように気を遣って、それでも、軽いため息をつく。

地下鉄の中で、自分が救急車に乗るまで付き添った、意識不明になってしまった女性、新野晴香(はるか)さん、結局、まだ、昏睡したままなのかあ。

市川さよりは、あの時、地下鉄の中にいたナースで、当該患者さんが救急車に乗るまで、彼女に付き添った。患者さんが搬送された病院のことも聞いている。だから、後日、「あの時の患者さんはどうなりましたか？」って連絡を、その病院にとったのだ。まあ、本来は、こういうことは、個人情報であり、さよりが知ることはなかったのだろうが、新野晴香が倒れた現場に居合わせ、救急車に乗るまで付き添ったナースということで、その後の新野さん情報、さよりは特別に教えて貰(もら)っていたのだ。

そんで今日は、自分の勤務する病院で、昼御飯を終えたあと、こっそりスマホで、新野さんが入院している病院に連絡をとってみたのだ。そこで聞いたのが、新野さんはまだ昏睡しているっていう情報。

　倒れたとしても。一時意識不明になったとしても。その後すぐに意識さえ戻ってくれれば、まあ、意識不明になった原因の病態にもよるが、その後は医療が何とかする。だが、話が〝昏睡〟までいってしまうと……それでも、比較的すぐ、回復をしたのならまだしも……昏睡状態が長引けば長引く程、彼女が回復する可能性は低くなる。

　ましてて、十日近く。

　こんだけ長い間昏睡してるんだもん、新野さんの回復は、チョー期待薄、だよなあ。

　しかも、いやあな予感が、してきている。

　うん、昔だったら、長期間昏睡している患者さんは、いずれ、死んだんだよ。それはとても残念なことなんだけれど、時間がたったら、死んだんだよ。

　いや、だって、自分で御飯食べられないし、動けないし、昏睡してるし。

　けど、今は。

　こんな状態の患者さんが、とっても長生きしてしまうことが、稀に、あるんだ。

　食べられなくても、医療がそれを何とかする、寝たきりで運動ができなくても、介護がそれを何とかする、最悪の場合、呼吸ができなくても、機械がそれを何とかする。そういう状況下で、何日も、何週間も、何ヵ月も……下手すると、何年も、何十年も、生かされている患者さんを、さよりは見たことがある。

　これで。

最終的に、意識が戻り、劇的に回復！ってことになったのなら（そういうケースは、確かに、絶対にない訳ではない。凄まじく稀だけれど、ある）、これはもう医療の大勝利、万々歳って話なんだけれど……そんなのは、奇蹟に近いケースだ。普通は、そういうことには、ならない。患者さんは、意識が戻らないまま、ずるずると悪いスパイラルに落ち込んでしまい、ゆるやかに、ゆるやかに、死んでゆくのだ。けれど。当たり前だけれど、患者さんの家族はみんな、劇的回復！っていう〝奇蹟〟を夢みる。みんな、自分の家族はきっと、その奇蹟にあずかれるものだって、確信はなくても期待してしまう、夢をみてしまうのだ。

そして、昏睡している患者さんは、〝生かされる〟ことになる。

うん、〝生きている〟んじゃなくて、〝生かされている〟。

自分では生きられないのに、医療が、機械が、そのひとを生かす。

……これ、本当に、患者さんにとっての幸せなんだろうか？

時々、さよりはそう思う。

止まってしまった自分の生命活動を機械で代用させて、衰えてしまった身体機能を介護で代用させて、そんでもって、それが故に、〝死ねない〟。

自分の生命活動が終わってしまったにもかかわらず、〝死ねない〟。

これは、本当に、患者さんにとっての〝幸せ〟なのか、なあ。無事に意識が戻ってくれれば、そしてそのあとも〝生き続けて〟くれるんなら、それは医療の大勝利であり、患者さんの幸せなんだけれど……それはもう、宝くじにあたるようなもんだからなあ……。けど、家族の方が、宝くじにあたることを夢みるのは当然であり、うん、そもそも、宝くじ買うひとが沢山いるんだもん、昏睡したひとの家族が、それを夢みない方がおかしい。それは、判るんだけど。そこまでは、了解なんだけど。

けど。それは、本当に、患者さんにとっての〝幸せ〟なのかなあ……？

ま、こんなこと、医療関係者は、医療関係者だからこそ、絶対に言ってはいけない台詞なんだけれど。

けど、心の中で思う分には、しょうがないじゃない？

「市川さん！」

いきなり呼ばれたので、さよりは慌ててスマホを切ろうとする。え、まだお昼休みじゃないの、だから電話してたのに、いつの間にお昼休み終わっちゃったの、なんて思いながら。

「あ、すみません、呼ばれましたので、あの、いろいろ教えてくださってありがとうございます」

こっちの方から、新野さんが搬入された病院に電話して、「あの時救急車を待っていたナースの市川です」って言って、それで新野さんの病状を聞いたのだ、電話を切る際に、最低の礼儀だけは守らなくては。

んで、これだけ言って、プチッ。

「市川さん！」

「あ、はいはい」

「返事は、一回っ！」

「はいっ！」

「大崎(おおさき)さんと鳥飼(とりかい)さんの点滴、そろそろ替える時間じゃないの？ 湊(みなと)さんの午後のバイタルチェックは？」

「あー、はいはい……じゃない、はいっ！ ただちに取りかかりますっ」

病棟のナースは、なんだかんだと忙しいのだ。

大原夢路

あの……なんだか判らないものが……なんだか怖いものが……歩いていってしまったあと。

ま、電車の中だから。そんなに広いって訳でもないし、〝なんだか判らないもの〟は、連結部を越えて隣の車両に行った訳ではない、また、もと来た方へとぶらぶら帰っていっただけだったから、そんなに距離が離れたっていう訳でもないのだが……それでも、おそらくは声が届かないであろう距離まで、それが離れていってしまった処で、あたしは、低く抑えた、でも、あからさまに怒っている声を出す。

うん、あたしは、とにかく、文句を言いたかったのだ。

いや、文句を言わずにはいられなかったのだ。

文句を言うしかないと思ったのだ。

だから、言った。

「あの！　村雨さん！」

本気で、怒っている、うん、ほんっきで、怒っているよね、あたし。

「あ……ああ、はい、何でしょうか」

でも。けれど。言われた方の村雨さんは、何だって自分が怒られているのか、まったく判っていない気配。そこであたし、声の調子をもう一段、強くして。

「あなた、今、何をしました」

「……って……はい？」

ああ、本当に判っていないんだな、そんなことが、くっきりと判ってしまう、そんな村雨さんの台詞。

「あたし、言ったでしょ、とにかく、何が何だか判らないけれど、あの、〝怖い〟ものから目を逸らせって。とにかく、目と目をあわせてはいけないって。床を見とけって」

「あ……そう言えば、そういうこと、言われたような気が……」

「言ったんです、あたし、きっぱり」

「……ああ……そういうことを言われたのなら……」

「言われたんです、あなたは、きっちり。なのに、あなたは、それを無視した。というか、むしろ自分からあっちに目を向けましたよね？　どう考えても、村雨さんが〝あれ〟と目があわなかったのは奇蹟みたいなもので……」

「……何か僕、まずかったでしょうか……」

「って村雨さん！　あなた、怖くなかったんですか、〝あれ〟がっ！」

信じられない。〝あれ〟にあそこまで接近されて、それでも怖いって素振りを見せない村雨さんの精神状態が。でも、村雨さんは、冬美みたいに、「もういつ死んでもいいや」って気分で〝あれ〟を見ようとしたんじゃないこと、それだけは、なんだか、判った。

「……いや……あの……中学生は、普通、あんまり怖くないです……」

まして。村雨さんがこんなこと言ったので、あたし、仰天。

「え、あれ、中学生だったんですか？」

電車の左ずっと向こうで。女子中学生がひたすら悲鳴をあげていたのは、聞こえていた。でも、まさか、彼女達に悲鳴をあげさせていたのが、同じく女子中学生だったとは。

「違う」

ここで、氷川さんが口を挟んでくる。

「あれ、最初のうち、足は中学生みたいに見えた。けど、中学生じゃない」

「あ、そういえば氷川さん、大丈夫ですか？」

って、ここで、村雨さん、こんなこと言う。……へ？　氷川さんが大丈夫かって、それは一体、何で？　と、あたしが疑問に思うと、どうやら同じことを氷川さんも疑問に思ったみたいで、こんな会話が続く。

「って、俺が大丈夫かって、それはなんだよ」

「いえ、なんかずっと下向いてこわばって黙っていたので……氷川さん、急に具合が悪くなったのかなって、僕、ちょっと心配してまして」

「……え……」

いや、だって。氷川さんがこわばっていたのは、〝あれ〟に接近されてたからで……村雨さん、ほんっとにそれが判っていないのか？　別の意味で、本当に大丈夫なのか、このひと。

ここで。

あまりといえばあんまりな村雨さんの台詞に、あたしと氷川さんは、ついつい目と目をあわせてしまう。そしてそれから、氷川さん、あんまりな台詞を言う。

「えーと、大原さんっていったっけか、あのな、これ……このじーさんは、〝天然〟だ。どっからどーみても天然ボケ」

酷い台詞だ。どうも、この氷川さんって、歯にまったく衣を着せないタイプのひとみたい。……でも、哀しいかな、この氷川さんの台詞って……否定できない。

「ああ、いや、その、僕は幸いなことに、まだ認知症の症状は」

「だーかーらー、そーゆー天然ボケまるだしの台詞は言うなよ」

いや。氷川さん、さっきまではここまで酷いしゃべり方はしていなかったと思う。ということは……。

で、ふいに、あたし、判ってしまった。

氷川さんもあたしとおんなじだ。

多分、あまりに無造作に、〝あれ〟に視線を向けようとした村雨さんに、怒っているんだ。だから、しゃべり方から、社会人が普通にもっている遠慮が抜けちゃって、〝素〟に近くなっている。そして、それは何故かって言えば……おそらく、あたしも、氷川さんも、〝あれ〟に直接目を向けた村雨さんのことを、心から心配していたのだ。心配して心配して、でも、今、村雨さんが無事だったから、一気にどっと安心して……安心の余り、怒っているんだ。

「天然だから、〝あれ〟の怖さにまったく気づかず、平気で見ようとしたんだと思う」

「……かも知れませんが……というか、そうでしょうけど……よく無事でしたよ。天然だからって助かる訳でもないと思うのに……」

で、なんだか二人共、村雨さん本人を前にして、随分酷い会話をする。村雨さんひとりだけが、この会話についてこられず、きょとんとしている気配。

「いや、そんなことはない。このじーさん、天然だから助かったんだよ。俺にはそれが判った」

「って？」

「あの、なんだか判らないものの方が、体の向きを変えたんだよ。このじーさんが、〝あれ〟に直接視線を向けた時、あいつの方が、その視線から逃げようとした。……俺はさ、足しか見ていなかったから、具体的なことはよく判らなかったんだけれど、あきらかに、あいつの方が、じーさんの視線を避けた。そんな、足の動きだった」

「え……じゃ、〝あれ〟は、直接見られるのが嫌だった……そういう話、なんですか？」

「そこは判んねー。視線をあわせるのが嫌だったのか、まっすぐに自分を見ようとする視線が嫌だったのか、このじーさんに〝天然〟以外の何か、あいつに避けられる要素があったのか、その辺はまったく判んねー。でも、あいつの方から、体の向きを変えてまで、じーさんと目と目をあわせないようにした、それだけは確かだと思う」

「成程」

こう言うとあたし、今までの会話を、一回心の中で反芻(はんすう)してみる。そして、ひっかかったことがあったので。

「ところで氷川さん、さっき、〝あれ〟が中学生じゃないって、かなり確信もってる感じで、違うって仰(おっしゃ)ったような気がするんですけど……」

「ああ。中学生じゃない。いや、俺は足しか見てないからほんとのことはよく判らないんだけれど、確かに最初、俺の視界にはいったのは、中学生が履いていそうなローファーだった。声も、女子中学生だって言われて何の不思議もないようなものだった。だが……そいつが俺達から離れていった時。なんか俺、ずっと足元だけを見ていて……したら……その……いきなり変わったんだ」

「……何、が」

「足元がな……いきなり、ローファーじゃなくなったんだ。……その……なんか、こんなこと言ったら、俺の正気が疑われそうな気がして嫌なんだが……えーと、その、藁草履になった」

「わ……ら、草履？」

「あー、時代劇の足軽なんかが履いていそうな奴。壊れそうな藁草履。んでもって、その上は、蓑笠被ってる……えー、なんつーのか、〝まんが日本昔ばなし〟バージョンのお地蔵さんってな格好をした奴」

「はい？」

「いや、最初は、一瞬、女子中学生に見えたんだ。確かにそう見えたんだ。制服みたいな奴を着ている、女子中学生。でも、藁草履が見えたあとは、そいつ、おんなじ奴なのに、蓑笠被って藁草履履いてる、そういうものに見えた。……蓑笠被って藁草履履いてる女子中学生はいねーだろ？」

いや、そんな人間は、中学生じゃなくっても、現代にはまったくいないと思うんだけれど。

「あの……氷川さんに大原さん、でしたっけか、あなた達一体何の話をしています？」

村雨さんが口を挟んでくる。

うーん、確かに村雨さんって、〝天然〟かも。

だって、まあ、あたし達の話が村雨さんにはまったく理解できなかったとしても、それでも、あたし達が村雨さんを話題の中心にして、結構酷いこと言ってるんじゃないかなってことは、村雨さんにも判ったんじゃないかと思う。なのに、まったくのほほんと、あせるでもなく、こんな台詞を言えるとは。

「僕が見たのは、あくまでも女子中学生で」

「あ、それが問題だ。じーさん、あんたは、俺達の中で唯一、〝あいつ〟を直接見ようとした人間なんだよな。……で、どう見えた」

「……って、すみません、氷川さん、あなたが何を仰っているのか……」

「えーい、まどろっこしいなっ、とにかくじーさん、あんたは〝あいつ〟を見たんだろ？　その、パペットが何とかって、俺達に言ってきた奴」

「あ……ああ、さっき、声をかけてきたひと、ですね。ええ、あのひとは、普通の女子中学生でしたよ」

中学生。ちょっと前にも、村雨さん、〝あれ〟のことを〝中学生〟って言ったような気がする。うん、普通、中学生は怖くないです、とか、なんとか、そういう意味のことを。

「……あれが、怖くも何ともない、まるっきり普通の中学生に見えたんかよ……。天然にしても、あんた、凄いな……」

「……あの……ほんとに、氷川さん、あなたが何を言っているんだか……だって、あの子は、クラブ活動かなんかやってる普通の中学生でしょ？」

「そう思えるあんたが凄いんだが……」

「いや、だって、あれは、佐伯さんのお孫さんと同じ学校の中学生。だって、同じジャージ、着てましたからね」

「って！」

この瞬間。あたしと氷川さん、同時に叫んでしまった。

「じーさんっ！　あんた、あの〝何だか判らないもの〟の中学を、って、あいつが中学生だとはまったく思えないんだが、とにかく、そう思える中学を、特定できるんかよっ」

こう言ったのが、氷川さん。

「佐伯さんって、誰なんです？　中学校のジャージなんて、結構似たりよったりだと思うんですけれど、村雨さんには、それが特定できる理由があるんですか？」

こう言ったのが、あたし。

そんで。

村雨さんは、あたし達二人の台詞を、同時に満たす答を言ってくれたのだ。

「……あの……えっと……佐伯さんは、僕の碁敵です。で、その佐伯さんのお孫さんが、あのジャージがある中学に通っているんです。だから、覚えているんです……って、あれ？　あれれ？　僕は、何でそんなことを知っているんだろう、っていうか、その前に、この〝記憶〟は、何だ？」

「いいから。村雨さん、それはいいから。とにかく続きを」

「あ、えっと、続きで言いますと、あの中学の学校指定のジャージには、かなり特徴があるんですよ。……まあその……こう言っちゃ何ですけれど、とても〝悪趣味である〟っていう、特徴が。で、今。あっちの方にいる中学生の集団のジャージは、ね、悪趣味でしょ？　あんな悪趣味なジャージ、他になかなかないと思います。……いや、悪趣味だっていうのはね、あくまで僕の意見なんですから、氷川さんも大原さんも、是非、その目で見てくださいよ、あっちにいる中学生達のジャージ。……悪趣味としか、言いようがないでしょう？」

……と……言われましても。

実の処あたしは、中学生の方には、まだ、絶対に目を向けたくはない。おんなじことを思っていたのか、氷川さんも。

「そー言えるあんたを、俺は尊敬するよ」

氷川さんが、ため息まじりにこう言うと、それをどういう意味にとったんだか、村雨さん、さらにぐじぐじと。

「あー……ひとのジャージを……それも学校指定のジャージなんでしょうから、自分では選べないものを、〝悪趣味〟って言っちゃいけなかったのかなあ。こんなことを言うだなんて、確かに僕は失礼でしょうかねえ。……でも僕には悪趣味に見えるんだけれどなあ、氷川さんも大原さんも、あれを〝悪趣味〟だって思えないんでしょうか……」

なんて言っている。

いや、今、あたし達が問題にしているのは、ジャージが悪趣味かどうかってことじゃ、ないんだよね。だから、とにかくあたしは、言葉を継ぐ。

「その、ジャージが悪趣味かどうかは、ま、どうでもいいんです。とにかく、その中学校の名前を教えてください」

「あ、おお。なんて中学なんだか、じーさん、判ってるんだろ？」

もの凄く勢いこんでいるあたし。同じく、身を乗り出している気配の氷川さん。

んで……これはありかっていう、村雨さんの、お返事。

「え、知りません」

って！　ナースさんの時も思ったよ、このひとはなー、村雨さんはなー、すっごく期待させるような台詞を言っといて、「え、知りません」って受けるのが趣味のひとなんかあっ！　だって、あり得ないでしょう、この局面で、こんだけ期待させといて、で、この台詞だなんて。

「なんで知らないんだよっ！」

「え……あの……いや……普通、行きつけの碁会所でいつも碁を打っている碁敵のお孫さんの中学校がどこかだなんて……知っているひとの方が、むしろ、おかしいと思いませんか？」

……。

…………。

ちっくしょうっ。

言われてみれば、それは、まさに、そのとおり。

そのとおりなんだよっ！

かと言って、この台詞で納得する訳にはいかなくて——と。

「待て」

いきなり、氷川さんがこう言ったのだ。

「その前に、考えておかなきゃいけないことがある」

「……って、言います、と……？」

「あの、訳が判らない何か怖いもの」

「はい」

「あいつは、この」

ここで氷川さん、自分の左側、パペットのようなものに視線を送る。

「これが、〝パペットのように見える何か〟だって、判っていなかったようだ」

……そ……それは、確かに、言われてみれば、そのとおり。

それにまた実際、これがパペットのようなものに見えていたのなら、ああいう台詞運びにはなっていなかったような気もする。

「これ。……ああ、いや、じーさん、異議を挟むな。じーさんから見て、こいつは、まだ人間に、見えるのか？」

村雨さん、ここで、改まって。

「……その……そういう言われ方をしますと……さっきまでは、この方、本当に女性だったので、加減が悪くて優先席に座った女性に見えたんですが……」

「そーゆー遠慮、一切なしでっ！　今、じーさんに、これが〝どう見えるのか〟を、俺は、聞いてる」

「……その……人間、じゃ、ない、ように、見えます、ね。そういうことって、あっちゃいけないんじゃないかと思うんですが、どうもこの方、この間っから、木彫りの人形のように見えています。ですが、先程まではあきらかに人間であったこの方のことについて、まるで〝人間ではないもの〟のように言及するのは、あの、パペットのようになってしまった今では、この方、一切反応をしてませんけれど、実は僕達の声が聞こえているのかも知れませんし、その場合、あんまり失礼なのではないかと……」

「そーゆー配慮、やめとけっ！　つーか、少なくとも大原さんはやめろ。じーさんの見解に引きずられるな。……で、まっさらな大原さんから見て、これは、どう見える」

「どう見えるもこう見えるも……その……間違っても人間には見えません。パペット……それも、人間に模されているから余計気持ち悪い、できそこないの人形に見えます。というか、それ以外には見えません」

「……だよなあ。俺達には、どうやったって人間に見えない〝これ〟が、あの、訳の判らん怖いものには、人間と区別がついていない。なんか、そんな気がしないか？」

「で……それに、どんな意味があるっていうんです」

「……まったく判らん。だが、〝これ〟と人間の区別がつかない処とか、じーさんの視線をあからさまに避けた処とか……なんか、ちょっと、覚えておいた方がいいような気が、俺はする」

氷川さんがこう言って。

と、こんなあたりで。

あれ？

あれ、あれれ、あら、これは、やばいわ。

あたし、いきなり困ってしまう。

というのは、後頭部にふいんって感じがして、ちょっとあくびがでてきそうで……これは、普通だったら、〝眠くなった〟っていう感じなんだけれど……この世界の場合では、多分、この状態になったのなら、次にあたしが遭遇するのは、〝あたしが目覚めてしまう〟っていう現実。なんだか、とっても、そんな気がする。

つまり。言い換えると。あたし、起きそう。

そんで、あたしが〝起きて〟しまえば、今まであったことは、全部夢だったって話になって、今、あたしが知った事実は、全部、夢の一環として、この世界の中でほどけてゆきそう……。

なんか、そんな気が、する。とても、する。

と。

「大原さん！」

いきなり、怒鳴られた。怒鳴っているのは、氷川さんだ。

「あんた、起きるんじゃないのか？　あんたの姿、妙に薄くなってるし……ここであんたが消えちまうと、俺、またこのじーさん相手に、席を立つな何で立っちゃ駄目なんだそこには倒れてくる女がいるって話を、繰り返しそうな予感がしてきた」

あ。言われてみると、多分あたしは、起きてしまうんだろうし、あたしが起きてしまうと、きっとあたしは、この世界からいなくなってしまうんだろう。……その場合……ひょっとすると、この世界は、地下鉄が止まる前の状況からまたまたやり直しってことになってしまう可能性があって……。

でも。

起きそうになったあたしには、できることがなくて。だから、しょうがない、正直なことを言う。

「あ、はい、ええ、起きます、起きそうです」

「俺、前言を訂正する。どうやら、俺達は、〝夢の中〟の時間にとらわれて、そこで、同じ経験を何度もやって、行ったり来たりしている……そんなこと、俺、なんか了承できそうな気持ちになった」

「あ、はい」

「で、ここであんたが〝起きちまう〟と……また、最初っから、やり直しかよっ」

氷川さん、とても口惜しそう。

「いや、やり直しはないですっ」

叫んだのが、あたし。

「あたしは、多分、覚えています。この〝夢〟がどんなふうに解けていったとしても、あたしは、あたしだけは、きっと、全体のこと、覚えています。だから、氷川さん、村雨さん、せめてあなた達の個人情報を教えて。あなたが、何て名前のどこに住んでいるどんな会社に所属しているひとなのか、それを教えてくださったら、あたしは、それをできるだけ覚えておくようにします、そして、現実の世界で、あなた達に接触をしようと思っています。今となっては、できるのは、これだけだと思っているんです」

「判った。俺のフルネームは氷川稔で、会社は市谷の××商事、住まいは……」

その、区名までは、聞いたような気がする。

けど、その辺の段階で、あたしの意識は覚醒に向かってしまい……。

氷川さんと同時に、しゃべりだした村雨さんの台詞も、聞こえる。

「えーと、僕は、村雨大河です。練馬区の石神井台に住んでおりまして、具体的な住所は……」

それにまた。

夢のことを全部覚えているあたし。

でも、あたしには、まったく覚えられないものがある訳なんで……早い話あたし、数字を覚えるのは、も、絶望的に駄目なんだよー。

氷川さんと村雨さんが、区名と町名を言ってくれて、番地まで全部言ってくれたとしたって……そんな数字、間違いなく覚えられないのが、あたし。まして、電話番号だの何だの、只今確実に相手に連絡できる、そんな数字を教えてくれたとしても、絶対にそれを覚えられないのが、あたし。

……と……言う、ことは。

結局、あたしと現実世界の氷川さんや村雨さんが連絡をとるのって、無理だって話になるんじゃないかと……。

あああああ。

頭、痛い。

佐川逸美

千草の。お葬式に参列して。

瑞枝の。お見舞いに、渚と一緒に行って。

この辺でわたし……ようやく、現実に復帰できたような気がした。

いや、そんな〝気〟なんてね、全部、言い訳なんだろうけれど。

わたしは今まで、自分の教え子が死んでしまったっていうのに……なんだか、それに、〝するべき関与〟をしていなかった……そんな気が、してしまうのだ。

……わたしが、もっとちゃんとしていたのなら。

千草は死ななくて済んだし、瑞枝だって、こんな状態になっていない。

なんだか……今、初めて、そんな気持ちが、とってもしている。

だって。

夢の中で。

わたしには、千草を守ったり、瑞枝に害が及ばないようにする、そんな手段をとれる可能性があった（のかも知れない）のに、わたしは、それを、しなかった。

なんだか、そんな気が、とてもして、とってもとってもして、それが凄まじい自己嫌悪として、只今のわたしを蝕(むしば)んでいて……でも……あの……その？

わたしが思っていることって、何か、〝変〟、だよ、ね？

夢の中で、わたしが何をしようが、それは現実世界にはまったく関係がないこと、だよね？

夢の中で、わたしが何をしなくても、それは現実世界にはまったく関係がないこと、だよね？

それは、判っている。それは了解している。それは、理解している。

なのに、この、わたしに襲いかかる、この〝感じ〟は、何なんだろう。

なんか、すっごい、辛い。

大体。

夢って、何なんだろう。

……ここの処毎日、わたしは同じ夢をみているような気がして……それは、あの日、石神井の中学校へ練習試合に行く為に乗った地下鉄が止まってしまった時の夢で……そういう夢をみ続けているからって、で、だから、何なんだ。（しかも。どうやらこの〝夢〟は、あの地下鉄が止まった日からずっと続いているような気がするんだけれど……今までわたし、それを認識できていなかったのよ。あれから……練習試合前に千草が具合を悪くして、千草、とってもはりきっていたのに練習試合にでることができなかった、その翌日から千草が寝込んだ、そして、千草が亡くなってしまった……そのあと、瑞枝の様子がおかしくなり……って、もう、随分、時間がたっているのに、今までわたし、そんな夢のことなんか、思い出しもしなかった。)

わたしがずっと同じ夢をみていたとして……で、だから、何、なんだ。

そんなもん、現実にまったく関わりがないことでしょう？

それは判っている。それは当然のことだ。なのに、それが、〝なんだかとっても辛い〟のは、何故？

今まで、わたしは、なんだか判らないけれど〝硬直〟していて、それへの対処ができなかったこと、それに罪悪感を覚えてしまう、今の感情は、何？


しかも、只今のわたしは、そんな〝罪悪感〟とはまったく関係がないことで、渚にかなりとんでもないことを言わなければいけないのだ。先程までやっていた職員会議で、とんでもないことが決まってしまったのだ。


「すみません、いっちゃん先生。なんか、呼ばれたんで来たんですけれど」

うん。わたしは、渚のことを、視聴覚室に呼び出したんだ。いや、呼び出すように、職員会議で言われたんだ。

「うん、ごめん、渚……じゃない、大野さん」

はい、ここから先は、一介の新米教員であるわたしが、親しくしている教え子にする話じゃなくて、女子バスケ部の顧問であるわたしが、女子バスケ部のキャプテンである大野さんにする話なので、わたしの口調は改まる。

「日渡さんが亡くなった件もありますし、また、女子バスケ部で不調になった方も、他にいらっしゃいます」

瑞枝のことを、こんな他人行儀に言うことがあるだなんて、ほんのちょっと前までは、想像もしていなかった。

「それに、女子バスケット部では、病欠している生徒が他にもいますし……しばらくの間、女バス、活動をお休みにしたいってことに、学校側が決めました」

ここで。

わたしとしては、渚からの抗議を想定していたのだ。

「何で！　いっちゃん先生、何で！」なんてところから始まって、「確かに女バスでは病気になってるひとが続出してますけど、別にみんなが、例えばインフルみたいな感染性の病気になったって訳じゃないでしょっ！　だから、それ、話が全然違うでしょ？　なんでうちの部だけお休み？」って奴を。

けれど、渚は、そんなことを言わなかった。

「……ま……判ってます。だって確かにうちの部、今、変なんだもん。学校側が、女子バスケットを休部にしたいって思っているのは、そのせいですよね？」

「うん、そう」

って、言いかけて、わたしは言葉を改める。

「そうなんです。学校側としては、ちょっと前にあった、石神井の中学校との練習試合を問題にしている訳でして……」

「あそこに行くまでの間に、うちの部員が、何かの病気に感染してしまった、とか？」

「……と……そんな風に思える事態に、只今、なっているでしょう」

「……です、ね。ほんとにそうなんだけれど……だからって、女バスを休部にしたからって、それで済む話なんですか？」

「済む話だとは、少なくともわたしはまったく思っていません」

「ですが、学校側が、女バスをお休みにすればそれで済むって思っているってことは、判りました」

うわあああ、渚、きっついこと言うなあ。

「それは了解しましたので、女バスは、しばらくの間、活動を休止します。……これでよろしいでしょうか」

「はい、よろしくお願い致します」

ここで、わたし、渚のことを見る。渚も、わたしのことを見る。これでまあ、公式的に言うと、顧問の教諭と部活の部長との合意はとれた訳で。

で。

次の瞬間、渚は怒鳴る。

「で、いっちゃん先生は、これでいいのー！」

「いい訳、ないでしょうがあっ！」

これまた、これで、二人の間では了解がとれたので。

ここから先は、わたし達、まったく自由にしゃべることになる。

顧問の教諭とキャプテンではない、あくまで、わたしと渚との話。

「ねえ、いっちゃん先生、何でなんだろう。何で千草は死んだ訳？」

「んなの、もし、わたしに判っているのなら、何とかしてる。わたしにも全然判らないから……」

「本当に病気なの、かな？　あの地下鉄の中で、何か変な病気に、千草が感染しちゃって、そのせいで千草は死んだ。瑞枝も、あの時、千草の側にいたから、その病気に感染しちゃって、そのせいで、今、瑞枝が酷いことになってる」

うん。

「一番、ありそうな話……っていうか、そうとしか思えないのが現状だよね」

「でも、それはあり得ないって、私は思うの」

「だよねー。ほんっとに〝病気〟なら、体調を崩している人間が、ピンポイントでひとりやふたりしかいないのが、そもそも、変」

「私もそう思う」

「それに、もし、そういう理由でこういう事態になっているんなら、わたしの夢が、そもそも〝変〟、だし」

「って、せんせー、〝夢〟って、何？」

「あ、ごめん、こんなこと、言う気はなかった。いや、全然違う話だから、気にしないで」

「駄目。聞きたい」

「いや、言う程のことはないんだけれどね、実は、あの、地下鉄が止まってしまった日のことを、どうやらわたし、夢でみているらしいのよ。ここの処、ずっと夢でみていたような気がするのよ。ただ、なんでだか、それ、ずっとわたしは忘れていて……うん、なんか、精神が硬直していたのかな」

「……止まった……地下鉄の中で……千草が悲鳴をあげる……。……あの日、本当に地下鉄が止まった時には、別に千草、悲鳴なんてあげていなかったのに。夢の中では、なんでだか、いつも、千草が、悲鳴をあげる……」

「うん、そんな風な夢なんだけどね……って！　渚っ！　あんたが何でそれを知ってるっ！」

「……今、思い出したっ！　私もみてるからっ！」

え？　あの……その……。

「私も、ここの処毎日、その夢をみているから！　何で覚えていなかったんだろう、今、思い出したっ！」

あの？

渚？

それに、わたし。

わたし達一体、何の話をしているの。

わたし達一体、どうしちゃったっていうのっ！

大原夢路

起きた瞬間、なんだかくらくらした。

夢。

あの夢の中で、なんか、とっても進展があった……ような気がする。

でも、そんなことを思いながらも、あたしは、いつものルーティン・ワークを、開始する。

顔を洗い、歯を磨く。髪を梳かして、ざっと身だしなみを整える。この辺で、寝ている旦那に声をかける。旦那を起こす。

炊飯器は昨夜のうちにタイマーをセットしている。だから、そろそろ御飯が炊きあがる。お味噌汁と野菜スティックも、昨日のうちに用意してあるから、旦那が起きたことを確認した処で、お味噌汁を温める。新たに鯵の干物をあぶる。

んで、旦那が完全に起きて、顔を洗って歯を磨いたあと、旦那に御飯を食べさせて、(あ、あたしは普段、朝御飯は食べない。これ、健康にもダイエットにも悪いって判っているんだけれどねー、どうしても朝は食欲がないんだわ)、その頃には、やっとあたしも、〝起きた〟気分。(うん。この辺まではねー、ルーティンだから、まったく起きた気持ちもなく、ただ単に惰性でやっていたんだよ。)

旦那が家を出たのを確認した処で、薬罐を火にかける。

お湯を沸かす。

そんでもって、これから、この、沸いたお湯でもって、あたしは、自分の為のコーヒーをいれるのだ。

これで、初めて、あたしの〝一日〟が、始まる。このコーヒーを飲んで、やっとあたし、〝起きる〟。

そして。

こんなあたしの一日が始まった瞬間に、電話が鳴った。

冬美だ。

「あ、もしもし、おはよう冬美」

こんな朝早くから一体何の用なんだろうなあ、昨日、夢の話とか、いろいろ変なことしちゃったから、朝、あたしが起きた頃を見計らって、それについてのお話かなあって、軽い気持ちで電話に出たんだけれど……電話の向こう側の冬美は、いつもよりちょっと……

うぅん、かなり、いや、とんでもなく、興奮していた。

「あ、おはよ、夢路。……あの……夢路って……ほんっとおに本当のこと、言ってたんだね？」

……って？　いや、あたし、冬美に、過去、嘘ついたことなんてないから（黙っていたことや、ぼかしたことはあったとしても）、それは、何だ？

「私も、確かに、昨日、夢をみたわ。それで、夢の中で、夢路に、〝動くな〟って言われて、肩を押さえられた。覚えている。確かに、そんなことが、あった」

ああ。

昨日の夢。

冬美も、覚えてくれていたんだ。あの夢をみていたのはあたしだけじゃなかったんだ。

「で……こんな言い方って変だって判っているんだけれど……覚えているようになったら、思い出したの。私……確かに夢路が言うとおり、過去、何回も、こんな夢、みていたのかも知れない。そんな気がする」

おおおおお。やっと。やっと、冬美が、あたしとの共通認識の土俵に上がってくれた。

神様、ありがとう。

って。あたしがそう思った瞬間。

「でも、私には、判らない。……その……確かにね、左の方で、若い女の子の悲鳴はあがっていたのよ。それは、聞こえていたの。夢路が〝絶対に動くな〟って言うから、私、その悲鳴を、無視してたんだけれど……けど、あれは、無視しなきゃいけないものなの？というか……その前に、そもそも、〝無視していい〟もの、なの？」

この冬美の台詞に、あたしはとにかく面食らう。

いや、だって。

だって、えっと、あの、この台詞は、ないでしょう？

冬美、どうやらあたしと、ある程度共通認識をもってくれたみたいなんだけれど……なんか、その〝認識〟のあり方が、あたしとはまったく違うかも。同じ土俵に上がってくれた訳では、まったく、ないのかも。

「いやフユ、あんた、あの悲鳴を聞いて、それで、その上で、無視する以外の対処法があるとでも？」

いや、ほんと、あたしとしては、これを言いたい。少なくとも、この台詞だけは、強調したい。あの悲鳴を聞いて、それでも、何かをしたいとでも？

「いや、だって、あれ……相当な悲鳴よ？　ふざけてあげているものじゃ、絶対にないと思うような悲鳴よ？」

「だから無視するしかないんでしょうがっ！」

「え……だから無視しちゃ絶対にいけない悲鳴なんじゃない？」

あうう。あたしと冬美の見解は、百八十度分かれてしまった。

「女子中学生かどうかは知らない。けれど、子供が、本気で悲鳴をあげているのなら、大人は絶対にそれを助けに行かなくっちゃ。それをやらない大人なんて、あり得ないでしょう」

ぐうう。もし、これが、現実生活での話なら、冬美の言っていることは、百パーセント真実だ。

現実で。どこかの公園とかで。あるいは、暗い夜道で。

子供の本気の悲鳴が聞こえたのなら、そりゃ、それを聞いた大人は、何をおいても絶対に駆けつけなきゃいけない。たとえ、その先に待っているのが変質者であろうとも、サイコキラーであろうとも、現実の自分にどんな危険があるにしたって、それでも、子供の悲鳴を聞いた大人は、駆けつけなきゃいけない。それが、大人の義務だ。（ま、同時にスマホで110番しながら、だけどね。110番することだけは絶対に外せないけどね。）

けれど。

今回の場合……なんか、現実の変質者や、サイコキラーより怖い気がするんだよね。何故だかするんだよね。だから、あたしは絶対に〝そっち〟に近づきたくはないんだけれど……「本気の悲鳴だからこそ、絶対に駆けつけなきゃいけない」っていう冬美の意見は……大人として、非常に、まっとうだ。というか、客観的に言って、冬美が言っていることの方が正しい。

「……でも……怖いし……とにかく怖いし……かかわりあいになりたくないし……」

ぼそぼそぼそ。冬美に聞こえているのかどうか判らない程度の小声で、あたし、こんなことを言ってみる。いや、だって、これがあたしの〝真実〟の思いなんだもの。んで、次の冬美の台詞で、あたしの思いは粉砕される。

「だって」

とても力強い冬美の台詞。

「夢路にも想像してみて欲しいんだけれど……もし」

はい、もし、何でしょうか。

「もし。万一。悲鳴をあげているのが早紀だとしたならば。これを助けに行かない大人なんて、あり得ないでしょ？　あっちゃいけないでしょ、そんな大人」

あー。そうかー。冬美が立脚している処は、そこかあ。そこに立脚されると、これはもう、あたしにはいかんともしがたい。この先、夢の中で、冬美が悲鳴をあげている女子中学生集団に近づかないようにする術が、ここに冬美が立脚している以上、あたしには、ない。多分、これに対する反論は、あり得ない。

ま、でも、それでもあたし、できるだけ反論。少なくとも〝反論〟のようなものを、試みてみる。

「でも……冬美は、見たんでしょ、その……近づいてきた、女子中学生。それで……〝あれ〟に、本能的な恐怖、覚えなかったの？」

「……って？　ごめん、私、夢路が言っていることの意味が判らない」

「いや、その、あたしが肩を押したせいで、冬美がずっとあの席に座っていたのなら……えっと……あたしが、席を立って、向かい側にいた男性の処に行ったの……見てたよね、冬美」

「あ、うん、それは確かに」

「で、その時、あたし達に近づいてきたひとがいたでしょう」

「あ……ああ、夢路が向かい側にいた男性達としゃべりだしてしばらくしてから、夢路達に近づいてきたひとは、いたわね。なんか、そのひとが歩いてくると、不思議とまわりにいるひとみんながそのひとを避ける感じがして……んでもって、そのひとを見た瞬間、夢路と、座っていた男性が、いきなり視線を下に下ろしてしまったんで、何やってんだろう夢路って思った覚えもあるわ」

おお、それは確かに、問題の女子中学生（仮）だ。（……いや、ごめん。変な日本語だとは思うんだけれど、村雨さんが女子中学生だって断言した、氷川さんが蓑笠被ってた日本昔話のお地蔵さんだっていったひと、他に何て表現していいんだか判らないので、〝女子中学生（仮）〟って言わせて貰うね。）

「で……そのひと……怖く、なかった？　それも、理屈じゃなくて……もう、生理的に本能的に、絶対に目をあわせたくない、そんな気持ちにならなかった？」

うん。あたしは、見るのも嫌だったのに。というか、そもそも、〝見る〟ことすら、できなかったのに。なのに、冬美は、軽やかに。

「え……別に普通のひと、だったよ？」

そうか、冬美には、そう見えたのか。ということは、ある程度以上近くにいない限り、あの〝怖さ〟は、判らないのか。

「で、その女子中学生なんだけどね」

こう、あたしが、言い継ぐと。不思議なことに、冬美はそれを否定したのだ。

「え、夢路、違う」

……って、何が？

「私が見たひとは、女子中学生じゃ、なかったよ？」

……え？　えとあの？

今更、ここに至って、あたし達って見解に齟齬を来してる？　あたし達、別のひとを見ていたのかな。

「えっと、あたしの前にそのひとが来たせいで、あたしも氷川さん……つまり、座っていた男のひとも、絶対そいつと目をあわせないように下を向いてしまった、そんな人物が……女子中学生じゃ、なかった？」

かなりくどい〝言い方〟になってしまうんだけれど。あたしにしてみれば、これを確認しない訳にはいかない。

「うん、なかった。向こうからやってきて、みんなが目を逸らしているのは、もっとずっと普通のひとで」

ここであたし、氷川さんが言っていたことを思い出す。

「まさか……蓑笠被ってた、日本昔話のお地蔵さんみたいなひと？」

「いや、まさかそんな。そんなひと、地下鉄に乗ってる訳ないじゃない、もっとずっと普通のひとだったよ？」

村雨さんが言っていた女子中学生でもない、氷川さんの言っているお地蔵さんでもない、じゃ、冬美が見たのは、一体何だ？

ここであたし、なんか感覚的に、ほんとに切羽詰まってしまう。そんで、その感覚のま、ひたすら冬美に迫る。だから、まるで、切りつけるようにこう言う。

「その〝普通のひと〟の詳細を、説明しろフユっ！」

「あ、いや、特に何の特徴もないような普通のひとであって……あれ……あれれ？　あれ、ごめん、説明しようと思った瞬間、何だかよく判らなくなった……」

おや。あきらかに冬美、混乱している。って、それは、なんでだ？

「そもそも、それ、男？　女？　いくつくらい？」

「……え……あの……ごめん、あれれ？　聞かれたら、よく判らなくなったの。……あれ？　あれれ？　その……えっと……」

「身長は、どのくらいだった？」

「……えとごめん……判らない……」

「どんな服、着てた？」

「…………」

「せめて、何色の服を、着てた？」

「……………や……ごめんなさい。判らないわ、私、判らないの、どうして？」

どうしてって、聞きたいのはこっちだ。

「そんな、〝判らないひと〟のことを、なんだってまた、女子中学生じゃないって、断言できるのフユ」

「いや……だって……地下鉄の中で、女子中学生って、あんまり〝普通〟じゃないでしょ？　普通、乗っているのは、サラリーマンやＯＬが多い訳で、いや、学生さんの場合、高校生以上はそれなりにいるのよ。それは普通なのよ。女子高校生や男子高校生は、地下鉄で通学しているひとも結構いる、大学生なんか一杯いる、だから、午後の三時や四時には、高校生以上の年の学生さんは、結構いる。けど、中学生は……。普通、歩いたり自転車で通学してるから、そもそも、〝地下鉄〟にはあんまり乗っていないから……。いるとしたら、私立に通う子供くらいの筈で……。けど、あの時、夢路達に近づいたひとは、〝ごく普通に地下鉄に乗っているひと〟だったから、だから、女子中学生じゃないって私は思っちゃったんだけれど……あれ？　確かに、言われてみたら、変。私が、そのひとについて思っている〝印象〟って、〝あくまで普通のひと〟ってものだけなんだわ」

「……？」

「それしかないんだわ。……ああ、言っているうちに、これが〝異常〟だってことが判った。私、そのひとのこと、〝普通〟だって思っていたの。というか、普通にしか見えなかったの。そんで……あの状況だから、〝普通〟のそのひとは女子中学生の筈がある訳ないって思っていて……」

「だから、女子中学生ではないって思っちゃったのか」

「……みたい。本当は、そのひとがどんなひとなんだか、私にはまったく判っていなかったのよっ！　でも、とにかく〝普通のひと〟だって認識があって……その〝変〟さ加減が、私にはまったく判らなくって……」

「そこん処、よく覚えておいて、フュ」

ここであたし、一回、冬美に、釘を刺す。

これが、いつまであってくれる〝釘〟なのか、どこまで影響力を持つ〝釘〟なのか、まったく判らないままに。とにかく、今できることを、できるだけ。

「あんたは、子供の悲鳴を聞いてそっちに駆けつけたくなった。その動機はまっとうなもんだとあたしも思う。それは正しい行動だと、あたしも思う。子供が悲鳴をあげているのなら、駆けつけるのが正しい大人、そこまでの処は、フュ、あんたが正しい」

「……あ……うん……その……だと……思うっていうか……だよ、ね？」

「けど」

ここであたし、一回、息を呑む。次の言葉を、できるだけ重々しいものにしたいから、息継ぎが必要だったのだ。

そんでそれから。

「その、肝心の、前提条件が、正しいのかどうか、それは、今、まったく判らない。これだけは、判って欲しい」

「……？」

「冬美のそんな行動を誘発した、子供の悲鳴は、本当に〝子供の悲鳴〟かどうかが、まったく判らないんだよ？　あんたは、あの時、あたし達に近づいてきた存在が、女子中学生であるのかどうか、そもそも、その前に、どんなひとなのか、判らない。そいつは、自分の存在を、そんな判らないものにしてしまうような、〝何か〟だ」

「……ん……」

「だから。動くな、フユ。あたしがいいって言うまで、夢の中で、絶対にあんたは、動いちゃいけない。……これ、了解？」

「ん……判った……と、思う」

☆

んで。ここであたしは、冬美との電話を切ったのだが……ああ、ああ、なんか、とっても不安。

というのは。

一応、冬美、理屈の上では、あたしが言っていることに諾（うべな）ってくれた。夢の中で、絶対に動かないって、一応、言ってくれは、した。

けど、本当の処は、どうなんだろう。

子供の悲鳴が聞こえた時。

冬美がそっちへ行きそうになってしまった時。

あたしは、冬美が、「もういつ死んでもいいや、いや、むしろ、今死んでしまった方が楽なのかも知れない」って思っているっていう仮説をたてたのだ。だから、冬美に、死亡フラグがたってしまったって思ったのだ。

けど、現実の冬美の思いは、もうちょっと重かったのかも。

子供の悲鳴が聞こえた時。

それが早紀ちゃんだったら、冬美は絶対にそれをスルーすることはできない。

そんな思いで、冬美が悲鳴の方へ行こうとした場合……。

どうやっても。何を説得材料にしても。どんなことがあっても。

あたしには、冬美を、説得しきれる自信がない。

☆

ま、とは言っても。

今までのことで、あたしには、いろいろと判った事実があった。

えっと、まず。

あたし達のいる方に来た、謎の人物は……その、あたしと、氷川さんは、直接、見なかった。見たい気持ちがまったくなかった。というか、絶対に見たくなかった。けど、村雨さんには、それ、普通の〝女子中学生〟に見えたんだよね。

そして。その〝何か〟が去って行った時には……ずっと、足元だけを追っていた氷川さん、最初は、〝いかにも女子中学生が履いていそうなローファーを履いている〟って思っていたんだよね。そんで……それが、ある程度距離が離れた処で、いきなり変わった。ローファーが、藁草履に見えちゃったんだよね？　そして、そう思ってから視線をあげたら、そこにいたのは、〝蓑笠被って藁草履履いた、日本昔話のお地蔵さんふうのもの〟。また、一連の事態を、いわば〝脇から見ていた、直接的には関与していない〟冬美は、その〝何か〟のことを、〝まったく判っていない〟。

〝具体的にはまったく判らないけれど〟、でも、〝普通〟だって思っている。普通のひとだって、信じ込んでいる。少なくとも、女子中学生だとも、蓑笠被った日本昔話のようなひとだとも、思っていない。

印象操作。

思いつく単語は、それだけだ。

この〝何か〟は、あきらかに、ひとの印象を、操作している。

多分、あたし達に近づいてきた時、〝何か〟は、あたし達に対して、自分を女子中学生だって思わせたかったんだ。だから、村雨さんは、女子中学生を見た。氷川さんも、足だけだけれど、ローファーなんか見て、これを最初のうちは、〝女子中学生だ〟って思っていた。

擬態。

うん、擬態による、印象操作。

そんでもって、あたし達みたいな当事者ではない冬美は、この段階では、言わば部外者。〝その他大勢〟。その他大勢には、この〝何か〟、自分のことを〝普通のひと〟だって思わせたい印象操作をしていて、だから、冬美には、〝何か〟が、女子中学生には見えなかった。だって、地下鉄の中に女子中学生って、あんまりいないから、逆に印象に残ってしまう可能性があるもの。だから、もっとずっと印象に残らない、普通のひとに。そして、その〝普通のひと〟を追及した途端、冬美は何が何だか判らなくなって、彼女の印象は破綻したのだ。

こ……これは。

少なくとも、普通の人間ができることでは、ない。

うん。絶対に、ない。

妖怪。

人外。

少なくとも、人間では、ないもの。

☆

それから。

夢の中で。

あたしは、氷川さんと村雨さんの連絡先を聞いた。

けど、ああああっ、ごめんっ、ごめんなさいっ、あたしはそれを、覚えていないっ。

というか、数字が、覚えられないっ！

いや、確か、村雨さんは、石神井台にお住まいだって聞いたような気はするんだが……

ああ、数字がっ。せめて、村雨さんが、石神井台の何丁目にお住まいなのか、その最初の数字だけでも判ればいいんだけれど……判らない。覚えていない。聞こえていたのかどうかも、よく判らない。いや、何丁目って処から、すでにあたしには聞こえていなかった可能性がある。


あと、考えるとしたら、ナースさんだ。

氷川さんの考察によれば、問題のナースさんがいる病院は、かなり絞られる。これに、村雨さんの考察もつけ加えると、多分、問題のナースさんが勤務しているのは、練馬高野台にある、大学病院だ。ここの可能性が、一番高い。（でも、違う病院であるという可能性も、また、無視できないくらいにはある。）

けど、こっちはこっちで、どうしようもない。

いや、だって、何て言ったらいいの。

いきなり、練馬高野台にある大学病院へ行って、受付で、「すみません、こちらのナースさんで、名前を知りたい方がいるんです」とでも言うのか？（というか、それ以外、言いようがないと思うんだけれど。）

この聞き方では、ほぼ確実に、あたしの疑問は無視されると思う。というか、あたし、怪しすぎる。

けど。万一。このあたしの疑問を受けてくれるような、奇特なひとがいたとして。

で、そのひと相手に、あたしは、何と言ったらいいのか？

「十日程前のことなんですが、有楽町線に乗っている時、小竹向原と新桜台の間で倒れてしまった女性がいたんです、あの時、確かナースさんがつきそってくれたと思うんです。……そのナースさんが、多分、この病院にいると思いますので、そのナースさんのお名前を知りたいんです」

その場合、「何故、そのナースの名前を知りたいんですか？」って聞かれたら、あたし、どんな返事をしたらいいの。というか、返事の仕方が判らない。大体、こんな情報だけでは、病院のひとだってこのナースさんを特定できないだろう。

氷川さんの方は。

市谷の、××商事。

そこまでは、聞いた。そこまでは、確かだ。

だから、あたし、まず、××商事について、ネットで調べてみた。

おお、ホームページ、あるな。(いや、今、大抵の企業は、あるだろうな。)

会社のやってることの概要も判ったし、大代表の電話番号も判った、けど……いざ、電話しようとした処で、あたし、ちょっと、躊躇(ちゅうちょ)。

というのは、これまた、どうしていいのか判らなくなったから。

まず。

この会社は、結構大きい処みたいなので……氷川さんの所属が判らないと、電話で、何と言ったらいいのかが、判らない。

「氷川さんをお願い致します」

この電話が通用するのは、会社の規模が、ある程度小さい時だけだろう。受付のひとが、社員のことを全部把握している時だけ、こういう電話は、通用する。大きい会社で、受付担当のひとが、社員を全部把握していなかったら、あるいは、氷川姓のひとが複数いたら、当然、こういう疑問が返ってくるだろう。

「はい、何部の（あるいは何課の）氷川にお繋ぎ致しましょうか？」

こういう疑問が来てしまった場合、あたしには、答える術が、ない。しかも、氷川さんの会社の規模だったら、当然どの部にも課にも直通の電話番号がある筈なので、大代表に電話して、何部だか何課だか判らない氷川さんに繋いでくれっていうのは、なんか反問されてしまいそうな感じ。極めて当たり前の「どちらさまでしょうか？」って反問されただけで、もう、あたし、答に詰まる。（いや、名乗るのは簡単なんだけれど、どういう関係のどういう用事がある人間なのかって聞かれたら……まあ、受付のひとがそれ聞いてくる可能性はかなり低いとは思うんだけれど、それ聞かれた瞬間、あたし、とっても胡乱なひとになってしまう……。）

こうなると。あたしとしては、氷川さんに電話していいものなのかどうか、ちょっと悩んでしまう処ではある。

あとは。

考え得るとしたら、碁会所だ。

村雨さんは、碁会所にいる碁敵の〝佐伯さん〟って方のお孫さんが、問題の中学にいるって言ってた。

碁会所。

うん、最初はね……これは、そんなにはないのではないのか……って思っていたんだけれど……だから「これで行ってみよう！」って思ったんだけれど……いざ、調べてみたら、これ、すっごい当て外れ。

碁会所。

結構あるじゃん。

あたしは、囲碁なんてまったくやらないから、んなもん、日本中にほんの少ししかないかと思っていたんだけれど……練馬区全体で、一つか二つあるくらいかなって思っていたんだけれど……。

ネットで調べてみたら、駅ごとに近所の碁会所を紹介しているようなページがあって、そこで、西武池袋線「石神井公園」、「大泉学園」、西武新宿線「上石神井」をいれてみたら……（石神井台はとても広い町なので、何丁目に村雨さんがお住まいかによって、最寄り駅が変わる。現時点では、村雨さんの最寄りの駅が、これらのどこになるのかが、特定できない。この三つの駅、どこも最寄りである可能性がある。まあ、西武池袋線乗り入れの有楽町線に乗っていたんだから、最寄り駅が「上石神井」である可能性は、低いんだけれどね)、うわあ、ぞろぞろぞろぞろ、すんごい数の碁会所の名前が挙がってきたんだわ。しかも。西武線の駅で検索しているのに、何故か、あきらかにこれは中央線の駅近くだろって住所の碁会所や、下手すると西東京市の奴まではいっている。これはなんなんだ？って思って……そして、判った。

バスだ。

石神井公園も大泉学園も上石神井も、駅前にかなり大きなバスターミナルがあって、そこからバスが一杯でている。かなりの数のバスがでている。仮に、石神井公園駅周辺に住んでいるひとが、最寄りの碁会所に行きたいと思った場合、勿論(もちろん)、歩いてゆける石神井公園の碁会所が一番近いんだが、バス一本ですぐ行ける処に碁会所があったら、それもまた、〝最寄りの碁会所〟っていう話になっちゃうよね？　んでもって、村雨さんが、どういう基準で、行きつけの碁会所を選んでいるのか、これまたあたしには判らない。

もう、頭を抱えてしまった。

何だって、こんなにあるんだよ、碁会所。こんなにあるってことは、そんなにいるんかい、囲碁人口。

ただ。

敷居としては、これが、一番、低い。

あまりにも広すぎる（団地、アパート、マンションがあるせいで、何千世帯いるんだか判らない）石神井台で、村雨姓のひとを探すのは、まず、無理だ。（昔なら、電話帳を見るって選択肢があったんだけど、今では電話帳に番号載せていないひとの方が多いだろうし。）病院にいきなり行って、「そちらの病院に、以前地下鉄が止まった時、そこに居合わせて救急搬送された患者さんにつきそったナースさんはいるでしょうか」って聞くのも、理由を聞かれた場合、無理が多い。多すぎる。

けれど。碁会所で。

「こちらに、村雨さんという方は、いらっしゃっていますでしょうか？」

って聞くのは……あんまり、無理がないような気が、する。

「何でそんなことをお聞きになるんですか」ってなこと、趣味のサークルである碁会所ではあんまり聞かれないような気もするし、聞かれても、一番、誤魔化しやすいような気がする。

で。

しょうがない。

リストに挙がった、いくつもの碁会所をまわった処で。

やっと、その日の夕方に。

☆

「村雨さん？」

ようやっとあたし、〝あたり〟を引いたらしいのだ。

「うん、時々、いらっしゃいますね、村雨さん」

こんな返事をしてくれる碁会所が、あったのだ。

「あ、じゃあ、佐伯さんという方は……？」

「……すみません、存じあげません」

「え、あの？　いないんですか？」

「んー、あのー、こちらもね。いらしてくださる方のお名前、すべて、覚えている訳じゃ、ないんです。村雨さんは、月に二、三回はいらっしゃる常連さんですから覚えていますけれど……たまにいらっしゃる方の、お名前までは、全部覚えている自信が……」

あ、いや、そりゃ、そうでしょうけどね。……それに……月に、二、三回、かあ。それじゃ、あたしが毎日この碁会所に通って村雨さんを待っていても（……碁を打てないあたしが、毎日碁会所に通う……。通って何をするんだろう……。この状況は、それだけで、もの凄く胡乱だ……）会える確率はかなり低そうだし、「村雨さんがいらしたら、御連絡いただけるよう伝言お願いできませんでしょうか」って、あたしの電話番号を残していっても、連絡がつくのがいつになるのかよく判らない。それに、昨今の社会情勢を考えるに、「村雨さんの連絡先を教えてください」ってお願いして、それを了承して貰える確率は、かなり低そうだ。（しかも、その台詞を言った瞬間、あたしは〝怪しいひと〟になってしまう。だって、連絡先教えて欲しい事情を、殆ど説明できないんだもん。それに大体、碁会所って、通っているひとの連絡先が判るような処なの？　これが喫茶店なんかだとしたら、常連客の連絡先を把握している喫茶店、まず、ないと思うしなあ……。）

と、こんな会話を、あたしが碁会所のひととしていたら。そんで、あたしが悩みだしたら。いきなり、横から、声がかかった。

「村雨さんの話？　なら、練馬高野台にある碁会所に行ってみたらいいと思うよ。村雨さん、あそこに入り浸りみたいだから、ひょっとしたら今日もいるんじゃないかな」

……え？

「あのひとは、あそこがお気にいりだからね。なんか、そこには最愛の碁敵がいるんだって。……俺のこと、そう言って貰えないのが、ちょっと口惜しいんだけれどね」

って。

え。えっと、あの。

「俺は村雨さんの碁、大好きなんだけどね。いやあ、あのひとと打つ碁は楽しい。俺もあのひとも、どっちもねじりあい大好きなタイプだからね、わくわくしちゃう。……ま、でも、下手すると一局で、二時間や三時間くらい打つことになっちゃうから、体力の消耗も凄いんだけれどね。あのひととは、一日一局以上は、絶対に打てないよなあ……」

ここで、碁会所のひとが、口をはさんでくる。そんでもって、ここからあとは、もうあたしには意味の判らない言葉の応酬。

「いやあ、吉川さんと村雨さんがねじりあってると、ありゃ、見てる方の胃が痛くなるねえ。楽しいんだけれど、胃も痛くなる」

「席亭としては、俺達の碁って、やたら時間がかかるのが嫌なんじゃない？」

「いや、それは邪推だって。吉川さん達、すっごく楽しそうにねじりあってるからさあ、二時間や三時間かかっても、そりゃそれでしょうがないかって……でも……見てると……うぷぷ」

「何で笑うんだよ」

「いや、あの、別に、何もありませんって」

「いや、あー、今、嫌なこと思い付いちゃった。席亭は高段者だからさあ、俺達がねじりあってんの、ちらっと見ただけでその去就が判るんだろ？　で、何やってんだこいつらはって思ってるんだろう？」

「否定はしません」

「見ててすんごい楽しいだろうなあ、俺達のねじりあい。上手からすれば、もう結論はあきらかだろうに、そういう風に話がすすまないもんなあ。ねじりあってる俺達、必ず途中で間違うだろ。そんで、どっちかが間違うと、明らかに悪かった方が盛り返す、でも、ちょっとすると、盛り返した方が、何故か間違う。大体こういう局面じゃ、相手に間違われた方が、不思議と、また、間違うんだよなあ。するっていうと、勝敗の去就は、また、どっか、いっちまう」

「あー……そーゆー側面があることは、否定できませんねえ。だから、お二人のねじりあいは、見ていてほんとに手に汗握っちゃう訳で。いや、プロの棋士だって絶対読めませんよ、吉川さんと村雨さんの対局。ほんっと、先がどうなってしまうのか、まったく判らない。非常に、見ていて楽しいです。……でも、同時に、見ていて胃が痛くなるような碁、だよなあ……」

「……全然褒められている気がしないんだけど。というか、あなた、褒めてないでしょう、席亭」

「はい、褒めてません」

この、会話。

謎の言葉は一杯あった。大体が、〝ねじりあい〟って、何よ？

とはいうものの、問題の本質は、ここじゃ、ない。

「その、練馬高野台の碁会所の住所を教えていただけないかと……」

すると、この吉川さんっていう男性、とても心安く。

「かなり判りにくい場所にあるから、言葉で説明しても多分駄目だな、じゃあ、地図描いてあげるね。いや、練馬高野台の駅から、行き易い場所じゃないんだよ。むしろ、こっちから一回石神井川に下りて、そこから川沿いに歩いて行った方が判り易い位置関係にあるんで……」

で、地図を描いていただいて。

あたしは、その碁会所を、目指す。

　その、碁会所について。ドアを開けた瞬間。

「あ！　村雨さん！」

って、あたしは、殆ど叫んでしまった。

何故なら、そこに、村雨さんが、いたから。

まさに、碁を、打って、いたから。

「あ！　あの、夢の中のひと！」

同時に、碁盤から目をあげた村雨さんも叫んだ。

「あなた！」

あたしのことを、凝視している、そんな視線。

そして。

その視線が、あたしと、自分の前にある碁盤、その間を、二、三回、往復して。つまりは、あたしと、現実の間を、行ったり来たりして。そしてそれから。

「あなた、現実にいる、本当の人間だったんですかっ！」

あの。今更何だっていう、村雨さんの台詞ではある。

とは、言うものの。

これで、あたしが、なんだかとっても安心したのは、事実。

少なくとも、あたしは、現実世界で、村雨さんに接触することは、できたんだよなあって。

んで。

この瞬間。

あたしのテンションが、もの凄く、上がってしまった。

村雨大河

「あ！　村雨さん！」

碁を打っていて。

いきなり凄い勢いで自分の名前を呼ばれる可能性は、かなり低いと思われる。少なくとも、僕はそう思う。

でも、呼ばれた。

呼ばれた瞬間、僕は視線をあげてしまって……そして、そんな、〝視線〟の先にいたのが、その……〝夢の中にいたひと〟。

だから、僕は、叫んでしまった。

「あ！　あの、夢の中のひと！」

他人様を、こんな呼び方してしまうのは、あるいは、とっても失礼なことなのかも知れない。けど、僕にしてみれば、こうとしか、呼びようがない。

だって……そこにいたのは、まさか〝現実にいるだなんて思ってもいなかった〟、そんな〝夢の中のひと〟だったんだから。

『夢だけど、夢じゃなかった』。

その瞬間、僕の頭の中に響いたのは、もう随分前、今では僕に孫を作ってくれた、うちの子が小さかった時に、連れていった映画館で聞いた台詞。

『となりのトトロ』だったっけかなあ、あそこで、聞いた、台詞。

『夢だけど、夢じゃなかった』。

映画の中では、主人公の女の子達が、こんな台詞を言い合いながら喜んでいたんだけれど……僕にしてみれば、もう、これ、〝喜んで〟いい事態なんだかどうなんだか、すでに判らない。

だから。

ここで、僕の碁は、崩れてしまった。いや、も、碁を打ってる場合じゃないって感じになってしまった。で、ついつい、適当な処に石を置いてしまって……。

「え。村雨さん、あんたほんとにそこに打つの？」

向かい側にいる佐伯さんにこんなこと言われて、慌てて自分が今打った石を見たら、もう、こりゃないだろうって処に何故か僕の石があって……って、いや、その、前に。

「すみません、負けました」

とりあえず、投了。

いや、〝夢の中のひと〟がここにいる以上、囲碁やってる場合じゃないと思ってしまったんだ、僕は。

「いや、投了はね……いいんだけどさ、村雨さん、何やってんのさ。その……今あんたの名前呼んだあのひとが……なんだあ？　なんか問題あんのか？」

「すみません、佐伯さん。とにかく、今は、今だけは、碁を続ける訳にいかなくなったみたいなんで、ですんで……」

「佐伯、さん！　あなたが、〝佐伯さん〟、ですかっ！」

僕が佐伯さんに頭をさげている処に、いきなり、〝夢の中のひと〟が割り込んでくる。

「あの、今、村雨さんと碁を打っていらっしゃるのが、佐伯さん、なんですね？　あなた、佐伯さん、なんですよね？」

〝夢の中のひと〟。なんだかもう、佐伯さんの喉頸(のどくび)つかみそうな勢いで、佐伯さんに迫る。

「あ……ああ、佐伯だけどよ、それが何か？」

佐伯さん、きょとんとしている。いや、それはそうだろう。でも、〝夢の中のひと〟は、そんな佐伯さんの様子に、一切構わず。ひたすら佐伯さんに、ぐいぐいと迫る。

「ってことは、あなたにはお孫さんがいらっしゃるのでは？」

んだろうか。

「あなたのお孫さんは、とっても悪趣味なジャージを着ていませんか？」

ああ、〝夢の中のひと〟。もうちょっと〝言い方〟というものを考えてはくれないものな

「……え？　えあ？　あの……なんだあ？」

佐伯さん。何とも言えず、口ごもってしまっている。

そしてそれから。ゆっくりと気を取り直して。

「あんた何を言っているんだ」

確かに、こうとしか、言いようがないよなあ、佐伯さん。

「その……なんだなあ、確かに、うちの孫のジャージはなあ……バスケの大会なんかで着ている奴、ありゃなあ……どうしてああいう配色なんだろうなって思うような奴なんだけどさあ、だからそれが何なの。あんた、一体、何が言いたいの。何の話なの。うちの孫の学校ジャージが悪趣味な配色をしているからって、それが一体何なの」

「あたしは、その、〝悪趣味なジャージ〟がある学校の名前を知りたいんですっ！」

〝夢の中のひと〟。

ぐいぐい、佐伯さんに迫りながらも、さすがに自分がとった策が拙速だったと判ったのか、なんか、僕の方に視線を送ってくる。これはもう、あきらかに、僕に、〝応援をして欲しい〟っていう視線だ。

「いるけど、何だよそれ」

けれど……さすがに、この状況下で、それは、できかねる。

だから、僕は、ぼそっと。

「〝夢の中のひと〟。まずは、自己紹介。そしてそれから……事情説明」

これをやらない限り、絶対に佐伯さんは、〝夢の中のひと〟の疑問に答えてくれないだろう。そうとしか思えなかったので、僕は、まず、こう言ってみて。

でも……事情説明だなんて、果たしてできるものなんだろうか？　どう考えても、只今の事情を説明するのには、もの凄く〝難〟があるような気がして……とはいうものの、どう考えても、この聞き方では、佐伯さんがお孫さんの学校について教えてくれるとは思えない。

そうしたら。

この状況に納得したのか、〝夢の中のひと〟は、ゆるやかに、それをやってくれたのだった……。

「すみません、あたしは、大原夢路と申します。石神井町（しゃくじいまち）に住む、主婦です」

まず、〝夢の中のひと〟は、自己紹介をしてくれた。

そして……そんでもって、ここで、詰まってしまったのだ。

いや、だって、考えてみれば、〝夢の中のひと〟、これ以上言うことは何もないんだもの。自己紹介はしても、僕との関係なんて、どう言っていいんだか判らないに決まっている。

「あたしは……その……村雨さんの……」

知り合いだ、っていうのも、辛いよね。実際、今が現実では初対面な訳だし。

そんで、しょうがない、もの凄く口ごもっている〝夢の中のひと〟を、佐伯さんは、当然のことながら、追及する。

「村雨さんの、何」

「…………………」

二の句が継げない、〝夢の中のひと〟。ま、そうなるだろうなあ。

ここでしょうがない、僕が何とか口をはさもうとした瞬間。〝夢の中のひと〟、とんでもないことを言う。

「村雨さんの、魂の、お知り合いです」

た……魂の、おしり、あい？　何だそれ、なんなんだそれ。

いや、確かに、僕達の関係は、どうとも言いようがないものではあるんだが……でも、やっぱり、この言い方は、ない。この言い方は、ないだろう。

あっけにとられた僕が、その言葉を追及する前に、佐伯さんの方が、それを追及してくれた。

「魂の、お知り合いって、そりゃ一体なんだよねーちゃん」

「変な台詞だってことは判ってます。でも、そうとしか言いようがないんです。……その……あたし達は、夢の中で知り合って……」

「まったくわかんねー。あんた達……いや、村雨さん、あんた、なんか変な宗教にでも……」

ここで、佐伯さんが、〝夢の中のひと〟から視線を外して、僕の方に視線を向けてくれたのは、多分、僕を気づかってくれてのこと。そこで僕は、ぶんぶんぶんって首を振って。同時に、〝夢の中のひと〟も、思いっきり首を振って。

「宗教と違います」

「宗教なんて話じゃないんです」

僕達の台詞が、被る。となると、佐伯さん、もっと不審気な顔になり。

「宗教じゃなかったら、何なんだよそれ」

ここで切れた佐伯さんの台詞には。

あきらかに、〝すべてのことを判るように説明しろ〟っていう含みがあって、それが判ったので……しょうがない、僕と、〝夢の中のひと〟（ああ、いい加減に、大原さんって固有名詞を呼ぼうか。今まで、何でだかそんな気になれなかったんだけれど）、それを了承。ぼそぼそぼそ……って感じで、それまでの経緯（いきさつ）を、佐伯さんに説明したのだった。

大原さんの説明を聞きながら。

僕はとても疑問に思っていた。

この説明……嘘は何ひとつはいっていないんだけれど……でも、まっとうな人間が納得できるものかって聞かれると……答は、あきらかに、〝否〟だ。そうとしか言えない。

どう考えても、普通のひとが普通に納得できる説明とは思えない。

その前に、そもそも、この説明をしている、大原さんと僕が、現状に納得できていない。

いや、大原さんのことは判らないけれど、少なくとも、僕は、納得できていない。

いや。

『夢だけど、夢じゃなかった』、実際に、〝夢の中のひと〟がここにいる以上……その……なんだろう、トトロとかって生き物がいる、とか、楠の下にはこの世ならざる空間がある、とか、トトロが呼ぶと巨大な猫バスがきてくれる、とか、そういうことは、信じてもいい。子供が生きている世界と、大人である僕達が生きている世界は違う、だから、大人である僕達が知らない処で、子供はまったくの別世界を生きている、そういう別世界があることは、信じられる。信じることが、できない訳じゃない。

けれど……今、僕達が直面しているのは、そんな、ある種のどかな、平和的な話じゃ、ないんだ。子供の頃に誰もがみる夢、子供だからこそみることができる夢、大人とは違う、子供の世界にだけあり得る現実、そういう種類のお伽話とは違うんだ。

大大人なのに。現実に対応している大人なのに、なのに巻き込まれてしまった異世界。大人とは違う時間と世界を生きている子供が巻き込まれてしまったのとはまったく違う、大人であるにもかかわらず巻き込まれてしまった、そんな異常な世界。

これ……どう考えても、普通に説明して、普通のひとが、納得してくれるものだとは思えない。

この説明では。こんな説明をしている以上。

僕達にとって、一番友好的な解釈は、〝大原さんと僕が、なんかちょっとおかしくなっている〟、そんなものになってしまうと思う。そう思われるのは非常に不本意なんだが、その解釈は間違っているのだが、でも、それ以外の解釈って、あり得ないと思う。

けれど。なのに。

☆

すべての話を聞くと。

次に、佐伯さんがとった行動は、早かった。

というか、あまりに佐伯さんの行動が早くって、僕も、大原さんも、それを掣肘（せいちゅう）することができなかったのだ。

まず、佐伯さん。携帯電話を取り出すと、お孫さんに電話。

「おお、渚か？　んだよ、わたしゃ、おまえが言うからさあ、ろーじんけーたい持ったんだよっ。悪いかよっ」

い、いきなり何やってんだ、佐伯さん。

「つー訳で、来い」

って？　あれ、僕が聞いていない処で、佐伯さん、お孫さんに、何か事情説明したのかなあ？　って……僕と大原さんがやった事情説明は、とてもじゃないけれど、普通に他人にできるようなものじゃないと思っていたのに……いや……ひょっとして、佐伯さん、お孫さんへの事情説明、すっとばした可能性がある。というか……むしろ、積極的にそれ、すっとばしている感じ。

で、とにかく、結論として、「来い」。

「いつもの碁会所にいるからよ。すぐに来い。……ああ？　嫌なら嫌でいいっちゃいい。そのかわり、来年のお年玉は、ま、ねーよなあ。なくなるよなー。それでいいのか？」

……あの、ちょっとあの、おーい、佐伯さん……。

「嫌なら来い。待ってっからさ」

さ、さ、佐伯さん。あなた、一体何を……。

なんて。

僕がまったく言えずにいる間に。

今度は佐伯さん、大原さんに向かって。

「さっき言ってた何とか商事って処の代表番号って」

こう言うと、それ聞きながら、また電話を手にする。そして。

「すみません、××商事さんですか」

って、今度、電話をかけている相手は、氷川さんがいる筈の処だっ！　大原さんが調べてくれた、氷川さんの会社の大代表に、いきなり、このひと、電話してるっ！

「佐伯と申しますがね、そちらの、氷川稔さん、お願いしたいんですが」

い、い、いきなり、ですかいっ！

でも、当然、この電話はすぐに繋がらなかったらしくって。

「はい？　どこの部署かって？　いや、知りません」

いや、知りませんって、佐伯さん、そりゃ無理でしょうって……。

「そっちで調べて、繋いでくださいな。……いや、だって、あんたんとこの社員なんだろ、氷川さんってひとはよ。……おお、そうだよ、あんたん処の社員の氷川さんってひとに繋いで欲しいっつってんだよっ。なら、そっちが知ってんだろ、その、氷川さんってひとの部署はよ」

なんか、いろんなことを言っているのであろう、女性の声が、佐伯さんの持っている携帯電話から漏れ聞こえてくる。んで、そういう声を、一切無視して、佐伯さん。

「あんたん処の会社の、氷川さんってひとに、繋いでくれって、わたしゃそれしか言ってねえんだよ。部署を知らないからって、それがなんだよっ。あんたの会社の氷川さんに用事があんだよっ！」

しばらくの空白。そして、それから。

「……ああ、はい、氷川稔さんってひとです」

ちょっと、柔らかくなった、佐伯さんの声。この声を聞くまで、僕はもう、佐伯さんが何をしでかしてしまったのか、ほんとに生きた心地なく、はらはらはらはら手に汗を握ってしまって、でも、やがて。

「ああ、お調べ、ありがとうございました。では、繋いでください、よろしくお願い致します」

こんな穏やかな佐伯さんの声が聞こえてきて、僕は、ほっと息をつくのと同時に……驚いてもいた。

え？　あの言い方で、繋がったのか、氷川さん。

佐伯さんの携帯からは、保留音である、〝エリーゼのために〟が漏れ聞こえている。そんで、しばらく時間がたって。

「……あ、氷川さん、ですか？」

え。

え、えっと、これでもう、氷川さんに繋がってしまったのか？

なんか。

あまりと言えばあまりの急展開に、僕が何も言えないでいると。

「あ、えーと、わたしゃ、村雨さんの代理なんだけどさあ……」

ここで、氷川さんが何を言ったんだか。

「いや、しらねーって、そんなこたあ。……いや、あんたが何言ってんだか、判んねーよ。

だから、判る奴に代わるよな」

ここでいきなり。ぽいっていう感じで、佐伯さん、僕に携帯電話を投げてきたのだ。

で、僕は、無茶苦茶あせってしまって。

かろうじてすくいあげた携帯電話に、やっとのこと、耳をあてる。

「あ、すみません、氷川さん、でしょうか？　あの、僕は、村雨なんですが……」

「じーさんかっ！」

ああ、聞こえてきた声は、確かに、何回も聞いていた、あの氷川さんの声だった。

「あの、じーさん？　村雨さんっつったか、あの、じーさん？　本当に？」

「あ……ええ……あの……じーさん、です」

じいさん呼ばわりは、本気で不本意だったんだけれど、ここでそれを言ってしまえば、余計訳が判らなくなるということだけは判った。だから。僕に、他に、何と言いようがあるというのだ。

と、ここで。

大原さんが、僕から携帯電話を奪い取る。

「あたしは大原夢路ですっ！」

携帯電話を奪いとった大原さん、いきなりこう言うと。

「氷川さん。もし、問題がないのなら、よろしければ、練馬高野台まで来てくださいませんか？」

「お……大原、さん？　まさか、あの夢の中にいた、あの、大原さん？」

「いや、どの大原だか知りませんけれど、あたしは大原夢路です」

「あなた、本当にいるひとだったのかっ」

「今更、そんなことを言い合ってしまうのは、時間の無駄だと思いませんか？」

ここで。氷川さん、随分長いこと、言いよどむ。

それから。

「行くけど。なんか、ここで、俺がそこに行かないとどえらくまずいことになるような気がするから、だから、行く。けど……一体全体、何やってんだ、あんた達」

いやあ、本当に、実は、僕が、それを知りたい。

そして。

僕がひたすら呆然としていると。

紙コップにお茶を注ぎながら、佐伯さんがぼそっとこう言った。

「案ずるより産むが易し。ねーちゃん、あんた、考えすぎっから、動けなくなるんだよ」

この台詞に対して、大原さんは。

「あ……佐伯さん、凄いです。なんか本当に凄い、です。でも、さすがにあたしは、もう五十超えてますんで、ねーちゃんっていう年では……」

「こっちからみりゃ、あんたは薹が立った小娘だよ。で、言っとくが、わたしゃ、村雨さんのことは信じてっけど、あんたのことは、まるっきり信じていないから」

「……え……」

「こういう時はよ、とにかく〝判っている事実〟って奴だけを積み上げてくんだよ。……関係者が増えれば増える程、誤魔化しと辻褄(つじつま)あわせはしにくくなるってもんだ」

「あ……何か、凄い、老人の知恵」

……何か……いや、佐伯さんって、もともと伝法なしゃべり方をするひとだったんだけれど、それは判っているんだけれど……ここへ来て。

関係者全員のしゃべり方が、どんどんなんだか失礼になっていると思うのは……その……僕の、気の、せい、なんだろうか？


四十分後くらいには。

佐伯さんのお孫さんが、この碁会所に来た。来てくれた。

そして、一時間二十分後には、氷川さんが、この碁会所に来てくれた。

僕。

大原さん。

氷川さん。

佐伯さんのお孫さん。

かくて、いきなり、四人もの、あの夢に関係があるひと達が、ここに揃ってしまうことになり……なんか、余りにも、あんまりにも、急転直下。

どーなるんだろう、これ……？

場の。

空気というものが、揺らいでいるのが判る。

さっきまで普通だった空気が。

あきらかに〝揺らいでいる〟。

獲物達が、結束を始めている。

それは、判ったのだけれど。

では、それに対して、どんな対抗策があり得るのか。

それが、判らない。

昔、だったら、なあ。

なら、こんな場合の対処法は、ひとつだったのだ。

獲物が結束しだしたのなら、すべて、狩る。

問答無用で、この空間にいる人間、そのすべてを狩る。

それで、話は済んだ筈なのだ。


だが。

今は、現代は、それをやってはいけない。


勿論、ここにいる人間、すべてを狩ることは、とても簡単だ。その場合、食べ過ぎでかなり胃がもたれることになるだろうが、結束した獲物達に何かをされることを考えれば、胃もたれくらいどうでもいい。

だが、現代では、それをやってはいけない。

ここにいる人間、そのすべてを狩ってしまった場合……人間世界では、〝以前地震があって止まってしまった有楽町線の特定車両に乗っていた人間すべてが、何故か不審死をする〟という事態になってしまう。

同じ車両に乗っていた人間が、何故か全員不審死をしてしまったからといって、それに何の問題があるのかと思うのだけれど。
人間は、まず、間違いなく、これを問題視するだろうなあ。
それが、判っているから。
人間に問題視されることだけは避けなきゃいけないって思っているから。
だから、どうしていいのだか、判らない。

判らないから。
ため息、ひとつ、ついて。
吐き出した自分の空気を耳で聞いて。

ふううう。

一体こりゃ、どうすればいいもんなんだろう……?

第五章

学校から帰ってきて。

大野渚は、鬱屈していた。

ついさっき。学校で。佐川先生と渚、ちょっとした〝話し合い〟をしたのだった。もともとは女バスの休部問題についてだったんだけれど、途中から、佐川先生が話していることを聞いて、ふいに思い出した、自分がずっとみている夢についての〝話し合い〟を。

その〝話し合い〟の結果は……渚にとって満足のいくものではなかった。

とはいえ、佐川先生が言っていることは判る。彼女の言っていることが正しいとも思う。

だが。

納得が、いかない。

いや、論理的に納得はしているんだが（というか、先生に説得されちゃったのだが）、感情的に、納得がいかない。

「ふうう……」

二階の自分の部屋にはいると、渚、まず、ぽーんと鞄を自分のベッドの上に放る。

これは、納得がいかない自分の感情を、鞄にやつあたりしているだけ。

それから、制服の上着を脱ぎ、それをハンガーにかけ、スカートを脱ぎ、ベッドのマットレスの下にいれる。（寝押しをするのである。）ついで、ブラウスを脱ぐと、ちょっと考えてから、それをくしゃっと丸める。（あとで、階下に下りた時、洗濯機の中にいれるつもり。）それから、箪笥の中から新しいTシャツを出すと、それを着て、そしてそれから。ぽおん、と、自分自身の体を、ベッドの上に放り投げる。（つまり、ベッドに背中から倒れかかる。今度は自分の体にやつあたりである。）

さっき投げた鞄が、肩甲骨の下に当たる。ちょっと痛い。

と。

そんな瞬間。

いきなり、渚の携帯が、鳴り出したのだ。

慌てて起きて、携帯はさっきベッドの上に投げた鞄の中にある筈だから、まず、鞄をとりあげ、ついで中から携帯をとりだしてみたんだけれど……あれ？

そこに表示されていたのは、まったく知らない番号。

え。

出ようかなあ、どうしようかなあ、一瞬、迷ったんだけれど、まあ、とにかく。

渚は、その電話に出てみる。

したら、まあ。

電話の相手は、渚の祖父だった。

え、おじいちゃん、携帯なんて持っていなかった筈なのに。

そんなことを思った渚に、おじいちゃんはいつものように伝法に。

「おまえが言うからさあ、ろーじんけーたい持ったんだよっ。悪いかよっ」

ああ、おじいちゃんだ。

しかも、無茶苦茶なことを言ってくる。

今すぐに、碁会所に来い、とか。

拒否したら〝お年玉〟がなくなるって言ってる。

ああ。おじいちゃんだ。

くす。

渚、ここで、笑ってしまう。

いや、瑞枝のこととかね、今日休んでしまった真理亜のこととかね、佐川先生との話し合いのこととかね。今の渚には、悩みが満載なのだ。

なのに、おじいちゃんは、まったくそんなこと気にしてもいない素振りで（というか、ほんとに気にしていない、というか、渚の感情なんてまったく忖度する気がないんだろうな）、こんなこと、言ってくる。

それが、ちょっと、嬉しかったので。

渚は、おじいちゃんのいる、碁会所へ、行くことにした。

で、ここで。ちょっと話を戻して。

渚が気にしている、佐川先生との〝話し合い〟について、ふれておきたい。

佐川逸美

視聴覚室にて。わたしと、渚は、なんだか硬直していた。しばらく硬直せざるを得なかったのだ。

先程判った衝撃の事実。

千草が具合悪くなったあの日から、どうやら、わたしも、渚も、似たような夢をみていたらしいってことと……そして、そんなこと、二人共、今まで、思いつきもしなかった(というか、夢をみていた事実そのものを忘れていた)ってことに、二人揃って、衝撃を受けて。

「確か……千草が体調崩して、対抗試合に参加できなかった日、あの日の夜から、わたし、どうもあの地下鉄の夢をみていたらしい……のね。そして、次の日も、その次の日も、わたし、そういう夢をみて……」

「……私も、そう、思います。現実ではそんなことなかったのに、夢の中では、千草がずっと悲鳴をあげてて……最初の日は、悲鳴、そんなにたいしたことがなかったんだけれど、翌日は、なんかちょっと悲鳴が大きくなって……」

「電車の中には、みんなが、いた。確か、わたしがドア脇の隅っこの座席に座っていて、隣が渚、だった、よね？」

「はい。で、私の隣が梓で、その隣が……真理亜だったかなあ、ゆきちゃんだったかなあ、ちょっとよく覚えてなくて……。で、私達の向かい側の座席に、千草がいて、その隣か、隣の隣が、瑞枝……だったような気がします」

「うん、女子バスケ十二人と、顧問のわたしいれて十三人が、向かい合って座席に座っていて……」

「あ、いっちゃん先生、それ、違う。空席は結構あったんだけれど、おしゃべりしていたから、七海と伊賀ちゃんは、梓達の前に立っていたような気がする。伊賀ちゃんがね、吊り革にぶらさがるみたいな感じで、なんかいつもみたいにだるそうにしゃべってるの、私、覚えてます」

「そうだったっけ？　ああ、もう、よく覚えていないわ」

　そりゃそうだ。

　いや、そもそも。

　もう十日も前の、他校への遠征の為に乗っただけの地下鉄、勿論、席順も何もない、適当にみんながその辺に座っただけの地下鉄、そこでの並びを、ここまで覚えているわたし達の方が、異常だ。でも……この〝異常〟には、なんだか嫌な裏付けがあるんだよね。わたしも渚も、どうやらずっと夢でこのシーンを見続けているらしい、何度も何度も追体験してしまったから……だから、こんなにすらすらと、みんなが座っていた位置が特定できてしまう。

「で……千草の悲鳴が酷(ひど)くなって……瑞枝は、千草の隣にいたから……」

「隣……だった、かなあ、隣の隣……だったような……」

「ああ、言われたらそんな気がしてきた、で、千草が悲鳴をあげた、その原因を求めるようにして、瑞枝が視線をあげて……」

あれ？　変だ。わたし、そんなこと、判る筈がない。何故ならば……わたしが思っている限りでは、わたし、あの夢の中で、ずっと硬直をしていたからだ。ずっと硬直をしていて、動くことができなくて、だから、部員みんなのこと、音でしか判らなくて、みんなの声を聞いていただけ……って、ついさっき、思った筈だったのに。

それとも……わたしは、そう思いたいから、そう思っていた、だけ、なのか？　実際は、あの夢の中で、わたしはそれなりに〝動けて〟いて、そういうことも含め、すべてをわたし、自分の心の中で、曖昧模糊(あいまいもこ)にしていたのか？　動けなかった自分が嫌だから、〝わたしは動けなかった〟って思い込んでいるだけなのか？

とするとわたしは……。

わたし、ついいっと、自分で自分の心の中に沈み込んでしまう。

と。

「いっちゃん！」

先生、も、なしだ。

ふいに渚が、とっても強い口調で、こう言ってくれ、わたしは現実に戻ってくる。

「いっちゃん先生、あなた、今、どっかへ行ってましたよ?」

うわははは。教え子に諭されていて、なにが先生だ。ここでわたし、自分で自分のほっぺたを、両手で思いっきりたたく。ぱっちん!

「ごめん渚。今、ちょっとわたし、どっか行ってた。帰ってきたから、大丈夫」

「……いっちゃん先生……ほっぺた、まっ赤になってるんですけれど……」

「大丈夫、大丈夫」

「いや、先生、それ、冷やした方がいいって……」

「だから、大丈夫だってば」

「けど、その……すっごくおおきなお世話なんでしょうけれど、そのほっぺた、絶対誤解するひとが出てきますって。先生が、彼氏と揉めて、それでどーのこーの……」

おいっ! おい、どっちが先生だ。確かに渚は、すっごくよくできた中学生なんだけれど、最早中学生とは思えない程の中学生なんだけれど、受け持ちの生徒に、ここまで気づかわれるわたしって、何よ。

ここで、今度は、ごんっ!

わたし、拳固を作って、自分で自分の頭を殴ってみる。

「うわっ、いっちゃん先生ー、そこまでいっちゃうと、今度はＤＶ疑われる事態になっちゃうから……」

この渚の台詞を、わたしは、さっきとは違う意味で、無視した。

さっきは、本当に違う世界に行っていて、渚の台詞が聞こえなかったんだけれど、今度は、この世界にいるまま、渚の台詞を理解したまま、無視。

渚の言葉につきあう前に、まず、自分で、自分の考えを、整理しなきゃいけないと思ったから。

☆

整理しなきゃいけないと思ったこと。

まず、あの、地下鉄の夢。

わたしの記憶が本当で、渚が嘘ついているんじゃないとすれば、あの夢は、とにかく、〝変〟だ。

あの夢の中で、叫んでいたから、千草が死んでしまった、そういう可能性は、ある。というか……合理的に言って、そんなことないとは判っているんだけれど、非合理の、感情の部分で、わたしはすでにそれを納得してしまっている。

あの夢の中で、わたしは、泣き叫んでいたから、だから、千草は、死んでしまった。

そして、瑞枝。

あの夢の中で。

千草が、真剣に悲鳴をあげた時、その原因を求めるかのように、視線をあげた瑞枝は……。

わたしの心の中では。この二つの事実は、一直線に連なっている。（瑞枝が視線をあげたってことを、自分の心の中で抑圧していた、わたしはそれを知らない筈だって自分で思い込んでいた。そんな感じが、わたしにはとてもあり……だから余計、これは、本当の事実なんだろうと思っている、わたしは、今。）

と、いうことは、視線をあげた瑞枝は、千草に悲鳴をあげさせた、〝何か〟、その原因を、直接見てしまったのではないか？

だから、そのあと、瑞枝も悲鳴をあげ続ける。そして、瑞枝の体調が崩れる。やがて、瑞枝は体を壊す。

わたしの心の中では。この二つの事実には、相関関係があるなんてものじゃない、一直線で繋（つな）がっているのだ。

そんで……そこから導き出される事実は……オカルト。

いや、オカルトって、本来の意味から言えば、怪しいものでも変なものでもないんだけれどね。単純に、〝神秘的なもの〟〝隠されたもの〟っていう程度の意味、らしいんだけれどね。

けれど、只今（ただいま）、〝オカルト〟って言っちゃうと、それには余計なニュアンスってものがついてくるじゃない。

それこそ、〝怪しい〟とか、〝変だ〟なんてのはまだいい方、〝詐欺の一種〟〝霊感商法〟なんて言葉がついてくるのはまだまし、最悪、〝カルトな宗教〟〝すっごく怪しい〟なんてニュアンスまで、感じられることがある。

そんでもって、この時、わたしが感じてしまった〝オカルト〟には、あきらかに、〝わたしの大切な生徒を近づけてはいけないもの〟だってニュアンスが、あったのだ。


ここで、わたしは、考える。

わたしの夢、そしてその他のことを考えるに、一番やって確かであって、一番やるべきことなのは……わたしも含め、あの時、地下鉄に乗っていた女子バスケ部全員を集めて、みんなして、「あなたはこんな夢をみているのか、みていた場合、その夢の詳細はどんな具合？」ってことを、聞き取り調査することだろう。

これをやれば、夢の詳細は、かなり判る。わたしがすでに覚えていない、わたしが自分で抑圧して忘れ去っている、あるいは、わたしが感知しない他の部分も、これをやれば、かなり判るような気がする。

だが。これは……果たして、安全な方法なんだろうか？

いや、オカルト。あんまし、生徒達を近づけたくない領域だから。

下手にこの領域にコンタクトしてしまったせいで、わたしの生徒達が危険に晒される可能性はないのか？　……ある……ような気が、とても、する。
もし、生徒達が、さっきまでのわたしや渚のように、そんな夢をみていること、それ自体を忘れ続けていてくれるのなら……あるいは、そっちの方が、安全ではないのか？　……うん……そっちの方が、安全だろうっていう気が、とても、する。

ここで。
わたしは、自問自答する。

佐川逸美。あんたは、何だ。
その答は、目の前に、自分の教え子である大野渚がいる以上、簡単。
わたしは、教師だ。
そして、教師とは何だ？
この答も、目の前に教え子がいる以上、たったのひとつしかない。
教え子を、守るものだ。
そう思ったから、わたしは、教師になった。
自分が子供だった頃、生涯の恩師である山田先生に全力で守って貰った、〝知識を習ったんじゃない、人生について教え諭して貰ったんじゃない、全力で守って貰ったんだ〟、そういう思いがあったから、苛められっ子だったわたしは、自殺もせずに大人になれた。

あの中学生時代を、何とかクリアすることができたんだ。

ちょっときつくて、しゃべり方がつっけんどんで、服のセンス最悪で太ってて、クラスの大抵の子から山田ババアって呼ばれていた山田先生だけれど、山田先生がいてくれたおかげで、わたしは、中学校を卒業し、高校生になることができた。だから、大学で、教育学部に進んだ。そして、教師になった。

とした〻。大人になった、教師になった、わたしがやることは、たったのひとつだ。

全力で、教え子を守る。

それ以外、わたしにできることはないし……いや、その前に。

それ以外、わたしにしたいことはない。

だとしたら。

☆

「大丈夫。こぶにすらなっていないから、DV疑惑は多分なし」

「ってー、いっちゃーん、こぶになる程自分で自分を殴るだなんて、あり得ないから。も、スクールカウンセラー紹介しちゃいますよ？」

「あのねー、渚。そりゃ、どっちが先生だ。……って、じゃれ合いは、ともかく」

と、わたしがこう言うと。当たり前だけれど、渚も急に真面目な顔になる。

「今みたいに、バスケ部のみんなと、夢について話し合ってみたら、意外と事態は進展するのかも知れないって、わたし、ちょっと、思ったの」

「あ、それ！　それ、今私、言おうと思ってました！　だよね、そうですよ。私だって、あの夢のこと、今思い出したばっかりなんだし、忘れていることだって一杯あるだろうし、ゆきちゃんとか伊賀ちゃんとか、みんなと話してみたら、私達が忘れていることが判ったりするかも知れないし」

これは、ひょっとしてひょっとしたら、千草が死んでしまったり、瑞枝が体を壊して入院していることの打開策になるのではないか？　あきらかにそう思ったのであろう渚が、いきおいこんで、こう言い募る。

けれど。悪いけれどわたしは。

「わたしは、それだけは、しないことにしたいと思うの。渚にも、それを納得して欲しいと思っているの」

「って！」

ひゅっと、渚、息を呑む。息を呑みながら、「って！」とだけ、何とか音にし、それから、思いっきり息を吸ったあとの大声で。

「あり得ないっ！　いっちゃん、それ、あり得ないって、何言ってんのっ！」

もの凄い大声。

「いや、だって、千草、死んだんだよっ！　瑞枝だって危ないんだよっ！　で……もし、その、夢に。その夢に、今の事態を解決するヒントがあるのなら、それをやらないって、そんなの、ないっ！」

いや、渚は、そう言うと思っていた。けれど。

「あの、それ、渚、本気で言っている？」

「あったりまえーっ！　本気に決まってるっ」

「でも、〝事実に決まってる〟って、言える？」

「…………」

ああ。なんかわたし、とっても卑怯なことをしているよな。こういう言い方をすれば、渚が答に詰まるって、判っていたのに。（というか、実際、こういう言われ方をすれば、わたしだって答に詰まる。）

「あの夢は、単なる夢、わたしと渚が偶然みているだけで、他のみんながみている訳じゃない、単なる夢、なのかも知れない」

「だから、それ、聞いてみればいいじゃないっ！　聞いてみて、実際にみんながそんな夢をみていれば、それは、単なる夢じゃないってことで」

ああ。わたし、渚が、愛しい。こんなに、こんなに夢中になって、仲間のことを守ろうとしている、仲間のピンチを必死になって救おうとしている、渚が愛しい。愛しいから……

…余計、心を、鬼にして。

「聞いてみて……実際に、他のみんながあの夢みてるって判ったら……どうするの？」

「あ、いや、そりゃ、そこから話が始まるんじゃないんですか？　えっと、そんな夢を、みんなしてみているのは、なんか変で、そこにきっと、千草が死んでしまったり、瑞枝が病気になった、そんな原因がある」

「だろうと思う。実際、みんながそういう夢をみているのなら……多分、千草の死にも、瑞枝の病気にも、そこに原因があるような気がする」

「でしょ？　でしょう？　いっちゃん先生も、そう思うでしょう？」

渚のしゃべり方。さっきまでなかった、敬語の一種、丁寧語が復活している。

うん、敬語には、三つの種類がある。尊敬語、謙譲語、丁寧語。渚は、中学生だっていうことを慮（おもんぱか）るに、ほぼあり得ない程、敬語が上手だ。（ま、本人的に〝謙譲する〟つもりがあんまりないんだろうから、謙譲だけは、そんなにうまくないんだけれどね。）特に、丁寧は、凄い。

なのに、ついさっきは、そんな〝丁寧語〟が、崩れた。

でも、今は、その〝丁寧語〟が、復活している。

……と、いうことは。

多分、無意識の領域でかも知れないし、実際に意識して判っているのかも知れないんだが……渚も、判って、いるのだ。

このあと、わたしが言おうとしていることを。

「千草の死と。瑞枝の不調と」

ごっくん。

渚が唾を呑み込むのが判った。

「その理由があの夢にあるのなら」

いっちゃんせんせー。

あるのなら、じゃ、ないでしょー。

ある、でしょう。ある、に、決まってる。

心の奥で、渚の台詞が聞こえた。多分、今、渚が言いたいと思っている、でも、言えない、そんな台詞が、心の奥で、聞こえたような気がした。

「それ、みんなに教えたら、みんなが危なくならない？」

「！」

いきなり。

渚が、息を吸い込むのが判った。

「ちょっと冷静に考えてみて。あの夢について、他のひとに話してしまったら……千草が死んでしまって、瑞枝の状態がよくないんだ、あの夢を意識してしまったひとが、まずいことになる……可能性は、ある、よね？」

むっと、黙っている渚の気配。

うん、これは、多分、納得できていないけれど、反論の仕方が判らない、だから黙ってる、けど、不満だ、の〝むっ〟かな。そしてそれから。

「………」

むんむん……って、更に黙っている渚の気配。

うん、これは、多分……自分が微妙に納得しそうなのが嫌だって、それが不満だって思っている、そんな〝むんむん〟、かな？

「………」

むんむんむん……って、更に更に黙っている渚の気配。

これは、多分、渚、わたしの台詞に納得してしまったのだ。そして、納得してしまったのが、自分で嫌だって思っている、そんな〝むんむんむん〟、だな。

ここで。渚がずっと黙っているもので。しょうがない、わたし、言葉をついでみる。

「あの、夢、だけど」

「………」

「もし、みんなに教えてしまって。みんながあの夢のことを気にして、思い出したりしたら。……なんだかそれ、危ないような気が、わたしは、するの。今まで、わたしも渚も、無事だった。それはあるいは……あの夢のことを、忘れていたから、だからだって可能性は、ないの？」

「………」

「ある、かも知れないって、渚だって思うよね？」

「…………………………」

うーん、これはもう、どのくらい〝むんむん〟が続いているんだろう。あんまり渚に〝むんむん〟させておくのはまずいよな、この状態って、渚に不必要な精神的負担をかけているよなって思ったわたし、ここで、一転して、ちょっと力強い声でこう言ってみる。

「わたしが、なんとか、考えてみるから。……これはほんとにわたしのカンなんだけれどね、あの夢のこと、みんな、意識しない方がいいと思うの。その方が、あの夢に巻き込まれないような気がするから。だから、みんなと、あの夢について、話し合うのは、なしにしたい。でも……このままだと」

「事態がどんどん悪い方へいっちゃう……」

「という、気も、する。だから、わたしが、考える。みんなとあの夢について話す以外で、何か方法がないか、考えてみる」

渚。またまた〝むっ〟て顔をして、下唇を吸い込む。その下唇を前歯が嚙んでいる。

「わたしが、考えてみるから。多分、わたしのこと、そんなに信頼はできないかも知れないけれど、でも、わたしに、任せてみてはくれないかなあ」

「……」

下唇を嚙んでいる、むぎゅって顔をした渚は、それから数秒すると、やっと、顔の強張りをほどいて。

「いっちゃん先生を信頼しない訳じゃないけれど……それ、ただの先生の手に余る事態である可能性は……？」

　うわあ、大人だ、渚。下手するとわたしより客観的かも。

「ある。多大に、ある。でも……」

　でも。わたしにも、譲れないものがある。

「わたしはね、自分の教え子を、渚、あんたも、ゆきちゃんも梓も真理亜もみんな、わたしの生徒を、絶対に危険には近づけたくない。だから、わたしは、この主張を崩さない。危険かも知れないものに、わたしの教え子を近づけてなんかたまるもんかっ」

　わたしがこう言うと。

「ん……」

　かなり不承不承って感じではあったのだが。渚は、これで、ひいてくれたのだ。

「とりあえず……みんなに、夢の話をするのは、やめます」

　ここで一回、渚、下を向いて。しばらく、下を向いたままでいて、そして、そのあと。いきなり、顔をあげたのだ。そして。

「でも、それ、二、三日、だからね！　二、三日待ってもいっちゃん先生の方で進展がなかったり、他の事態が起こったら、私、すぐに今の意見、撤回しますからねっ！　だって、私、女バスのキャプテンとして、みんなに何かあったり……それに、いっちゃん先生に何かあったりするの、嫌だからねっ！」

「うん。判った」

わたしがこう言わない限り、渚は、絶対に譲ってはくれないだろう。

それが判ったので、わたしは、いかにも「大船に乗ったつもりで任せなさい」って態度をとりつつ、笑顔を浮かべてみせて、渚が視聴覚室を出てゆくのを見送り……見送った処で。

ほぼ、パニックになりそうな気持ちになる。

いや、だって！

いや、わたしには、何のあてもないんだよ今。ただただ、自分の教え子が訳の判らない〝脅威〟に接触するのは嫌だ、それは駄目だ、ただ、そんな思いだけで、今までわたし、渚と会話をしていたのだが……いざ、渚が、目の前からいなくなってしまうと。

あああああああぅ。

どうしようぅ。

わたし、この先、どうしていいんだか、まったく、指針というものが、ないんだよぉ。

なのに、あんなに自信満々に、渚に言ってしまった。「うん。判った」って。

いや、あの場合、ああ言うしかなかった、それは確かなんだけれど、とはいえこの先、実際にわたしがどうするのか、それ、自分でも全然判っていないっ！

ああ。

どうすればいいんだろう、どうしたらいいんだろう、一体全体、わたしはどうしようぅ……

…？

氷川稔

俺が指定された碁会所についてみたら。

はいるとすぐ、三組くらいの人達が、碁を打っていた。それは、いい。なんたって、ここは碁会所だ、当然だろう。

で、奥には、村雨さんっていったか、あのじーさんと、じーさんと碁盤をはさんで、何故か女子中学生がひとり、女子中学生の隣には、村雨ってじーさんより更に年寄りが一人、この年寄りが大原さんって女性と碁盤で向かい合っている。そして、大原さんと、この年寄りが、何故か碁盤の上に碁石を並べていて、村雨さんと女子中学生は、なんか困ってる雰囲気で、それを見ている。

「そうそう。それで、この白石がとれるわな」

「成程。ふうん、囲碁って、むずかしいむずかしいって聞いてましたけれど、意外とルールって簡単なんですね」

「おうよ。囲碁はな、ルール、そんなにないんだよ。将棋なんかに較べれば、覚えることは驚く程少ない。けどよ、囲碁ってゲームの奥が深いのはよ、実は、このあとにあるんだ。最初に言っただろ、囲碁の場合、勝利条件は、地をいかに取るかってことであって、相手の石を取ることは、実は全然目標じゃない。この辺がややこしいんであって」

なんだあ？　こいつら、囲碁教室でもやってんのかよ。あんな電話でひとを呼び出しといて、何やってんだこいつら。

で、一瞬俺が呆然とすると、そんな俺に気がついてくれたのが、村雨さん。

いきなり立ち上がると、俺に向かって頭を下げて。

「ああ、よくいらっしゃいました、氷川さん」

……いや……よくいらっしゃいましたって……それ、ひと呼びつけといて言う台詞じゃないと思うぞ、俺は。

「いや、氷川さんがいらっしゃるまではね、話をするのは待とうってことになりまして……手持ち無沙汰だったので……そしたら、佐伯さんが大原さん相手に囲碁講座を開いてしまいましてね……」

「お年玉をたてにして呼びつけられて、何だって初級囲碁講座を見ていなきゃいけないのか、ちょっと呆然としてます私」

ぼそっと女子中学生が不満そうに言う。

と、囲碁教室やってた年寄りが、この声を聞いていきなり顔をあげて。

「ああ、にいちゃんが氷川さんですかい。すみません、先程電話した佐伯ってもんです。……ああ、おたくの会社のひとには、謝っといてくださいな。なんか、不躾な呼び出し方しちまって」

「……あ……いえ……その……」

俺は、視線で村雨さんに問いかける。おい、あの、こりゃ一体何の集まりだ？　俺はてっきり、現実で村雨さんと大原さんが出会うことができた、で、そこに俺が呼ばれたんだろうと思っていたんだけれど……なら、この、じーさんより更にじーさんと、女子中学生は、何なんだ。しかも、にいちゃんって、何なんだ。

と、大原さんが、俺をつつく。

「にいちゃんで、いいじゃないですか。あたしなんか、小娘ですよ」

「……」

論評を避ける。どう見ても五十代の大原さんを小娘って……。

「まあ、とにかく、これで全員が揃った訳だよな。その……村雨さんの夢に関係しているひと、全員が」

場を代表して、村雨のじーさんより更にじーさんが、こんなことを言う。だが……えぇっと、このひと、あの夢に、いたっけか？　このひと、関係者か？

と、俺のこんな気持ちを読んだのか、このお年寄り。

「わたしゃ、佐伯って言います。で、こっちが、孫の、渚」

こう言って、ぺこっと頭を下げ、同時に、隣にいる女子中学生の頭を押す。頭を押された女子中学生、素直に押されるままに頭を下げて挨拶(あいさつ)をしてくれる。

「んでね、わたしゃ、こちらの、大原さんってひとを糾弾しようと思ってましてね、それで、氷川さんにも来ていただきました」

……糾弾？　何で？　というか、何を糾弾？　しかも、何だってまた、糾弾される筈の大原さんが、糾弾するつもりだっていう佐伯ってひとに、和気藹々と囲碁なんか教わっているんだ？

「いや、なんか、さっき大原さんが言ったことがね、あまりにも荒唐無稽でありすぎたんで。……わたしゃ、村雨さんを、大事な囲碁仲間だと思ってますんでね、大切な囲碁仲間が、怪しい宗教や怪しい団体に何かされんのはたまらないんでね、だから、氷川さんに、来ていただきました」

……いや……何がどうしてどうなってこういう事態に陥っているんだか、それがさっぱり判らないんだが……うーむ、あの夢の話を、普通に、まっとうな人間相手に、そのまましてしまったら……そりゃ、確かに、大原さん、怪しい宗教か怪しい団体のひとに思われてしまっても……しょうがない、か？

「と言いますのはね、その、訳の判らない〝夢〟の話の中に、氷川さんがでてくるからでして。村雨さんも、その夢の中で、氷川さんってひとと会ってるって言ってますしね。んで、うちの孫はね、なんか、その夢の中にでてくる中学校に今いる訳でして」

ああ、あっちの方で悲鳴をあげていた女子中学生の団体か。その、同じ中学に、このお嬢さんがいる、と。

「基本、嘘は、関係している人間が多ければ多い程、破綻する。わたしゃそう思っとりますんで、何の予備知識もなしに、とにかく関係者を集めてみました。いきなり集められてしまえば、それも、事前の相談なしで集められてしまえば、嘘は、こちらが何もやらなくても、破綻する。世の中には、〝語るに落ちる〟って言葉、ありますんでね」

おおお。なんだかよく判らないけれど、これぞ、老人の知恵、か？

けど。

どうしてこうなったんだかがよく判らないんだが……多分、大原さんも、村雨さんも、嘘はついていないだろうなあ。自分が知っている現実を、ありのままに言っただけで、この事態になってしまったんだろうなあ。ということは。残念ながら、佐伯さんが思っているようなことは、起こらないだろうとは思うのだが。

「……で……その、話、なんですが。場所を変えませんか？」

ここでこう言ったのが、村雨さん。

「いや、さっきからね、僕は何だかいたたまれなくって。いや、氷川さんを待つ必要がありましたから、ずっとここにいたんですけれどね、碁会所って、ひとを待つ場所でも、こういう話をする場所でもないでしょう？」

「ああ、そりゃ、そうか。じゃ……なんだあ、その、はみれす？　んなところに移動するかね」

「おじいちゃん、ファミレス」

「だから、はみれす、だろ？」

「ファミレス。ファミリーレストラン」

「え」

で、ついうっかり。俺は言ってしまった。

「今、入場料……つーのかな、ここにはいる時、お金払ったばっかりなのに」

「え!」

ここでいきなり息を呑んで大声あげたのが、大原さんだった。

「しまった、ごめんなさい、あたし、ここにはいる時、お金、払ってません! ドア開けたらすぐに村雨さんが見えたから、そのまますかずかはいっちゃって、お金なんて払ってないっ!」

「……あ……それは……大原さんの場合、佐伯さんとの囲碁講座で、ちょっとは碁盤使った訳ですから……席料、払っていただけると……」

「払います、すぐ、払います、今、払います」

ここで大原さんが、入り口に急行。取り残された俺は、村雨さん相手に、小声でこう聞いてみる。

「……あの……じーさん。こりゃ、一体、何がどうなってるんだ?」

「すみません、僕にもよく判りません」

「大体が、糾弾する側の佐伯さんってひとと、糾弾される側の大原さんが、何だって囲碁教室なんてやってんだよ?」

「いや……氷川さんがいらっしゃるまで、時間がありましたから……」

「時間があったからって、するか、普通、そういうこと」

「……えーと……その……佐伯さんはね、多分、やっちゃいます、そういうこと。囲碁を知らなくて、『へー、囲碁ってどんなゲームなんですか』なんて言うひとがいたら……実際、大原さんがうっかりそう言っちゃったんですけど……あのひと、きっと、相手が誰であろうと教えだしちゃうと思いますよ。それも、誠心誠意、積極的に。……だから僕、あのひとがとても好きなんですけれどね」

……頭、痛くなってきた。

ひと一人を糾弾するって言ってるんだ、とても戦闘的な事態であるにもかかわらず……何故か、とても、牧歌的。

この二つの概念は、普通、並びたつものではない筈なんだが……不思議なことに、両立してしまっている。

☆

そして。

ファミレスに場所を移して。

全員が、自己紹介をして。

それで、まず。

大原さんが、今までの自分が知っていること、自分が経験したことを、できるだけ客観的に説明する。

この時は、俺、気がつかなかった。

ついで。

村雨さんが、それまでの自分が知っていること、自分が経験したことを、できるだけ客観的に説明してくれる。

この頃から、俺は、気がついていた。

大野渚ちゃんっていったっけか。佐伯さんのお孫さん。

この子の反応が……なんか、変なのだ。

いや、この子は、いわばオブザーバーだろ？

問題になっている中学校に在籍しているだけ、ただ、それだけで、それだけの理由でここにいる筈なのに……なんか、反応が、過剰。

んで、俺が、自分が知っていること、自分が経験したことを、できるだけ客観的に、説明してみる。

この説明を全部聞き終えた処で、佐伯さん、ため息ひとつ。

「矛盾が……ねえな……」

いや、ないんだよ佐伯さん、ほんとにないんだよ。だって、俺達、事実しか言っていないんだから。

「ひとつ確認したいんだがよ、氷川さん、本当に村雨さんと初対面……ああ、村雨さんが初対面だって言ってるんだ、初対面なんだよなあ。大原さんと村雨さんが初対面なのも、村雨さんが初対面だって言ってるんだから事実なんだろうなあ。……するってえと、あと、考え得るのは、大原さんと氷川さんが組んでいて、二人で村雨さんを嵌める……。でも、二人が組んでいたって、どうやりゃあこういうふうに村雨さんを嵌めることができるんだ？　いや、その前に、二人が組んでいるんなら、そもそも氷川さんに連絡がつかなかったのが変だし……。するってえと、残る可能性は、大原さんと氷川さんと村雨さんが組んで……で、何やりたいんだその場合？」

「ね？　判っていただけましたか？　あの、僕達、別に、誰と誰が組んでいる訳でもない、普通に、事実だけを言っているんです」

こう村雨さんが言ってくれ、佐伯さん、苦虫をもの凄い勢いで嚙みつぶしているような顔になり。

「としか思えねーんだがよお、現実的に言って……そりゃ、あり得ないだろ？　なんだよその話。なんだよ、その夢」

と、ここで。

佐伯さんのお孫さんが、それまで、反応が過剰で、俺の説明の間に、なんだかどんどん顔色が悪くなってきていたお孫さんが、佐伯さんの袖をひく。そして。

「おじいちゃん……それ……間違いなくほんと」

「って、おい？　渚、おまえなんだって……」

ここで、渚ちゃん、まっすぐに、まず、村雨さん、そして大原さん、それから俺に、順番に視線を寄越して。

「あの……あなた方は……。ええと、位置関係を整理しますと、大原さんと村雨さんの方から見て左側、氷川さんから見たら右側の、車両の遠い処に、女子中学生の集団がいた、って思っているんですよね？」

「あ、ああ。おう」

渚ちゃん。現実認識能力がとても高い。確かに、俺は大原さんやじーさんと向かい合っていたんだ、そういう位置関係になる。

「そして、その女子中学生の集団が、悲鳴をあげ続けていた」

「うん。最初のうちは、嬌声かと思ったんだけれど……途中から、もう、聞いていたくないような悲鳴になったの。……その……断末魔、の、ような」

大原さんが、こう言う。

すると。渚ちゃん、一回、ごくんと唾を呑んで。

「その最初の悲鳴は、千草です。日渡千草」

「え？」

「え？」

「え？」

期せずして。俺と大原さんと村雨さんの声が被った。

「あんた、そいつ、知ってんのかよ？」

「知っているも何も……その、千草の、向かい側の座席に座っていたのが、私、です。……今日判ったんですけれど、私も、ずっと、その夢をみていました。その夢の中で、私の向かい側で、ずっと悲鳴をあげ続けていたのが、日渡千草。そして、その後悲鳴をあげだしたのが、瑞枝」

「お、おいっ」

それまで。オブザーバーとしてお孫さんを列席させただけで、まさかお孫さんが関係あるとは思っていなかったのであろう佐伯さんが、いきなりうろたえた声を出す。

「渚、おまえ、それはおい」

「おじいちゃんうるさいっ！　おじいちゃんは黙ってて！」

おおお。大原さん小娘扱いで、俺のことはにいちゃん扱いの佐伯さんが、お孫さんの一喝でいきなりしゅんとしてしまった。

「そして」

ここで渚ちゃん、もう一回、ごくんと唾を呑む。そして、覚悟を決めたって風情で。

「大原さんが仰った、断末魔のような悲鳴っていうのは……正しいです。千草は、死にました。原因不明です」

ごっくん。

確かにあの悲鳴は、断末魔のようだった。そう思ってはいたものの……実際に死人が出たって話になると、俺も唾を呑み込んでしまう。

「私は、今、千草の死の原因を、追及したいと思っています。いっちゃん……いえ、顧問の先生に、それ、止められています。危険だから近づくなって。でも、私は、それ、納得できない」

ゆっくりと渚ちゃん、俺達を見まわす。

「今、ここで、みなさんに出会えたのは、僥倖だったと思います。私は……私は、千草を殺したものを、絶対に許さない。許す訳にはいかない」

こう言った渚嬢を前にして。

俺は勿論、村雨さんも大原さんも、何も言えなかった。いや、何か言えるような雰囲気では、すでになかった。俺達、女子中学生に完全に呑まれてしまったのだ。(……まあ……とは言え……なあ。うちの息子のこと考えると、〝僥倖だったと思います〟てな言い回しを、きっちりあっている状況で使える女子中学生って、こりゃなんだよって気分にもなるんだが。)

そして。

すっかり呑まれている俺達を前にして、大野渚嬢は、厳かに、こう、断言したのだ。

「もう一回、私の知っている状況と対応させながら、詳しい話を教えてください」

佐川逸美

気がつくと。

わたしは、夢の中にいた。

ああ、そうだよ、そうなんだよ、どうしよう、気がつくと、わたし、眠ってしまってい

た。うん、気がつくと眠ってしまっていたから、だから、〝気がつくとわたし、夢の中に

いた〟訳、なのね。

それが判った瞬間、わたしはもの凄い勢いで、自分の唇を噛んだ。いっそ、食い破って

しまおうかと思った。

わたし。

渚に約束した筈なのに。

わたしが何とかするから、だから渚は、部活のみんなに、この夢のことを言わないでね、

そんな了解をとった筈だったのに……。

あの後、本当にいろんなことをやった。自分でできるだけのことをしたって、自分では

思っている。

改めて、千草の最期を看取ってくれたお医者様に連絡して、無理矢理会ってもらった。お医者様は、ちょっと迷惑そうだったけれど、でも、できる限り懇切丁寧に、わたしに対して千草の病状を説明してくれたんだろうと思う。まあ、その、〝できる限り懇切丁寧な説明〟が、煎じ詰めると〝原因不明〟になってしまうあたり、「意味ないじゃん」って思えたんだけれど。

只今、瑞枝の治療をしてくださっているお医者様には、アポもなしで押しかけた。このお医者様には、今現在、瑞枝がお世話になっている、それを思うと、できるだけ悪印象がないように、そんなことを慮りながら。(ただの学校教諭であるわたしがでしゃばったせいで、瑞枝の御家族が、お医者様に悪印象を持たれたらいけない、そう思ったから。いや、ま、これ、余計な配慮、なんだけどね。プロであるお医者様は、関係者が何をしても、それで〝患者〟に対する態度が違ってくる可能性、ないってわたしは信じている。)

でも、こちらの方も、空振り。もの凄くいろんな医学用語を駆使してお医者様がやってくれた説明……只今、瑞枝が衰弱している理由……やっぱり、〝原因不明〟、なんだよなあ。わたしは国語科の教諭ではないんだけれど、でも、そんなわたしの日本語力でも判る、余計な医学用語をとっぱらうと、後に残るのは〝原因不明〟っていう事実だけ。

と、このあたりで。

結構いい時間になってしまったので(つまり、夜、それも、ひとに面会するには遅すぎる時間になってしまったので)、わたしは、今日、これ以上、他人相手に何かするのを諦めて、家に帰る。そこで、ノートをつける。

今までにあったことを、自分が判る限り詳細に記録する為のノートを。

そして、ノートをつけているうちに、日付が変わって、明日も学校があるんだもん、しょうがない、わたしはベッドにはいって……そして、眠ったら、あの、夢に、また、わたしは、来てしまったのだ……。

だから、今。

だから、今、わたしは、あの夢の中にいる。

☆

あの夢の中にいるのか。

それが判った瞬間、わたしは、あたりに目を配る。

今まではわたし、夢の中で、ひたすら千草の悲鳴を聞いていただけだった。

それ以外のことが、まったくできなかった。

でも。

今は、何故か、違う。

わたしは、この夢の中で、動くことができる!

そして、動いてみたら(って、実際は、まず、視線をきょときょとあっちこっちへ飛ばしてみただけなんだけれど）……判ったこと。

判りたくなかったけれど……判ってしまった……こと。

この、今の、夢の中で。

ああ、なんてこと、千草は、もう、悲鳴をあげていない。

地下鉄の座席に座ったまま、俯いていて……ああ、もう、悲鳴すら、あげていない。

千草っ！

千草、あんた、どうしたの！

……って。

現実の、私は、知っている。

現実の世界では、千草は、死んでしまったのだ。

だから、今、この夢の中で、千草は、もう、悲鳴すらあげられず、ひたすら、俯いている。まるで、石になってしまったかのように、固まっている。力、というか、生命力のようなものは、まったく感じられない。

そして、その代わりに、ひたすら悲鳴をあげ続けているのが、瑞枝だ。

瑞枝がずっと、悲鳴をあげていて、だからわたしは、座っていた席から立ちあがろうとして、せめて瑞枝の処へ行こうとして、腰に力をいれ……その瞬間。

夢の中で、わたしの肩に、手を触れてきたひとがいたのだった。

肩に、手の、感触。

え、誰？

「いっちゃん先生」

判っていた、こんなことをするのは、こんなことができるのは、渚だ。（それに、夢の中でわたしの隣に座っていたのは渚だった。）

「渚っ！」

ごめんわたし、ごめん何もできなかった、ごめん、まだわたし、何も判っていない。でも。そう謝る前に。わたし、怒鳴る。

「渚、動くなっ！　わたしと渚は動いているけど、他の子は、みんな、まだ、動いていないよね？」

うん。真理亜も伊賀ちゃんもゆきちゃんもみんな、彫像のようになっている。まだ、止まっている。（ただ、千草と決定的に違うのは……千草は、何か、力なく俯いて石になってしまっているようなんだけれど、他のみんなは、動いているポーズの途中で、時間が止まっているような感じだ。）なら、この子たちを、動かしちゃいけない。硬直していていいことがあるのかどうかは判らない、でも、硬直していれば事態が止まってくれるのなら、なら、みんなは、硬直し続けているべきなのだ。

「うん。だから、静かに。いっちゃんも怒鳴っちゃ駄目」

って、渚の方が、なんだか事態を掌握できている感じがするのは……何なんだ？

「あのね、いっちゃん先生。あのあと、私ね、全然別のルートからこの事態に関与しているひと達と接触できたの」

って、何なんだそれは。

「とにかくっ！　よく判らないんだけれど、私達をこんな目にあわせた問題人物は、只今、村雨さん達の方に移動しているらしいのよ。少なくとも、大原さんは、そう言ってた。問題人物が、大原さん達の方へ行っちゃったから、私達は動けるようになったんじゃないかって」

って。村雨さんって、大原さんって、誰だ。それはどんな意味なんだ。

「とにかくっ！」

なんか、渚、ちょっと苛々（いらいら）している感じ。言葉にあせりがにじみ出ている。でも、声は、あくまでも、静かだ。抑えた、絶対に音量が大きくならない、そんな言葉を、渚は紡ぎ続ける。

「この車両の、私達から見て右側ちょっと行った処に、連結部があるでしょう？　んでもって、この車両の、私達から見て左側結構行った処に、やっぱり連結部がある。その連結部のすぐ側に、村雨さんと氷川さんと大原さんがいるんです」

って、誰なんだそれは。でも、渚は、今、それを説明するつもりがないらしい。

「多分、昨日の夢の中で、その〝問題人物〟が村雨さん達の方へ行っちゃったから、だから、私達、自由に動けるようになったみたいなの。その〝問題人物〟が側にいると、私達、硬直しちゃうみたいなの」

……？　まったく意味不明なんだけれど……でも、この渚の言葉で、判ったことがひとつ。

「それは……逃げるなら、今ってこと？」

わたし達を硬直させてしまう（ってなんなんだろうそれは、でも、本当にわたし達は硬直していたんだから、こうとしか言いようがないよな）〝問題人物〟がいなくなり、その人物がいないのなら、わたし達は自由に動くことができ、電車って結構長いから、車両の一番端の方にいるわたし達から、逆端の方へ〝問題人物〟が行ってしまったのなら……なら、その〝問題人物〟が帰ってくるまでの間、わたし達は動ける筈。逆にいうと、今、あっちへ行っている〝問題人物〟が帰ってきてしまったら、わたし達はまた動けなくなってしまう可能性が、ある……？

と、いうことは。ということは、逃げるなら、今？

「という気が、私は、する。なんか、村雨さんとか、他のひと達を囮にしてるって気がして……とんでもなく卑怯だって思わないでもないんだけれど……でも、逃げるのなら、今。少なくとも、村雨さんは、これをチャンスだって言ってた」

……えーっと？

そもそも、さっぱり、まったく、よく、いや、全然、何が何だか判らないのだが……今の渚の台詞を、整理すると、大体こんな風になるのかな？

この事態を引き起こしている〝問題人物〟が、今、その、なんだか判らない〝村雨さん〟の方に行ってしまっている。

なら、今、その〝問題人物〟の目は、わたし達から逸れている。

その、〝問題人物〟が只今向かっている〝村雨さん〟っていうひとは、どうやら渚の知り合いらしい。

でも、そんなことはおいといて。

この、危機的状況を齎した、〝問題人物〟の目が逸れているのなら……なら、今、目が逸れているわたし達は、逃げることが可能かも知れない。


それが腑に落ちた瞬間。

わたしは、思った。


逃がす。

わたしは、絶対に、逃がす。

わたしの教え子を逃がすチャンスがあるのなら、それが卑怯だとか何だとか、も、どうでもいいわっ。他に被害にあいそうなひとがいるとか何とか、他人を犠牲にして自分達ばっかり助かっていいのかとか、そんなこと、どうだっていいわっ。

どんなに卑怯なことであろうとも。人間として侮蔑されるべき行動であろうとも。

わたしは、まず、自分の教え子を守るっ！

それ以外のことは、二の次、三の次だっ！

で。

くるりとあたりを見渡す。

えっと、ここは、地下鉄の中。

「隣の車両に逃げたら……助かる、の？」

「判らない。それでチャンスがあるのか、それで逃げられるのか、私にはまったく判らないんだけれど……でも、やらないより、やった方が、絶対に、いい。〝問題人物〟がいない今しか、チャンスはないと思うの私」

そうだよね。

それに、わたし達から見て右側の連結部を越えて、そのあともどんどん進んでゆけば、いつかわたし達、この電車の本当の先頭に行き着ける筈。

そこまで行ったら、緊急停止レバー（って、あるのか？　あるんだろうな、でも、どこにあるのか、そんなの、普通に地下鉄に乗っているだけのわたしには判らない）を引いて、電車を止めて（止まるのか？　夢の中の地下鉄って、そういうもの引いたら止まるのか？　これまたまったく判らないんだけれど）、地下鉄止めたらドアを開けて（開くのか？　そもそも乗客が緊急停止レバーを引いて、それで地下鉄が止まるのかどうか判らないし、止まった地下鉄に乗っている乗客が、停止したからってドアを開けられるのかどうかが判らないし、その前に、夢の中でそういう原則が生きているのかどうかまったく判らないんだけれど)、そして、線路の上になだれだしちゃえばいいんだ。(いいのか？　地下鉄って、なんか、線路に電気、走ってないのか？　そんな処、普通のひとが普通に走っちゃって、感電しないのか？　そんなことしちゃって大丈夫なのか？)

いや、疑問と問題点は、もう、てんこ盛りだったんだけれど。

このまま、地下鉄の中にいて、瑞枝の悲鳴を聞き続け、やがて、瑞枝の悲鳴が途絶えてしまう事態を思えば……これはもう、こう言うしか、ない。

「判った」

ごっくん。

わたし、唾を呑む。

それから、今、自分がいる位置と、連結部までの距離を視認。大体、十歩いけば、わたしの位置から連結部までは行けると思う。渚がいる位置からは、十二、三歩かな。

「まず、渚、連結部の処までゆっくり歩いていって。その……何だか判らない、〝問題人物〟に気づかれないよう、ゆっくり。そして、渚が、連結部の処で準備してくれたら、いつでも渚が連結部の扉開けられるようになったなら、わたしが、瑞枝を抱えて連結部を目指す」

「いっちゃん、それ、駄目」

「え、どうして」

「他のみんながまだ正気になっていないから。私が扉開けて、いっちゃんが瑞枝抱えてその扉を通ったとして、その時、他のみんなはまだ正気じゃないんだよ？　したら、みんな、何が何だか判らないうちに酷いことになっちゃう可能性が……」

う、う、うーん。確かにそれは問題だ。

ということは、まず、今、彫像のようになっているみんなを起こして（しかもこの状況下で、下手に叫んだりなんだりして、謎の〝問題人物〟の注意をひかないように言い含めて）、そして、みんなして一斉に、連結部の扉を目指してつき進む必要がある訳か？

それに。それだけじゃなく。

言わなかった渚の台詞が、判る。

その場合、千草は、どうなるの。

そうだ。

千草。

ただ、俯いている千草。固まっている千草。まるで彫像のようになっている、時間が止まっている感じのみんなに較べると、もう、しおたれて、脱け殻のようになってしまっている千草。多分、もう息をしていないであろう千草。死んでしまったのであろう千草。

わたしは、千草を、ここに、こんな訳の判らない処に、ひとりで置いてゆくのか？　置いてゆこうとしているのか？

ばっちんっ！

わたしは、自分で自分の両頰を思いっきりひっぱたく。

「いっちゃん先生……。あの、それ、昨日も言ったと思うけど、なんかひとに誤解を与えるってば。これだけ見事にひっぱたかれた痕があると、先生の恋人がね」

って、こんな台詞がでてくるってことは、ここにいる渚は、昨日と地続きの渚だ。しかも……なんか、気がつくと、妙に頼りになる感じになっている渚だ。丁寧語がすっぱり抜け落ちて、完全ため口、もはや、教師と教え子じゃなくて、わたしの同志って感じになってる。

「いいから。わたし、活をいれたから。わたし……優先順位を、間違えないように、した、から」

「……って？」

「大切なのは、みんな、だ。生きている、みんな、だ」

「いっちゃん……」

「勿論、千草だって、大切なうちのメンバーなの。でも、優先順位をつけた場合、〝生きているみんな〟より、〝死んでしまった千草〟の順位は、さがる」

「いっちゃん！　そんな！　死んでしまったとか……」

「うん、言いたくないよね。仮にも〝先生〟が言っていい言葉じゃないと思う」

「いっちゃあん、あの……」

「でも。でも、ね」

　ここで、わたしは、もう一回自分のほっぺたを叩いて。それから。

「わたしは、自分の教え子を守る。守りたい。その為に、教師になった。……だから。わたしは、優先順位をつける。これを……絶対に、間違えないように、したいと思う。というか、これ間違っちゃったらまずいって、ほんっとおに、思うんだ」

「せ……せんせい……」

「わたしは、何があろうと、自分の教え子を守りたい。勿論、渚、あんたを含んで、だよ？　そして、他のバスケ部のみんなも、絶対に、守りたい。その為に……死んでしまった子は……ごめん……」

「…………」

「まず、わたしと渚で、ここにいるバスケ部員を、順番に起こす。ま……この、硬直している彫像状態、〝寝ている〟とは思えないんだけれど、〝起きている〟とはもっと思えないから、この場合、〝起こす〟でいいんだと思う。んで、起こしながら、言い聞かす。頼むから、叫ぶな、怒鳴るな、慌てるな、わたし達の言うことを聞け」

「ん……」

「そんで、全員が黙って起きたら、渚は、連結部の処まで行く」

「了解」

「渚が、連結部の扉に手をかけて、もういつでも開けられるようになったら、その時は、フォーメーションZだよ」

☆

フォーメーションZ。

これは、うちの女バスだけで通用する冗談用語。

うん、わたし、まったくバスケットの経験がなかったのに、他に女子バスケ部の顧問を引き受けてくれる先生がいなかったから、女バスの顧問になったのね。だから、ちゃんとした顧問らしいことは、何もできなかった。トレーニング・メニューを作ることなんか勿論できないし、他校との練習試合で、監督のような顔をして、選手達に指示なんかまったく出せなかった。(わたしにできる顧問らしいことは、中学生の集団をちゃんと引率して目的地まで連れてゆくことだけ。)うちのバスケット部の、試合中の指示は、全部キャプテンである渚が出していて、渚が考えたフォーメーションに従って、うちの連中は試合をやっていた訳で……。

ただ。

まあ、あんまり考えたくはないんだけれど、渚だって、鉄人って訳じゃ、ないから。

試合当日、渚が風邪ひいて欠席、なんて事態は、考えられたんだ。

んで、その場合は、副キャプテンの伊賀ちゃんの指示で、うちのバスケット部は動くんではない。

だけれど、渚も、伊賀ちゃんも、二人揃って病欠っていう事態……可能性としては、ゼロではない。

いや、勿論、その場合は、ナンバースリーの千草が指示を出したんだろうけれど……なんか、まあ、いろいろあって、指示、出せるひとが、誰もいなくなってしまうことになる可能性は、ゼロでは、なかった。

そこで。

そんな時に備えて。

そんな時の為にあったのが、フォーメーションZ。

「万一そんなことになっちゃったら……も、一人もいなくなっちゃった時に備えて。ちゃんとした指示を出せるひとが、いっちゃん先生が、指示、出してください」

「い、いや、渚、伊賀ちゃん、それ、無理。絶対できない。だってわたし、ほんとにバスケって、知らないのよ」

「いやあ、よおく、知ってます。いっちゃん先生が本当にバスケ初心者……っていうか、そもそも、やったこと、ないよね？」

「はい、ない、です」

「それ、丸判りなんで、今更言わなくても」

って、伊賀ちゃんがだるそうに言ったんだよなあ。だから、わたしは余計慌てて。

「だからっ！　そんな、初心者以前のわたしに、なんかフォーメーションの指示を出せって、そもそも前提条件が無理だとしか……」

「と、いう訳で。フォーメーションZは、ほんとに、最後の手段。みんな、自分が思っている最良の行動をとれ！　とりあえず、連係なんか考えなくていい。Ｄｏ ｙｏｕｒ ｂｅｓｔ！　それだけ。そんな絶望的なフォーメーションです。実戦でこんな指示が出ないこと、みんな、祈ろうね」

って、渚が纏めて。うん、ほんっと、冗談フォーメーションだったんだけれど……これの、意味することは、ひとつ。

全員、自分が最良だと思うことをやれ。

とにかく、自分にとって、最良のことを、やれ。

これが、フォーメーションＺ。

そもそも冗談フォーメーションであって、実際には絶対にしたくない（というか、そんなフォーメーションとったら負ける）奴。

でも。

でも、これを、この時、わたしは、指示したんだ。

☆

で。

わたしは、できるだけ、そっと、自分の近くにいる女バスの生徒を起こしていった。

起こす度に、「とにかく声をあげないで」って厳命してきた。

起きた（……って言っていいのかな）瞬間、みんなはとにかく、〝訳が判らない〟って顔をして、次の瞬間、まるでサイレンのように響きわたっている瑞枝の悲鳴に驚き、その度にわたしは、その子の口を塞いで。耳元で呟く。

「今理由を説明している暇ないけど、とにかく、声を出さないで。大きな動作しないで。黙って、そして、動くな。すっごい無理なこと言ってると思うんだけれど……わたしのことを、ちょっとでも信頼していてくれるのなら、お願い、これを守って」

そして、渚も、多分、同じことをやっていた筈。（渚の方が、わたしより、女バス部員の信頼度が高かっただろうから、同じことをやっていても、彼女の方が能率よかったんだろうなあ、わたしが二人起こして説得している間に、渚は三人くらいこれ、やってた。）んで、しばらくたった処で、わたしと渚、アイ・コンタクト。

今、ここにいる女バスの人間は、これで、多分、全員、起きた。

と、いうことは、次にやるべきなのは、連結部の扉への突進……。

☆

このあとしばらく、わたしは渚の行動を見守った。

静かに、覚醒した女バスのみんなが見守る中、連結部の処まで行った渚を。

同時にわたしも行動を起こす。

ただただ、悲鳴をあげ続けている、まるで拡声器にでもなったような、瑞枝の処へ。

そして、ここで、しばらく、わたし、躊躇。

最終的にわたしは、瑞枝に肩をかして瑞枝をひたすら連結部の処まで引っ張る予定なんだけれど、周囲の状況が変わったっていうのに、まったくそれを理解していないようにひたすら悲鳴をあげ続ける瑞枝、そんな彼女に手を触れていいのかどうかが判らなかったから。

と。こんなわたしの肩を、また、つつく手。あ、今度は伊賀ちゃんだ。

「なんか……ぜんっぜん、まったく、よく判らないんだけど……瑞枝に肩かして歩く必要が、ある訳？」

「うん。ある、の。とにかく、瑞枝を連結部のあっち側まで連れてゆかなきゃいけないと思うの。その為には、瑞枝に歩いてもらわなきゃいけない訳で、でも、瑞枝が自分で歩いてくれるとはまったく思えなくって、ということは、とにかく、瑞枝を引っ張って行かなきゃいけない訳で……」

「無理でしょうそれ。この状態の瑞枝、正気とは思えん。これはもう、絶対に自分では、歩けん」

うーん。普段はだるそうなのに、すっごいいい加減な感じがするのに、でも、言うべき時には、きっちり正論を言うのが、伊賀ちゃんなのだ。

「でも、とにかく瑞枝を連れて、あの連結部の先まで行かなきゃいけないの」

「なら、先生、抱えよう。抱えて、持ち上げる。……この状態の瑞枝を支えて歩くのより、その方が、ずっと確実」

かも……知れないんだけれど。

というか、本当にそうなんだろうと思うんだけれど。

この状態の瑞枝を、わたしがひとりで抱えて歩くのは、それは、物理的に、無理だ。

と、そんなわたしの思いを読み取ったのか、伊賀ちゃん。

「先生が、瑞枝を、おぶってよ。んで、私が、先生の背中にいる瑞枝、うしろから持ち上げて、そして、二人のこと、押してくから」

あ……ああ。

もし、そうしてもらえるのなら、それなら確かに、それならやっと、わたし、瑞枝を何とか連結部のあちら側に連れてゆける……かも、知れない。

そこで。

瑞枝を背負う為に、まず、わたし、しゃがんで、それから、叫び続けている瑞枝に手を伸ばそうとした処で。

「あ、駄目だ」

って、いきなり、伊賀ちゃん。

「渚から、ストップかかっちまった」

って？　え、それは、何？

「先生、瑞枝に手を触れちゃ駄目。なんか、渚から、〝作戦中止〟のサインが出たから。それも、大きく二回出てる。絶対作戦中止だ、これ」

「って、何それ？」

うわ、すごいなうちの女バス。試合中、プレイしている連中は、無言でそんなサインのやりとり、していたのか。というか、副キャプテンの伊賀ちゃんは、常にキャプテンの渚を注視しているのか。こんなサインのやりとりができるのか。

「……いや……。そもそも、今、何がどうなってこんなことになっているのか、それが、私にはさっぱり判らないもんで。だから、渚が今、何を思ってこんなサインを出したのか、まったく判らないんだけど……少なくとも、渚は、言ってる。〝この作戦、全部、駄目〟」

って？

って、それは、一体、何？

☆

〝それは、一体、何？〟って、これは、単純に、〝こういうこと〟だったのだ。

伊賀ちゃんから中止の連絡を受けたわたし、もはや瑞枝に手を触れることもできず、かといって他に何をしていいのか判らず、ただ、ぼんやりとしていたのだ。

ぼんやりと、他の誰にも手を触れず。

そうしたら。

今、わたしがいる処まで帰ってきた渚が、いきなり言ったのだ。

「いっちゃん先生！　駄目！」

え……だから……駄目って、何が。

「どうやっても。どうやっても、どうやっても、どうやっても、連結部が、その扉が、開かないっ！」

連結部が、開かない。

つまり、隣の車両には、行けない。

「あれは、硬いなんてもんじゃない。そういうものとは、多分、違う。硬いんじゃなくて……なんか……世界が違う、そんな気持ちが……する……」

えっと、何言ってんだか、まったく判らないんだけれど、渚。

「言葉、判らないんだけれど。……多分、この世界と、普通の世界は、違う。で……連結部の処に、結界がある」

「……？」

「いや、ほんっと、言葉、判らないんだけれど。私達は、隣の車両に、行けない。それは、無理。扉が硬いとか、鍵がかかっているとか、そういう感じじゃなくて……なんだか、あれ、絵に描いた扉で、そもそも開くもんじゃない、そんな感じです」

え。

だとすると。

次にわたしは、一体どうしたらいいんだろうか？

大原夢路

ふっと気がつくと、あたしはまた、あの夢の中にいた。

隣には、冬美。なんか、すっごいもの問いたげな表情をしている冬美。

ここであたし、ちょっと後悔。

あっちゃあ、こうなるんなら。いや、こうなるだなんてこと、判っていた筈だったのに。なら、昨日、村雨さんと氷川さんと、そして渚ちゃんって女の子と会談した後、冬美に電話くらいしとけばよかった。

でも、昨日はなあ。

あまりにもあまりにも急転直下って感じで、事態が進んでしまった為、それについてゆくのが、実はあたしには精一杯。同じ夢を共有していて、夢の中で、あの女子中学生達のことを心配している冬美のこと、慮っているゆとりがなかった。

ここで、あたし、しょうがない、冬美に、ゆっくりと。

「あのね、ちょっと安心して、冬美。あの、叫んでいる女子中学生のこと、助けられる手段が、あるかも知れないから」

いや、連絡がついた今だから、余計、〝助けられる手段なんかない〟ような気もしないではないんだが……そんなこと言ったら、まずい。

「って？　え？　……昨日の今日で、何で、夢路」

「ごめん。昨日、ばたばたしていて、冬美には連絡できなかったんだけれど、あの中学生のひとりと、昨日、連絡がとれたの」

……まあ……これは、本当の、ことだよな。

「……！　って！　あのひと達、ほんとの中学生なの？　いや、ほんとの中学生っていうのは表現が変かな、あの、実際にいる、現実の、中学生？」

「みたい。あたしや冬美が、この夢の中にいるあたしや冬美であり、同時に、現実では普通のおばさんであるのとおんなじで、あの中学生達も、現実では普通の中学生だったみたい。昨日、そのうち一人に、実際に会うことができたの」

「な……なんか、凄い。やっぱり夢路って、とっても頼りになる……」

って、事実は違うんだが。その中学生とお知り合いになれたのは、ほぼ、出合い頭の交通事故みたいな経緯（いきさつ）だったんだけれど、冬美の目のいろに、あたしに対する尊敬の念が滲（にじ）み出していたので、あたしは、そのまま、うんって頷（うなず）く。力強く、頷く。（いや、別に冬美にあたしを尊敬させたかった訳じゃないのよ。ただ、この後、あたしとしては、冬美の行動を掣肘（せいちゅう）したい局面がでてくる可能性がある訳だ。なら、たとえ誤解でも、冬美があたしのことを「なんか凄い、頼りになる」って目で見ていてくれたら、のちのち、色々、楽かなあって思って。)

いや、でも、ほんとに昨日は、凄かった。

出合い頭の交通事故。

まさにそんな感じで、いきなり知り合いになってしまった大野渚ちゃんのことを、あたしはちょっと思い出す……。

☆

ファミリーレストランにて。

まず、あたし達のことをもの凄くうさん臭いって視線で見ていた、佐伯さんという方を納得させるべく、あたしと、氷川さんと、そして村雨さんが、今までに自分が経験したことをつらつら申し述べた。

んで、全員でこれをやって、村雨さんが何か怪しい団体に騙されている訳ではないらしいって、佐伯さんが納得してくれた処で……ここで。

いきなり介入してきちゃったのが、大野渚ちゃん。佐伯さんのお孫さん。

驚くべきことに、彼女は、あの夢の関係者だったのだ。

悲鳴をあげ続けている女子中学生と、一緒にいた中学生のうちの、ひとり。

いや、このあとは、も、凄かった。


あたしが中学生だった時代、あたし、彼女みたいなことができたかなあ？

そう思うと、も、疑問符の連続。

いや、どのくらいよくできた中学生なんだ、渚ちゃん。


あたし達の話を聞き終え、自分がその夢の関係者の一人であるって表明したあと、彼女がとった行動は、凄かった。


まず。

鞄の中から、ルーズリーフノートと、筆記用具が出現。

「おじいちゃんに呼ばれたあと、図書館行って宿題やろうかと思ってたんで……」

そうか。中学生は、ノートと筆記用具、持ち歩いているのが普通かあ。

で。

しゃかしゃかしゃかしゃかって、渚ちゃん、あの時の（ということは、今、あたしがいる）地下鉄の車両の図を、描いてくれたのだ。

「えっと……新桜台に向かう、先頭車両がこっち、ですね。で、その場合、この地下鉄の車両の中で……私達がいるのが、ここ。連結部から見て、かなり近い処です。そして、村雨さん達がいるのが……」

「こっち、だわなあ」

その図に、氷川さんが手を伸ばす。

「この車両の、多分、あんた達がいる処から見て、一番後ろの部分。ここに俺がいて、俺の前に村雨のじーさんが立ってて、昨日の夢では、じーさんの隣に大原」

「のおばさんが来た」

と、あたしが台詞を勝手に受けると。氷川さんは、うえーって顔をしてみせる。

「で、今」

こんなあたし達のやりとりをおいといて、村雨さんが台詞を続ける。

「問題の〝何か〟は、僕達の方に近づいてきた訳でして……」

「その、問題の〝何か〟がいなきゃ、あんたらは動けるんじゃ？」

こう言ったのは、氷川さん。

「や……よく、判らないです」

「でも」

ここで、村雨さん、もの凄く、力強く。

「もし」

ごっくん。唾を呑む感じ。

「もし、〝何か〟がこっちへ来てしまったおかげで、あなた達が動けるようになったのなら」

「なら？」

「その時は、あなた達、逃げてください。……連結部を越えて、向こうの方へ行ったなら、あるいは、〝何か〟、その先には手が出せないかも知れない。これはチャンスだと思いますので、チャンスを、是非、活かしてください」

「え？　え、いや、あの……だってその、その場合……」

「その場合は、僕達が囮です」

「そ、それっ」

「酷いです。本当に酷い話だと僕は思います。特に、勝手に囮認定しちゃった、氷川さんと大原さんに対して、酷いです。……けど……」

「俺は間違いなく囮になんかなりたかねーんだが」

　と、氷川さん。

「ガキはそれ考えんな」

「……って？」

「ガキは大人の言うこと聞かなきゃいけない、それ、ガキ的にすっげえ不満だろ？　いや、判る。俺がとっても不満だったから、さ。けど、ガキは、大人の言うこと、聞かなきゃいけないって、今の俺は思っている。何故か？　最終的に、大人っつーんは、ガキを守るもんだからだよ」

「……って、あの……」
「甘えろ。大人を囮にしろ。それが、ガキの特権だ」
「あ……はいっ」
「大丈夫だ。俺だって、こんなこと言ってっけど、ほんとに自分が危なくなったら、村雨さんや大原さん囮にして、平然と逃げるから。んで、あんた達が首尾よく逃げてくれたら、俺だって逃げ方が判って嬉しい」

で。

実際に今、夢の中で。

遠く、向こうで、渚ちゃん達が何かやっているのは、判る。

連結部の向こうへ行こうとして、でも、それが、できなかったのは、判る。

そんな気持ちが、感じ取れる。

でも。

ところで。

もうひとつ、とても不思議な気持ちが……あたしには、あったんだよね。

うん。

ういやっ、はっ！

うん。あたしは、地震がおきた時、それを感知できる人間だったのだ。

地面が揺れる、その直前に、それを感知できる人間だったのだ。（絶対他人には言わないけれど。これ言ったら最後、例えば佐伯さんには、あたし、まったく信頼してもらえなくなっちゃうと思う。）

で。

同時に。

これまた、言っちゃったら最後、佐伯さんのあたしに対する信頼インジケーターがゼロになってしまうと思うから、だから絶対に口にはしないんだけれど……あたしは、この夢の中で、最初からまったく、硬直しなかった人間なのだ。〝何か〟がどこにいても、無限繰り返しループにはまらない、最初っから、この夢のことを理解できていた人間なのだ……と……思う。

だから。

渚ちゃんの話を聞いているうちに、あたし、ふっと、思ったのだ。

いや、実は、前からちょっと思っていた。

あの事故があった日。

それは、確定できている。

そのあとから、何回も何回も何回も、あたしは同じ夢の中で同じシチュエーションを繰り返してきていて……。

そして。只今、今日の、日付。

これも、確定できている。

んで……確定できている、この二つをすり合わせると……なんか……なんだか……変、なのだ。


いや、あたし以外の誰もが、判らないだろう。

みんな、そもそも、〝硬直していることが判らなかった〟り、〝自分が同じ夢を何回もみていることが判らなかった〟りしているんだから。

ただ、あたしは、初回から、「ああ、同じ夢をみている」ってこと、判っていた。

そんで。

指折って数えてみたら……現実の世界でたっている日数と、夢の回数が……なんか、違うんだよ。

それまでも、漠然と、そんなことを思ってはいた。

けど、渚ちゃんに会って、「あたし達が石神井の中学に試合に行った日が、いついつで、そのあと、千草の容態がおかしくなったのが何日で、千草が亡くなってしまったのが何日で……」って、具体的な数字を挙げられたら、いきなり思ってしまった。

あたしが、夢をみている回数と、現実の生活でたっている日数が……違う。

現実の日数の方が、二日、多い。


これに。

何か意味があるんだろうか？

氷川稔

……あの……大野渚って子供を前にした時。

俺は、たじろいだ。

確かに俺は、たじろいじまったんだよっ。

だから、言わなくていいこと、一杯言っちまった。

ま、だってよ。

違いすぎるからな。

この、渚ちゃんと、ウチの恭輔。

恭輔。
高校生である。
只今十六で、高校二年。……だけど、高校に行ったことがどんだけあるんだか。
そんで、これが、俺の息子。
俺の悩みの種。

渚ちゃんを見た瞬間、いや、渚ちゃんがしゃべっているのを聞いた瞬間、彼女が順序だてていろいろな物事を整理しているのを知った瞬間、俺の脳裏には恭輔が浮かび……結果として、言わなくていいことを俺は一杯、山のように言ってしまい、それを後悔し、でも、どうしようもなく……とにかく、恭輔のことを、思った。

ガキは大人の言うこと聞かなきゃいけない。
俺は、渚ちゃんにこう言った。
と言うか、俺は、本気でそう思っている。これは俺の心からの叫びだ。
だが、この場合の〝ガキ〟は……実は、渚ちゃん関係ない、俺の息子だ。
恭輔の話、なんだよなあ。

☆

俺には、一人息子がいる。名前は恭輔。


だが。俺と恭輔の関係は……ま……その……会話なんかすんの、夢、だよな、同じ家に住んでいるから、時々は出くわす、でも、そういう、それだけの関係だ。

んで、これがまた、俺の怒りにターボ加えちまうんだから……ああ、もう、どうしようもない。


同じ家に住んでいるのに、俺が父親で恭輔が一人息子なのに、なのに、会話するのが夢？


この言葉を頭の中で明文化してしまった瞬間、も、俺、怒り狂いそうになる。

いや、だって、ない、だろ？　これはいくらなんでもないだろう？

同じ家に住んでいる親子なのに、会話するのが夢？

じゃ、俺達は、一体全体、どんな親子関係なんだよ。


あ、いや。

カウンセラーのひとなんかは、こんな俺のことを、どうどう、どうどうって、いなしてくれる。

「お父さん、あんまり興奮しないで。恭輔くんとゆっくり話せるように、それを目指しましょう」

目指すって、それは、魚かよっ！　目刺しって魚が、雑魚の目を刺して、それを干したものだって思えば、俺は、恭輔の目を刺して干してしまいたくなったよ。

いや。

俺がこんなこと思っているから、だから、恭輔も、頑なになっているのかなあ。

話を。できる限り単純にすると……それは、こういうものになるのだ。

☆

恭輔が生まれた時。

そりゃ、俺も女房も、ほんっとに嬉しかった。初めての子供がここにいる、それが嬉しくない親なんていねー。ふにふに、ぽにゃぽにゃの赤ん坊、これが自分の子供だと思うと、可愛いと思わない親なんていねー。

で、女房は、恭輔を抱いた瞬間、いきなり、仕事をやめることを決意しちまったのだ。それまでは、育休はできるだけ短くして、すぐにでも保育園探して、なんて言ってた癖に、いきなり。

え？

俺、ちょっと驚いた。

いや、俺は（悪い意味で〝昔ながらの男〟だって言われている）、女房子供の生活費を、自分だけで稼げる自信がある、そしてそのことを、〝誇るべき〟だって、自分で思っている、だから、女房が家にいて、俺が家族の生活費を稼ぐ、頼りになる旦那になることに、何の不満もない。むしろ、そっちの方が嬉しいくらいだ。俺が働いて一家を養い、女房は家事と育児だけをする、それで俺はまったく構わなかったのだ。

とはいえ、女房、このまま家に入るだけでいいのか？　俺が惚れたあいつは、なんかもっときらきらしていて、〝やりたいこと〟が一杯あって……ま……仕事だけが、〝やりたいことを叶える為の方策である〟訳じゃないってことは、俺も判っていたんだが……でも、こうもすんなりと、子供が生まれたからって、仕事やめちまっていいのか？　いや、仕事はこの場合どうでもいいんだな、いきなり女房が〝守り〟の姿勢にはいっちまったのが……いいのか、本当に。微妙に納得がゆかなかった。

なんか……この、あんまり急な女房の決意に、俺はちょっと裏切られたような気持ちがして、また……うーむ、これ認めるの嫌なんだが、いささか、その……俺、女房と恭輔に、嫉妬、したかな？　こんな濃密な関係性を持っている、母子ってものに、男親として、いわれのない嫉妬を抱いたのかも知れない。

ま、けど、当の女房がそう言ってるんだからさ、しかも、生まれたばかりの息子を抱いて、そんなこと言ってるんだからさ、俺は、それを了承した。

俺は、仕事をして、生活費を稼ぐ。

女房は、家事と育児を全部やる。

そういう分担ができたもんだと、この時の俺は、思ったんだよな。

そして、しばらくは。

この分担に沿って、俺も女房もやってきていた。

だが、やがて、この〝分担〟に亀裂が走る。

ああ。

恭輔が、こういう分担、ぶっ潰したんだよな。

ま。

もっとずっとあからさまに言ってしまえば。素直にこの事態を言ってしまえば。

〝恭輔〟というのは、無茶苦茶手がかかる子供であって、俺達の〝分担〟なんかあっという間に吹き飛ばしてしまうような、そんな子供だったんだ。

☆

最初のうちは、訳が判らなかった。

幼稚園の頃から、恭輔はとんでもなく育てにくい子供だって、女房は言っていた。

けど、俺は、これを話半分に聞いていたんだよな。（いや、話十分の一、くらいだったかも知れない。）

結婚する前、未来に向かって、きらきらしていた女房。でも、子供が生まれた瞬間、そんな〝未来〟を、自らあっけなくすとんと捨ててしまった女房。子供が生まれた瞬間、「とにかくこの子の為に生きる」って宣言をしちまった女房。

だから、まあ、俺は、女房が恭輔の養育について、なんか、「ここが大変だ、どこどこに手間がかかって……」なんて言っているのを、頭っから無視した。単純に、愚痴の一種だと思ってた。

いや、だって、おまえが家事全般と恭輔の養育、俺が仕事って、役割を分担した筈だろ？

なら、恭輔について、なんかあったとしたって、そりゃおまえの領分だろうがよ。俺の知ったことかよ。んなこと、いちいち俺に言うなよ。

これが。

俺が、こんな態度をとってしまったことが、のちのち、もの凄い問題になるんだが……この時の俺には、そんなことは判らない。

いや、そもそも。

もっと簡単なことを言おうか。

俺には。

子供に〝種類〟があるってこと、それ自体が、まったく判らなかったんだよおっ！

恭輔は、育てにくい子供だ。

女房がこう言った時、俺の脳内辞書はこう変換していた。

なんだい、大手をふって「子供を育てる為に仕事やめます」宣言をしたってのに、ちっと問題があったら、もう退却かい。つーかさあ、俺は、おまえ達養う為に必死なんだぜ、俺は仕事が忙しいんだ、その点おまえは専業主婦なんだからさあ、育児くらいさらっとやれよ。

この時、本当に、恭輔が、〝育てにくい〟子供である可能性、俺、まったく考慮していなかった。いや、その時の俺の常識では、子供っつーのはあくまで〝こども〟という〝一般的・抽象的な〟存在であって、育てにくい子供や育てやすい子供がいるだなんて、思ってもみなかったのだ。

だが。

いたんだ。と言うか、あったんだ。子供には、種類が。

本当に、育てにくい種類の子供がいる、いや、これを、〝種類〟って言っちゃいかんのかな、でも、確かにそういう子供達はいる。

それが、この時の俺には、判らなかったのだ。

俺が恭輔の養育にまったく協力的じゃないって判ってからは、女房、俺に愚痴をこぼすのはやめた。ひとりで、ひたすら恭輔の養育をやっていて……それがまあ、俺からみると、砂糖漬け菓子みたいに、思いっきり恭輔を甘やかしているようにしか見えなかったんだ。いや、今でも……心の片隅に、女房があんまり甘やかすから、だから恭輔が駄目になったんじゃないかってこっそり思っている自分がいる。

そんで、ここから先は、俺、恭輔を怒鳴り、女房を叱りつけるっていう生活を続け……そうしたら。

ＡＤＨＤ。

アスペルガー症候群。

基本、何言われているんだかまったく判らないんだが……とにかく、あっちこっちの小児科や児童相談所へ行った女房は、こんな言葉をひっぱりだしてきたのだ。

恭輔は、そういう〝子供〟なんだから、他の子と違った処があっても、それが恭輔の個性なんだから、それを認めろって。

恭輔に、いろいろ不満があったとしても、恭輔の個性を考えて、ただ、「学校へ行けっ！」って怒鳴りつけるだけの俺の対応を改めろ、と。

言い換えると。

この時代、俺は、恭輔の顔をみるとひたすら怒鳴っていたのだ。恭輔のどうでもいい

〝拘(こだわ)り〟が理解できなくって、何だってそんなことやってんのか意味不明で、しかもこいつ、やれって言われたことはほぼやらずに、その上小学校にもろくに行かんのだ。

いや、これ、親として怒鳴るしか、ないだろ?

いっそ、殴りつけたい気分になったこともあったんだが、さすがにそれは自粛した。

ああ、この時の俺の気分は……「本当は殴りたい処なんだけど、さすがに大人がちっさい子供を殴るのはあんまりだから、だから我慢している」、そんなもん、だったのだ。だから。

恭輔の個性を認めろっていう女房の理屈、その主張を……俺は一蹴(いっしゅう)してしまったんだよな。

いや、だって、当時の俺の目に映った恭輔っていうのは、小学生時代の恭輔っていうのは、とにかく〝なまけもの〟以外のなにものでもなかったから。

大体。

学校に行かないというのが、俺にとっては許せないことだったのだ。

いや、だって、普通、子供は学校に行くだろ?

ということは、学校に行かない子供は、〝普通〟ではない。

俺……なんか、自分の子供が〝普通ではない〟っていうのが……許せなかったのかも知れない。

学校に行かないっていうだけで、俺は、恭輔が、許せなくなっちまったんだよ。

ここに、もし、〝苛め〟とかって問題があったんなら、俺だって、考えただろうと思うよ。

俺だって、昨今の学校の苛め問題については聞き知っていたことがあったし、恭輔が、もし、〝苛められていて〟、それで学校へ行けないんなら、なら、俺にだって、考えることはある。男親として、やるべきことがある。（「苛めがあるんなら学校へ乗り込んで校長をしめあげてやる」って提案したら、もの凄いいきおいで女房に怒られた。何故だ。）

けれど。

恭輔が学校へ行かないことに関しては、〝苛め〟は、まったく、関係がないらしい。

恭輔は、別に苛められている訳ではなく、ただ、本人が行きたくないから、だから、学校へ行かないのだ。（……いや……実は。ちゃんと考えれば、この文章は、違う。恭輔は、本人が行きたくないから、ではなくて、〝本人が行けないから〟、だから、学校に行かなかったのだが……この時の俺は、〝本人が行きたくないから〟と、〝本人が行けないから〟の区別が、まったくついてはいなかった。……実は、今でも、この区別、ついているとは言いがたい。ああ、未だに俺は納得できないんだよ、これが。）

あとから散々怒られた。女房にも怒られたし、恭輔が小学校高学年になった時に通うことになったカウンセラーのひとにも怒られた。（恭輔がカウンセラーに通うようになって数カ月たった頃、俺もカウンセラーのひとに呼びつけられたのだ。）さすがに、専門家であるカウンセラーのひとが出てきてからは、俺も、ちっとは自分の考えを反省してはみたのだが……。（だが、実は、あんまり納得できていない。）

まあ、とにかく。カウンセラーなんていうプロのひとに言わせても、学校に行かないからって理由で、頭っから恭輔を怒鳴りつけるのには、百害あって一利ないみたいなものだったらしいのだ。

けど、そんなの、今度は俺が納得できねー。

でも、まあ、専門家にまでアドバイスをされたのだ、俺はできるだけ自粛し、自制し、けどやっぱり、恭輔の顔を見ればついつい怒鳴ってしまう、そんな時代を過ごし、恭輔は中学に進み、まわりの連中が小学校から持ち上がりばっかりの区立中学では、やはり恭輔は浮いてしまって、そもそもどうやって卒業できたんだよって俺が疑問に思うくらいの出席日数で、恭輔は中学を卒業して……。

恭輔の中学時代。俺は、自粛と自制を重ねても、それでも時には恭輔を怒鳴りつけ……。

結果。恭輔はこの頃から、俺が会社から帰ってくると自分の部屋にこもっちまって、俺の前には出てこなくなっちまった。また、女房もこれを黙認——というか、積極的に、恭輔と俺との接触を避けるよう画策していたので——、この時代、俺、恭輔と殆(ほとん)どまともに会話していない。（俺の帰宅時間は、割とちゃんと決まっている。で、俺が帰宅する一時間前が、恭輔と女房の夕飯時間なのだ。あきらかに、女房、わざとこれやってるよな。）だから、どうやって、どんな処に進学したんだか、俺、よく判らないんだが……気がつくと、恭輔は、高校生になっていた。

この間。

俺と恭輔との接触は、ほぼ、なし。

女房とは、もう、絶対に雪解けがなさそうな冷戦状態。昔、まだ、ロシアがソ連だった頃の、アメリカとソ連みたいな関係だ。必要だから、対話はするけれど、友好関係はほぼない、お互いに冷たく監視し合っているような関係。

だから。

恭輔のことを思った瞬間、俺はいつだって、怒鳴りだしたい、怒り狂いそうな気持ちになるんだが……。

だが。

渚ちゃんと話をしている間に……なんか、俺の中にあった、恭輔に対する気持ちが、鎮静化してゆく……ような、気が、したのだ……。

☆

ガキは大人の言うこと聞かなきゃいけない。

これは、常々、俺が恭輔に言いたかった台詞だ。

だが、同時に俺、判ってもいたんだ。

それ、ガキにとってすっげえ不満だろ？

ああ、そうだよ。こう言われたって、言われたガキが、それに納得できる訳がない。

だから、こんなこと、言われているだけの恭輔も、きっと不満だったんだろうと思う。

けど、でも、俺は、あくまでこう言うぜ。何故かって。

最終的に、大人っつーんは、ガキを守るもんだからだよ。

そうなんだよ。

俺は……こういうことを、恭輔に、言いたくて、でも、言う機会が、まったくなかったのだ。

恭輔。

おまえな。

学校へ行けっていうのは、俺の勝手な理屈なんだが、だからって、おまえが勝手に学校行かなくて、したらそのあと、おまえ、自分の人生どーするんだよ。

俺の視点からすると、「行きたくないから学校へ行かない」恭輔は、間違いなく就職なんてできる訳がない。「行きたくないから行きませんでした」は、学校だから許されている理屈であって、就職したあと、職場に、「行きたくないから行きませんでした」は、次の瞬間、馘首だ。

それが判っているから、俺はこんなこと言ってる訳であって……。

そうなんだ。

俺は、恭輔を怒鳴りつけたあと、続いて、こう言いたかったんだ……と……今になって、思う。

「最終的に、俺はおまえを守るもんなんだからよ、不満があるんなら、言えよ。なんか、自分で解決できない問題があるんなら、俺に言ってくれよ」

そうだ。

渚ちゃんにいろいろ言っているうちに……俺、自分で、判った。


俺は。

結構すぐに頭に血が上ってしまう方だから。

今でも、恭輔と二人っきりになったら、まず、恭輔のことを怒鳴りつけてしまう。

それは、多分、否定できない。

どんなに〝それをやってはいけません〟って言われてたって、いや、やっぱ、恭輔の顔を見た瞬間、怒鳴るな、俺は。

けれど。

本当に俺が言いたいのは、そういうことじゃ、ない。

「俺は、おまえを守りたいから。だからその……おまえも、黙ってないで、言いたいことがあるんなら、言えよっ！」

……これが……これだけが、本当に俺が言いたい、そして、絶対に言えないことだっていうのが……何故か、この瞬間、判ってしまった……。

そして。

家の中でひたすら俺を避け続けている恭輔、もう殆ど恭輔とまっとうな会話ができない俺、この二人の間では……この会話、だけは、絶対にできない、それが、理性で判るのよりずっと早く、ずっとはっきり、判ってしまったのだ。（しかも、そんな俺と恭輔の間には、すでに〝ツンドラ〟になってしまった女房が挟まっている……。最早、春がきたから雪解けなんて、絶対に期待できない状況だ。）

だから、俺は、渚ちゃんに……すんごく余計なことを、言ってしまったのだと思う。

村雨大河

とても、まずいことが、起こってしまった。

佐伯さんのお孫さんと会い、いろいろお話をした後で。

僕は、佐伯さんのお孫さんに、逃げることを提案してみたのだ。

うん、大原さん言う処の〝何か〟は、只今現在、こっちに来ている。

いや、僕から目を逸らしたあと、また、ちょっと中学生集団の方へ向かおうとしたのかな、でも、まだ、中学生集団からは、随分と距離があると思う。

だから、今。

僕と、大原さんや氷川さんを囮にして。

〝何か〟の興味がこっちにある間に、佐伯さんのお孫さん達、逃げた方がいいって思って。

いや、勿論僕には、大原さんや氷川さんを囮にする権利なんてない。

そんなもの、持っているひとが、いる筈がない。

けれど。

どうしても、僕は、まず、佐伯さんのお孫さんを逃がしたくなったのだ。

いやあ、まあ、まず。

〝孫〟っていう単語に対する、絶対的な憧れがあったよね。

うん、これは、否定しない……否定、できません。

まご。

この言葉を脳裏に浮かべた瞬間、僕はもう、とっても甘い幻想に包まれてしまって……

いや、だって、〝まご〟。

孫。もう絶対に、守るべきもの。孫。殆ど至高のもの。孫。この世で最上のもの。

僕の価値判断が、どっかおかしいことは、自分でも判っている。

でも、孫。

これを守らずにはいられないっ！

……って、思っていたのに。

佐伯さんの孫である、渚ちゃんがいろいろやっている、それは、遠く離れていた筈の僕にも判った。何故か、気持ちが、通じたのだ。

だが。

それが、まったく、成功していないのである。

これまた、何故か、僕には判ってしまった。

……ドアが……開かない、のか？

車両の連結部、そこのドアが……どうしてだか、開かない？

何故、開かない。どうして開かない。これが開かないと、女子中学生の集団は、逃げることができない。

逃げることができない。

彼女達が逃げる為に、その為だけに、僕は、自分だけじゃない、氷川さんや大原さん達まで囮にしたっていうのに。

なのに、女子中学生達は、逃げることができない。

いや。

これは、多分、話が変だ。

僕は、綺麗事を言っている。

本当に僕が囮にしたのは、僕達ではない、女子中学生と僕達の間にいる、不特定多数の一般の地下鉄の乗客のみなさまだ。

僕達の前から、その〝何か〟が、女子中学生達の方へ行ってしまった、その瞬間、中学生達が逃げる為の動きをしたのなら、僕達の前から、只今現在、〝何か〟がどいてしまっているのだ、本当に囮になっているのは、僕達と中学生の間にいる、一般地下鉄乗客のみなさまだ。

……ここまで酷いことをしたっていうのに……ここまでのことをやったっていうのに……逃がそうと思った肝心の中学生達は、何故か、逃げられない。逃げることが、できて、いない。

ドアが、開かない。

どうしてなんだろうか？

何かいけないことがあったんだろうか？

結界。

ふっと、そんな言葉が思い浮かぶ。

結界。

……そんなものが……ある、のか？

判らない。

判らないんだが……次は、一体、どうしたらいいんだろうか？

……とても。

とても変なことが起こっている。

しかも、この結界の両サイドで、いっぺんに。言い換えれば、結界になっている地下鉄の車両の中、一番新桜台よりの処と、一番小竹向原よりの処で。

一番小竹向原よりの処には、そもそも、問題になっている〝もの〟があった筈。（と、推測している。でも、これは、事実かどうかが判らない。）

昏睡(こんすい)してしまった人間。この世界を閉鎖している人間。

老人と中年がガードしていた、あの人間。

何故、この二人が、昏睡してしまった人間を守ろうとしているのか、それは判らない話なんだが……ほぼ、ここにいる人間が、〝問題のもの〟、つまりは昏睡してしまった人間であることは、確かなんじゃないかと思う。（まあ……大体、は。七割、くらいの確率かな？　断言できないのが残念なんだけれど。）

その、人間を確認した処で。

こちらが、それを守っている老人から意図的に離れてしまった。

このせいで（この老人を只今襲うことはできない。それをすると、〝昏睡してしまった人間〟に届く糸が切れてしまう）、小竹向原よりにいる人間のうち何人かは、ここにいる〝昏睡してしまった人間〟が重要な人物だと、悟ってしまったのかも知れない。だが、それは、それだけの話の筈だ。

理解できないのは、まったく逆側、新桜台よりの方で起きてしまった事態。

目があって、一人が死に、もう一人が瀕死の筈の中学生集団が、いきなり逃げ出そうとしたのだ。

それも、ひとりが逃げ出しただけなら、まだ、いい。それなら、まだ、自然発生的に起こった行為だという可能性がある。

だが、話は、違うのだ。

全員が、揃って、逃げようとしたのだ。まだ、ぼんやりしている、そんな状態の中学生達を、意識がある連中がとにかく起こしまくって。

しかも、すぐに死ぬだろうと思われる、瀕死となった女の子の体を何とか運搬しようとする態勢を整えて。

いや、細かい処は判らないのだが……只今、あの中学生集団が、何故かいきなり全員覚醒しているってことを考えるに……あの中学生集団が覚醒してしまった理由は、ひとつしかないと思う。

だが。

あり得ない。

今、思っている、ひとつの理由。こんなことは、あり得ない筈なのだ。

だが、実際に、これは、あったことなのだ。

と、いうことは。

〝あり得ない〟前提が、実際に、〝あった〟ということ。

いる。

つまり、答は、ひとつだ。

いる。

この地下鉄の中には、自分の呪縛にかからない、誰かが、いる。

その、〝誰か〟というのは、〝夢〟を忘れない、世の中には自分がいる世界がある、と、同時に、他のひとはみんな〝夢〟だと思って忘れてしまう世界がある、けれど、その〝夢〟世界は、実は確固とした世界である、そんなことを知っている、そんなことを弁えている、〝誰か〟だ。そういう人間が、いるということだ。

〝夢〟を覚えている人間。

そして、〝夢〟に、自在にコンタクトができる人間。

それは、コンタクトができるだけなら、普通の人間なのだが……やがて、自在コンタクトを繰り返してゆくうちに。その人間は、とんでもないものになる。そんな可能性がある。

最終的に、〝夢〟を、自在に、操ることができる、そんな人間になってしまう可能性が。

これは、ある意味、とんでもない人間だ。

だって、〝夢〟っていうのは、実は、現実とは位相が違う世界ではあるんだけれど、でも、確固とした〝世界〟なんだよ、それに自在にコンタクトができ、そして、そのうち、ゆるゆるでも、じりじりでも、その〝夢〟に容喙(ようかい)することができるってことになったのなら……。

こんな恐ろしい話はない。

だって、本当に、その能力が極まってしまえば、そのひとは、いつしか、〝自分の夢を好きなように操ることができる〟ひとになってしまう可能性がある。そして、〝自分の夢を好きなように操れるようになった〟のなら、〝夢ではない、現実の世界を自在に操ることができる〟、そういう人間になってしまう処まで、あと一歩。

まあ。そこまでいっちまった人間は、過去、ひとりもいなかった。けれど、過去、その片鱗(へんりん)をかすった人間は、いた。

夢を自由にみることができる、夢の中で、ある程度は好きなことができる、そんな人間は。

うん。

過去の世界では、そういう人間は、まあ、呪術師とか、そういうくくりにはいっていた筈だ。日本なら、陰陽師(おんみょうじ)とか言われていたこともあったっけか。イギリスなら、ゴーストバスターとか言われていたかな。ドラゴンスレイヤーなんて言ってる文化圏もあるな。

んで。

今、この地下鉄の中にいるのは……多分、その程度の能力、あるいは、最悪、それ以上の能力を……持っている、人間、だ。

そして、そういう人間は。
いつだって、本当の敵だった。

今の世の中、呪術師なんて絶対いないと思っていた。
いや、いないんだろう。
この〝誰か〟も、自分のことを、まさか呪術師だなんて思っていないに決まっている。
自分の能力を知らないに決まっている。
けれど。
その、能力だけは、本物だ。

この人間と。
絶対に、戦いたくはない。

そして、それは、多分とても簡単なことなのだ。
何故って、この〝人間〟は、知らないんだから。自分に何か能力があるだなんて、まったく知らないんだから、こっちが押せば、きっと、引く。

ならば。

引かせる、しか、ないよな。

この、〝誰か〟を。

だから。

一回、こくんとうなずいて……三春(みはる)ちゃんは、ここで、初めて、声を出すことにする。

うん。

三春ちゃんは、初めて、この地下鉄の中の世界に……具体的に、三春ちゃんとして、容喙してみる。今まで、絶対的に隠れていたんだけれど……今でも隠れていたいんだけれど……でも、しょうがないから。

この瞬間、自分は、〝三春ちゃん〟っていう存在になって、そして、初めて、声を出す。

「この世界のどこかで。誰かが、硬直しています」

これは、いわば、釣り糸を、垂らしてみるような行為だ。

そして、言ってみる。

「それが、誰だかを、三春ちゃんは、知りたい」

これは、無茶苦茶な、賭(か)けだ。

何故かというに……そもそも、この結界を作っている存在である、自分、三春ちゃんが、声を出してしまったら。

三春ちゃんの結界、そのうちの一部が、破れてしまう可能性がある。

三春ちゃんの結界の中の人々が、目覚めてしまう可能性がある。

でも、これをやるしか、ない。

「硬直っていう言葉が違うのなら……昏睡している人間がいます。そして、それが誰だかを、三春ちゃんは知りたい」

と。ここで。なんかのほほんと、こんな三春ちゃんに声をかけてきた人間がいた。

「何でそんなもんを知りたいんですかなあ」

ゆるやかに、こう言ったのは、老人。ああ、こっちから目を逸らした老人だ。何故か判らないけれど、こっちを真っ正面から見ようとした、無謀な老人だ。

ああもう、このひと、何だってこんな自殺行為を繰り返すのかな。三春ちゃんが怖くないのかな。

でも。いいや、このひとの言葉に、のっかっちゃえ。

「何故って、この結界を作っているのは、その、昏睡しているひと、だから、です。そのひとが〝昏睡〟してしまったせいで、無用な結界ができてしまいました」

言ってみたら、主に二ヵ所で反応があった。小竹向原側と新桜台側とでね。

「だから、その、昏睡しているひとが死んだら、この世界の結界は、解けます」

「え？」

「え！」

「これは、本当に事実なんですよ。この世界で、昏睡しているひとがいる、その、昏睡しているひとが、この結界を作っているんです」

最初に結界を作ったのは誰かって点をのぞいては、ほぼ本当のことを言っているんだもの、もう、胸はって宣言しちゃう。

「そして、結界を作っているひとが死んだら、この結界はなくなります。ですから、只今、昏睡しているひとが誰かっていうのを」

「絶対に教えてはいけません。考えてもいけません」

いきなり。

きっぱりと、強い声でこんなこと言い出しやがった奴がいて……誰かと思えば……老人と向かい合っていた女、だった。

あ。

これが。
こいつが〝呪術師〟か。
夢を覚えている人間なんだ。
三春ちゃんが、絶対に何とかしなきゃいけない人間なんだ。

と。

そこまでは判ったものの。

あ、あ、まずい。

夢が、解(ほど)ける。

今現在、夢世界にいる、誰かが、今、起きたのだ。

夢をみているひとのうち、ひとりでも目が覚めたら、その瞬間、夢は解(ほど)けてしまう。

そして、解(ほど)けてしまった夢をちゃんと覚えているのは……それこそ、三春ちゃんと、あとは、誰だか判らない〝呪術師〟だけなのだ。

あの、女は、誰なのか。どんな人間なのか。

もうちょっとで、それが特定できるかと思ったのに……その前に、夢は、解(ほど)けてしまった。

第六章

……変な夢をみた。

市川さよりは、目がさめるとまず、目頭を人指し指で押してみる。

看護師が仕事とはいえ、普段自分の健康は、あんまり気にしていないんだよね、さより。

（というか、医者の不養生って言葉を地でゆくように……お医者さまじゃなくて、看護師さんでも、自分の健康なんか気にしている時間は、あんまりないような勤務体系だぞ、ほんとに。）

朝起きて、それでも疲れがとれていない気分の時、目頭を押すと、なんかちょっと楽になるような気がするから、だから、起きた時、目に疲れが残っている気がすると、さよりはこれをやってみるのだが……これ、医学的に言って、どうなんだろう。頭皮のマッサージとかした方が、血流が改善されて目の疲れにはいいような気がしないでもないんだが……

……んー、その前に、ほんとに、目が、疲れているのかな？

なんだかちょっと違うような気もする。

疲れているのは……目ではなくて、心、とか。

そして、思い出す。

たった今、みた夢を、反芻してみる。

舞台は地下鉄の中だった。もう、十数日前の、西武池袋線乗り入れの、地下鉄有楽町線の中。

あの中で、いきなり倒れてしまった女性がいたのだ。だからさよりは、看護師として、勤務先へ向かう地下鉄を途中下車して、最寄り駅についた処で、その患者さんに付き添って、救急車の到着を待ったのだが……あの時の、まだ、女性が昏倒(こんとう)する前の地下鉄の中。

そんな、夢。

「なんか……誰かが……変なこと、言ってた……？」

おぼろげな記憶。

その中で。

夢の中で。

誰かが——これは、思い出せない、いや、思い出したくない、思い出すと怖い、そんな気がする誰かが——言うのだ。

「この地下鉄の中で、昏睡してしまったひとがいます」

「そのひとが、結界を張っている」

「そのひとさえ死ねば、この結界は破れる」

「そのひとが誰かを、教えてください」

いや。

言葉は、多分、違う。こんな言葉で、こんな台詞で、言われた訳じゃないとは思う。

でも、意味として、そういうようなことを。

そして、このあたりで。

さよりは、起きかけていたのだ。この言葉を聞いたあたりで、もう、半分くらい、意識が覚醒の方へ向かってしまい……。

でも。

最後の、凛々と、鳴り響く言葉だけは、聞こえた。

「絶対に教えてはいけません。考えてもいけません」

なんでだろう。

その言葉だけが、まだ、さよりの心の中に響いている。

何を、教えてはいけないのかなあ。

いや、それより前に、何を考えちゃいけないのかなあ。

茫洋と、すべてが判らないまま、しばらくさよりは目頭のマッサージを続けて……それから、えいやって起き上がる。

うん、今日は、「おっきなさいっ、朝ですよっ、おっきなさいっ」っていう、いつものめざまし時計の音で起きていないよなあ。（さよりのめざまし時計は、ベルじゃなくてこんなふざけた言葉でさよりを起こす。）

時計をみると、いつもより二十分早い。あ、なんか、嬉しい。

ということは……二十分たつとめざまし時計がなる筈なんだから。

めざましより前に起きることができた、そんな、ボーナスをちょっと大切にしよう。

いつもよりはゆっくり、コーヒーをいれて、それを楽しもう。

そう思って、起きたさよりは、まず、めざまし時計を止めて（折角めざましがなる前に起きたんだ、この後、歯を磨いている時なんかに、めざましの音が鳴り響いたりしたら、そんな興ざめな話はないぞ）、薬罐をコンロにかけた後、顔を洗う。

その間も。

ゆっくりと、さよりの無意識は、あの夢の記憶を漂っている。

昏睡したひとが誰だか教えて欲しい。

ふっと、さより、思う。

あの地下鉄の中に、あの女性の関係者がいたならともかく（いや、いないことは判りきっている、もしそんなひとがいたのなら、そのひとがあの女性に付き添った筈だ）、いないんだから。

なら、あの昏睡した女性が、何という名前のどんなひとなのか、それ、知っているの、あの時の乗客の中では、自分だけだろうなあ。

だとしたら、あの疑問に答えられるのも、自分、だけだなあ。

一応、救急車に乗せるまで付き添ったし、そのあとも、看護師っていう仕事がら、搬送先の病院に彼女について問い合わせもしたし。


ま、でも。

まったくこれ、何の話だか判らないので。

コーヒーを飲んで、無意識から意識へ状態が切り替わった処で、さよりの心の中から、この夢のことは、こぼれ落ちる。

だが、その前に。

「あの患者さん……結局、どうなったのかなあ……？」

さよりにはまったく関係がない話なんだけれど。そもそもさよりが容喙（ようかい）するのはまったくおかしい話なんだけれど。

それでも、もう一回、あの患者さんについて、搬送された病院に、問い合わせてみようかなあ。

そんなひっかかりを、さよりの心の中に、残して。

☆

その日。その朝。

渚が通う中学の、体育館は……なんか、切迫していた。

そこに子供が集まる時間でもないのに、次々と、子供達がやってきた為に。

真っ先に、この体育館に来たのは、大野渚。

そして、渚からあんまり時間をおかずに、次々に子供達がやってくる。

そしてみんな、どんどん渚に声をかける。

「キャプテン」

「あ、伊賀ちゃん、あなたにいて貰える(もら)と嬉しい。頼りにしてるから」

「って、そんな話をしてる場合なんかよ……」

「……って、どんな話なんだか、そもそも私にも判らないから……」

「キャプテン！　副キャプテン！」

「瑞枝どうなってんですかキャプテン！」

「……ね。何がどーなってんのか、誰か教えてくれね？」

「あ、真理亜。よかった、元気だったんだ」

「いや、そんなことより、そもそも……」

「風邪？　三日も休むから心配したんだよ」

「じゃなくてさあ……」

「あ、七海あんた、あんたもあの夢、みた？」

「渚、昨日、あの夢、みた？」

「伊賀ちゃん、伊賀ちゃんもあの夢みたよね？」

「千草が死んだのって……」

錯綜する台詞。もう、何が何だか。

ただ。気がつくと、あの時地下鉄に乗っていた子供達……その全員が（いや勿論、死んでしまった千草と、只今病院にいる瑞枝はいないのだが）、揃ってしまった。そして、全員の目が、渚へと向いている。

でも……目を向けられても、渚、困る。

と、ここで。

体育館の扉を開けて、佐川逸美が登場。みんなの視線は、一斉に先生の方へ向く。

「いっちゃん先生！」

「いっちゃんもあの夢の中にいたよね？」

「というか、あの夢、何なの」

あ、ああ……。

渚、心の中で、逸美に同情。いやだって……こんな質問、答えられないよねえ。佐川逸美は、確かに〝先生〟なんだけれど、でも同時に、ついこの間大学を卒業して、教職についたばかりの若い女性だ。中学生の渚から見たって、いささか頼りないところがある、二十代女性にすぎないのだ。だから、こんな質問を一斉に浴びせられても、多分、彼女にそれは処理できないんじゃないかと思われるし……かといって、同じく、こんな質問を処理できない渚は、彼女に何の手助けもできない。というよりは、自分の処に集中していた質問が、彼女の方へ行ってしまったこと、ちょっと有り難く思ってもいる。（というか、有体に言って、先生がきてくれたので〝ほっとした〟のだ。）

「渚……」

佐川先生は、あきらかに渚の姿を探して、体育館にやってきたらしく、単に渚に会いたいが故に体育館に来たのに、女バス部員のあの時地下鉄に乗っていた連中が勢揃いしているのを見て、こころもち、あとじさる。でも、ここに集まっている子供達は、そんなこと、許してくれない。

「先生っ！」

「ね、いっちゃん先生、何があったの」

「あれは何だったの」

「あたし、夢をみたんだけれど……なんか、みんなもおんなじ夢、みてた？」

「こんだけの人数がおんなじ夢みるだなんて、そんなの、アリ？」

「おかしーよ、絶対おかしー」

女バスの部員達に、一斉に詰め寄られて、逸美がたじろいでいるのがよく判る。

でも、女バスの部員達にしてみれば、これはもう、先生に詰め寄るしかない事態なんだってことも、よく判る。

もう、どうしよう……って、渚は思うのだが……どうしようも、ない。


そして。そんな会話の奔流の中で。

瀬川(せがわ)真理亜が登校している、只今ここにいるっていうことを、誰も問題にしなかった。死んでしまった千草、倒れた瑞枝、そしてその後を追うように欠席していた、真理亜がここにいるということを。

勿論、真理亜本人はそんなこと覚えていない、でも、あの夢の中で、瑞枝に続いて悲鳴をあげだした真理亜が、無事にここにいることを、誰も気にしていなかった。

地下鉄の中で、〝何か〟が去っていったので、助かった人間がいるってことを。

そもそも。

真理亜本人が、自分の不調のことを、何故か、よく覚えていなかった……。

佐川逸美

起きるとすぐ。

わたしは、まず、学校を目指そうと思った。

昨日の夢。

わたしが、渚に、「何とかするから」って言って、でも、何ともできなかった夜に、みた、夢。わたしがもう、無力感に、塗れた、夢。

わたしが、夢の中で呆然としていたら、渚に肩をつかれて……そして、あの地下鉄の中から逃げようとしていた夢。でも、逃げられなかった夢。

あの夢で、何か、とんでもない〝齟齬〟が、あったのだ。

あの夢の中で、地下鉄の連結部の扉は、開かなかった。

〝結界〟のようなものが、あったんだと思う。

そもそも、連結部の処にあったのは、本当のドアではなかった。ということは、あの地下鉄、まるで地下鉄のようだったけれど、地下鉄にしか見えなかったけれど、でも、本当の処は、地下鉄ではない〝なにか他のもの〟だ。

それが判った処で。

なんか、とんでもない展開が、あったのだ。

ああ、夢、だから。

よく判らないし、すでに半分忘却の彼方にいってしまっている話でもあるんだが。

なんか……「この世界の中に、昏睡しているひとがいる、そのひとがいるせいで、結界ができてしまった」。そんな話を……わたしは、聞いたような気がする。

そして。

どうやら、そのひとさえ死んでしまえば、この結界は、解けるらしい。よく判らないんだが、絶対に正しい〝なにもの〟かが、こんなことを言っていたような記憶がある。

只今、この地下鉄の中で、昏睡しているひと。

そのひとさえ死んでしまえば、この結界は、解ける。ということは、連結部の扉は開き、わたしは自分の生徒達を逃がすことができる。

ならっ！

なら、そのひとが、死んでしまえば、いいんだ。

瞬時、こう思ってしまった自分を……わたしは、恥じることができない。

いや。

恥じろよわたし。

いくら何でもこれはないだろうわたし。

自分の生徒が助かる為なら、無関係の他人が死んでしまっていい、そんなこと思っちゃって、それで恥じないのかわたし。自分勝手にも程があるだろうわたし。

……でも。

恥じない。

自分の生徒が助かる為ならば、無関係のひとの一人や二人、死んでしまったって、全然恥じないよわたし。いや、さすがに〝そのひと〟を殺そうとまでは思わないけれど、そのひとが死んでくれれば、わたしの生徒が助かるのなら……なら、そのひとの死を、むしろ願ってしまう、わたし。

……さいっていだ、わたし。

でも。

これが〝正しい〟のかどうかまったく判らないんだけれど、とにかく、この世界で〝昏睡〟しているひとを特定して、そのひとが死んでしまえば、わたしの生徒は、助かるのだ。

そう思うと……。

ただ。

わたしがそう思った瞬間、世界に、言葉が、響きわたった。

そのひとについて。

「絶対に教えてはいけません。考えてもいけません」

何だったんだろう、あの、言葉。

も、「うへー」って言って、納得せざるを得ない言葉だった。

不思議と、そんな、威厳があった。

ま、でも。

そういうことをおいといても。

とにかく、わたしは、学校の……多分渚がいるであろう体育館に、まず、行った訳で、そこで、おそろしいことに、あの夢の中にいた女バスの子供達全員に取り囲まれてしまったのだ。

☆

「あ……えっと……あの？」

わたしがほんとにわたわたしていると。

こんなわたしの反応を読んでいたのか、渚が何か言いかけて、でも、何も言えずに言葉を呑み込み、次の瞬間、副キャプテンである伊賀ちゃんがその言葉を継いでくれた。

「んとね、いっちゃん先生」

と、伊賀ちゃん。はい、何でしょう。

「私達はね、今、ほんっとに、困ってます。んー、ほんっきで、どーしようもなく、困ってるんだなあ」

いや、それは、何となく判らないでもない。

「で……あの、ねえ」

ここで伊賀ちゃん、二、三回、唾を呑み込む。

「あれ、一体、何なんですか」

はい、さて、これが一番困る質問なんだよなあ。何故って、わたしにも、〝あれが何なんだか〟まったく判っていないから。

「何なんですかって……んー……伊賀ちゃん、何言ってますか」

「それがまったく判らないから、困ってるんでしょうがあっ」

……確かに。本当に、そのとおりだから……伊賀ちゃんが困っているのは判る、でも、わたしだって困っている、双方共に困っていて……この場合、解決策は、どこにある？

「えーと、伊賀、さん」

だもんで、しょうがないわたし、多少他人行儀になって。

「質問の意図を明確に」

「あの夢！　いっちゃん先生もみたでしょ、あの、夢！　あの夢、一体、何だったんですか！」

いや、自分がみた夢を、その夢の中にわたしがいたからって、あくまで自明の理のように、〝わたしもその夢をみた〟って断じること自体が、もの凄く変なんだが……でも……実際にわたしはその夢をみていた訳で、実際にその夢の中にいた訳で、だから、伊賀ちゃんのこの断言は、まったく間違っていなくって……でも……でも、だからって……こう詰め寄られてしまうと、困る。

「伊賀さんが、どんな夢をみたのか知りませんが」

うわあ、嘘ばっかり。でも、〝先生〟という立場のわたしは、こう言うしかない。

「伊賀さんの夢は、わたしに判ることでは」

「建前やめよーよ先生」

んで、わたしは、いきなりばっさり、中学生に切って捨てられちゃった。

「いや、先生的にね、あれ、認めていい訳がないっちゅーのは、判る。科学的な法則だか物理的な法則だか、なんだか知らんけど、世間の常識に反しまくっているっつーことは、よく、判る。だから、そもそも先生があんな夢、認めてはいけないっていうのは、よおく、判る」

ありがとう伊賀ちゃん。わたしの立場を代弁してくれて。

「それに、そもそも、私が自分の夢の話をしていて、それでもって先生を追及するのは常識的におかしいっていうのも知ってる。けどさあ。先生と渚は、あの夢の中で、私達を起こしまくったじゃない？　んでもって、逃げようって提案したじゃない？」

いや、それ、伊賀さんがみた夢の話だから。実際にわたしがそんなことをした訳じゃないから。

って……逃げる道筋は、あった。確かに、あった。

でも、ここでその道筋に逃げちゃうのは……あまりに、卑怯。

そう思ったので。わたしは、しょうがなく。

一回、ため息をついて。

「こっから先のわたしの発言は、先生としての佐川逸美のものじゃないからね。一個人としての佐川逸美のものだから」

ああ、こんなエクスキューズをしちゃってるのは、人間としていかがなものか。でも、〝中学校の先生〟としてのわたしは、こう言わざるを得ないのだ。

「はい、佐川逸美さん個人の発言ね、OK」

伊賀ちゃんにこう言って貰えて。そして、わたしは、言う。

「あの不思議な夢は、あった」

こう言うとわたし、そこに集まっているみんなの顔を見渡す。

「みんな、いたよね。あの夢の中に。伊賀ちゃんだけじゃなく、梓もいたし、ゆきちゃんもいたし……みんな、みんな、いた、よね？」

こくこくこく。見渡している顔が、みんな、頷(うなず)いてくれる。

「で……あの夢の中で、わたし達は、とにかく逃げなきゃいけないと思った。千草が死んでしまったのも、瑞枝の意識が戻らないのも、あの夢のせいだと思う。……理由なんて聞かないでよ、わたしにもまったく判らないんだから」

これに対しては。再び、こくこくこく。全員が、こんな、理屈にも何にもなっていないことに、頷いてくれた。……ということは、みんな、多分、このわたしの理屈が正しいって……理性じゃなくて、感覚で、判ってくれているんだろう。

「実は、わたし達、昨日だけじゃない、ずっと前から、ずっと、同じ夢をみていたらしいの。そんなことに……わたしと、渚が、気がついた」

正確に言うならば、渚がまずそれを問題視したんだが……そして、わたしが知らないうちに、どうやら、わたしの知らない、あの夢の中にいる他のひと達との間で連絡をしていたらしいんだが（あの時の渚の台詞を思い返すにつけ、わたしはどうにもそんな気がしてならない。だからわたしは、渚にその詳しい話を聞きたくて、始業前の体育館に来てみた訳なんだが）、わたしは、ただ、おたおたして、右往左往して、結局何もできなかったんだが、だから、夢の中で、みんなを起こして、そして避難しようっていうのは、全部渚のお手柄だったんだが……その作戦が失敗した今となっては、この経緯を全部渚に押しつけるのは、やっぱり卑怯ってものだろう。

「とにかく。あの夢の中に、い続けるのはいけないって思った。だから、逃げようと思った。逃げるなら、みんなで逃げないといけないと思った」

……死んでしまった千草はおいておいて。あの時、千草を見捨てたわたしのことを、渚がどんな目で見たか、今でもよく覚えている。

「だから、みんなを起こして……でも、逃げられなかった」

「連結部がドアじゃなかったから」

こう言ってくれたのは渚。

「あれは……ドアに似た、何かだった。結界の端だったんだろうと思う」

と、ここで。また、体育館の扉が開く気配。え、だって女バスのあの夢の中にいた連中は、みんなここにいる筈……って、ああ、まったく関係ない他の生徒だ。朝練で体育館を使う他の運動部の生徒達がやってきたみたい。

と、ここで。

伊賀ちゃんが、ぱちんと手を叩く。そして。

「はい、エブリバディ、カモン」

こう言うと、伊賀ちゃん、人指し指を伸ばしてそのましゃくって、みんなのことを招き寄せる。

「こっから先は、部室で話そーぜー。ここにいると、運動部の奴らが早朝練習で来そうだからね」

☆

移動して、女バスの部室――って、これはもう、ほぼ物置である、すでに使われなくなって久しい、古い視聴覚室なのだが――に行く。とりあえず、部屋の面積が体育館よりかなり狭くなったので、なんか落ち着くし(相談ごとをするには、体育館は広すぎると思う)、何より、ここには黒板がある。

その黒板を前にして。

チョークを持った伊賀ちゃんが、いろいろ書いてみる。

「えっと、まず、ね」

1　あの夢は本当にあった。みんなそれをみた。

……いや……そりゃそうなんだけれど……〝あの夢〟っていうのがよく判らないんだから、この言葉、そもそも、何を言っているんだか。

2　夢の中で、千草と瑞枝は悲鳴をあげていた。夢の中で、悲鳴をあげると、死んでしまうらしい。

この板書には、もの凄い勢いで抗議の声があがった。いや、そりゃ、そうでしょう、まだ、瑞枝は生きているんだもの、こんなこと書いちゃうと、それだけで瑞枝の〝死〟が確定したみたいな感じになって、それは嫌に決まっている。ただ、事実として、こう書くしかないっていうのは、確かではあるんで……。

伊賀ちゃんは、そういう反応を、一切無視して、板書を続ける。

3　夢の中で、いっちゃん先生と渚に率いられた私達は、逃げようとした。でも、逃げられなかった。何故かと言うと、連結部のドアが、開かなかったから。ここで導き出される事実は、夢の中にある地下鉄は、実は、地下鉄ではないっていうことだ。

……まあ……そりゃ……そのとおりなんで。

4 ここで、声が、聞こえた。

しかも。二つ。

その二つの声が言っていることは、相互矛盾している。

はい、実はこれが大問題。

最初の声は、こういう意味のことを言った。

只今のこの世界には、〞結界〞がある。この世界には、昏睡しているひとがいる。そのひとのせいで、〞結界〞ができてしまった。そして、その昏睡しているひとが死んでしまえば、この世界の結界は解ける。

これを、嘘だって思っても、何の問題もないだろうと思う。

というか、この声、嘘であるか本当であるか、確率的に二分の一だと思う。

けれど。

不思議なことに、伊賀ちゃんが板書している限りでは、板書中に交わされた会話では、これを〝嘘〟だって思ったひとは、一人もいなかったらしいのだ。みんな、「うんうん」って、あの声のことを信じている感じ。

そして。

第二の声。

最初の声が、みんなの心の中に落ちた処で、また、みんなは、声を聞いたのだ。なんだか、とっても、凛とした、反論しにくい声を。

その声は言っていた。

「絶対に教えてはいけません。考えてもいけません」

……二つの声。言ってる内容が、双方あわせると矛盾している声。というか、最初の声に対して、二つめの声は、その内容を否定している。はい、さて、それにどう対処すればいいのか。

そして。伊賀ちゃんは、そのまま、板書を続ける。

5　次にどうすればいいのか。

はい、それが大問題なんだよなあ。

と、ここまで板書をすると、伊賀ちゃんは、いきなりわたしに会話の主導権を投げてよこしたのだ。

「んで、いっちゃん先生、どうすんのがいいと思う？」

「あ……いや……えと……」

そんな、いきなり投げられても。でも、中学生がここまでがんばってくれたんだ、わたしが「判りません」って言う訳にもいかない。

「とりあえず」

ごっくん。唾を呑む。

「伊賀ちゃんが書いてくれた、1から4までは、実際にあったことだって思うことにする。常識的にいって、とてもおかしな話なんだけれど、ここを疑ったり、ここを検討していると、話は絶対前に進まないから」

2、について、文句が来るかと思った。でも、みんな、今はそんなことに拘(こだわ)っている場合じゃないって思ってくれたのか、不思議な程、それはなかった。

「すると、5、なんだけれど。……みんな、覚えてる？　あの時の地下鉄の中で、実際に、救急車呼ぶ騒ぎがあったじゃない」

「ああ、ナースさん」

「ナースさんがうちらの前を走り抜けていったよね」

「かっけーナースさん」

「あのひとが、多分、患者さんに付き添って、地下鉄途中下車して……。あの地下鉄の中で、昏睡しているひとが、もし、いるとしたら……多分、あのナースさんが付き添った、倒れてしまったひとなんじゃないかと思うの。他にはちょっと考えにくいの」

「……だね」

伊賀ちゃんが重々しく頷く。って、中学生の頷きに安堵していいのかわたし。

「と、いうことは、〝昏睡しているひと〟が誰なのかは、あのナースさんに聞けば判る」

「でも」

ここで、渚が、口をはさんでくる。

「次に聞こえた声は、言っていた。『絶対に教えてはいけません。考えてもいけません』って」

うん。

「だよね。二番目に聞こえてきた、あの声に信をおくのなら、わたし達は、あのナースさんについて、絶対に追及しちゃいけないってことになる。だって、ナースさん追及すると、昏睡してしまったひとに辿（たど）りつく道筋が、判ってしまうかも知れないから」

「ですよね」

「え、けどお」

と、ここで、いきなりみんながしゃべりだす。

「いっちゃん先生が言いたいことは判る、あのナースさんを特定しちゃったら、昏睡してしまったひとが誰だか判っちゃうかも知れない」

「それはまずいってことなんだよね」

「でも、あたし、もし、ナースさんを追及して、昏睡してしまったひとの情報を手にいれたとしても、それを他のひとに言う気持ちはまったくないよ？」

「うちら絶対そんなことしないって」

「だから、この言葉って、変じゃね？」

いや。そりゃ、確かにそうなんだ。でも。

それは、相手が、あくまで〝普通のひと〟ならばって話だ。

けど、相手は……何だか判らないけれど、夢の中に君臨している〝モノ〟だ。だとすると……どんな特殊能力を持っているんだか、さっぱり判らない。ということは。

「んとね、ゆきちゃん」

しょうがない、わたしはこう言ってみる。

「わたしが、昏睡してしまったひとの情報を手にいれたとする。勿論わたしは、その情報を他人にしゃべるつもりはまったくない。でも……相手は、夢の中の、〝何か〟、だよ？　夢を操っているかも知れないモノ……だよ？　そもそも、夢の中の〝モノ〟を相手にして、わたし達にできることって、何なんだろう」

「……あ……」

「もし、わたしが、昏睡してしまったひとの情報を知ってしまったのなら……それ、『昏睡したひとが死んだらこの結界が解けます』って言っていた、〝何か〟に、ばれてしまう可能性は、あるよね？」

「……ああ……そーゆーことか……。成程、了解ー」

と。この瞬間。

いきなり渚、わたしに喰ってかかってきたのだ。

「いっちゃん！　判った！」

ほぼ、叫んでいる、渚。

「確かにそうだと思う。んで……そうならば。ナースさんを追及しちゃ、絶対にいけないって！　昏睡したひとを死なせたがっている〝何か〟がいるんなら、私達は絶対、それ、邪魔しなきゃいけないいっ！　ということは、昏睡したひとの情報を、私達が知るのはいけないし、ナースさん追及なんて、絶対にしてはいけないいっ！　それこそ、二番目の発言者が、言っていたでしょ？　『絶対に教えてはいけません。考えてもいけません』。ここで、二番目の発言者が、〝考えてもいけません〟って言ってる言葉の意味を、考えてよ、いっちゃん！」

ここで、渚、一回唾を呑み込んで。

「多分、最初の発言者は、私達の考えが読めるんだよ。いや、〝読める〟かどうかは判らないけれど、夢の中で、なんか操作することができるんだよ。だとすると、いっちゃんがどんなに秘密にするつもりでいても、いっちゃんが何も言わなくても、でも、最初の発言者は、いっちゃんが知ってしまったことを、感知することができるのかも知れない。となると、もし、いっちゃんが看護師さんや昏睡したひとについて、何か知ってしまったら、それ、〝最初の発言者〟には、ばればれだよ、なあ。

でも。

「と、なると、ね」

おそろしいことに、わたし達が只今できることは……何ひとつないっていう結論に、なってしまうのだ。

そういう理解が、わたしも含め、女バスのみんなの心の中に浸透した処で。

んで。

ここで。

伊賀ちゃんは、ため息ひとつつくと、黒板にまた板書をした。

6　経過観察。

これを見て。わたしは、ついつい、聞いてしまった。

「ね、伊賀ちゃん、これ、何？」

「やー、この春、うちのひいばあが、九十六で老衰で亡くなったんで」

……んで？

「その時にね、多分、これはもう駄目かなーって思ったんかなあ、主治医の先生が言った言葉です。も、今んとこ、できることは何ひとつないからって。だから、その、お医者さまとして、やることはたったのひとつだって。それが、〝経過観察〟」

……はあ。

なんとも……心が折れそうな言葉、だよ、なあ……。


それに。

実は、わたしは、渚の言うことに、完全に納得はしていなかった。

〝何か〟という存在は、わたしの心を読めるのかも知れない。

それは判る。納得できる。

だから、〝何か〟に知られるのがまずい情報を、わたしが持っているのはまずい。

ここまでも判る、納得できる。

故に、結界を作っているとされている、昏睡してしまったひとの情報を、わたしが知ろうとするのはまずい。

これまた判る。納得できる。

でも！

でも！

昏睡してしまったひとが、もし、死んだのなら。

なら、この結界は解けるって、〝何か〟は言っている。

〝何か〟の言葉を無条件で信じる訳ではないんだけど。

それを言うなら、あの、凜々と響いた言葉を信じる理由だって、ない訳なんだ。

この結界が解けるのなら。

わたしの子供達が助かるのなら。

ああ、はい、いくらでもわたしは卑怯者になりましょう。

だから、わたしは。

渚に内緒で、昏睡してしまったひとについて、調べる気持ちになったのだ……。

大原夢路

目が覚めた時。

あたしは、本当に混乱していた。

いや、今までだって、いっつもいっつも。

この変な夢をみた後、目が覚めた時、「ああ、また同じ夢……」ってな軽い混乱を覚えるのは普通だったんだけれど、今回の混乱は、いつもの混乱とは訳が違う。桁が違う。だって。

「絶対に教えてはいけません。考えてもいけません」

覚醒間近。夢の中で、凜々と鳴り響いた言葉。なんか、もの凄い説得力があって、あの言葉が聞こえた瞬間、夢の中の地下鉄にいたひとは、みんな、この言葉に納得してしまったような風情があった。

その、言葉を。

そんな、説得力があって、迫力まである言葉を……言ったのは、あたし、なんだよ？

いや、もう、混乱、ここに極まれり。

だって、言ったあたしが、あの言葉が何意味してんだか、全然判ってないんだもん。そもそも、あんなこと、言う気なんてまったくなかったんだもん。

なのに、何故か、あたしの口から出てしまった言葉。

そして、その直後に、解(ほど)けてしまった夢。

ああ。

何だったの、あれ、何だったの一体、あたしはなんだってまた、あんなこと言ったの。

自分の言葉なのに。

なのに、何故あたしがあんなこと言ったのか、あの言葉の意味は何なんだか、言ったあたしが判らない。でも……言葉の意味は判らなくても、あたし、それでも、確信しているのだ。

あの〝言葉〟は、正しかった。

あの時のあたしは、ああ言うしかなかった。

あたしがああ言わなければ、多分もっと酷(ひど)いことが起きる筈。

ああう。

そんでもって、そんな確信があるっていうのに、あたしにはあの言葉の意味が判らないし、何だって自分がそんなこと言っちゃったのか判らないし、ああ、こんなこと言ってると、まず、自分の正気を疑わなきゃいけない気分になる筈なのに……なのにあたし、自分の正気を疑う気持ちに、まったくなれない。

この時。

心の奥底で、あたしは、〝ういやっ〟のことを、思い出していた。

地震が起きた時、あたしが必ず感じる、〝ういやっ〟って感覚。

今までは……これ、突き詰めれば突き詰める程、深く考えれば深く考える程、自分がおかしいんじゃないかって気分になってしまったので……今までの五十年を超える人生で、一回もちゃんと考えたことがなかったんだけれど。

まして、「あたしは、地震を感じることができる」だなんて、絶対ひとに言わないようにしてきたんだけれど。

あの、〝ういやっ〟に、似ている、この感覚。

☆

あたしは地震を感じることができる。

この文章だけなら、普通だよね。

うん、地震が起きた地域にいるひとは、みんな、地震を感じることができる。そりゃそうだ、自分が乗っかっている、普段は不変であり確固とした存在である筈の大地が揺れるのが地震なんだもの、これを感じないひとはいない。むしろ、〝あたしは地震を感じることができない〟なんて言ったら、そっちの方が問題だろう。

ただ。

これ、詳しく考えれば考える程、自分が異常なんじゃないかって気がしてきてしまうから……だから、今まで、絶対に考えないようにしてきたんだけれど。

あたしの、地震の感じ方は……多分、他のひととは、違う。

いや、あたしは他のひとになったことがないから。他のひとが地震をどんなふうに感じているのか、正しくは判らないんだけれど……でも、違うと思う。

あの、〝ういやっ〟は、別に、あたしがいる処が揺れなくても……それでも、感じられてしまうのだ。

ああ、もう、「あんた変」「なんかおかしいんじゃないの?」「変な宗教やってる?」ってな言葉覚悟で言っちゃうよ。

あたしは……自分が、地球と、直結しているような感じがしているのだ。あたしが感じる〝ういやっ〟は、実際に、自分が今いる地面が揺れているっていう感覚ではない、もっと深い処、地球が、今、ちょっと鼻むずむずしたよな、今度はくしゃみしたよな、おお、今回はくしゃみより大きく咳きこんだよな、そんな……〝地球に直結している〟ような気がする、感覚なのだ。（いや、〝地球〟は大げさか。〝日本〟……いや、〝アジア地域〟かなあ、とにかくおおざっぱに今あたしがいる処、その辺の地下、その辺の地面全体に直結しているような気がするのだ。）

突き詰めると怖いから、だから、今までなるべく考えないようにしていたんだけれど。

あたしが感じる〝ういやっ〟は、ほぼ、マグニチュードの数字に、比例しているような気がする。

たとえ、あたしがいる東京がまったく揺れなくても。

あたしが、〝ういやっ〟って思ってしまった時には、日本のどこかで、結構大きなマグニチュードの地震があったのだ。

また、東京がそれなりに揺れて、なのにあたしが〝ういやっ〟って感じないことも、稀にある。

こういう時は、確かに東京は揺れているんだけれど、それは震源が浅い為であって、感じる震度が大きいだけであって、マグニチュードは結構小さかったりする。

……いや……これ……絶対ひとに聞かれたらおかしく思われるだろうから、だから、今までの人生で、誰にも言ったことはないんだけれど……特に、横になっている時（ベッドの中にいる時とか）、あたしが感じる〝ういやっ〟は、とっても、変なのだ。

横になっている、あたし。

そのあたしから、地中に、根が伸びる。

うん、まるであたしが植物であるかのように……横になっているあたしの背中のあたりから根が伸びて、それは、地球の中心に、直結している。

だから、横になっているあたしは、とても敏感に、地球のなかで起こっていることを感知できる。

うん、そんな、感覚。

時々。

たいして揺れていない、ううん、殆ど感じられない程度の地震で、あたしが、隣のベッドで寝ている旦那を起こしたことがある。旦那起こして、「今、地震なかった？」って聞いても、「え……俺なんも感じないけど」って返事を貰う時でも……心の底から、〝ういやっ〟を感じてしまうことがあった。

そんな時は、旦那無視して、リビングへ行ってTVをつけてみる。すると、必ず地震速報があって……日本のどこかで、かなり大きな地震が発生していて、でも、関東はまったく揺れていなくて（震度1にすらなっていない）、なのにあたしは、〝ういやっ〟が強くって、そのあと完全に目が冴えてしまう。眠れなくなってしまう。そんなことが、何回もあったのだ。

おかしいよねえ。

いや、ほんとにこれはおかしな話なんだ。

だから、今まであたしは、この感覚を無視していたんだし、この感覚は無視するべきなんだって自分で思っていたし、実際に、それを、〝ないこと〟にしていたんだ。

あたしと〝地球〟（あるいは、狭い意味での〝地球〟である〝日本〟、ないしは〝アジア〟）が直結しているだなんて……そんな感覚があるだなんて……言ったら最後、あたしに貼られるレッテルは、〝何か変なひと〟に決まっているし、実際、そうなんだろうと思っていた。あたしは、自分が〝変〟なんだろうって、思っていた。


そして。

地震とはまったく違う話なんだけれど。

この、地下鉄で、今、起きた、問題。あの、〝何か〟に対する、あたしの反応。響きわたった言葉。


「絶対に教えてはいけません。考えてもいけません」


どうしよう。

これを言ったのは、あたし、だ。

そして、これはもう、〝ういやっ〟に、すっごい、似ている。

地震が起きた瞬間、もうどうしようもなく、あたしが〝ういやっ〟って感じてしまうように、あの瞬間、あたしは、あの言葉を言わずにはいられなかった。あたしの意思なんか無視して、あたしの口から、あの言葉が漏れてしまったのだ。


そして。

次の瞬間、あたしがとった行動は……んー……あたしにとっては、普通のことなんだけれど……これを普通だって思うひとは、絶対少数派。

　あたし。

　枕にひたすら頭を押しつけたのだ。そして、目を瞑る。(というか、そもそも、起きた瞬間から、意図的に絶対目を開けないようにしていた。〝目を開けて〟しまうと、それは、〝起きた〟ことになってしまうから。)気息を整える。

　何だってこんなことやってるのかって言えば、あたしが一体何をしたいのかって言えば、そりゃ、もう、もう一回、眠りたいのだ。

　もう一回、眠る。

　何故か。

　あたしは……眠ることさえできれば……もう一回、同じ夢を、みることができる……のだ。普通は。

　いや、こりゃまた、絶対にひとに言えない話なんだけれど。(ああああ。ひとに言えない話ばっかりが増えてゆくなあ……。)

　あたしは、目が覚めた時、めざまし時計なんかに急かされていなければ、心にゆとりがあれば、目を開けずに、それまでみていた夢を、布団の中で反芻する。それが癖になっている。

そんでもって、夢を反芻しながらもう一回眠ると、何故かあたし、同じ夢をみることができるのだ。

結果として、ほんの数十分のうちに、おんなじ夢を、三回くらい、みちゃう日もある。あたしにとって、〝夢〟っていうのは、一回みた以上、目さえ開けなければ、枕から頭さえあげなければ、そこにもう一回帰ってゆくことができる、そんな〝ステージ〟なのだ。そこに、確固としてある、〝世界〟なのだ。

ま、今回の場合は、いつもよりもうちょっと積極的に、夢が自分で納得できないものだったから……何で自分があんな台詞を言ってしまったのかまったく判らなかったから、だから、前後の事実を、再確認しようと思って、で、何が何でももう一回眠ろうとしたんだけれど。

それから。

まったく違う期待を、抱いてもいた、あたし。

というのは……実はあたし……体調や精神状況がとてもよければ、もう一回寝たら、同じ夢に帰っていったら……再び同じ夢の世界にはいった時、その夢の進行を、微妙に変えることができる場合があるのだ。

うん、夢を、やり直す。

これ、あたし、〝寝直し〟って呼んでいる。

ま、でも、〝寝直し〟ても、夢が、あたしが望んだ方向に行ってくれるのか、まったく違う方向に行ってしまうのか、いい結果は半分以下なんだけれどね。（大抵の場合、これやっちゃうと、夢は、あたしの望みよりもっと酷い事態に陥ってしまう。ま、けど、どっちにしたって、〝夢〟は〝夢〟なんで、よくなろうが悪夢になろうが、只の映画見たってだけの気分だったんだけれどね、それまでのあたしは。）

とはいえ。

こんな話はねえ、ひとに言った瞬間、あたしの〝正気〟を疑われそうなので、〝うーいやっ〟以上に、絶対にひとに内緒の話なんだけれど。

でも、今は、そんなこと言ってる場合じゃなさそうだったから。

とにかく、寝直す。

何故か連続している、この夢をみるようになってから初めて、あたしは、この夢を、〝寝直そう〟とした。（今までは、この夢、とにかく訳判らないだけであって、何故か同じ夢が続くだけであって、確認したいことも修正したいこともなかったから、起きた瞬間に、「あ、またか」って思って、「何だって同じ夢をみ続けているんだろう」っていう軽い混乱を覚えながらも、目を開けてしまっていて、だから、常に、目が覚めた瞬間に〝起きてしまっていた〟んだけれどね。）

でも……寝直そうとして……何故か、眠れないことを、感じた。普段だったら、起きた瞬間、目を開けず、枕から頭をあげなければ、あたしは確実にもう一回夢の中にはいってゆけるのに……今回は、今回に限っては、夢の中にはいってゆけない。

いや、多分、〝寝直し〟ても、今、もう一回眠れたとしても、でも、もう、あたしは、あの〝夢〟の中には、行けない。

不思議と、それが、判ってしまった。

〝膜〟だ。

あたしと、夢との間に、〝膜〟がある。

あたしを、自分の夢なのに、自分の夢の世界に行かせない、そんな〝なにもの〟かが、あたしと、夢との間にある。

そして、この〝膜〟こそが……夢の中で、〝何か〟が言っていた〝結界〟なのかも知れない。

そう思って、それが判って、でも、それじゃ、あたし、何ができるのっ！

と。

ほぼ、悲鳴のような感慨を残して……そして、あたしは、起きることにした。

☆

朝が、来て。

いつものルーティンの家事をして、旦那に朝御飯食べさせ、旦那を送り出し、コーヒーいれてほっと一息。ざっとあたりを片づけた後、洗濯機は廻したし、でも今日は雨降ってるから、洗濯物干せないよな、これは室内干しにすることにして……洗濯が終わるまでに掃除機をかけようかって……ああああああっ。こんなことしている場合なんかいっ！　なんか、違うような気がする。絶対、違うような気がする。こんなことしている場合じゃないって、自分でも思う。とは言うものの、他に何をどうしていいのか、判らない。で、まあ、あたしが、混乱しながらもリビングに掃除機をかけていると、珍しく、家の固定電話が鳴った。出てみたら、冬美。

「夢路！」

冬美、『もしもし』も、ないんだなあ。すっごい慌てて、まず、こう言って。そしてそれから、あたしが電話に出たので、なんかちょっと安心したのか、いきなり常識的になってしまって。

「今、電話していても大丈夫？　旦那さん、もう、出勤したよね？」

これ聞いて、あたし、笑ってしまった。いや、だって、時はすでに午前十時に近かったもん、この電話をかけるまでの冬美の苦悶が、なんか想像できてしまったので。

冬美、起きた瞬間、まずあたしに電話しようと思って……でも、夫持ちの主婦であるあたしが、ある程度落ち着くまではって思って、旦那の出勤の邪魔しちゃいけないって思って、じりじりしながら、うんと、すっごく、じりじりしながら、でも、電話かけるの待っていてくれたんだよ、きっと。

実際に冬美が何時に起きたのかあたしは知らないけれど、七時台にはきっと、〝まだ早すぎる〟って我慢して、八時台になったら、〝今、普通の家の朝食時間では？〟って我慢して、九時台、電話しようとして、でも、〝夢路の旦那さんの出勤時間が今頃だったらどうしよう？〟って思って、それで、じりじり、ぎりぎり、我慢して。やっと電話できたのが、十時に近い、今。わざわざ固定電話にかけてきたのも、万一あたしが外出していて、出先で電話をとる状況になるのが嫌だったんだろうなあ、きっと。

なのに、実際に電話をしてみたら、いきなりもう、切羽詰まった感じになってしまった。そしてそれから、我に返ったのね。で、で、でてきた台詞が、「今、電話していても大丈夫？」

うん、なんかそんなことが推測できたので、ちょっと、くすって。

「ん、大丈夫。もう旦那送り出して、さっきコーヒー、飲んだ」

「じゃ、新しいコーヒー持ってきて、ソファにでも座って。……あ、夢路のとこ、電話、子機、あるよね？　今、夢路、電話の親機の前に突っ立っている訳じゃ、ないよね？」

わはっ。あはははは、冬美だあ。今、そんな気を遣ってる場合じゃないと思うのに、しかも、気を遣っていることのスケールが、小さい小さい。笑える程、冬美だあ。

……んで……そんな日常が、笑える程、嬉しい。

「大丈夫、大丈夫。冬美のほうこそ、どうなの？」

「ダイニングテーブルの前に座ってます。テーブルの上には、スピーカーフォンにした電話と、ポットの中で蒸らしているオレンジ・ペコがあるし、湯沸かしポットもテーブルの上。お代わりのお茶、いつでもＯＫ」

長時間臨戦態勢ができているってことか。

「んじゃ、あたし、改めてコーヒー持ってくる」

んで、しばらくの間。

あたしは、二杯目のコーヒーを持ってきて、リビングのソファに座り、ちょっと考えて、ミルクを多めにコーヒーに注ぐ。ひとくち、ゆっくりコーヒーを味わって、そしてそれを冬美に告げた瞬間。

「で、何なのあれ！」

いきなり冬美が爆発した。

「あの声は、夢路だよね？　『絶対に教えてはいけません。考えてもいけません』」

「ん……です……みたい」

「みたいって、何なの、みたいって、何なのっ！」

……いや……そう言われてしまうと、あたしも困るんだが……確かに、あの言葉を言ったのはあたしなんだが……あたし、自分でも、まだ、何だって自分があんなことを言ってしまったのか、判っていないんだよ？　だから、〝みたい〟としか、言いようがないんだが……これを聞いた冬美が、激昂するのは判る。

「それに、あの、中学生達！」

……え……。

「あの時、夢の中で、中学生達が、遠くの連結部分を通って、隣の車両に避難しようとしていたよね？」

あ。ごめん。そういえば確かに。

あたし、自分の台詞があんまりショックで、彼女達のこと、忘れていたわ。

確かに、あたしは、あの夢の中で、それを感じていた。多分、村雨さんも氷川さんも、それを感じていたんじゃないかなって感覚も、ある。夢の中で、渚ちゃん達が、隣の車両に避難しようとして……失敗したこと。けれど……冬美まで、それを感じていたのか？

「で、失敗した。失敗した……ん、だよ、ね？」

「うん、多分」

多分じゃなくて絶対に。あの夢の中で、そういえばあたし、確かにそれを感じた。大野渚ちゃんが逃げられなくて……そんな感じを、絶対に、抱いた。でも……何で冬美まで、それを知っているの？　いや、あたしが〝それ〟を判ったこと自体が、とっても変な話なんであって……あたしが〝知っている〟だけでも〝変〟なのに、何だって冬美まで、こんなあたしの感覚を共有しているの。

で、あたしが。そんなことを言いたくて、でも、こんなことをどう言っていいのかよく判らなくて、そもそも何をどう言っていいのかまったく判らなくて、なんとなく次の言葉を口にすることができないでいると。

いきなり冬美が断言したのだ。

「早紀だから」

「って……へ？」

あの、ここに、何だって冬美の孫の話がでてくんの。

「あの中学生は、私にとって、早紀だから。だから、私は、あの中学生のことがとっても気になるし……気になるから、私には、あの中学生達のことが、判る」

……？

ほんっきで、今、あたし、冬美が何を言っているのか判らない。冬美が、渚ちゃんと早紀ちゃんを心の中で同一視していて、だから、中学生達の去就を気にしているのはよく判る、それは判るんだが、気にしているからって、冬美があの中学生達の行動を知っているのは、変だ。というか、あり得ない。

「いや、だって、それ、変でしょ。いくら渚ちゃんに感情移入しているからって、何だってそんなこと、冬美が知っている訳？　いや、その前に、なんか、全体的に条件が、変だってば」

で、あたしが、もう訳も判らずにいろんな台詞をぐちゃぐちゃ言い募ると。急に冬美、声の温度を低くして。

「夢路。しっかりしなさい」

幼稚園時代からのあたしと冬美の付き合いは、途切れた時期があったとはいえ、五十年を超す。そんでもって、この長い年月、あたし達二人の関係は、あたしがひっぱり役、冬美がおずおずそれについてくる役、そんな関係性であった筈。

そして、これだけ長い年月を超して初めて、冬美は、そんなあたし達の関係性をひっくり返した。あたしのことを、言葉は荒くなかったけれど、怒鳴りつけたのだ。

「夢路、本当に判ってないの？」

「……って……何を」

「あの夢。夢路に言われて、本当にあるんだって私が認識した夢。あの夢は、多分、〝普通〟のものではないと思う。勿論、そこには、何か私には理解できない、超越的な、この世のものじゃないような、そんな事情があるんだろうと思う。……けれどね、あの夢はね、今、ちょっとは夢路の領域なんだよ」

んて？　あの、あたし、今、何を言われているんだろう。

「夢路に言われて、私、初めて、あの夢のことを記憶できるようになった。そしてその後、それまではずっと同じ夢をみていた筈なのに判らなかった、あの夢のことを、少しは理解しつつある。……で、これは、夢路のおかげなの」

夢路のせいなの。そう言われてもしょうがない……っていうか、むしろ、そう言われるほうが自然なんだろうが、冬美は、言葉を、こんなふうに言い繕ってくれた。

「判る？　私が、この夢を覚えていられるようになったのは、夢路のおかげなんだよ？」

「う……うん」

「これであきらかになることは、ひとつ。この夢に、夢路は、口を挟んでいる。夢路本人はそんなの意識していないんだろうけれど、この夢の一部は、あきらかに、夢路の支配下にある」

「な、訳、ないでしょう！　なら、何だってあたし、あんな、自分でも意味の判らないことを」

「『絶対に教えてはいけません。考えてもいけません』。あの台詞は、夢の中で、本当に凜々と、響いたよね。あの夢をみていて、あの台詞に納得しなかったひとは、多分、いないと思うくらいに」

「ん……うん」

「で、それを言ったのが、夢路なんだ」

ですけどねえ。

「だからね。あの夢の支配圏に……というか、あの夢そのものの〝成り立ち〟に、ちょっとは夢路、口を挟んでいる状態なんじゃないかと思うの。ううん、場合によっては、〝ちょっと〟以上に」

「なの……かな……？　でも、あたしにはそれ、何が何だかまったく判らなくって……」

こんなあたしの消極的な言葉を、冬美は綺麗に無視をする。
「だから、私は、あの中学生達の行動を、なんとなく知ることができたんじゃないかと思うのよ。夢路が、あの世界に、ある程度影響力を持っているから。そして、夢路が私のことを思っていてくれて、私が早紀のことを思っていて、そんな私があの中学生集団と早紀のことを同一視していたから……だから、私、あの、中学生集団のことが、ちょっとは判ったんじゃないかなって。夢の中で、中学生集団のことを〝感じる〟ことができたんじゃないかなって。それは、夢路があの夢の一部を支配していて、夢路が私のことを気にして私に心を配ってくれているから、だから、実現してしまったことじゃないかと思っているの」

もう、水も漏らさぬ論理展開どころの騒ぎじゃないや、水、だだ漏れ。すみません、その洗濯機、根元の処でホースはずれていませんかあ？　なんか、水、だだ漏れで、床、びしょびしょなんですけどーっていう論理展開だったんだが……でも。

でも。

冬美の言わんとすることは、判った。

納得できた訳じゃなかったけれど、彼女が言いたいことは、判った。

「だから、がんばって」

って、何をだ。

「あの、何が何だか判らない夢。逃げられなかった中学生集団……多分、夢路なら、何とかできる。そして、夢路にしか、できない」

って、あのなあ、無茶ぶりも大概にして欲しいと……。

「だから、しっかりしなさい。あなたはあの夢に、絶対に何らかの支配権を持っているのよ。あなたにしかできない。……あなたなら、できる」

って言われたってなあ……。

と、ここで。ふいに冬美、声の調子をちょっと優しくして。

「お代わりのコーヒー、飲んだら？　喉、渇いたでしょ」

「いや、お代わりも何も、先刻いれたコーヒー、まだ殆ど残ってる」

「じゃ、新しいのいれてらっしゃいよ。待ってるから」

「猫舌なんで、新しいのいれたってすぐには飲めない」

いや、あたし別に、冬美に嫌がらせしている訳じゃないよ。ただ、ちょっと……その……何ていうのか……あまりにだだ漏れの論理展開と、それについていってしまった自分に……いささか拗ねている気持ちになっているだけ。

と、今度は、冬美の方が、くすって笑ったのだ。電話の向こうに、口角をあげるのと同時に目尻を下げる、いささか情けなくみえる、もう、むっちゃくちゃ優しそうなんだけど、同時にとんでもなく頼りなくみえる、そんないつもの冬美の微苦笑が、見えたような気がした。

そして。冬美は言葉を続ける。

「私は、早紀を見殺しにするようなひとを、人間だとは思わない」

はい、判りましたよ。あたしが渚ちゃんをはじめとした、あの中学生集団を見殺しにしたら、冬美は、あたしのことを、人間だとは思わないんだよね。

「私はねー」

ふいに、冬美の台詞は、なんか、また、優しくなる。ふっと追憶の海に沈んで、昔のことを思い返している、そんな風情。

「高校の頃、ほんっと、夢路に憧れていたんだなあ。おかーさんみたいに、能率てきぱき、見事な人種って、尊敬するしかできなかったんだけれど、夢路はね」

おかーさんっていうのは、〝丘さん〟っていう、あたし達のクラスの姉御格のひとの通称。ほんとにいろんなことを、てきぱきてきぱきやってくれていて、うちのクラス女子の、完璧な纏め役だった。

「夢路についてもねえ、尊敬、してない訳じゃなかったんだけれど、友達だからねえ。そもそも、友達って、尊敬するもんじゃ、ないし」

ですねえ。

「でも、さ。おかーさんみたいに、もう、全部てきぱきやってくれなくっても、夢路も、結構、纏め役をやってくれていたよね？　文化祭でうちのクラスが揉めた時だって、自分ひとりで汚れ役を引き受けてくれて、あれ、ほんっとに嬉しかったんだよ。クラスのみんなも、夢路に感謝していたと思う」

いや、そんな話もありましたっけか。

「だからねえ。私は夢路……尊敬は、して、いない」

ああ、はい。何も繰り返さなくてもいいと思う。

「けど……私はね、夢路……好き、なの。……尊敬なんかしていないから、だから、憧れていて……本当に……好き、なの」

ふ……冬美っ。

フユっ。

あんたなあっ！

それを、今、この局面で、言うか？

しかも、過去形じゃないんだぞ、現在形だぞっ。

フユっ！

なんて殺し文句だ。

だから。

こうなったら、あたしは、こう言うしかない。

「とにかく……渚ちゃんに、連絡を、とってみる」

あの、中学生達に、連絡をとってみる。その結果、事態がどう転ぶのかは、まったく判らないんだけれど。

ただ。
あたしの、次の行動に対する、指針ができたことだけは、確かだ。

うん。

がんばります。あたし。

こう言うしかないでしょう。

夢路。
尊敬なんかしていないから。
ただ、本当に、好き、なの。

村雨大河

目が覚めた瞬間、ほんとにぞっとした。
あの夢の中で。佐伯さんのお孫さんは、結局、逃げられなかったのだ。
細かい処はよく覚えていないのだが、それだけは、はっきりと、覚えていた。

逃げられなかった佐伯さんのお孫さん……彼女は、結局、どうなったのか。

　とにかく僕は、佐伯さんに電話しようと思った。お孫さんの安否を問いただしたくなったのだ。そして、佐伯さんの電話番号なんか知らないってことを思い出した。（僕と、佐伯さん、お孫さん、大原さん、氷川さんが一堂に会した時、僕と大原さん、僕と氷川さんは、携帯電話の番号を教えあったのだが、佐伯さんと佐伯さんのお孫さんに関しては、僕はそれをしなかったのだ。ずっと前からの知り合いだったっていう事情もあるし、佐伯さんに関しては、碁会所に行きさえすればいつでも会えるって思っていたし、佐伯さん本人の電話番号も聞いていないのに、お孫さんの連絡先を聞くのは何か変かなって、妙な遠慮をしてしまったのだ。……それに……正確に言えば、ただでさえ、お孫さん言う処の〝老人携帯〟を、佐伯さん、持て余していたのだ、彼と携帯番号の交換をするのはなんだか大変そうで……。）

　それに……お孫さんは、確か、中学生だ。ということは、平日は、間違いなく中学校に通っている筈。なら、連絡のしようがないよねえ。

　佐伯さんに連絡がつくのは……遅くても、午後、だ、なあ。

　佐伯さんがどんなパターンで日常を送っているのか、それは僕には判らないんだが、佐伯さんが碁会所に現れるのは、いつだってお昼が済んだ頃だった。ということは、今すぐ、碁会所に行っても、おそらくは午後まで佐伯さんは現れまい。

　けれど。

いてもたってもいられない感覚は、ずっと、ずっと、続いていたので……どうにも、いたたまれなく、僕は、朝御飯を食べた処で、家を出た。

いつものように、練馬高野台の碁会所へ行こうとして……いや、でも、今行っても佐伯さんは来ていないよなって思い……ふっと、思い直して、石神井公園の駅そのものの方へ行こうとした。行くつもりだった。

だが。

雨が降っていたんだよなあ。

うちから石神井公園駅までは、実は、歩くとかなり時間がかかる。

普通だったら、バスを使うような距離だ。

だが、うちの最寄りのバス停から出ているバスは、一時間に三本とかっていう、〝来て欲しい時間には絶対に来ない〟奴だったので、普段、僕は移動する時、バスのことは考えない。

だが。この瞬間。

まるで僕の意見を打ち消すように、バスが来たのだ。

それも、いつものバス停に止まる、石神井公園駅に行く奴じゃない、もう少し手前の処にあるバス停に止まる、練馬高野台の病院へ行く為の、特別な巡回バスが。

☆

練馬高野台には、大学病院がある。

幸せなことに、僕も、妻も、まだ、大学病院のお世話にならなきゃいけないような病気になったことがない。だから、今までは、「ふうん、こんな処に結構大きな病院ができたんだなー」という程度の認識でいたのだが……今日、僕は、この病院を観察するつもりでやってきた。(何たって、もの凄い偶然で、この病院へ来る為のバスが、僕を乗せてくれたのだ。これはもう、僕に、「この病院を観察しろ」って言っているとしか思えない。)

あの時。

地下鉄の中で昏睡してしまった女性。

彼女に付き添ったナースさんなんだが……僕の推理では、そのナースさんは、この病院の職員である可能性が、かなり、高い。

ま、それは、〝かなり高い〟っていうだけであって、あの時のナースさんが、絶対にこの病院の職員であるのかって聞かれれば、答は〝不明〟なんだけれどね。

すでにおぼろげになっているのだが。

あの時、夢の中で、昏睡しているひとについて、〝教えて欲しい〟〝絶対に教えてはいけない〟、こんな二つの意見があったことは……なんか、覚えていない訳でもない。(ちゃんと言うと、よく覚えていない。)そのひとを知っている可能性があるのが、ナースさんだ。

だから、これは、佐伯さんが碁会所に来る時間までの、時間潰し。

いや、何もしないでいるのが、嫌だったから、だから、とにかく〝何か〟をする為の作業。

そういうつもりで、僕は、この日、この大学病院へやってきたのだ。

来てみて驚いた。

いつの間に、病院というものは、こんな〝もの〟になってしまったんだ？

と、いうのは。

まず、明るい。

綺麗だ。

僕が、大学病院というものに最後に行ったのは、確か、結婚して数年たった頃、今から三十年以上前のことだったんだ。

胃が痛くなって、近所の内科に行けばよかったのに、〝大学病院なら専門的そうで信頼がおけそうだ〟って理由で大学病院を選び、結果、待たされるだけ待たされて（何の説明も何のアナウンスもなしで三時間は待った）、なのに全然親身になって貰えず、診療はほぼ五分くらいで終わり（それも、「今現在特に問題はなさそうですので様子をみましょう。一週間したら来てください」ってものだった）、で、嫌になってしまったのだ。これから一週間、様子をみて、また、この病院へ来て、三時間待って、五分で「大丈夫でした」って言われることを考えたら、二度とこの病院には来るもんかって思ったんだよなあ。で、結局、大学病院ってもの、それ自体を見限ったんだなあ、あの時。

だから、あの時から今まで、病気になった時、僕は、近所の医者にしか行っていない。あ、問題の胃痛自体は、大学病院に対する怒りを感じているうちに、なくなってしまったので……そして、もう三十年以上、胃にはまったく問題が発生していないのだから、「様子をみましょう」っていうあの大学病院の医者の診断自体は、正しかったのかも知れないのだが……だから、あの医者が藪（やぶ）だったとは思わないのだが……最初っから、近所のちゃんとした内科に行けばよかったと、ほんっとに思ったものだった。

……あの時の大学病院の印象は、〝暗い〟〝汚い〟〝嫌な臭いがする〟ってものだった。だから、僕はずっと、大学病院に対して、まったくいい印象を持っていなかったのだが……少なくとも、この病院は、違った。

明るい。綺麗だ。嫌な臭いがしない。

僕が、あんまり病院の雰囲気が違っているので、ほわあって思って突っ立っていると、いきなり声をかけられた。うわ、何かなって思ったら。

「どちらへいらっしゃいますか？」

え、へ？　え、あの、何？

そこにいたのは、僕よりかなり年が上かなっていう男性だった。（ということは、有体に言ってしまって、御老人だった。七十代、だろうな。）

あ。このひと。

多分、病院ボランティア。

いや、僕も、定年になってしばらくたっている。だから、〝病院ボランティア〟の話は、聞いたことがある。病院に詰めていて、道案内なんかをしているひと。初診の患者さんは、自分が行くべき処が判らないことがあるし、お見舞いに来たひとは、自分がお見舞いしたいひとの病棟の位置が判らないことがある。そういうのを、案内してくれる、ボランティア。

退職した後、この類のボランティアに誘われたこともあったな、そう言えば。

「初診の方ですか？　でしたら初診受付は、あちらの方に……」

「あ、すみません、ごめんなさい、僕、患者さんじゃないんです」

「ああ、お見舞いの方でしたか。それでしたら」

「ごめんなさい、お見舞いでもないんです」

「……はい？」

いきなり。このひとの目が、ちょっと細くなる。僕のことを警戒している気配。ここで、本当のことを言ってしまったら、このひとの目、もっとずっと細くなるだろうなあ。

それは判っていたんだけれど……でも、しょうがないから。

言ってみる。

「あの……この病院のナースさんで、十日くらい前でしたかしら、地下鉄に乗っていて、そこで昏睡してしまったひとに付き添った方は……いらっしゃいませんでしょうか？」

うわあああ。なんか、凄い、言い方だ。

目が細くなったボランティアのひとの目が、更にもっと細くなった。

凄い勢いで、僕のことを威圧してくる。

……ただ……威圧の仕方が……何か、ちょっと……変、かな？

「いたら、何、ですか」

そう思ってみると、この台詞も、〝変〟だ。

「い……いえ、何でもないんですが、ただ、とにかく、そういう方がいらっしゃったかどうか、それを知りたかっただけなんですが、えとあの」

うわあいっ。このひとの目力、とにかく凄い。

しょうがないんで。

「なんでもないんです。本当になんでもないんです」

って、僕は言い、逃げるようにしてこのボランティアの方から逃れて、そのまままっすぐ行くとエスカレータがあったので、それに乗り、エスカレータの上には食堂があったので、そのまま、食堂にはいってしまい。

とにかく、食堂にはいったものだから、しょうがない、コーヒーなんかを注文して。

そして、注文が終わった後で、テーブルの前で、ぜいぜいぜいぜい。

ただ。この時の僕、判っていた。

この、病院に来たのは、正解だった。

間違いない。

ここのナースさんの〝誰か〟が、あの地下鉄の〝ナースさん〟だ。

「いたら、何、ですか」

はい、それ、暗に、〝この病院にはそういうひとがいます〟って言ってるのと、おんなじ反応でしょう。

と、いう、ことは。

いるんだ、ここに。

あの、ナースさんが。

コーヒーがきて。

ゆっくり僕はそれを飲んで……それから、今あったことに思いを馳せてみる。

いやあ、あのボランティアさん、怖かったなー。確かに彼は、目をちょっと細くしただけで、言葉を荒らげた訳でもないし、僕のことを威嚇した訳でもないし、勿論、僕に手をだしたりはまったくしていない。なのに……僕はもう、間違いなくあのひとから逃げたくなったんだもんなあ。

これは、僕が、いささか情けない人間だから、なんだろうか。

そう聞かれたら、あきらかに答はイエスだ。

もともと僕は、電車や人込みで、誰かに体があたってしまったら、たとえ向こうからあたってきたとしても、あきらかに非があっちにあるとしても、それでも、「あ、ごめんなさい」って反射的に謝ってしまうタイプの人間だ。今までの人生で、幸いにもそんなことはなかったけれど、妻と二人で歩いている時、妻が誰かにぶつかってしまって、相手にからまれでもしたら、妻の前に立って妻を守るんじゃない、全身全霊で妻の体をひっぱって相手から離し、ひたすら謝り倒す、そういう行動を間違いなくとる人間だ。

それが……情けない、とは、まったく思わない訳じゃないんだが、でも、その方が、絶対いいと思っている。確信を持って、思っている。

うん、ひとは、ひとと、なるべく対立しない方がいいんだよ。揉め事は、起きるより起きない方が絶対にいい、これは真実だと思っている。

どっちに非があるにせよ、一旦(いったん)揉め事が起きてしまえば、絶対にそれはあとをひく。なら、こっちから先手を打って謝って、〝揉め事〟それ自体をなくしてしまうっていうのは、絶対〝あり〟の選択だと思うし、普通、まっとうな大人が相手なら、こっちが謝ったら、向こうだって、「いや、こっちこそ不注意で」とかなんとか言ってくれるひとが多数派なのだ。ま、「ちっ」って舌打ちするひとや、「気をつけろよっ」なんて怒鳴るひともいない訳じゃないんだが、その場合は、こっちがもう一回、更に先手をとって、再び「ごめんなさい」って言う方がまし。これで〝揉め事〟が起きる確率は、ぐんと低くなる。

うん、僕は別に、ひたすら卑屈になって謝っている訳ではない、とにかく揉め事を起こさないようにしている訳なんだ。

考えてみよう。

いきなり、素っ頓狂な例をあげるけれど。

今、各地でテロが起きている。

勿論、テロなんてあっちゃいけないことだ。許してはいけないことだ。

だが、テロが起きた理由は……場合によっては……ひとによっては……ケースによっては……なんか、ちょっと、推測がつくこと、あるんだよね。

哀しいから。口惜しいから。

そんな理由のケース、あるんじゃないのか？

まったく非がない筈の自分の子供や親戚や友達が、政治的な理由で、爆撃なんかされてしまった。死んでしまった。

こんな経験をしたひとは、のち、テロに走ってもしょうがないような気が、しないでもない。いや、テロを容認する訳じゃないんだけれど、気持ち、判らないでもない。偶然、その時その場所にいたからって理由で、大切なひとが死んでしまったのなら……そりゃ、恨むよ。我慢できないよ。だから、そんな被害者の遺族や友達が、その報復の為の新たなテロに走っても、そりゃ、しょうがないよ。

けれど。

間違いなく、これは、悪循環しか引き起こさない。

この理屈が正しいのなら、そのテロの被害者が、また、別種のテロを起こしてしまったって、それ、〝しょうがない〟ってことになっちゃうよね？　で、そんなの、〝しょうがない〟で済ませていいことじゃ、ないよね？

そんなこと、誰だって、判っている。

でも、暴力は、連鎖する。怨(うら)みや、怒りや、憤りは、殆(ほとん)どの場合、連鎖するのだ。

そんな中で、救いは、ある。

テロの被害者で、「私達は許します」ってポップをあげていたひと達、そんなひと達の存在。すべての遺恨を呑みこみ、〝許す〟って言っているひと達の、存在。

僕がやっているのは、そんなひとと同じことだって言ったら怒られるような気がするけれど（勿論事象はまったく違うんだが、大体、覚悟やスタンスがまったく違うんだが）、でも、多分、気分としては同じようなもの。そう言っちゃ、いけないだろうか。

別に、僕は、卑屈になっている訳ではない、でも、謝る。二回くらいまでなら、平気で謝る。たいしたことじゃないんだから、自分のプライドとかおいといて謝って、それで、ひととひとが対立しなくて済むのなら、これで万事、ＯＫではないのか？

僕が謝ることにより、ひととひととの対立が少なくて済む、そんな事態になるのなら…

……僕は、いくらだって、謝ってみせる。信念を持って、謝ってみせる。

今、ここに、感情的な齟齬が発生する可能性があったり、怨みが発生する可能性があるのなら、初期段階でとにかく謝り倒す、情けないけれど、これは、ひとつの〝信念〟だって、僕は思っている。

☆

と、ま、そんなことを思いながら。

コーヒー飲んで、ゆっくり一息つくと……さすがに、今の僕の行動は、何か変だな？って気がしてきた。

いや。この場合、変なのは、僕じゃ、ないな。

あの、病院ボランティアさんの方だ。

僕が、「十日くらい前に、地下鉄で昏睡してしまったひとに付き添ったナースさんが、この病院にいませんでしょうか？」ってことを聞いた時。あきらかに、あのボランティアさんは、僕のことを威圧した。

現象としては、彼、目を細めただけだったんだけれど、あきらかに、彼の体から、なんか、ゆらっとしたものが立ち上っていた。それはまあ……「そんなナースがいたとしたら、何だって言うんだ、なんか文句あんのかおいっ」って雰囲気の威圧感で……で、僕はもう、どうしようもなく、逃げてしまったのだけれど。（僕のようなタイプの人間は、対面している相手が怒ることに、とても敏感だ。自分で言うのも何だが、僕には間違いなくそれが判る。たとえ相手が怒りの意思表示や反応を示さなくても、それでも、絶対に判るのだ。)

けれど……考えてみれば。

あのボランティアさん、なんで怒ったんだろう?

それが、よく、判らない。

僕が聞いたのは、「十日くらい前に、地下鉄の中で、昏睡状態になってしまったひとに付き添ったナースさんが、この病院にはいませんか?」って意味のことだ。

うん。

ここは、病院であり、問題になっているのはナースさんなのだ。

なら、地下鉄で、病人が出た時、それに付き添って救急車を待つのは、ナースさんにしてみれば、なんら問題行動ではないだろう? というか、むしろそれやらない方が問題だっていうか……褒められるべき行動ではないのか?

仮にあのボランティアさんが、個人的にあのナースさんを知っていて、彼女からその時の話を聞いていたとする。だとすると、ボランティアさんは、僕を威圧するんじゃなくて、破顔一笑、「それは何とかさんです、素晴らしいナースさんなんですよ」くらいのことは、言ったっていいくらいだ。

あるいは、昨今の御時世、とても個人情報の管理に厳しいひとだったとしても。なら、僕を威圧なんかせずに、「そういうことはお教えできません」って言えばいいだけじゃないのか？　いや、知らないふりして、「さあ、そういうことは判りかねます」でも、全然問題はないんだ。そう言われてしまえば、僕は、「ああ、そうですか」って言ってひきさがるしかないんだし。

なのに、「いたら、何、ですか」。

あきらかにこの台詞だと、この病院にナースさん、いるなあ。で、絶対に、あのボランティアさん、そのナースさんのことを僕に教えないつもりだったなあ。んで。

ボランティアさんの立場になって考えると……なんでこんな反応になるのだ？

コーヒーをもうひとくち。

ゆっくり味わってから、僕は考える。

僕は、ひとの怒りにはかなり敏感な人間だ。で、そんな僕の経験からすると……ひとがいきなり、こっちが何か悪いことをした訳でもないのに、怒りだしてしまうっていうのは……直前に、こっちが、自覚なしに、そのひとの痛い処をついてしまったからだって理由が、多いよね。（まあ、趣味かなんだか、ひたすら怒りまくる、すぐに切れる、怒りの沸点が異常に低いひとっていうのも、稀にはいるんだが、あのひと、七十代くらいだったよね。人間、七十年も生きていれば、大体自分のことは判ってる。ということは、怒りの沸点が異常に低いって自覚しているひとは、病院ボランティアなんかやらないと思うんだよね。……まあ……あのひとの場合、こわもてで、目力が強すぎるって段階で、病院ボランティアに向いていないような気も、しないでもないが。まあ、これは〝自覚〟できない可能性が高いってことで、無視させてもらおう。)

ということは、あのナースさんが、地下鉄で昏睡したひとに付き添って救急車を待ったっていうの、ボランティアさんにしてみれば、〝痛い処〟なんだ。

と、まず、推測される前提条件。

ボランティアさんは、あのナースさんと結構親しい。同じ病院にいるから顔見知りだっていうのより、おそらくはずっと。ナースさん、自分で新米だって言ってたし、年齢関係を慮(おもんぱか)るに、あのボランティアさん、ナースさんのことを、自分のお孫さんのような気持ちで慈しんでいるのかな？

あ、孫。出ました、僕のキーワード、〝孫〟。これが出てきちゃうと、僕の推理――っていうか、こうなるとほぼ妄想の域になってしまうのだが――には、加速がかかる。

ボランティアさんが七十代で、新米のナースさんが二十代初め、ないしはまだ十代終わりだと仮定する。

するとまあ、年が五十くらいしか離れていないんだから、息子さんにできたお嬢さんじゃなくて、娘さんが早くに産んだお嬢さんの可能性、高いかも。

自分が三十を超したくらいで、待望のお嬢さん誕生、嬉しくて嬉しくて愛(いと)しくて愛しくて、もう、宝物のようにお蚕ぐるみで育ててきたのに、お嬢さんの結婚は早かった。ないしは、できちゃった結婚だったのかも知れない。

これはもう、相手の男を二、三発、殴りつけるにしても……でも、生まれてきてくれた、孫娘は……そりゃ、かわいいだろうなあ。大事だよなあ、何よりの宝物だよなあ、ボランティアさん、どんなにどんなにそのナースさんが愛しいだろう。

うわあ、素敵な関係だよねって、またまた僕はほわっとしてしまって、それから、慌てて、コーヒーもうひとくち。

いかん、これ、もう完全に妄想の域にはいっている。

ナースさんがボランティアさんの孫の訳がないだろうし、ボランティアさんが、そんな思いをナースさんに重ねているのかどうかも判らないのに。

それに、全然違うケースも考えられるよね。

若気の至りで、まだ自分が学生の頃、付き合っていた彼女が妊娠してしまった。堕ろすだなんて考えもせず、とにかく結婚、子供が生まれる。（この場合は、娘でも息子でもい い。）そのあとは、もうひたすらがんばって、妻子を養い続けて、二、三十年。その、娘さんだか息子さんが、結婚する。自分の時は、もう必死で、まわりをみるゆとりなんかもなくやっていた子育てなんだけれど、娘さんか息子さんは、そんなことなく、ゆっくり結婚して、みんなに祝福されて子宝を授かる。そして生まれた孫娘。その、何よりかわいい、この世で一番大切な孫娘が、ある日、言うのだ。「おじいちゃん、私、看護師さんになる。病気のひとを、助けたいの」

うわあ、このケースも、いいかも。この場合も、お孫さん、かわいいだろうなあ。いや、かわいい前に、我が孫ながら、なんて偉い志なんだ。もう、ほんっとに自慢の孫娘だよね。本人が病気がちで子供の頃病院のお世話になったことがあったのかなあ、いや、あのナースさんは、もっとずっと元気な印象だったから、ああ、親友が、難病で入院してた、とか。毎日のようにお見舞いに通い、そこで知り合ったナースさんが、とてもいいひとで……。

いかん、まずい、また妄想にはいっている。

〝孫〟という言葉は、封印した方がいいのかも知れない。〝孫〟がからむと、どうも、僕、平静になれない。

まあ、とにかく。

推理（……いや、ここまで来ると、いつの間にか〝推理〟の道をはずれて、〝妄想〟の域にはいってきてしまっているような気はするんだが）を進める。

ボランティアさんは、あの時のナースさんと、同じ病院にいる同僚っていう以上の親しい関係であった、と。

そして、どうやら、地下鉄の中で、昏睡したひとの看護をし、そのひとに付き添って地下鉄を降り、救急車を待ったことは……ナースさんにとって、〝痛い処〟であるらしいのだ。じゃないと、ボランティアさんが、僕を威圧してくる理由がなくなってしまうから。

ナースさんが病人に付き添い、救急車を待つ。

さっきもちょっと思ったんだけれど、これ、どう考えても、褒められはしても、〝痛い処〟になる訳がない事態だよね。なのに、〝痛い処〟になっている。

と、いうことは……。

なんか、これ、ナースさんにとって、かなりの失態だったに違いない。

一番ありそうなのは……確か、あの時もナースさん、「遅刻しちゃう」だの何だの言っていなかったかな？　もう殆ど忘れているんだけれど……ナースさん、そんなことを言っていたような気がする。「師長さんに怒られる」とか、何とか。

けれど。出勤途中の地下鉄で急病人が出て、それにナースさんが付き添って遅刻っていうのは……普通、怒られるものじゃないような気が、やっぱり、する。

と、なると。

前提条件が、何か、違うのだ。

この日、ナースさんは、ある時間までに絶対に勤務先の病院へ行かなきゃいけなかった、とか。（なんかの緊急手術とかがあって、ナースさんはその手術に絶対必要な人員であり、彼女が遅れたせいでどえらいことが発生した、とか。）

でも……これは、ありそうには、ない。まず、あの時のナースさんの印象が……ほんとに、自分でも言っていたように、〝新米〟感満載で、そんな特別な手術に必要とされる人員だって雰囲気がまったくなかったってこともあるし……大体、地下鉄が止まったのは、午後のそれなりの時間だった。僕が日本棋院から帰ってくる道中だったんだから。病院の営業時間――という言葉が正しいのかどうか判らないんだが――を考えるに、そんな時間から手術の予定、普通はいれないだろうと思う。

とすると。一番ありそうなのが。

そもそも、このナースさん、遅刻の常習犯だった？

その上、この日も、地下鉄で昏睡したひとがいなくても、すでに〝遅刻〟か、〝遅刻ぎりぎり〟の時間帯だった？　そんな状況で、昏睡したひとに付き添った為、完璧な遅刻——というか、いくら何でもそれはないでしょうってくらいの遅刻——に、なってしまった？

また。

あの時のナースさんの、切羽詰まった感を思い出すに……ひょっとしてナースさん、地下鉄で昏睡したひとに付き添ったあと、自分の勤務先の病院に、「かくかくしかじかの事情で遅刻します」っていう連絡を、しなかった？（するの忘れてた？）

これは、かなり、ありそうな話だ。

遅刻の連絡まったくなしで、遅刻常習犯のナースさんが、とんでもない遅刻をしてくる。

勿論、事情を聞いたら、しょうがないものではある。

だが、「なら、連絡のひとつもいれろっ！」っていうのが、管理者側の言い分であり、この言い分は正しい。

するっていうと……ナースさん、思いっきり、怒られた、だろう、なあ。

正しいことをしたのに。

昏睡しているひとを、看護していたのに。

看護師として、一番正しいことをしたのに。

でも、怒られた。（そして、これに関しては、自分が悪いって、自分でも判っている。自分が悪いって、自分で判っていることが、また、〝痛い〟んだよね。）

んで、ボランティアさんは、ナースさんから、こんな事情を全部聞いている。

「勿論ね、私が悪いんだけれど。連絡さえすればよかったんだけれど。でも、私は正しいことをやったんだよ？　ナースとして、できるだけのことやって、なのに怒られて……でも、怒ってる師長さんも正しくて、でも、何もあんなに怒ることないじゃん」

なんて話を、ボランティアさんが聞いていたとする。

と、なると。

おおお。

この説明（ないしは推理、ないしは妄想）だと。ボランティアさんの反応が、きっちり説明できてしまう。

「地下鉄で昏睡したひとに付き添って云々（うんぬん）」って言葉を聞いた瞬間、ボランティアさんが、僕を威圧しようとしたこと、そのすべてに納得がゆく。

もう、絶対に、蒸し返して欲しくない話題なんだよね、これ。なかったことにしたい話なんだよね、これ。

まあ、この推理（ないしは妄想）が、どの程度正しいのかは、判らないんだけれど。

とにかく、この病院に、あの時のあのナースさんがいるんだっていうこと、だけは、判った。

だとすると。


で、僕は、考える。

あの時のナースさんが〝誰〟なのか。

一番簡単で判りやすいのが、あのボランティアさんに聞くことだ。

間違いなく、彼は、答を知っている。

けど……間違いなく、僕は、あのボランティアさんに、もう一回話を聞く気には、なれない。

だって、怖いんだもの。あの、細い目は、二度と見たくないんだもの。

と、なると。

まるで刑事みたいに、出入り口をはってみるかなあ。

一瞬、そんなことを思った。

出入り口に、僕がいれば、あのナースさんは、この病院から退出する時、間違いなく僕の前を通ってくれる。

だけど……この病院の出入り口って……一カ所では、ない、よね？

どう考えても複数ある。非常口なんか含めると、もっとあるんじゃないかと思われる。

（まあ、ナースさんが、非常口から退出するとは思わないけれどね。でも、ルート的にはあるんだ。）

それに。

もっとずっと凄いことが、もっとずっとまずいことが、この瞬間、僕には判ってしまった。


どうしよう。

僕、あの、ナースさんの、顔が、判らない！

だって、十日くらい前に、一回見ただけのひとだ。

そういうひとの顔を、普通のひとは、覚えているのか？

覚えているのが〝普通〟だったとしても、僕には、それ、無理だった。

忘れている。

どう考えても、忘れている。


ああっ。

ほんっとに、思った。

繰り返される、夢。

今では、繰り返されているってことが、判っている、夢。

あの夢が、もうちょっと先の時間まで行ってくれていたのなら。

あの、夢の、中で。

僕は、いつもいつも、氷川さんに、〝必ず将来的に倒れてくる女性を受け止めて欲しい〟っていう意味のことを言い続けていた。

言い換えれば。夢は、女性が倒れてくるちょっと前まで、なのだ。

繰り返し、繰り返し、その時までを反復しているのだ。

ここで。

夢が、もうちょっと先まで進めば。

女性が倒れてきてくれれば。

夢の中で、僕はお医者さまを募る。それに反応して、ナースさんがやってきてくれる。

夢が。ここまで進めば。僕は、ナースさんの顔を、改めて認識できる。

もうちょっと進めば、僕はナースさんの顔が判るのに……なのに、夢は、そういう風にはなってくれない。

……もの凄い、役立たずだ、僕。

コーヒーは、いつの間にか、まったく味がしないものになっていた。

氷川稔

ふえ。
起きた瞬間、思う。
この夢って何？って。
だが。……今、なら。
今なら多分、〝この夢は何？〟っていう疑問に対する答を、俺は知っている。

「絶対に」

あの、言葉。

「絶対に教えてはいけません。考えてもいけません」

〝この夢は何？〟に、対する答。

その、答が、この、台詞だ。

凜々と鳴り響く、この、言葉。

いや、この言葉に意味があるんじゃない。この言葉を言わせた精神に、意味があるのだ。

この、夢は。

俺を、糾弾するものなのだ。この言葉だけでは判らないんだけれど、全体的に考えると、これはもう確か。

ああ、もう、判っている。

多分、これは、〝夢〟ではない。いや、夢なんだけれど。

何て言ったらいいのかなあ、夢、なんだけれど、でも、現実。

この夢は、どこかで現実にリンクしている。

いや、そんなこと、実際に村雨さんと大原さんに会った時から判っている。あの二人が現実にいて、偶然にも渚ちゃんってお嬢さんに会った時から、判っている。

そして。夢の中で、渚ちゃんが逃げようとして、逃げられなかったことも、判っている。

ただ、判らないのが、逃げられないとどうなるのかっていうこと。

村雨さんっていう、あのじーさん。大原さんっていった、あの女性。彼らは、多分、この夢に、この先、もっとずっと積極的に関与する筈。今、この瞬間だって、きっと、何かをしているんじゃなかろうか。

凜々と響く声。あの声は、いや、言っている内容じゃない、あの声を発した精神は、あの夢に対する、そういう意味での宣戦布告だ。


あの、悲鳴。

夢の中で鳴り響いている、あの、悲鳴。


あの悲鳴を防ぐ為に、じーさんと大原さんは、あの夢にもっとずっと緊密にコミットすることになるだろう。そして……そして。

絶望的な気分で、思った。

そして、俺は、それを、しないのだ。

いや、だって。

夢は、夢、だから。

いや、これは単純な〝夢〟じゃないって、今の俺は判っているんだが、でも、現象的には、〝夢〟は、〝夢〟だから。

と、いうか。

はっきり言おう。

俺にはそんなことやってる、精神的、物理的なゆとりが、ない。まったくない。全然ない。今日だって、まず、起きたら、会社へ行くのだ。それ以外のことなんて、やっている精神的な余裕なんか、ないんだ。

だから。

渚ちゃんに、俺達を囮にして逃げろって言うくらいのことは、する。実際に、あの夢の中で、渚ちゃんに暴力をふるおうとする奴がいたら、そいつを殴るくらいのことはする。

でも、それ以上は。現実生活では。

あの夢を、無視する。

無視、するしか、ない。

だから。

この夢を無視するって決めた瞬間から、この夢の意味は、俺にしてみれば、一目瞭然だった。

俺を糾弾するもの。

夢を無視している、俺を糾弾するもの。

だが。

心のどこかで、何かが、言う。
いや、それ、正しいよって。だって人間、夢に対して何かできる訳がないじゃないか。
だから、俺は、正しいよ。
そして。それとは別に。
心の奥底、どこかから。聞こえてきてしまう、そんな声がある。

「……また？」

その声は、こんなことを言っている。で、俺、思う。おい、「また？」って、なんだ、なんなんだよ、「また？」って。

答は、よく、判っている。

随分前。うちの子、恭輔に問題があるって聞いた瞬間に……俺は、同じことをした。
何を言われようとも。
女房が何と言おうとも。
たとえ、恭輔に何か問題があったとしても。

俺には、そんなことに係わっている、精神的、物理的な、ゆとりがない。まったくないのだ。

そう思って……恭輔のことを無視して……そして、話は、拗れるだけ拗れたのだ。

だから、この、「……また？」っていう言葉は……俺に、なんか、とっても思い出すのが嫌なことを、無理矢理思い出させる。

だから。

俺は、大きく頭をあげて、ぐるんって首を廻して、そんな言葉を、自分の心の中から追い払ったのだ。

「……また？」

そんな言葉は、俺には聞こえなかった。

聞こえなかったのだ。

大原夢路

冬美から電話を貰ったあと。色々と考えて、あたしは、渚ちゃんに電話をした。しようと思った。

でも、渚ちゃんは中学生だったから、当たり前だけれど、授業中と思われる時間帯には電話が通じず、お昼休みになった瞬間、やっと渚ちゃんと連絡がついた。でも、すぐには彼女と会って話すことはできなくって……渚ちゃんの放課後、やっと、あたしは、彼女と待ち合わせて会うことができるようになった。

その場所は、練馬高野台の碁会所。昨日、佐伯さん達なんかと会った場所だ。

今回の場合、渚ちゃんだけじゃなくて、渚ちゃんの学校の先生も、来てくださるんだそう。

……学校の、先生？

聞いた瞬間、あたしにはもう、疑問符の山。

だって、あの。学校の先生が、何だってこんな処に来ちゃうの？

と言うか、自分が中学生だった時のことを思えば。

なんか、困ったことがあったとして、それに、学校の先生なんか、絶対嚙(か)ませなかったよね、中学生時代のあたし。

でも、それは、考え方が、何か古いのかなあ。

今では、中学生と学校の先生って、もっとずっとフレンドリーで近しい間柄なのかな？

あたしが。そんなことを思っている間にも。時間は、たつ。

そしてあたしは、渚ちゃんと、（渚ちゃんの先生である）佐川逸美先生ってひとと、夕方に、碁会所で、会うことになったのだ。

☆

　あたしは、渚ちゃんと、佐川先生と、夕方に、碁会所で、会うことになったのだ……の、筈、だったんだけれど。

　待ち合わせの四時より少し前、三時くらいに碁会所に行ってみたら……そこには、すでに、佐伯さんと村雨さんがいた。

　いや、いるのか。このひと達は、デフォルトでいるのか。絶対にいるのか。

　そう思いながら、あたしが会釈をすると、佐伯さんが、「碁会所はいるんならまずお金」って呟き、あたしは慌ててお金を払う。

　とはいうものの。場所代を払っても、あたしはここで碁を打つ訳にはいかず（というか、打てない）、ぼおっとしているのも何だから、同じくぼおっとしている村雨さんに話を振ってみる。

　けど、村雨さんの様子が、また、何か、変だったんだよなあ。

「いや……僕はほんとに役立たずな訳でして……」

　とか何とか言っているんだけれど、実際の処、何を言いたいのかが、さっぱり判らない。

「いやね、夢の中で。あの中で、時間がもうちょっと進んでくれれば……そしたら僕は、あのナースさんの顔が判るんですけど、夢はいつも、発作を起こした女性が倒れる前に終わってますので……その先が、まったく、判らない。だから、僕は、役立たずでです」

って、何が言いたいんだろう、このひとは。

「夢の中の時間が、もうちょっと進んで、ナースさんさえ来てくれれば、顔さえ判れば……」

ん？　あれ、ちょっと待て。夢の中の時間がちょっと進めば……。

それ、普段だったら、あたし、できるかも知れない。寝直しがきく夢だったら、あたしが思う方向に進めるかどうかは謎だけど、時間そのものを進めるだけなら、絶対にできる。

ただ。あの夢……寝直しがきくのかどうかが、今の処、判らない。

ん？　ちょっと、待て。

あたしは……あの夢の中で、動くことができた。

考えてみたら、あたし、村雨さんと氷川さんの処へ、移動できた訳じゃない。

で、ざっと思い返してみると。

あの夢、いつもみんな、同じことを繰り返していただけで……夢の中で、動いたのは、あたしと、いきなりやってきた〝何か〟、昨日の夢の中で逃げようとしていた渚ちゃん達だけ……のような気が、しないでもない。

なら、次にあの夢をみた時、あたし、地下鉄の中を逆側に向かって歩いていって、「お客さんの中でナースさんはいらっしゃいませんか？」って捜すことが……いや、何言ってるあたし。

昏睡したひとの情報だけは、絶対に秘密にしなきゃいけないんだ。

そんでもって、〝何か〟は夢の中で動けるんだ、あたしがナースさんを夢の中で捜しちゃったら、〝何か〟だって、ナースさん、特定できちゃうじゃないか。そして、ナースさんは、おそらく、昏睡したひとの素性を知っている人物だ。そんなひとを、〝何か〟に特定させる訳にはいかない。

でも、なんとか……〝何か〟に知られず、ナースさんを特定……して、どうするんだろうあたし。ナースさんを特定するってことは、昏睡したひとの身元を明らかにするってことで、「それを絶対にやるな」って言っているのがあたしなんだよね。

ああ、もう、自分で何がやりたいのかさっぱり判らない。そもそも、何であんなにきっぱりと、昏睡したひとのことだけは〝何か〟に知られてはいけないって思ったのか、そこの処が自覚できないから、ほんとにもう、頭、ぐるぐる。

で、あたしも、村雨さんに負けずおとらず、何言いたいんだか判らないことを、口の中でぼそぼそ呟くような状況になっちゃって……そしたら。

「あんた達、何だっていうんだよ。村雨さんも。碁、打つでもなく、ぼけーっとする為に、こんなとこ来たのか？」

「いや、僕は……お孫さん、確かに無事、だったんですよね？　それだけが心配で……それだけを佐伯さんに確認したくて」

「だから、それが判んねーんだよ、もう何回も言っただろうがよ。渚は、今朝、ちゃんと起きて学校へ行ったよ？　村雨さんがどんな夢みたのか知らねーけど、別に熱もなきゃ、元気がない訳でもない、朝、ちゃんとトースト二枚喰って学校へ行ったよ？　それが無事じゃなくて何だって言うんだ」

佐伯さん。このひとだけは、昨日と全然変わってない。まったく緊迫感ってものがない。（まあ、それが当たり前だって気はするんだが。）そんでもって、また、あたしに囲碁を教えてくれようとする。（まあ、碁会所にいて、他のことをやるっていうのも、とっても変な話なんで、唯一、佐伯さんだけが正しいことをしているような気も、しないでもない。）んで、のらりくらりと、佐伯さんによる囲碁教室へのお誘いをはぐらかしているうちに、やっと、ようやっと、渚ちゃんが来てくれた。

同時に、佐川先生とかいう人も。

……って、思っていたら。

同時に、かなりの数の中学生達が、ずらずらずらずら、来てしまったので、あたしは本当に驚いた。

な、なんなんだ、これ。なんなんだ、この中学生の集団。

「すみません、大原さん。このひと達は、みんな、関係者です」

って、あたしの困惑が判ったのか、渚ちゃんが言ってくれる。

「このひと達はみんな、あの時の夢の中にいたひと、です」

え？　なの？

「こちらが、うちのバスケ部の顧問の、佐川先生。あの日、私達を引率して、試合相手の石神井にある中学校のバスケ部まで、連れていってくれたひとです。あとは、うちの副部長とか、その他いろいろ……あの夢の中に、いたひと達、です」

あの、夢の中にいた、ひと達、です。

ぎょっとした。

と、いうことは。

あの、悲鳴をあげていた子も、この中には含まれている訳？

あたしがそんなことを思って、なんか視点をきょろきょろさせていると、そんなあたしの困惑を把握したのか。

渚ちゃん、とても寂しげな笑みを浮かべて、他のひとに見えないように、そっと首を振る。そうか、悲鳴をあげていた子は、ここに来られるような状況じゃないんだ、きっと。

と。

ひとり普通の佐伯さんが、いきなり当たり前のことを言った。

「おい、渚、なんなんだこれ。一応念の為に聞いてみるんだが……この子達、囲碁部か何かで、碁を打ちに来たのか？」

「あ、おじいちゃん、ごめん、違う。大原さんに電話貰った時、他の場所とっさに思い付けなかったもんで……」

「じゃあ、おまえら場所を変えろ。ここは、碁を打つ場所だ」

うーん。なんだか、佐伯さんだけが、常に正しいような気がしてきた。

とても正しい、佐伯さんの忠告に従って。

あたし達は、場所を変えた。碁会所出て、ちょっと歩いて大通りに出て、またまた適当に歩いて、そんでみつけたファミレスに。

ファミレス……この間っから、何だってファミレスばっかり……って、これ、今回の場合はしょうがないと思う。だって、気がついたらあたし達、結構な大所帯になってしまっていたんだもの。この人数が予約もなしに無事にはいれるの、ファミレスくらいしか思い付けない。いや、実はファミレスでも、ひとつのテーブルに全員が収まりきることができず、四人がけのテーブルを二つくっつけた奴と、六人がけのテーブルひとつに分かれたんだけど。

うん。あたし、村雨さん、渚ちゃん、学校の先生、そして、女子バスケット部員十人くらい。(正確な人数は数えてない。)うわあ、中学生が十人もいるんだ、これで、みんなが、てんでに、「あたしクリームパフェ」「あんみつ、よろしく」「この……メニューに書いてある、〝ベリーたっぷりフルーツティ〟、いってみたいなあ」、なんて言い出したらどうしよう、でも自分が中学生だった頃のこと考えると、先生や大人のおごりなら(この状況で生徒からお金を徴収しようと思う大人はおるまい)、あたし、絶対そんなこと言った筈だと思ったんだけれど……いやあ、昨今の中学生って、場の雰囲気を、ほんとに読むんだね。だからか、全員が、揃って、「ドリンクバー」って言ってくれたんで、あたし、ひと安心。

そして、みんなが、適当に自分のドリンクを持ってきた処で。

「改めまして、初めまして。わたしは、この子達の中学校で教諭をやっております、佐川逸美と申します。この子たちは、うちの中学の女子バスケット部員で、わたしはその顧問です。あの日、この子達を、石神井にある中学のバスケット部との試合の為、引率して、地下鉄に乗っておりました」

まず、初対面の〝先生〟が、こんなことを言ってくれた。

(ちなみに、先生、あたし、渚ちゃん、村雨さん、あと中学生四人が同じテーブルで、残りの中学生は、別のテーブル。あたし達がついた、四人がけ二つあわせたテーブルが、店の窓際の端っこで、六人のテーブルは、その真後ろ。

この状況だと……意思疎通大丈夫なのかなって思っていたら、あたし達のテーブルの端っこについた二人が、あたし達のテーブルの話を、かわりばんこに六人がけのテーブルに座った中学生達に伝達してくれていた。この先、議論が進んだ時も、六人がけのテーブルの端っこに座っていた二人が、あちらのテーブルの話を、一々こっちに伝達しにきてくれた。凄い、なんて気遣いができる中学生達なんだ。これであたし達、後ろのテーブルに届くような大声で話さなくて済むようになった。

これは……どう考えても、あたしが中学生だった頃よりも、今の中学生ってちゃんとしてるっていうことなんだろうか。それとも、この子達のチームワークが無茶苦茶いいってことなんだろうか?)

で、あたしは。

「大原夢路と申します。……あの……あの……」

さて、困った。二の句が、継げない。

普段だったら、「主婦です」とか言う処なんだけれど……この場合のあたし、〝主婦〟じゃないよね。いや、主婦なんだけど。でも、佐川逸美さんが、「中学校教諭です」っていう職業だけじゃなくて、この中学生達の〝クラブの顧問〟って身分をわざわざ主張したってことは……そして、過不足なく、自分が地下鉄にいた理由も説明してくれたんだから……えーと、その場合、あたしの身分は、何だ。

「夢の中のひと」

と、ふいに、あたしの隣に座った渚ちゃんがこう言ってくれて……で、しょうがない、あたしは、この渚ちゃんの台詞に乗っかる。

「えーっと、渚ちゃんの……夢の中のひと、です。そして、渚ちゃんの〝夢の中のひと〟っていうことは、多分……その……あなた達がみている、夢の中にいるひと、です」

うわあ、すっさまじい、非・現実感。なんなんだこれ、なんなんだこの台詞。酷すぎないか、この言葉。

とはいえ、他にどうしようもないからこう名乗ったあたし……ちょっと考えて、言葉を、足す。

「ええっと……あなた達は、あの夢の中で……その……あたしと同じ車両に乗っていたんじゃないかと思います。んで、あなた達は、新桜台に向かう進行方向の前の方、それも、連結部に近い処にいて、あたしは、むしろ、小竹向原に近い方、その連結部のすぐ側に、乗っていました」

と、ここで。

「村雨大河です」

いきなり村雨さんが口をはさむ。しかも、その自己紹介って。

「僕はその向かい側のドアの脇に立っていました」

って、村雨さん、あたしの台詞のうしろをとって。なんか、簡潔な自己紹介で、しかも、地下鉄に乗ってる状況を説明する場合、実に過不足ない自己紹介で、あたしが自己紹介に苦労したこと考えると、これってちょっとずるい気がする。

で、この後。

中学生達の、自己紹介が続く。

でも。

大変申し訳ないことなんだけれど……あたし、それ、ほぼ、記憶できなかった。

最初のうち、二、三人は。

「伊賀暁美。副キャプテンやらせてもらってます」

「瀬川真理亜です」

「山形雪野と言います」

きっちり覚えているし、覚えようとしたんだけれど……これがねえ、十人も続くとなると……ごめん、もう、名前すらきっちり覚えていられない、名前と顔の相関性ははるか遠くへ行ってしまい……早い話、あたし、どの顔のひとが誰なんだか、さっぱり判らなくなってしまったの。

でも、まあ、その後はさくさくと話が進んで。

昨日の……あの、〝夢〟の話になる。

あの夢の中で、渚ちゃん達が逃げようとして逃げられなかったこと（渚ちゃんだけは、最初に会った中学生であり、佐伯さんのお孫さんでもあるので、完璧に個別特定ができる）、それが、何故か、同じ夢の中にいたあたしにも判ってしまったこと、村雨さんもそれを察知して、だから今日、渚ちゃんが元気だかどうだか本当に心配したこと、そんな処まで話が進んだ。

そうしたら。

「ちょっと距離が離れてますね」

ここで、名前を知らない中学生が、いささか眉根（まゆね）を寄せてこんなことを言い――いや、名前を知らない中学生じゃないぞ、この子はあたし達とおんなじテーブルにいる子で、この子の自己紹介も覚えているぞ、確か副キャプテンの……あ、伊賀暁美さんって子、だったっけか？

「んーと、間違ってるかも知れませんけど、車両の中って、こんな風になってません？」

その中学生。いきなり、なんかパソコンのようなものを出す。んー、ノートパソコンじゃないよね、キーボードないよね、これ、タブレットとか言うのか？　よく判らないんだがあたし。しかも、その画面の中に、なんかペンみたいなもので細長い四角を描いて、そしてその中に、○を描いてゆく。あ、これ、あの時の地下鉄の図か。

「えーっと、私達がいたのがここ。そして、大原さんがいたのがここ」

「ん、あってます」

「じゃあ、この距離も、気分的に、あっていますか？　本当に、車両の、端と端」

「あってます……と、思います」

「なら、私達がここでどんな苦難にあっても、それ、大原さんや村雨さんが判るの、おかしいと思いませんか？」

いや、そりゃ、その通りなんですけれど。でも、そんなことを言うのなら。

「そもそも、どんなに間近でも、あなた達の苦難を、あたし達が知ること、それ自体が変です」

「いえ、それは変ではありません。私達が苦難にあい、苦しんでいる時、もし、大原さんが私達の至近五十センチの距離にいたのなら、大原さん、私達の苦難を察してくれたのではないでしょうか」

……って……へ？

いや、言われて、考えてみる。

うん。確かに。

あたしが、この時、渚ちゃんのほんとの近辺にいたとしたなら、彼女が脱出できなかったこと、あたしはこの目で見て知っている訳で……なら、確かに、渚ちゃんの苦難、判るだろう。

「そういう意味で、ちょっと距離が離れすぎています。……この時のあなたは、私達の苦難が視覚的に判る範囲にはいませんでした」

「でもっ！　でも、判ったんだもん！」

おい、どっちが子供だ。

瞬時、あたし、自分で自分にそうつっこみをいれたくなる。でも、まさに……そんな気分。

それに。それに、そうだ、大体！

「大体、この地下鉄自体が変なんだから、それを問題にしたって意味がないんじゃないの？」

「です。まさに、その通りだと思います。ですから、私はあえてこれを問題にしたい」

「……って？」

「この地下鉄問題は、〝変〟です。ですが、これを、〝変〟のひとことでおしまいにしてしまえば、何の益もありません。今、我々がやるべきなのは、この〝変〟を追求することなのでは？　何故、こんな〝変〟が起こってしまうのか、そこを追求することによって、解決策が見えてくる可能性もあるのではないかと」

うわあ。何だこの子。なんて論理的な（というか理屈っぽい）中学生なんだ。

と。視界の片隅で、渚ちゃんと佐川先生がこっそり拍手しているのが見えた。

「さすが伊賀ちゃん」

「この際仕切りは伊賀ちゃんに任せてしまおっかなー」

おいおいおい。後者の台詞を言ったのが佐川先生だったので、あたし、ちょっと呆然。おい、いいのか先生がそれで。でも、気分は判る。

すると、伊賀さん、視線だけで渚ちゃんと佐川先生を抑えて（って、ほんっと、どんな中学生なんだよ）、それから。

「あの時、私達の陥った苦境を察することができたというのは、大原さんと、私達の間に――いえ、多分、その時は、大原さんと渚との間に、なんでしょうが――、なんらかの、シンパシーのようなものがあったのではないかと、私は思います」

「し……しんぱ……しい？」

って、ついついあたしが呟いてしまうと。

「sympathy」

って、まず、佐川先生が綺麗な発音で言ってくれ（このひと、英語の先生なのか？）、それから伊賀さんが。

「共感、同情というような意味ですが、今の場合、私は、共感のつもりでこの言葉を遣いました」

　いえ、用語解説してくれなくても、さすがに、意味くらいは、判ってますあたし。

　ただ、あたしが、この言葉を繰り返してしまったのは……時間稼ぎをしたかったからで……なんか、嫌な予感がしたからで……できれば、この話、はぐらかしたかったからで……。

「では、何故、大原さんと渚との間に、シンパシーがあったのでしょうか。お二人は、今までの話からすると、あの夢の前の日、碁会所で会っただけの関係でしょう。そこで、大原さんと村雨さんと、もうひとりの方が、〝いつも同じ夢をみる、しかもその夢の登場人物が現実にいる〟という事実を検討しており、そこに渚が、〝自分もその夢の中にいる〟って口を挟んだ、ただ、それだけの関係だと、私は認識しているんですが……」

　ここで一回、伊賀さん、言葉を切って。渚ちゃんを見据えて、そして。

「この認識で、あってる、渚？」

「あってる」

　ああ。やっぱり。

　何だか、あたしが進んで欲しくないなーって思っている方向に、この話、進んでいる。

「そして。実は、ここで、もうひとつ、問題にしたいことがあるんです。あの……夢の、最後で。みんなが聞いたでしょう、覚えているでしょう、心の中に残ったでしょう、あの、何か、凛々とした声」

ああ、その話だけはやめて。今だってあたし、何で自分があんなこと言ったのか、まだ全然判っていないんだよー、だから、その話になっちゃうと……。

でも、無情にも、話は、そういう方向になってしまったのだ。

「渚とシンパシーがあること。渚のことを地下鉄の中で把握していたこと。……言い換えれば……大原さんは、あの地下鉄の中のこと、すべてを認識しているかも知れない、ということ」

いや、最後のひとつは、伊賀さんの過大評価なんですけど。

「そして、今、聞いた、大原さんの実際の声」

あたしの、実際の声。ああ、これ、動かせない証拠って奴になってしまうか。

「それで私は断言してしまうのですが……あの、夢の中、最後に凛々と響いた声。あの声は……大原さん、です、ね？」

うっ。

はぐらかしたい。何とか誤魔化したい。

でも。

伊賀さんの視線は、真っ正面からあたしのことを見ていて……これをはぐらかすのは無理に近いと思えたし……気がつくと、いつの間にか、渚ちゃんも、佐川先生も、そして、うちのテーブルの端っこにいた二人から伝令が走ったのか、後ろのテーブルにいる女子中学生達も……みんな、あたしに注目している気配。後ろのテーブルでは、立ち上がってあたしに注目している子だっているぞ。こうなると、こ、これはもう、誤魔化すことなんて、絶対にできない。

だから。

「あ……ああ……うう……」

なんか、うなってしまった、あたし。

そしてそれから。

「ええっと……認めるの、とっても嫌なんですが……けど……多分……その……ひょっとすると……あるいは……」

「あるいは？」

じっとあたしを見つめている伊賀さんの視線。いや、これ、もうこれだけで充分凶器と言えそう。

「あの、声は、あたし、かも、知れません」

「かも、知れません？」

こう言った伊賀さんの声は、本当に冷たかった。

「今更誤魔化す？」

まるで錐（きり）のようにつき刺さってくる、伊賀さんの声。

「つもりはまったくありません」

こう言ったあたし、あたしのことを睨んでいる伊賀さんの視線を見て……ちょっと考えを改める。

うん、この子、とっても鋭いんだし、あたしだって嘘は言いたくないんだから……ここは、本当のことを全部言って、なんかあたしに対して変な疑いを持っているこの子を、自分の味方にした方がいいのかも知れない。

「いや、ほんと、ぶっちゃけ、判んないのよ」

だから。あたし、できるだけ正直に言ってみる。

「確かに、あれは、あたしが言ったの。あれがあたしの台詞だったことは、否定しない。でも……何だって、あのタイミングで、よりにもよって、あたしが、あんなことを言ってしまったのか、それが、全然、判んない」

いや、これ、百パーセント、ほんとのこと。だから。

「あの。大原さん、そんな言い訳が、通用すると本気で思ってます？」

って言われても。百パーセント本気で思っているから、百パーセント本気で答えることができる。

「こんな言い訳が通用するとは、百パーセント思っていない。でも、これ、言い訳じゃないから、本当のことなんだから、通用させるしかないだろうって、心のどっかで、思っている」

こんなあたしの本気が判ったのか。伊賀さん、しばらく、目を白黒させて、そして、それから。

「じゃ、あの言葉の意味は何です。何だってあなた、あんなこと言ったんです」

「あたしにも判りません」

「いや、おば……大原さん」

　いいよ、伊賀さん、おばさんって言って。

「何であんなこと言ったのか、自分で判らないの？　……んな……そんな莫迦な理屈が通ると思ってるんなら、あまりにも莫迦。莫迦すぎ」

「いや、通用しないってほんっきで思ってるってば。けど、これ本当のことだから、こう言うしかないんだってば」

　ああ、なんか、どんどんため口になってゆくあたし達。（……というか……この会話ふり返ってみると、終始中学生の方がまっとうな口をきいていたような気がする……。）

「莫迦すぎってことは……ほんとに、本気で？」

「ほんとに本気で言ってる」

「てことは……あの時の、あの、凛々と鳴り響いた言葉……あれ、真実かどうか判らないってことになっちゃわない？」

「なっちゃいます、はい」

「て、ことは何？　昏睡したひとについて考えてもいけないって、なんら根拠がない言葉だった訳？　前提条件、総崩れじゃん」

「すみませんじゃねーだろーがよー!」

ここで、どん。伊賀さん、自分の前のテーブルを叩く。

「それ、ありなの? 今更、ありなの?」

そう言われるとなあ、あたし、どんどん肩身が狭く、うんと体を縮めて、小さくなってしまう。

「ごめん。ごめんなさい」

「いや、謝られたってしょーがねーっつうか」

と、ここで。なんか、すっぱらしく、素っ頓狂な台詞が挟まる。

「ああ。……先刻からの会話……意味がちょっと不明でしたんですが……ひょっとして、あの地下鉄の中で、凜々と鳴り響いた声……あれ、大原さんだったんですか?」

……って、村雨さん。いや、あなた、今更そんなことを……ていうか、村雨さんは、昨日の夢の前にあたしに会っていた訳だし、あたしの声を知っていた筈なのに……今更、それに気がつくの? 今、やっと、それが判ったの? あたし今まで、〝あの声はあたしだ〟って、村雨さん判っていて、でも、あたしがそれについて触れるまで、気を遣ってそれを話題にしないでくれているものだと思っていたんだけれど……その解釈って、まったくの、的外れだったんだね……。

と。

この台詞のおかげで、あたしを追及していた伊賀さんの意識が、なんだか萎えてしまったらしく……いきなりあたりの雰囲気が、少し柔らかいものになる。

そして。後ろのテーブルで、誰かがぼそっと言った言葉が、妙に通ってしまって、よく、聞こえた。

「あのじーさん……天然？　天然のじーさん？」

ああ、誰だか知らないけれど、これ言ったひと。そのとおり。

でも、おかげで。場の空気が、本当に和やかになってくれた。

いやあ、天然。使い道があるもんだ。

村雨大河

何が何だかよく判らないまま。

まるで佐伯さんに追い出されるように碁会所を出た僕は、他にどうしようもなかったので、大原さんや渚ちゃん達と一緒に、女子中学生の集団に交じって、近所の店まで移動した。昨日も、話をする為にこういう店に来たのだが（話をするのなら喫茶店だろうって思ったのだが、僕が思っているような〝純喫茶〟は、そもそも、最近、滅多に見かけないのだ）、いや、これは、このケースになるまで、僕が使ったことがないタイプの店舗だな、ファミリーレストランねえ。うん、家族仕様の大衆レストランって感じだ。

うちの子が小さかった時には、子供を連れてゆくとしたら、大体が百貨店のレストラン街だったんだが、ああ、ナポリタンとか、好きだったなあ、昭行。今は、孫が生まれたら、若夫婦は、こういう店に子連れでゆくんだろうか。

そう思うと、単なるレストランなんだけれど、そこにはいるのが何だか嬉しくて。

しかも。

中学生が十人もいるんだ。

ひとりは、渚ちゃん。そして、あと九人。

これが、佐伯さんの孫と、大体おない年の子供達。

そう思うと、なんか、じっくり、見てしまう。

伊賀暁美さん。おお、なんか、目尻がきっぱりしているな。意志が強そうな感じがする。

山形雪野さん。あ、このひと、多分、僕が渚ちゃんの中学校の制服を覚えていたきっかけになった、ジャージで告別式に参列した中学生だ。でも、〝ジャージで告別式に参列〟って言葉から惹起（じゃっき）される、微妙に尖（とが）ったようなイメージは、まったくない。もっとずっとぽやぽやしている雰囲気。

瀬川真理亜さん。……あれ？　彼女、大丈夫なのか？　まったく普通にここにいるけど、まったく普通の顔をしているんだけれど……なんだか、ちょっと、顔色が。大原さんも、渚ちゃんも、先生も、他の誰も問題にしていないけれど……顔色が、本当に、あんまりよくない。病あけ、なのかなあ。

　そして、それから……。

　で、まあ。全員が席について、自己紹介が終わって、あの時の地下鉄の話になる。僕は、何もできないから、ただ黙ってそういう話を聞いている。ぼんやりと、架空の孫について、想像を巡らせながら。

　ぼんやり話を聞いていると、伊賀暁美さんっていう子が、なんだか凄かった。

　渚ちゃんは、〝とてもよくできた子〟だと思ったんだけれど、この子は、ちょっと、イメージが違うよね。何というのかその……〝とてもよくできる子〟だ。

　うん、渚ちゃんが、人間的な意味で、〝よくできた子〟だとすると、伊賀暁美さんは、能力的な意味で、〝よくできる子〟だ。

　将来生まれてくるうちの孫……どっちになるんだろう。〝できた〟子になるのか、〝できる〟子になるのか。

　いや、僕の血をひいているんだもんなあ、どっちにもならないような気はするんだが、これ、胡桃さんに対する侮辱になるかなあ。

　そんなことを思っているうちに、話は、あの地下鉄の中で、最後に聞こえた声のことになり……僕は、ちょっと、驚いた。

　この話の流れだと。

「ひょっとして、あの地下鉄の中で、凜々と鳴り響いた声……あれ、大原さんだったんですか？」

僕にしてみれば。これは初めて知った事実だったので、本当に驚いた、だからこう言ったんだけれど。この僕の言葉に対する反応が、なんか、凄かった。

みんな、逆に、僕の発言に驚いている感じ。

いや、そりゃ確かに、僕は、大原さんとしゃべったことがある、だから彼女の声を知っている、すると、聞こえてきた声が、彼女のものであるのかどうか、判らないのが変だ、という話になる、みんなの反応は、まさに、そんな感じ。そして、その理屈は、判る。

だが。考えてみて欲しい。

ついこの間知り合ったばかりのひとの声が、夢の中で聞こえたとして、その声を特定だなんて……普通のひと、できる、の、か？

……うーん……いや……この反応だと、できる、の、かも。

だが。

それは、僕には無理だ。

で。

その後は僕、できるだけ黙って話を聞いていたんだけれど。

「問題の昏睡したひとを特定してはいけないっていう、あの、凛々とした声には、根拠がないってことが、判りましたので」

なんかちょっと厭味はいっているのかな。そんな感じで、伊賀さんって子がこう言い、大原さんが身を竦める。

「その問題は無視して、今までに判っていることを、まず、列挙します。
1　私達は、地下鉄の夢の中に捕らわれている。
2　その夢の中で、基本的に私達は同じ行動を繰り返していた。
3　渚が、そして多分、大原さんや他の方が気がついたので、その、反復行動はなくなった。
4　この夢には、この夢を宰領している、マスターのような存在が、いる。私達は、そのマスターに捕らわれている？
5　そして、夢の中には、このマスターに対抗する〝もの〟がいる。これが、多分、大原さんです。大原さんは、自分でも理屈が判らないまま、夢の中で昏睡してしまったひとのことを、マスターに教えてはいけないって、言っていました。
……以上のことに、何か御質問か反論は？」

ない。

少なくとも、僕には、ない。

「ひとつだけ。多分一番大切なことだと思うんだけれど」

「わたし達を捕らえているのは、伊賀ちゃんのいう〝マスター〟じゃないと思う」

ここで。大原さんと先生が同時に声をあげ、先生、まず、大原さんの方に「どうぞお先に」ってジェスチャーをする。

「じゃ、まず、あたしから。伊賀さんが〝マスター〟って呼んだもの……あたし達は〝何か〟って呼んでいたんだけど……あれは、人間じゃない。ええとね、あたしは……あれが近づいてくるだけで怖かった。もの凄く怖かった。うん、あれ、夢の中で反復行動をとらずに、なんか自由にあたし達の方へ近づいてきて……その瞬間、あたりにいたひと達は、みんなあれから目を逸らした。逸らさずにはいられなかった。そのくらい、怖かった」

そうだったかなあ。大原さんが言っている〝何か〟だって、女子中学生だったのに。少なくとも僕にはそう見えたのに。それに。

「あの。僕の記憶が確かなら、その〝何か〟が来る前に、そもそも大原さんが、僕達の処に来ませんでしたか？　それに、〝何か〟を絶対に見るなって意味のことを言ったのも、大原さんだったんじゃないかと」

僕がこう言った瞬間、大原さん、一瞬眉間に皺をよせる。口にだしては何も言わなかったけれど、大原さんの全身から、「今ここでその話をしないでー」って言葉がにじみ出ている。

「え、じゃ、まず、大原さんが動いたんだ？　やっぱ、あなた、マスターに対抗するものなんだ。違うって言ってもそうなんだって断言する私」

伊賀さんがこう口を挟み、大原さん、軽くため息ひとつ。

「今更そんなこと言いません。確かにあたしは、あの夢の中で自由に動ける。というか、最初っから、夢が連続していることに気がついていた。だから、覚えている。あの〝何か〟は、あなた達の処から来たのよ」

「へ？」

「え？」

「うちらの？」

一斉にざわめきだす女子中学生達。

「そう。最初、〝なに〟……ああ、マスターって言うね、マスターはあなた達の側にいたんだと思う。で……まず、中学生ひとりが、悲鳴をあげた。あの夢が連続していること、最初のうちはあたし以外気がついていないらしくて……あたしは最初っからそれ覚えていたから……中学生のひとりの悲鳴が、どんどん、どんどん、大きくなって……で、しょうがない、あたし、動き出したの」

「悲鳴をあげてたって……多分、千草だ……」

ぼそっと渚ちゃんが呟く。

「千草が悲鳴をあげて、で、何で大原さんが動くんです」

きつめの台詞は伊賀さん。

「これ、なんかすっごい恩きせがましく聞こえるだろうから、あんまり言いたくなかったんだけれど……あたしの隣に座ってた友人にね、お孫さんがいるのよ。で……その友人が、悲鳴をあげている中学生のことをほんとに心配して。子供に何かあった時、守るのは大人の義務だって主張していて。で、とにかく、あの悲鳴を何とかする為に、何かあたしにできることはないかっていうんで、あたし、立って、とりあえず向かい側にいた、村雨さんと氷川さんの処へ歩いていったの」

「おぉ、救世主」

「大原さんってうちらの救世主だったんだ」

後ろのテーブルから、ぼそっとしているのによく通る声が聞こえる。

大人の義務かあ。お孫さんの友人ってひと、いいひとだなあ。子供に何かあった時、守るのはにしても、大原さんもいることだし、僕といい友達になれるかも知れない。

そんなことを僕が思っていたら、大原さん、すっと僕に視線を寄越して。

「ただね、そこにいる村雨さんは、何故か、そのマスターが怖くなかったみたい。あたしが見るなって言ってんのに、まっすぐにマスター見ようとして、逆に、マスターの方が目をあわせないようにしていた」

「おおおお、天然」

「天然、強い」

って……中学生のみなさん、さっきから〝天然、天然〟って、何なんだ。僕は人間であって、人工物ではないから、当然天然なんだが、そういう意味では天然じゃない人間なんて、今の処いないぞ。人造人間は、まだ、TVの中にしかいない存在だと思う。(いや、天然って、人工ではないっていう意味だよね？)

それに。

「いや、だってあの……大原さんも、氷川さんも、あれを怖い、怖いって言ってますけど……でも、あれ、女子中学生でしたよ？　女子中学生って、怖い、ですか？」

「ある意味あたしは、今とても怖い女子中学生を見ているんだけれど……ま、それはおいといて。ここで、マスターが人間じゃないって根拠の話になるんだけれど、あの時、あたしと村雨さんの隣には、氷川さんってひとがいたのね。昨日は氷川さんもいたから、渚ちゃんは覚えているでしょ？」

「はい、なんか、いっつもちょっと怒っているような感じのおじさまですよね」

「微妙に正しい評価だそれ。……とにかく、氷川さんも、最初は、近づいてきたのは女子中学生だと思ったんだって。でも、村雨さんと違って、絶対にその中学生を直視しないようにしていて……その中学生が、離れてゆく時、足元だけを見てたんだって。そしたら……最初のうちはね、中学生だから、普通にローファーみたいなの履いていた足元が、ふいに、藁草履になったんだって」

「わら……草履？」

「そう。んで、ほんのちょっと視線をあげたら、蓑笠被って藁草履履いたすっごく小さなひとの姿が見えたんだって。その、小さいって、子供だから小さいんじゃなくて、非常に背の低い人間だったって思えたんだそう」

「藁草履って、藁で作った草履だよね？　でも……蓑笠って、何」

「ああ、今の子だと、そんな姿、見たことないか。って、あたしだって現実でそういう格好をしたひと、見たことがある訳じゃないけれど」

「ゆきちゃん、日本昔話。日本昔話に出てくるようなひとだと思って」

佐川先生の説明……的確なんだか、そうじゃないんだか。あれは、単に古い時代の雨具なんで、雨の日の格好だって言う方が正確なんじゃなかろうか。

「ゆきちゃん、お地蔵さんだよ」

渚ちゃんの補足は、更に不正確だよなあ。確かに蓑笠被ったお地蔵さんもいるけれど、あれは、地元のひとが、お地蔵さんが雨に濡れるのは可哀想だと思って、それで被せているものだ。お地蔵さんが普通蓑笠被っている訳じゃない。

「いや、みんな、ちょっと待て。今問題にしなきゃいけないのは、蓑笠が何かってことじゃない」

「おお、伊賀ちゃんの仕切りだ」

「問題なのは、普通の人間は、女子中学生に見えたり、蓑笠被ったお地蔵さんに見えたりはしないってことだ」

「まさに、そのとおり。あたしは、あれ、擬態だと思う。とにかく、人間じゃないものが、自分を人間にみせるように、まわりの人間の意識を操作していたんだろうと思う。……だから、余計、あの〝なに〟……んと、マスターは、あなた達の側に、最初、いたんだろうと思う」

「って？」

「最初にいたのが女子中学生の集団の脇だったから、擬態が女子中学生になったんだろうと思う。だって、平日の昼下がり……より、ちょいあとの時間帯の地下鉄だよ、乗客の人数比を考えれば、女子中学生って多数派じゃないと思う。けど、現実に、女子中学生の集団の側にいたから、擬態が女子中学生になったんじゃないかと」

「成程。理屈としては、通りますね」

「で」

ここで、大原さん、ちょっと言い澱む。

「その……あなた達のうち……誰かが……死んだ、ん、だよ、ね？」

微妙な話になった為か、大原さんの言葉、途切れがちになる。

「はい。千草が」

で、こんな大原さんの台詞を、真っ正面から、渚ちゃんが受ける。

「悲鳴をあげていた、あげ続けていた女子中学生がいた。そして……その悲鳴が、途絶えた。ここまではあたし、耳で把握しているの。そんで、多分……これは、確証も何もないんだけれど、その、悲鳴をあげ続けていたひとが、千草、さん、だと思う。……んでもって……その悲鳴がね、途切れたの」

「千草、死んだ……」

「で、また、今度は、別の女子中学生が、悲鳴をあげだした……」

「瑞枝だ……」

ここで。みんなの視線が、うつむいてゆく。ほんの数秒だったけれど、みんなが、死者を悼む為に、心の中で個人的に黙禱をしているような感じ。

「でね。これは、根拠も何もないのよ？　単なるあたしの勝手な想像……っていうか、思い込みなんだけれどね」

大原さん、こう言うと、一回、自分の前にあるコップに手を伸ばし、水を飲む。そしてそれから。

「あたしはね、それ、マスターと目をあわせてしまったせいじゃないのかなって、思ってるの」

「んと……？」

「繰り返すけれど、何の根拠もない話なのよ。そこん処はちゃんと認識して聞いてね。ただ……あたしはね……あのマスターと、絶対に目と目を見交わしてはいけないって、あの時、強く、とっても強く思ったのよ。……うん、勿論、これには根拠も何もない。でも、あたしは、思った」

大原さんの言葉が、ゆるやかに、女子中学生達の間にしみ込んでゆく。

「あのマスターと、視線があってしまうと、ひとは、死ぬことになるのかも知れない。悲鳴をずっとあげ続けて、死ぬことになってしまうのかも知れない。……あ、繰り返し言うけど、これ、あたしが思ったっていうだけのことだからね？　根拠なんてまるでないんだからね？」

「信じます」

もの凄く重い言葉で、こう言ったのは、伊賀さんだった。

「私は……あなたが何なんだかまったく判らないけれど、あなたのことを信用していいのかどうかもまったく判らないんだけれど、あなたのことを、マスターに対抗するものだって、決めた。なら、マスターに対抗するあなたが、たとえ根拠なんてこれっぽっちもなくったって、そう思ってしまったのなら。なら、それは、きっと、正しい」

伊賀さんの言葉が、中学生達の間にしみ込んでゆく。

ただ。

こんな状況でも、僕は、まだ、思っていた。

いや、その……マスター？　大原さんが言う処の、〝何か〟？

そんなに怖いものには、僕は、思えなかったんだけれど。

佐川逸美

この会合に際して。

最初のうちは、わたし、とてもどきどきしていたんだけれど。今、目の前にはカモミールティがあって、それ飲んで、それで少しは落ち着いたのかな、今は、ちょっと、ほっ。
(ここのファミレスのドリンクバーには紅茶があって、そのティーバッグの中にカモミールがあったのよ。で、わたしは迷わずこれを選択した。いや、だって、落ち着かなきゃいけないって、自分で思っていたんだもの。……多分、カモミールって、なんか落ち着く効用があったよね?)

いや。今となってみれば、杞憂だったと判るんだけれど。

渚から、「〝夢の中のひと〟、昨日会った、大原さんってひとから電話があった、大原さんは、できればなるたけすぐ、会いたいって言っている」って聞いた時は……瞬時、どうしようかと思ったのだ。

いや……だって……怪しい、でしょ? そもそも、〝夢の中のひと〟が現実世界にいること自体、怪しすぎる。まして、向こうから、「できるだけすぐに会いたい」って言ってきているのが、嫌だ。怪しいひとが、すぐに渚に会いたがっている。これは……なんか、嫌なことばっかり、想像できる。

渚は、特に、村雨さんってひとが、自分のおじいさんの碁敵だからって理由で、なんか村雨さんのこと、いいひとだって頭っから思いこんでる感じがするんだけれど……偶然、めぐりあった〝夢の中のひと〟だって思っているけれど……本当に、このひと達、まっとうな、ちゃんとした、ひとなんだろうか? 変な夢をみて、気持ちが弱っている渚につけこんでいる、悪い大人ってセンは、本当にないのか?

まあその。今までの経緯が経緯だ。このひと達が、渚を怪しげな宗教に勧誘したり、お布施をねだったり何だりする可能性は、かなり低いとは思えたのだが……一応、これでもわたし、中学校教諭だ。教え子が、なんか怪しげなひとに個別に会うのは、もう、できるだけ、防ぐべきなんじゃないかと思う。

（いや。本当のことを言えば、そもそも、夢と現実が連動している、只今の状況がすでに怪しすぎるんだけれど……あの夢の中で、わたし達が逃げようとして逃げられなかったこと、そもそも夢の中でみんなが硬直していたこと自体が、すでにとっても変で怪しすぎるんだけど……でも……だからって、いくらわたし達を取り囲む状況が変だからって……わたしの教え子が、なんか〝変なひと〟に接触するのは、また、違う話じゃないの？　教師として、絶対に避けるべき事態だと思うのよ、わたしは、これ。教師としては勿論、ひとりの大人として、自分の教え子である子供が、変な大人に会うのはできるだけ避けたい。……このわたしの意見に、何か文句ある？）

だから、最初は。

渚が、その、大原さんってひとと会う約束をしたのなら、その〝約束〟が外せないのなら、なら、わたしと、渚だけで、そのひとに会おうかと思っていたのだ。けど、これにもの凄い勢いで、異論を挟んだのが、伊賀ちゃん。

「だって。……こう言っちゃ悪いけど、いっちゃんせんせ、今ん処、現実に何ひとつ、対処できていない訳でしょ？」

　はい、そう言われれば、そのとおり。

「だから、ここで私を外さないで。何があったにせよ、私だって、それを把握したい。……というよりは、何が何だか判らないまま振り回されるのより、絶対に、私が、〝私こそが〟、只今の事態を把握したい。いや、むしろ、把握するのは、私の権利だって主張したっていい」

　いや、主張してくれなくてもいいです。それが伊賀ちゃんの〝権利〟だって、わたしも思います。

……実の処……今回の事態に限っては、単に大人であり、〝先生〟っていう身分であり、クラブの顧問だっていうだけのわたしより、非常にそつがなくよくできた中学生である渚より、実務能力にたけている伊賀ちゃんの方が、ずっと向いているような気もする。わたしより渚より、伊賀ちゃんの方が、ずっとうまいこと対処してくれるような気が、しないでもない。うん、実際、今朝からずっと、この件についての話し合いは、伊賀ちゃんが仕切っているようなものだったし。

んで、じゃあ、渚とわたしと伊賀ちゃんが、この会見に臨むかって話になったら、それ、聞き知った梓が。

「そこで、外す？　うち外す？　ない。んな、莫迦なこと、ない」

　って主張しだし、そのあと、真理亜が。

「ここまできて外されるって、そりゃ、ないんじゃね？　ないっしょ」

って言い出したもんで……気がつくと、わたしは、また、渚を含め、十人の女子中学生を引率して、練馬高野台の碁会所へ行くことになったのだった。(……でも……石神井の中学校に引率している時は、十二人、いたんだよね……。この、いなくなった二人が、今となっては、とても、哀しい……。)

ただ。

実際に話を聞いてみたら……大原さんも村雨さんも……いや……その……言ってることは……確かにとっても〝変〟なんだけれど……言っている態度やその他は……ま……普通の……大人、だよ、ね？

特別に怪しいひと、なんか狂信者のひと、そんな感じは、まったく、ない。

(逆に、狂信者か何かで、変な信念や変な教義に凝り固まっていない、普通のひとが、こんなこと言ってるって事実、それ自体が、なんかおそろしいような気もしないでもないんだが。)

それに。

ああ、伊賀ちゃんがいてくれて、よかったあ。

切り込んでくれる伊賀ちゃんの刃は、わたしが持っているものよりはあきらかに鋭く、ほんと、一瞬、わたし、伊賀ちゃんにすべての仕切りを任せてもいいかなーって気分になった。そんな気分に浸ってしまった。

あの、夢の最後に響きわたった言葉。

あれに、根拠がないって、判る、その時までは。

☆

あの、夢の、最後に響き渡った言葉。凛々として鳴り響いた、今では、大原さんが言ったんだって判っている言葉。

今では、あの言葉に、根拠がないって、判っている。

いや。

実は、伊賀ちゃんなんかは、〃根拠がないからこそ、根拠がある〃とか、言いだしそうな気も、しないでもない。（マスターに対抗できる大原さんが、根拠なく言った台詞だからこそ、逆に、根拠がある。信じるべきである。……その認識は、あるいは正しいのかも知れない。）

でも、とりあえず。

あの言葉を言ったのは、大原さんなのだ。そして、大原さんは、自分で、何故、自分がこんな言葉を発してしまったのか、その理由が、判っていない。（少なくとも本人はそう言っている。）

なら。

とりあえず、この言葉には、根拠がないって、思ってしまおう。

そして、その言葉に根拠がないのなら。

この世界を硬直させている、〝昏睡しているひと〟について、追求して悪いことは、何ひとつ、ないんだ。

話が何か流れちゃったけれど。

伊賀ちゃんが、いろんなことを言って、「何か質問か意見はありますか？」ってな意味のことを聞いた時、わたしと、大原さんは、同じタイミングで声をあげたのだ。その時は、大原さんの方に、わたし、先を譲ったんだけれど。

そして。

大原さんの話は、なんだかとても恐ろしい方向へといってしまった。

あの……伊賀ちゃん言う処の、マスターと、視線をあわせてしまった人間は、悲鳴をあげながら死ぬのではないのかっていう、そんな恐ろしい話に。

ただ。

これは、あくまでも大原さんの〝意見〟であり、本当のことであるのかどうかは判らない。だから、しばらく、これについての話が出た処で、話はわたしの処に戻ってくる。

「あ、いっちゃんも先刻なんか言いかけてたよね？　何？」

あくまで、仕切りは、伊賀ちゃん。（……しかも……ま……いいんだけれど……〝先生〟って敬称が、いつの間にか完全に抜け落ちているぞ、伊賀ちゃん。）

「ええと」

わたしがやりたいことは、たったのひとつだ。

伊賀ちゃん言う処の、マスター。

その、マスターは、言っていた。

この世界には昏睡してしまったひとがいる。そして、そのひとが、この世界に結界を作っている。

これが本当なのかどうかはまったく判らない。

だが、この結界のせいで、わたしの生徒達が、うちの子達が、この夢の地下鉄の中から脱出することができなかった、それは、本当だと思う。

しかも。大原さんの台詞を正しいと思えば、この世界の中で、マスターと目があってしまった人間は、死んでしまう可能性がありそう。

だとしたら。そんな世界に、うちの子達を、置いておいていい訳が、ない。

だから。

わたしがやりたいのは、この夢からの脱出だ。

この夢が何であるのか、どんな意味があるのか、それはもう、どうでもいい。というか、最初っから、そんなのわたし、問題にもしたくない。

ただ、わたしは、夢なんていう訳の判らないものから、うちの子達を守りたいのだ。わたしがやりたいのは、たったそれだけのことなのだ。

すでに、千草が、死んでいる。

このまま時間がたてば、瑞枝だって死んでしまう可能性がある。

（……そして、このまま……更に時間がたつと……死んでしまうもうひとりがいるとか……いや……。）

瞬間。何か、変な想いが、わたしの心の中をよぎる。

あの夢の中で。

千草が悲鳴をあげ続け。

瑞枝が悲鳴をあげ。

そして、もうひとり、なんだか悲鳴が聞こえてきたような……そんな子が、いたような……。今はもう、何故だか覚えていないけれど……いたような……。

いや。

すでに、もう、何が何だかよく判らなくなってる程、事態は混迷しているのだ。

ここで余計な要素を考えるのはやめよう。

とにかく。

　わたしがやりたいのは、この夢からの脱出なのだ。

「わたし達が捕らわれているこの夢を、総合的に、全体的に、取り仕切って宰領しているのがマスターだとしても……わたし達を捕らえているのは、マスターじゃないと思うの。本当の意味で、わたし達が捕らわれているのは、〝マスター〟に、じゃ、ない」

　うん。わたし。これを、言いたかったのだ。

「マスターが言っていた、昏睡してしまったひと。そのひとこそが、この結界を作っているんじゃない？　少なくともマスターはそう言っていた」

「可能性は、あるね」

　伊賀ちゃん。なんか、ほんとに偉そうだなあ。完璧に話を仕切ってる。

「で……だとすると、いっちゃんはどうしたいの？」

　だから、〝先生〟って敬称は、一体全体どこいっちゃったのよ？　けど、まあ、そんなこと言っている場合ではないのは判っているので、わたしは台詞を続ける。

「その、昏睡してしまったひとを、特定する」

「特定して……それで？」

「一番いいのは、そのひとが昏睡から覚めること、ね」

　マスターの言ってること……どの程度信じていいのか判らないけれど、そのひとが死ねば、結界は解けるって言っていた。なら、おそらくは、昏睡しているひとが目覚めても、地下鉄の中の〝結界〟は解けるんじゃない？　そうしたら、とにかくわたしは、他のひとのこと全部無視して、うちの子達だけでも、この地下鉄の車両の中から逃がすのだ。大脱走、やるのだ。

　すっごい卑怯だけれど、今まで、渚に親身に接してくれていた大原さんや村雨さんには本当に悪いんだけれど、もし、万一。この結界がなくなったのなら。その瞬間、わたしは、この二人のことを無視して、とにかく自分の生徒を逃がす。ただ、それだけをする。その気分だけは、満載。

「あの……僕は、医学にはまったく詳しくないんですが」

　ここで、村雨さんが、口を挟んできた。

「あの日から、もう、十日以上たっていますよね？　……昏睡している方が、十日目覚めないとすると……その方が、自然に覚醒する可能性は、かなり低いのではないかと」

　うわあっ。

　この瞬間、わたし、なんだか、大原さんの気分が判った。村雨さんが何か言う度に、ちょっと鼻に皺を寄せていた大原さんの気分が。

　いや、だって。

　村雨さん。天然なのかも知れないんだけれど――いや、天然なんだろうけど――、ものの凄く、今、言って欲しくない台詞を、まさに、今、言って欲しくない、その時に限って、ピンポイントで言うひとなんだよなあ。

うわあ、このひと相手にしていたら、大原さん、時々は、顔をしかめたくもなるだろうし、彼のこと、〝天然〟だって、揶揄（やゆ）したくもなるよねえ。

うん。

そうなのだ。

あの日から、今までにたった〝時間〟が、わたしにとんでもない事実を突きつける。

昏睡してしまったひと。

今まで目覚めていないのだ、このまま、目覚めない可能性の方が……高いのでは？

でも。

そのひとが昏睡し続けている限り、うちの子達は危険に晒（さら）されている訳だ。そして、わたしは、すんごく怖い事実を知っている。

昏睡したあと。回復する可能性なんかまったくないのに、何年も人工呼吸器に繋（つな）がれていたひとの話。いずれ。三年、五年、七年あとに、そのひとは自然に死んでゆく。けれど、その間は、とにかく、人工呼吸器を稼働させ続けるしかない。

昏睡後十日以上、そのひとが生きているのなら……そのひとは、人工呼吸器を始めとした、各種のチューブに、すでに繋がれている可能性が、とても高い。

わたしの脳裏に、人工呼吸器やその他、いろんなチューブに繋がれた、昏睡しているひとの絵が浮かぶ。もうずっと前に、本来的には死んでいるのに、でも、人工呼吸器やその他のチューブがあるから、ずっと、ずっと、生きながらえているひとの姿が。

そして……そのひとの……人工呼吸器のスイッチを切る、自分の姿が。

いや、それ、駄目。

それ、殺人だ。

絶対にやらない。やってはいけない。

けれど……そもそも、覚醒する可能性があんまりない、機械で生かされているひとの人工呼吸器のスイッチを切って、そして、それで……。

それで、うちの子達が助かるのなら……。

いやっ！

いや、待て、わたし。何考えてるわたし。

でも……けど……。

もし、大原さんが思っていることが本当で、マスターと目があってしまったひとが、悲鳴をあげながら死ぬことになるのなら。

そんなに広くはない地下鉄の車両の中だ、どんなに避けていても、いつかは、うちの子達が、マスターと目をあわせてしまう可能性はある。そして、その結果、うちの子達が、悲鳴をあげつつ死ぬなんてことになってしまうのなら……。

耐えられないっ！

そんなの、耐えられないっていうか、許せない！　その前に、あり得ないっ！

わたしは、まだ、新米だから。学級担任ってものを持たせては貰えていなかった。

そういう意味で、バスケ部の女子は、わたしが最初に持った、ただ授業をしているだけではない、わたしが守るべき〃うちの子〃なのだ。

その……うちの子が……わたしの生徒が……死ぬ？

あり得ない。あっちゃいけない。そんなこと、ない。耐えられない。

わたしは。

うちの子を守る。絶対に守る。

たとえ。

もし。

うちの子を守る為に、他のひとを殺すことになったとしても、それでも、他のひとを殺してでも、うちの子を、守る。

この言葉が。かなりの覚悟がないと言えない筈の、こんな言葉が、何の覚悟もなしに、むしろすとんと、あっけらかんと……でも、絶対の事実として、自分の心の中に落ちてきてしまったので、逆にわたしはぎょっとした。

この〃想い〃を突き詰めてしまうと……結果としてわたしは……。

わたしは……もし、その〃ひと〃が特定できてしまったら、そうしたら、〃そのひと〃を、殺してしまう……かも、知れない。そのひとさえ死んでしまえば……この結界は解ける。マスターは、そう言っていた。

けど、まあ。そんなことを言う訳には、いかないので。

わたし、本当に、いい加減なことを言う。言ってみる。

「えっと、あの。そのひとが無事に昏睡から覚めるかどうかはおいといて。それでも、昏睡しているひとの特定ができれば、その後のことが、判りやすくなると思うのね。で、昏睡しているひとが特定できたのなら……」

「できたの、なら？」

「なら、まず、みんなして、昏睡しているひとの回復を祈って……場合によっては、枕元でみんなしてそのひとを励まして……」

うわあ、嘘、ばっかり。そのひとの特定ができたら、殺す気なんだよわたしは。

と、ここで。

「もうずいぶん昏睡しているひとなんだ、みんなが祈ったって、それで回復するだなんて奇蹟、あり得ないんじゃないかと。そんなこと許しちゃったら、難病ものの映画やドラマなんて、全部成立しなくなるのではないかと」

って、伊賀ちゃん、今は、今だけは、そんな、理屈として正しい台詞、言わないで。

「とにかく」

だから、わたしは言い募る。言い募るしか、ない。

「昏睡しているひとが判れば、その昏睡の状態も判るだろうし、そのひとに回復の余地があるのかどうか、そういうことが判る筈で……」

「まあ、それ、知っといて悪いこたーないわな」

なんですよ。うん、伊賀ちゃん、それで納得して。納得して欲しい。お願い、それ以上、突っ込まないで。

と、ここで。

また、村雨さんが、口を挟む。

「そういうことならば……僕はね、あの昏睡してしまったひとのことは判らないんですが、あの時、駆けつけてくれたナースさんは、判ると思うんです。どの病院にいる方なのか、ほぼ、特定できたと思うんです」

……え？

ええええ？　何なんだそれ、何だそれっ。

ここで。村雨さんの、ボランティアさんやその他のことについての述懐がはいり、少なくとも練馬高野台にある大学病院、そこのナースさんが、あの日、地下鉄で、昏睡したひとにつき添ったナースさんだってことまでは、特定できた。（って、断定はできないか。少なくとも、村雨さんが、そう確信しているってことだけは、判った。）

「ただ」

ここで、村雨さん、本当に口惜しそうに。

「僕は、その、ナースさんの顔が判らないんです。覚えていないんです。……夢の中の時間が進めばね、ナースさんが来てくれれば、そうしたら、僕、今度こそ、顔、覚えますから……顔さえ判れば、僕、病院に張り込んで、そのナースさんを特定することができるんじゃないかと思うんですが……」

村雨さんがこんなことを言った後。

すんごい爆弾発言をしたのが、大原さんだった。

「実の処……あたしは……その、夢の中の時間を進めることができるかも知れない。あの夢を、村雨さんがお医者さんを募ったあたりまで、時系列として進めることができるかも知れない……ううん……普通だったら……できる、と、思うの」

「え？　え、あの？」

何を言っているんだ大原さん。なんか、凄いことを言っているぞ大原さん。

「そもそも……あたしは……普段だったら、夢の中の時間を、ある程度操れる……と、思うのよ。だから……あたしは……普通だったら、あの夢の時間を、進めることができる」

……大原さん。この台詞だけで判るな、絶対に普通のひとではない。

「……ただ……あの夢はね、特殊だったから。特殊すぎるから。……あの夢に限っては、あたし、それができるのかどうかが判らない」

…………。

「それに、あたしが、夢を、操作していいのかどうかが、判らない。あたしが、あの夢を操作して、ナースさんが村雨さんの前に来る処まで時間を進めてしまうと……村雨さんも、そのナースさんを特定できるけれど……同時に、マスターも、ナースさんを特定できてしまうと思うのよ」

ああ、それは、確かに。

「勿論、マスターは、あの夢の中のすべてにアクセスできるのかも知れない。だから、今更マスターがナースさんを特定するのを避ける理由はないのかも知れない、けれど……あそこの時点で夢が硬直しているんだもの、マスターにも、あの先が自分では判らない、自分の意思では読めないっていう可能性も、ない訳じゃないと思うの」

うん、確かに。

「と、こうなると、現時点で、マスターが、ナースさんを特定できるようにするのが、いいことなのかどうかが……これがさっぱり判らない」

ああ。それは、本当にそうだ。

で。わたしが、どうしたらいいのか、ちょっと呆然としていると。

「あ。うち、そのナースさんの顔、判る」

いきなり。

梓がこう言ったので、村雨さん、昔ながらの、〝ずっこけました〟っていうポーズになる。わたしだって驚く。

「あの、かっけーナースさんだ、よね？　地下鉄の中で、うちらの前を走ってったナースさん」

「な、なんで？　何だって梓が、ナースさんの顔、知っている訳？」

「いやあ、知らない、知らない、ナースさんの顔なんか、知らない」

「じゃ、何だって梓が」

「見た瞬間にね、ああ、こりゃ、うちの従姉に似てるよなーって思ったから」

「……？」

「うちらの目の前を、かっけー女が走り抜けてゆく。それがさー、一瞬、従姉に見えたもんで、うち、も、すっげー嫌になったの」

……？

「かっけーナースさんがいて、うちらみんなが〝かっけー〟って思っていて、それが従姉だったら、ちょっと口惜しいよなって思っちゃったの。だって、その従姉ってさあ、うちに較べて出来がいいって、親戚中で評判の従姉なんだよ？」

「ああ……はい」

「一瞬、従姉かって思って、ほんっとに口惜しかったの。でも、よく見たら違った。従姉じゃなかった」

はい、はい、はい。

「けど、そのせいで、完璧にそのひとのこと、認識したんだわ。顎の雰囲気とか、後ろ頭とか、走ってった時の腕の振り方とか、何より、顔が結構従姉そっくり。で、あんまり似てたもんで、じっくり見ちゃったんだ。だから、判ると思う。ちょっと見、うちの従姉にそっくり、でも、違うひとが、つまりは、問題のナースさんじゃね？」

……です。正しく、そう、です。そういう話になりそうです。

「つー、ことは、さあ。うちが病院の前に張り込んで、従姉に似たようなひとを、チェックすればいいだけの話なんじゃない？　〝従姉に似てる〟って思ったナースさんがいたら、多分、そのひとが、問題の、ナースさん」

おおおおお。確かにこれは、すっごく、正しい、理屈だ。

「で？　うち、張り込む？　張り込んでみる？」

只今、わたし達が置かれた状況を考えると……あまりにものんびりしすぎていて、逆に、まるで、遊んでいるかのように思える、そんな、梓の台詞。（というか、完全に梓は、この事態を楽しんでいたんだろうと、わたしは思うのよ。）

でも。

他に、できることがない。

今、できることは、これで、これだけだ。

ということは、これで、できることが、随分、整理がついた。

梓は。

明日から、ナースさんの交代時間帯に、練馬高野台にある病院の前に、張り込む。（この梓の行動を容認したあとで、やっとわたし、気がついた。あのさあ、梓、学校は？　その場合、授業さぼってない？　それはいいのか、それ容認して、先生としていいのか？　いや、そんな場合じゃないとは思うんだが、中学校教諭として、これは認めていい行動なのか？）

そして、問題のナースさんが、そこから出てきたら、何でもいいから理由をつけて、梓、ナースさんに話しかける。そんでもって、少なくとも、ナースさんのお名前くらいは、ゲットする。

その間、わたし達には、やることはない。というか……他に、やれることが、ない。

この日の会話では。

話が、ここまで、進んだ。

だが、これは。

大原さんにしてみれば、なんか〝はがゆい〟進行だったらしいのだ。

あとになってわたしは、大原さんの気持ちが判った。

だって。

梓が張り込むっていうのは、あくまでも、〝明日〟のこと、なんだよね。

まあ、〝今日〟がすでに夜、〝子供を家に帰すべき時間〟になっていたんだから、だから、これは、しょうがない話なんだけれど。

話を〝明日〟に持ち越して、大丈夫なのか。

うん。

〝今日〟と〝明日〟の間には、〝今晩〟がある。

わたし達が、夢をみてしまう、〝今晩〟が。

とは言うものの……この時点では、他に……わたしに……できたことは……なかったんじゃないのかなあ、とも……思う。

〝夢の世界〟で。

三春は焦っていた。

あの時。

自分は声を出さない方がよかったんだろうか？

ただ、黙って、この世界の進行を、この世界の法則のままに任せておいた方がよかったのか？

何度も自問したが、だが、その、答はでない。

結局……自分は、どうすれば、よかったのだろう。

三春。

この世界を只今宰領している、大原夢路言う処の〝何か〟であり、伊賀暁美言う処の、〝マスター〟だ。

三春は、今の成り行きに、実の処あんまり納得していなかった。

地下鉄の中を支配なんて、三春はまったくしたくなかったのだ。

ただ、成り行きが、三春にそれを強いていたので……こんなこと、〝犠牲者〟である、地下鉄にいた人々は、まったく賛成してくれないだろうけれど……ほんっと、こんなこと、三春はしたくなかったのだ。

三春は、一種の結界を作って、その中にいる人間の生気を吸う生き物である。それで生きている〝何か〟なのだ。（まあ、ニュアンスとしては、〝吸血鬼〟が最も近いかと思われる。いや、全然、そういうものではないのだが。）

そして、昨今の吸血鬼（ではないのだが）は、ひとの感情を学習している。

三春のような存在が、思うままに、好きにひとを屠って、そして繁栄していた時代は、終わったのだ。

今では、死因不明の死体が、特定の場所で続けていくつも出れば、人間社会は、絶対にこれを追求する。

それは、〝ひとの感情〟故に。安寧を求めるひとの数が、圧倒的に多くなってしまったので、今のひとは、不明の死の理由を追求する。

昔だったら、山の奥、森の深くで、霧の結界や何かの中で、変死した人間が何人かいても、それ、ひとは無視してくれたのだが。「奥山にはいっちゃいけない」「森の奥には魔物がいる」って理屈で納得してくれていたのだが、ひとの数が、ある程度を超えれば、この理論は成り立たなくなる。

常に、原因究明が行われるのだ。

ということは、三春を始めとした、ひとの生気を吸う生き物は、絶対に、人間に、それを悟られてはいけない。

自分の食事の結果、ひとが死ぬことになった場合、その原因を絶対に隠さなければいけない。

さもないと、自分の種族、そのものの存続が怪しくなる。

だから。食事は、できるだけ場所と時を変えて獲る。

食事の為の結界を作っても、一回食事をすれば、ただちにそれを解く。その〝食事〟も、できれば、対象になる人間を殺すほどは、とらない。(瀕死くらいにとどめる。)

同じ日に何人も、とか、同じ場所で何人も、は、絶対にタブー。

だが。

三春の結界の中で、三春の意思が及ばない人間が発生すると。（一番判りやすい、そして、一番ありがちな例が、三春の結界の中で、その結界の中にいる〝誰か〟が、三春とはまったく関係のない理由で、昏睡してしまうことだ。昏睡してしまった人間は、自分だけの世界に閉じこもってしまう。故に、三春は、その人間に、手のだしようがなくなるのだ。）

この場合に限り、三春の意思では、結界が解けなくなってしまうのだ。

普段とは逆に。

この結界の中にいるひとは、現実世界に毎日帰ってゆけるのに、三春は、結界である〝夢の中〟に捕らわれ続ける。

また、ひとは、眠るたびに、結界である夢の中に帰ってきてしまうのだ。

この状態は、まずい。

この状態が続くと、三春の意思でもないのに、結界の中の人死にが続くことになり、早晩、ひとは、疑いを持つようになるだろう。

だから。

一日も早く。

この地下鉄の結界を構成している、〝昏睡してしまった人間〟が覚醒すること、ないしは、〝昏睡してしまった人間〟が死亡すること、それを三春は祈っていたんだが……なかなか、そんな風には、ならない。

それでは、さて。

次は、どうすれば、いいんだろうか……？

で。

三春は、投げてみた。

まあその……釣り針、を。

この釣り針にひっかかって、只今の三春にとって、本当に目の上のたんこぶである、昏睡してしまった人間を……この地下鉄の中のひとが、殺してくれたのなら。

「わあい、ありがとうございます」、だ。

これを。

この展開こそを、三春は、望んでいるし、願っているし、是非そうなって欲しいと思っているし、心から、心から、祈ってもいる。

と、いう訳で。

とにかく、〝昏睡してしまったひとを排除したい〟、三春は、そういう思いで、釣り針を投げてみた。

そして。

三春が釣り針を投げた、まさにその瞬間に、この夢は解(ほど)けてしまったのだが……さて。

さて、その〝釣り針〟、どうなったんだろう……？

第七章

「うちのお姑さんはねー、なんか、ぶやっとした柿が好きらしいのね」

ふと気がつくと。大原夢路と関口冬美は、地下鉄の中で会話をしていた。いつもの会話。いつもの地下鉄。にしても、何だって、いつもいつも、冬美のお姑さんの好きな柿の話をしてるんだろうなあたし達、なんて、夢路、まだぼんやりとした頭の中で、そんなことちらっと考えて。そしてそれから、両手を持ち上げ、自分で自分の頰をぴしっと叩く。いや、ぼけてる場合じゃない。

隣をみると、冬美も、会話を中断して、膝の上で、両手で握り拳を作っている。

それから。夢路は、視線を前方に送る。

優先席に座っている氷川稔が見える。その、氷川稔の前に、村雨大河が立っているのも見える。この二人も、最初のうちは、なんだか会話を続けていたようなのだが……ほんの数秒、夢路がみつめているうちに、ふっと我に返ったような感じで、二人して夢路の方へ視線を送ってくる。村雨大河なんか、ぐるんと体の向きを全部変えて、あからさまにこっちに視線を送ってくる。いや、それだけじゃなくて、なんか、右手をあげて、軽く手を振って、夢路に合図。

あああ、村雨さん。なんか、やるんじゃないかと思っていたよー。

夢路、そんなこと、ちらっと思う。

あんだけ、「夢の中では目立たないようにしよう」って、昨日、決めたのに。ぐるんとこっち向いて、手まで振ってみせるだなんて……ああ、あのひとに期待したあたしが莫迦だった。

と、どうやら、氷川稔も同じことを思ったらしくて、座ったまま目立たないように村雨大河の服の端を摑んで、それをひっぱり、なんだか村雨大河にお説教している雰囲気。

夢路は、改めて、今度は、地下鉄の左の方に視線を送る。

かなり離れているので、よく見えないのだが……女子中学生の集団がいるのが、かろうじて判る。だが、大野渚だの伊賀暁美だの佐川逸美だの、個々の人間が判別できる程には、よく、判らない。

ただ。

中学生の集団が、なんだか揺れている感じなのは、そこはかとなく、感じ取れる。

そうだ、眠ったら、この夢の中に来るって判ってはいても……彼女達の大半にしてみれば、この夢は、まだ、二回目なのだ。

前回、夢の中でたたき起こされて（夢の中で起こされるっていうのも、何だか妙な表現なのだが）、慌てて逃げようとして、でも、連結部分の扉が開かず、逃げることができなかったってこと……さすがにそれは覚えていても、みんながおんなじ夢をみているということは、学校で何とか確認できても……「みんなして同じ夢に捕らわれている」って、頭で理解してはいても……実際に、こうして、同じ夢、同じ事態に、またまた捕らわれてしまうと、動揺する子はでてくるらしい。

　ま、それは当たり前だよなって、夢路は思う。

　動揺しても、あまり変な動きをしたり、人目を引く動作をしませんようにって、夢路にしてみれば、祈るしかない。（いや、前回、そろって車両からの脱走を試みたんだから、今更、〝何か〟の、〝マスター〟の気をひかないようにしたって、それに意味があるのかどうか、そもそも判らないんだけれど。）

　渚とは、昨夜、「夢の中ではあまり目立たないように」って了解しあったのだが……あとは、渚、佐川先生、それに伊賀ちゃんっていう子に、期待するしかない。

　ただ。たったひとつ、有り難かったのは。

　今回の夢では。

　あの、悲鳴が、聞こえない。

　この地下鉄の夢を繰り返す間じゅう聞こえていた、最初は嬌声（きょうせい）のようだった、のち、本当の悲鳴になり……最終的に、断末魔の叫びだとしか思えなくなった、あの、中学生の、あの悲鳴は……今は、聞こえていない。

　それが判って、ほっと安堵（あんど）のため息をつくと、夢路の隣にいる冬美が、夢路のことを軽くつつく。そして。

一回、大きく、冬美が頷く。

冬美が何を言ったという訳でもないのだが、この冬美の頷きを見て、夢路はふっと息を吐く。

勿論、夢路が何かをして、それで、悲鳴が聞こえなくなった訳ではない（いやむしろ、悲鳴をあげていた子が死んでしまった、ないしは、もう悲鳴をあげられる状況じゃなくなった、だから悲鳴が聞こえないのかも知れない。そんな最悪の可能性が夢路の脳裏をよぎるんだけれど）、それは判っているのだけれど、同時に、新たに悲鳴をあげる子がいなくなったこと、それがちょっと、嬉しくて。冬美が頷いてくれたこと、それが何だか嬉しくて。

また、夢路は、更に地下鉄の中を観察する。

中学生集団。夢路、冬美、そしてその向かい側の座席にいる氷川稔や村雨大河を除くひと達。

こちらの反応は……見事に二分されていた。

今までは。

何度繰り返されようとも、夢の中で、地下鉄に乗っている人々の所作は、ほぼ、同じだった。

みんな、いつだって、前と同じようなことをしていた筈。

そもそも、昼間の地下鉄に、知り合い同士が乗っている確率は、そんなに高くはない。基本的には、他人ばかりが乗っているのが普通なのだ。

だから、大抵のひとは、座席に座っていれば、眠っている訳でもないのに適当に目を瞑っていたり、スマホを覗きこんでいたり、ゲームをやっていたり、ひとによってはテキストのようなものを読んでいて、そこにアンダーラインをひいていたり。

一組いた、知り合い同士で乗っているひと達も、声高に談笑する訳でもなく、時々、二言三言声をかけあって、ちょっと頷いたり何だりする、その程度の会話をしていた筈。

ところが。

それが、今回は、まったく違う所作になっていた。

まず、ひとりで乗っているひと。

このひと達は……相変わらず、スマホを見ていたり、テキスト読んでいるひともいたのだが……まるでスマホを投げつけるような勢いでそこから目を離し、きょときょとしているひと、いきなり立ち上がり、立ち上がりはしたものの、どうしていいのか判らず、再び座席に座ってしまうひと、なんかが、いる。

ここで夢路は、心の中のメモ帳に、挙動不審になったひとを書きつける。

多分、このひと達は、前回の夢を覚えているひと達だ。だから、今、同じ夢が繰り返されていることが判り、本当に驚いている。どうしていいのか判らなくなっている。

それから、知り合い同士で乗っているひと達。こちらの反応はもっとおかしく、一人がいきなり知り合いに喰ってかかり、もう一人は何か意味判らないって表情。

そして。
そして、それから。

今となっては……車両の、ほぼ、中央に。

〝何か〟が……〝マスター〟が、いる。

さすがに。
どうしても怖くて、「マスターがいるのはあの辺」って思った処には、夢路、まっすぐに視線を向けることができない。どうしても、そこを見ることができない。そっちの方へ視線を向けることまではできても、肝心のマスター、そのひとだけは、その存在だけは、絶対に視覚の中央に捉えることができない。
だから。
実際の処、マスターが何をしたんだか、まったく夢路には、判らないのだが。

「……ふーん」

マスターの気配。

なんだか、その辺をいろいろ観察しているマスターの気配。

そんなものがしばらく続いた後で。

マスターの声が、鳴り響く。

マスターの声は、まったく大声って訳でもなく、声を張り上げていたという訳でもなく……ほんの、小声で、呟いたって風情だったのに。

なのに、前回の夢で、凛々と鳴り響いてしまった夢路の声よりも、あきらかに、通った。見事に、この車両の全員に、聞こえてしまった。あるいは、それは、声の質だの声量だのの問題ではなくて……この夢を宰領しているのが、マスターだから、かも知れない。

「……ふーん。三春ちゃんの結界が、一部、破れたか。この反応は、結局、そういうことだとしか思えないよなあ」

それがどういう意味なのか、この車両にいるひと、全員が、判らなかった。（夢路、氷川、村雨組と、中学生集団には、おぼろげに推測ができることはあったのだが。）

けれど……〝これが、何か恐ろしいことが起きる、その前触れであること〟は、この車両にいたひと、全員が、判った。まだ、何も気がつかずに、ひたすらスマホを見ていたひとや、自分の連れが動転しているのにその意味が判らなかったひとも、全員が、判ったようだ。というのは、それまで普通にしていたひと達が、この声を聞いた瞬間……いきなり動揺しだしたから。

「も、三春ちゃん、遠慮している場合じゃないや」

この声が何を言っているのか判らず。三春ちゃんが何だか判らず。何も判らなくても、この声が、〝遠慮をやめる〟って意味のことを言った、その恐ろしさは、この車両にいるひと、すべてに、判った。

この声が。

遠慮するのをやめたら。

何か、とっても、酷いことが……起きる。

「では」

息を吸って、そして、吐く。

そんな一拍の間をおいて。

この声は、宣言をする。

「それでは、ゲームを、始めましょうか」

この瞬間。

佐川逸美は、もの凄い後悔にみまわれた。

明日、ナースさんを特定するだなんて、そんな悠長なこと、してる場合じゃ、なかったんだ。今、この瞬間。夢の中で。なんか、酷いことが起こりそうな感じ。そして……わたしには、それに対抗できる手段が、ない。

この瞬間。

大原夢路は。

村雨大河は。

氷川稔は。

大野渚は。

まったく違う思いを抱いていた。

昨日……打ち合わせしておいて、よかった。

いや、あの打ち合わせで、何ができるって訳じゃない。

けれど、まったくの白紙状態で、この事態に至ってしまったら……本当に、何をどうしたらいいのか、指針というものが全然ないことになってしまうから……たとえ、実効性がなくても、それでも、打ち合わせだけは、しておいて、よかった。

そして、今、思うことはと言えば。

あの、打ち合わせが……どうか、ほんの少しでも、ほんの少しでもいいから、意味を持ってくれますように……。

大原夢路（前日夜）

　結論として、「明日、ナースさんの顔が判る生徒さんが病院に張り込む」という意見がでた処で、この日のファミレスでの会合は、終わった。（というか、終わらざるを得なかった。だって、気がついてみたら、もう、夜の七時をまわっていたんだよー。これじゃ、中学生が帰宅できるのは、八時すぎってことになる。さすがに、中学生の女の子達を、この時間まで拘束していたのはまずいとあたしも思ったし、現役の先生である佐川先生はもっとそう思ったみたい。時間が判ると、慌てて、中学生達をどうやって帰すかを算段したのだ。んで、確かにそれに、文句は言えない。中学校の先生なら、まずそれ考えて当たり前だ。でも……これ、あたしにしてみれば、不満たらたら。完全な不完全燃焼だ……としか、言えない。）

「んと……渚は、この近所に家があるのよね？　歩いて帰れるところ？　あと、西武線沿線なのは、伊賀ちゃんだけ？」

「はい。他の連中は有楽町線沿線でしょ？」

「はーい、要町ー」

「東池袋（ひがしいけぶくろ）だから。うん、いっちゃん先生、練馬高野台の駅まで一緒にいってくれたらそれでいーよー。あとは、有楽町線組、勝手に帰れる」

「いや、それ、まずいから。何の連絡もなしで遅くなってしまったんだもの、保護者の方に」

「連絡すんなー」

「やめれっ」

「絶対話めんどくさくなるー。やめてー、それ、やめっ」

で、いつの間にか、保護者に連絡だけはなしになり、みんなでまとまって、駅の方向へと歩きだし。

あたしは、多分、みんなと別れて逆方向へいった方がいい筈だった。うちは石神井町だから、わざわざ練馬高野台の方へはゆかず、石神井公園に向かった方が、距離的には近い筈。でも、ここって、石神井公園駅からみて、かなり変な処にある、そして、練馬高野台からもかなり来にくい場所だから……これはもう、少し遠回りでも、一回、練馬高野台の駅まで行っちゃった方が、迷わなくていいかなって思ったので。

それに。歩きながら、少し、あたしは、自分の心を整理したくもなったので。その為には、歩いているのって、ちょうどいい感じ。

うん。

今回の場合、仕方ないとは思う。他にどうしようもないっていうのは、判っている。

でも。けど。

佐川先生、詰めが甘い。

このひと。判っているんだろうか？

話を明日に持ち越すっていうことは、間に、絶対的に、〝今晩〟が挟まってしまうっていうことだよ？　ということは……間に〝晩〟が挟まるっていうことは……。

あの、夢に、再び、みんなして行ってしまう可能性があるってことだ。

あの夢の中に、この面子（メンツ）が、揃って取り込まれてしまう可能性があるってことだ。

そして、今。こんな状況で。

やっとこ、只今（ただいま）の状況を、理屈としてはまったく理解できていないけれど、でも、現象として理解できている全員が、揃って、また、夢の中に取り込まれてしまったら。その場合、どんなことが起きるのか、想像もできない。只今、状況を理解しているあたし達が、揃って夢の磁場に捕らえられてしまったら、最悪、みんながまた、この夢のことを忘れさせられてしまい、話、一からやり直しって事態にも、なりかねない。普通だったらあたしは、夢のことを絶対に忘れないんだけれど……あの、マスターが、あたしをターゲットにして、何か精神操作みたいなことをしてきたら……さすがにあたしだって、どうなっちゃうのか判らない。

……まあ……けど……とは言うものの。

佐川先生が、何が何でもまず子供達を家に帰さねばって思ったのは、理解できる。いや、あたしが先生でも、そうしたよね。

それに何より。

あたし、この子達を前にして、「このまま〝今晩〟が挟まってしまうと、あたし達、また、あの夢に取り込まれてしまう可能性がある」って意味の言葉を……言えなかった。どうしたって、言えなかった。

いや、だって。

見れば判る。

ここにいるのは、たとえそれがどんなに〝できた子〟であっても、どんなに〝できる子〟であっても、まだ、中学生なんだ。みんな、お肌つるつる、ほっぺたピンクで、人指し指でほっぺた押したら、むにって、柏餅(かしわもち)みたいにへこむような肌した、そんな、子供なんだ。中学生組には文句があるだろうが、五十超した人間から見たら、みんな、ほんとに、まだまだ全然、小さな、柏餅ほっぺの、子供なんだ。

いたずらに、この子達を、脅かすのは、嫌だ。

いや、本当に命の危険があるのなら。そんなこと言ってる場合じゃないとは思う。けど、実際の危険が、まだ、何だかよく判っていない状況で……こんな状況で、まだ、ほんの子供を、いたずらに怖がらせるのは……あたしには、どうしても、できかねた。

うん、これは、ある意味、大人の傲慢(ごうまん)なのかも知れない。

けれど、彼女達が、自分で気がついていないのなら、今、指摘したからって何か具体的な解決策がある訳じゃない、そんな問題を、この柏餅ほっぺに突きつけるの、嫌だ。

で、まあ、そんなことを思いながら歩いていたら。

ふっと、気がついたのだ。

あれ？

あたし、なんか、変なこと、思っていなかった？

〝あの、夢に、再び、みんなして行ってしまう可能性があるってことだ。〟

〝このまま今晩が挟まってしまうと、あたし達、また、あの夢に取り込まれてしまう可能性がある。〟


……可能性が……ある？

あたし。

あの夢のことを考える度、毎回、そう思っていた。

理屈として、頭では理解できていなかったけれど……感覚として、そう思っていた。

可能性が、ある。

この言い方の、正しい意味は、ひとつ。

そうならない可能性だって、ある。

そういうことだ。

何でだか判らないんだけれど、あたしの本能は……〝今日、このまま、眠ったって、それで絶対、あたし達があの夢に行ってしまうって決まった訳ではない、ただ、そうなってしまう可能性がある、そしてそれはとても高い確率だ〟って、思っている……らしいんだよね？

こ……これは。これは、何なんだろう。

何だってあたしは、こんなことを思ってしまったんだろう。

いや、普段だったらね。

こんなの、ただの言葉の綾。

そう思って、あたし、この考え、それ自体を無視しただろう。

けど。今回だけは、それ、無視、できない。

何たって。

あたし本人にも判らない台詞を、あたし本人が言ってしまい、そのせいで、事態がもの凄く紛糾しているんだもの。

「絶対に教えてはいけません。考えてもいけません」

あの言葉に、何か意味があるんだとすれば。

同じく、理屈なんてまったく判らない、けれど、あたしが自分で思ってしまったこと、それにも、意味が、あるのかも知れない。


ここで。あたし、思い出していた。

そういえば。

ちょっと前の話なんだけれど。

なんか、日数があわないって思ったこと……なかった？

ああ、いつだったか全然もう覚えていないんだけれど、前に。

何回も何回も夢をみた後で。渚ちゃんと知り合った後で。

確か、あたし、思った筈なんだよね。

日数が、あわない。

地下鉄が地震で止まった日からの日数と、あたしが夢をみた数、それが、あわない。

あたしは毎晩寝ているのだから。常識的に言って、地下鉄が地震で止まった日からの日数と、夢をみた数は、あっていないとおかじいんだよね。ま、数の差が、一くらいなら、あたしの勘違いって可能性はある。けど……夢の数が、二回、少ない。そんなこと、漠然と思った記憶がある。

と、いうことは。日数があわないのなら。

眠っても、あの夢をみないこと、そんな事態に立ち至る可能性が……あるのでは？

やがて、駅の方へ行くか、碁会所へ行くかっていう分かれ道にさしかかり、渚ちゃんはここで。

「一回、碁会所寄って、おじいちゃんと一緒に帰ります。その方が、先生も、安心でしょ？」

って言い、佐川先生も、「あ、おじいさまと一緒なら、是非その方が」って言い、渚ちゃん、列から離れる。同時に、村雨さんも。

「僕も、佐伯さんにひとこと挨拶してから」っていうんで、列から離れる。（考えてみれば、このひとも、住所のことを考えれば、みんなと一緒に歩くんじゃなくて、逆方向へ歩いた方が、すぐに家に帰れた筈だ。）

んで、あたしも。

なんか、頭の中がぐるぐるしていたものだから。

このまま、子供達と一緒に、歩いていたくなかったから。だから、何となく、中学生連中と別れて、何となく、村雨さんについていった。

そうしたら。

碁会所の前に、電柱に寄り掛かるようにして、所在なげに立っている、氷川さんの姿が目にはいったので……あたしは本当に驚いた。

氷川稔（前日夜）

……俺は。

本当に、俺は、何もやりたくはなかったんだよ。

と、いうか、俺には何もできないんだよ。

んなこたあ、判ってるんだよ。

だから、このまま、すべてを無視して、明日って日を迎え、そのあと、明後日(あさって)って日を迎え、その次に明々後日(しあさって)って日を迎え……そんな日々を、過ごしたって、いい筈だったんだよ。というか、そんな日々を、過ごしたかったんだよ。

けど、なあ……。


「……また？」

幻聴だよ。

幻聴に決まっている。

けど、こんな〝幻聴〟が、ずっとずっと、何回も聞こえてくるとなると、そこには別種の問題が立ちはだかる。

いや。そんな話は、どーでもいい。

ただ。俺は。

「……また？」

この、幻聴を、聞きたくはなかったのだ。こんなん、絶対、聞きたくはなかったのだ。

でも、聞こえる、幻聴。

いや、あるいは、幻聴ではないのかも。

「……また？」

気がつくと、俺は、五時くらいからそわそわしだしていた。六時が近くなると、いつの間にか机の上を整理していた。そして、六時を十五分も過ぎると……完全に、帰り支度を整えていた。

まだやることは、山程あったのに。普段だったら絶対仕事続けていた筈なのに。そういうの、全部、無視して。

気がつくと、俺は駅にいて、地下鉄に乗っていた。西武池袋線乗り入れの有楽町線。んで……これに乗って、俺は練馬高野台の駅で降りて……しょうがない、俺がこの駅で知っている唯一の場所、碁会所へ行ってみたんだ。

だが。

碁会所のドアを前にして。

どうしても、俺は、このドアを開ける気がしなかったのだ。

このドア、開けてしまえば、それでもう〝おしまい〟だっていう気が、したのだ。

いや、何が〝おしまい〟なんだか、んなの、俺にだって判りゃしねーんだが。

そんで。

俺は、碁会所の前の電柱の処で、頭をごんってうしろに倒し……頭を電柱に寄っ掛からせる。

ま、あと……五分、な。いや、十分……待とうか。

……あとから考えてみれば判る、俺はこの時、ひたすら時間を潰していたのだ。いや、それ、普通の意味での〝時間を潰す〟ではなくて……。

あと十分。それだけ待てば……なんか、公式的な理由ができる。

俺が、この事態から、去ってしまってもいい、そんな公式的な理由ができる。

ああ。どう考えても、そう、だろ？

俺は待っていたのに、なのに、なんの反応もなかった。

そんな事実がもしもあるのなら……なら、俺は、大手を振って、この問題を、無視していいんだよ。

ああ。

大手を振って、〝この件から手をひく為に〟時間を潰していたのに……なのに。

俺が時間を潰そうと思ったら、あっという間に……あの、じーさんと、佐伯さんっつったか、伝法な、じーさんよりもっとじーさんの孫の渚ちゃんと、そして、大原さんが……来やがった。来ちまったんだよ。

「うわあ、氷川さんっ」

なんだか、とっても嬉しそうに、大原さんが言う。

俺は、その、大原さんの〝嬉しそう〟な処が、納得できない。

だが。大原さんは、まったく違うことを思っていたらしくって……。

「この夢に対して、村雨さんとあたしだけじゃなく、氷川さんがいてくださることが、とっても嬉しいです。ありがたいです」

……って、おい、変な期待を俺によせるのはやめてくれ。

「多分。このままだと、あたし達……今晩、また、あの夢の世界に行くことになると思います。つーか、行っちゃうんでしょう。……で、氷川さんは、あの夢の数、カウントしていませんか？」

え？　おい、そりゃ何の話だ？

「あたし、さっき思い付いたんですけれど。あたしの記憶が確かなら……あの夢をみた回数と、実際に、この現実で過ごした日々の日数が、違うんです」

えー、これは。俺が理解力不足だって訳じゃないよなあ、あきらかに、大原さんの言ってることが、意味不明だ。だから俺が、「？」って顔をすると。大原さんの方も、自分の説明不足が判ったのか。

「言いなおします。実際に、あの事故があった日から、今日まで……えっと……何日、たってましたっけか？」

「十五日」

「ああ、ですね。ということは、あたし達、あの夢を、十五回、みてないと、おかしいですよね？」

「十四回。今日はまだ寝てないから、そういう話になると思う。今日、眠って、あの夢をみたら、それで十五回になる」

とても簡単な算数の問題なので、俺がこう言うと、大原さん、なんか、異常に嬉しそうな表情になって、がしっと俺に視線を向けてくる。そして、村雨さんに聞こえないように、俺に対してだけ、ぼそっと。

「そういうことをしっかり判ってくれるひとに、いて欲しかった……。あたし、自分の感覚だけじゃちょっと自信が持てないし……村雨さんは……あんまり……いろんな意味で、あてにしてはいけないような気持ちがして……」

じーさんに対して、かなり失礼なことを言っているような気もしたんだが、この大原さんの気持ちは、判らないでもない。

「んで、それが、何か？」

「ですので……氷川さんは……あの夢の数、カウントしてます？」

「え？」

「あの……あたしは、夢を、全部、覚えているんです。んで、この夢のループが始まってからずっと、〝何だってあたし、おんなじ夢ばっかりみるんだろう……？〟って思っていて……その、夢の数がね、現実でたった日数より、二回少ない気がするんです。……ま、毎日同じ夢をみているんだから、実際は正確な数、判らないんですけれど、でも、絶対、十五回も、この夢、みていない」

「だから、みたとしても十四回」

俺がつっこむと、大原さん、本当に嬉しそうな顔になって。

「ああ、そういうつっこみをしてくださる方にいて欲しかった。で、あたしの記憶では、あの夢、絶対にそんな数はみていないと思うんです。現実でたっている日数よりも、あきらかに、夢の数の方が少ない。……それで、氷川さんにお伺いしたいんですけれど。氷川さんは、何回、あの夢をみました？　それ、カウントしたり、していません？」

はああ。俺は、ため息をつく。

「あのな。そもそも俺は、毎日同じ夢をみているだなんて、あんたが俺達の処へ歩いてくるまで、知らなかったんだよ。なんか、じーさんに同じ文句をつけられるよなー、このじーさんの先の台詞が予想できちまうのは何でなんだろうとは思っていたけれど、まさか、自分が毎日同じ夢をみているだなんて、気がつかなかった」

俺がこう言うと。大原さん、あからさまにがっくりって表情になって。

「じゃあ、夢の総カウント数なんて……判らない？」

「判る訳がない」

と、ここで、俺達の話を聞いていたらしい渚ちゃんが口を挟む。

「それ、私にも判りません」

「……そっ、かー。ま、しょうがないかー」

「けど、大原さん」

積極的なのは、渚ちゃん。

「それ、何か、意味があるんですか？」

「いや、あるんだかどうだか判らないんだけれど。でも、あたしの心の中では、これ、ひっかかっているのよ。つまり、あたしの無意識が、これに注目しろって言っているような気がするの」

「……と……いうことは……気にした方が、いいってこと、ですよね？」

渚ちゃんがこの台詞を言った時には、いつの間にか、村雨さんは、もうここにはいなかった。とっくに、碁会所の中にはいっていってしまったらしくて。

「なら、それ、村雨さんにも、聞いてみますか？　もしかしたら、村雨さん、夢の数をカウントしていらっしゃるかも知れませんし」

言われた瞬間、ああ、俺も、じーさんに対して結構失礼なことしてるよな、俺、首を横に振っていた。俺とじーさんの会話を考えるに、それはあり得ないことだって思えたし…

…。

と、ここで。

「おう、渚、何やってんだよ」

いきなり碁会所のドアが、内側から開いた。そこに立っていたのは、佐伯さんっていう、じーさんよりじーさんの、伝法なじーさん。俺、苦手なんだよな、このじーさん。だから俺、微妙に大原さんのうしろに自分の体をずらす。

「一緒に帰るか？」

「うん、一緒に帰ろ。……でも、おじいちゃん、ちょっと待っててね」

この頃には、佐伯さんのうしろから、村雨さんも出てきたので。

渚ちゃんは、俺、大原さん、村雨さんを相手に。

「今晩、眠ると、きっとあの夢に行ってしまう。だとすると……ちょっとは、意見、統一した方がいいと思いませんか？」

ああ、おう。それは、確かに。

「今晩、あの夢に行ってしまったら……どうするのが、いいと、思いますか？」

この言葉に。

俺には、答える台詞が、ひとつもなかった。どうしたらいいんだか、まったく、判らなかった。

で、大原さんが。

「まず……目立たないこと」

　こう言う。

「勿論、昨日の夢で、中学生達が脱走を試みたんだ、マスターがそれを意識しない訳がない。でも、だからって、目立つより目立たない方が、こりゃもう、絶対に、いいでしょ？」

「それは了解です。でも、目立たないだけだと……」

「いずれ」

　こう言ったのが自分だったので、言ってしまった後で、俺は本当に驚いた。

「いずれ、〝何か〟に、戦いを挑まなきゃいけなくなる」

　ここで、ちょっと、やりとりがあり、俺が〝何か〟って呼んでいる、あの〝日本昔話〟を、渚ちゃんが〝マスター〟って呼んでいることが判った。

「だから、ここで、考えなければいけないのは、マスターへの戦いの挑み方」

　そりゃ無理だ。なんたって、そもそも見るのが怖い（ということは、見ることができない）相手に、戦いなんて、挑みようがないだろうが。いや……けど、戦いを挑まなきゃいけなくなるって言ったのは……俺、なんだよな。

「とにかく」

　ここで、大原さんが口を挟む。大原さんがどんな人間なんだか、俺にはまったく判らないんだが……ただ、彼女には、なんか特殊な能力がある。この時点で、俺、それだけは判っていたので、とにかく彼女の言葉を尊重する、そんな気持ちになって。

「これ、本当のことかどうかは、あたしにもまったく判らないんだけれど。ただ、あたしの気分としてはね、マスターと、目と目をあわせてはいけない。これは、絶対にいけない。絶対に、避けなければいけないこと」

理屈なんてまったく判らないんだが。なんか、特殊な能力があるかも知れない大原さんがこう言っているのだ、俺は、全面的にそれを支持する。

「つー、ことは、だな。もし……俺達がマスターに戦いを挑むとして……」

「全員、目を伏せて、絶対にマスターを見ないようにして、そんでもってマスターを取り囲むしかないんじゃないかと……」

「でも、その、マスターを取り囲んだとして。そのあと、どーすんだ？」

「……どうしようも、ありません。そっから先は、あたしにも、まったく、判らない」

「……つー、ことは。どうしようも、ないのでは？」

「ないんです。確かに、どうしようも、ないんです」

「あの」

と、ここで。村雨のじーさんが、なんか口を挟んできた。でも、俺も大原さんも渚ちゃんも、まるで相談していたかのように、じーさんの言葉を無視して、おのおの自分の台詞を続ける。（……いや……本当に申し訳ないんだが……じーさんの台詞……なんか、聞いても意味がないっつーか、聞かない方がいいかなって気が、したもんで。）

「あたし、冬美に……あ、あたしの隣に座っていた女性で、あたしがこの件に嚙むようになったのは、ひとえに冬美の要望だったからって事情があるんですが……とにかく、冬美に、この件を電話で伝えます」

「あたしも、今晩中にみんなに伝えておきます。とにかく、夢の中では、目立つなってことですよね？」

「あの」

ここでまた、村雨のじーさん、何か言おうとする。でも、全員が、それ、無視。いや、無視どころか。俺がこう言っちまった。

「じーさん。今の話、聞いていたよな？　また、あの夢に行ったら。夢の中では、とにかく、目立つな」

「ああ、はい。それは判ったんですが……でも」

この〝でも〟を、全員が、無視。

かくして。こうして。

この日の会合は、終わった。

そして、その晩。

俺は眠って……そして、夢をみて。

あの夢の中の世界に、はいっていってしまった訳なのだが。

俺。

ちょっと、驚いていた。

というか、怖かった。

というのは。

最後に、別れる前、村雨のじーさんが言っていることが、聞こえてしまったから。

「あの」

この言葉のあと。じーさんは、とんでもなく恐ろしいことを言ったのだ。

「あの、でも……みなさん、そんなこと考えていないみたいなんですけれど……その、〝何か〟、〝マスター〟と、お話ししてみたら、どうなんです？　日本語が通じるんですから、お話し、できるのでは？」

この言葉。

じーさんは、みんながばらけた後にこう言って、だから、これをちゃんと聞いたのは、俺だけかも知れないんだけれど。

ほんとに恐ろしかった。

じーさんは……ほんっきで、ほんっとに、それをやるつもりなのか？

大原夢路

「それでは、ゲームを、始めましょうか」

〝何か〟の。

〝マスター〟の言葉が、世界に響く。

それと同時に。

気がつくとあたしは呟いていた。

「させるものかよ」

いや、あたし的には、かすかに呟いたような気分で、この言葉、言ったんだけれど……と、いうか、こんなこと言う気なんてまったくなかったのに……〝マスター〟の言葉を聞いた瞬間、条件反射みたいに、反発として、あたしの口から、何故か、こんな言葉が、漏れてしまったのだ。

そしてまた。不思議なことに、この言葉は、これまたマスターの言葉のように、この世界に鳴り響いてしまったのだ。

凜々と。

ふえー、どうしよう、あたし。

「ほよ」

するとまた、敏感にマスターがこんなあたしの台詞に反応して。

「やっぱ、来たかい、呪術師。あんた、三春ちゃんに文句があんのね？　なら、きっちり、三春ちゃんに向き合いなさいよ」

い……いや。

言われても、あたしは、呪術師なんかじゃないし、そもそもこんなこと言う気なんてまったくなかったんだし……も、あたし、どう反応していいんだか、判らない。

で、あたしが何も言えずにいると。

〝マスター〟は、更に、かさにかかって。

「三春ちゃんに対抗できるあなた。あなたは、多くの文化圏で〝呪術師〟って呼ばれているけれど……ふーん、あなたには、その自覚がないのね？」

いや、何を言っているんだ、この〝マスター〟は。

「〝ドラゴンスレイヤー〟、〝陰陽師〟、〝超能力者〟、いろんな言い方されているけれど……ああ、自覚が、本当に、ないのか」

……？

ほんとに自覚がまったくなかったので、あたしにしてみれば、何とも言いようがない。

けれど、〝マスター〟は、自分の台詞を続ける。

「いつの時代でも、あんた達は三春ちゃんの敵だった。いつだって、三春ちゃんを殺そうとしていた」

いやその。

〝いつの時代でも〟って言われた段階で、も、駄目だよあたし。話についてゆけない……っていうか、ついてゆきたくない。

いや、だって。だってあたしは、今、ここにいるあたしだ。それにすぎない。それ以上のものではない。

だから、〝いつの時代でも〟って言い方が、そもそも、変。

そんな、いつとも知れない時代のことを、只今のあたしに言われたってさあ。その上、〝いつだって殺そうとしていた〟だなんて、あたし、そんなことしたことないってば。（大体、〝いつの時代にもあたしがいた〟って、それ、何よ？　あたし、不死身なの？　不老不死なの？　んなわきゃ、ないでしょうに。）

そんで、あたしが、ひたすら身を縮こませていると。

「あのね、呪術師。三春ちゃんは、あなたを特定できているんだよ？　前の夢で、三春ちゃんのことを直接見ようとした、どっかおかしなおじいさんの側にいた女。今は、夢がちょっと巻き戻っちゃったので、そのおかしなおじいさんの向かい側の座席に座っている女。あなたが、呪術師でしょう？」

うっ。今〝マスター〟が言っている、〝どっかおかしなおじいさん〟っていうのが村雨さんだとすると（そうとしか思えない）、それはあたしだ。どう考えても、あたしだ。ということは……うわあああ、確かにあたし、見事に〝マスター〟に、ピンポイントで把握されていることになる。

そう思った瞬間、増す、威圧感。

体が、余計、動かなくなる。

まさかそんなことはないんだろうけれど、重力がおかしくなって、あたしにだけ、余計な重力がかかっている感じ。体が、もう、重くて重くて、自分でも動かしにくい。まして、〝マスター〟がいる方へなんか……重力とは別に、威圧感が凄くて……視線を送る気にはなれない。(いや、もともと、怖いからそっちへ視線を送りたくはなかったんだけれど、こう言われた瞬間、もっとずっと、そっちへ視線を送れなくなってしまった。怖いっていう、感覚的な問題だけじゃなく、物理的に、体の動きとして、そっちへ視線を送れなくなってしまったのだ。)

そして、それから。

まるで、蛇が舌なめずりしているような感じで、〝マスター〟は言う。

「ここまで。うん、ここまで、三春ちゃん、判っているんだ。呪術師、もう逃げずに、三春ちゃんと対峙してちょうだい。三春ちゃんは、呪術師と、二人でお話がしたい」

そして。

……こつ……こつ……こつ……。

ハイヒールを履いた女が、こっちへ向かって、歩いてくる気配。ないしは、そんな、足音。

あ、いや、村雨さんが見ていた限りでは、〝マスター〟は女子中学生の筈だし、氷川さんに言わせれば、〝マスター〟は〝日本昔話〟で、藁草履履いていた筈で、だから、こんな足音になる訳がないんだけれど。

でも。〝マスター〟に怯えているあたしには、彼女、なんだか有能な女性に思えて……だから、ハイヒールの音が、聞こえるのかな。

……こつ……こつ……こつ……って。

近づいてくる足音。どうしていいのか判らないあたし。

どんどん近づいてくる足音。でも……ほんとにどうしていいのか判らない。

と、ここで。

いきなり、あたしの隣に座っていた冬美が、あたしの脇腹に肘鉄を食らわしたのだ。

「ぐっ」

あんまりいきなりで、あんまり痛かったもんで、あたしは、ついつい呻いて、お腹抱えて、座席に沈みこんでしまう。と、冬美。

「何が何だかよく判らないんだけれど、夢路、今、危機だよね？　なら、夢路、黙ってて。黙ってそこに座ってて。動かないで」

え？

何？

そして。

隣に座っていた冬美、いきなり立ち上がると、まるであたしを守るかのように、あたしの前に立ちはだかったのだ。

「私、もう、〝死亡フラグ〟がたっているって、夢路、思っているんでしょ？　なら、何やったって、もうこれ以上は悪くはならないでしょ？」

いや、いやちょっと待て、だからって何やってんだよフユっ！

「何が何だかよく判らないけれど、今、夢路を脅かしているあんたっ！　文句があるんなら、私に言いなさいよっ！　私が聞くわよっ！」

いや、冬美、あの、〝マスター〟は、あたしに文句があってこんなこと言ってる訳じゃない（ような気がする）。呪術師とかいう、あたしの〝属性〟に文句があって、こんなことやってるんじゃないかって思う。（そもそもそれが違うんだけれど。）

それに、大体。その前に。

何やってんだよフユっ！　あんた、こんなことしていい身分じゃないでしょう？　だって、こんなことして、もしあんたに何かあったら、あんたの大切な早紀ちゃんは、どうなんの。あんたは、早紀ちゃんの為にも、絶対、万一のことがあったらまずい身分でしょうに。

と、同時に。

「こっち見て！」

「こっち見ろっ！」

　左側で、わき上がる声。そしてそれから。

「莫迦あー、あほー」

「くずー、駄目ー、ひとでなしー」

「いや、ひとじゃない存在に対して、〝ひとでなし〟は罵倒になっていないと思うんだな、私は」

「じゃあ……糞ヤロー」

「お、それは罵倒」

「駄目駄目人間ー」

「だからそれはひとじゃないものに対する罵倒じゃないってば」

「そんじゃ、駄目駄目存在ー」

「それ、そもそも何罵倒してんだかよく判らない」

「じゃあ……えっと……あと、どんな罵倒をしたらいいのかな」

「んなもん私に聞くな」

「えっと……やーい、やあい」

「やあい、やあい」

「……いや、言ってる気持ちは、何となく判る。けど、それ、罵倒じゃなくて、単に囃し立てているだけだって気が……」

「伊賀ちゃん、囃し立てるんじゃ、駄目？」

「いや、所期の目的は、果たしているような気は……するな、確かに」

なんて言葉が、次々、聞こえてきた。

あ、これ。

左側にいた中学生達が、ひたすら、何やかんや、言ってくれているのだ。

何故か。

あたしに向かってきた〝マスター〟を、止めようとして。〝マスター〟が、あたしに近づくのを、何とか阻止……は無理でも、一時的にでも足どめしようとして。ひたすら〝マスター〟を罵倒することによって、あるいは、とにかく声をかけて〝マスター〟の注意をひくことによって。

え、でも、これ、変。

だって、昨夜あたしは、渚ちゃんと、「夢の中ではとにかく目立たないこと」って合意をした筈だよね？ そんでもって渚ちゃん、中学生達みんなに、その件、伝えてくれた筈だよね？ なのに、みんな、何やってんだ。これはもう、目立っているだなんてもんじゃないじゃない。

でも。

この中学生達の言葉によって。

呆れたんだか何なんだか、あたしに近づく、「こつ……こつ……こつ……」って音が、ほんの少しの間、止まった。

その、止まった瞬間。

「はい、今っ！」

いきなり響いたのは、氷川さんの声だった。

「みんな、目を瞑るっ！」

☆

……何が。

一体全体、何があったんだろう。

まったく訳が判らないまま、あたしは、あたしを庇うようにあたしの前に立ちはだかっている冬美を見上げる。

多分冬美、目を瞑っている。

遠く、左の方にいる、女子中学生達に視線を飛ばしてみる。

彼女達が目を瞑っているのかどうかは、この距離ではまったく判らない。だが……多分、みんなして、目を瞑っているんじゃないのかなあ。

そんなことを思ってしまったのは……みんなが、まるで、凍りついたかのように、止まってしまっていたからだ。

うん。目を瞑ってしまえば、大抵のひとは、そのあと、凍りついたように止まる筈。

いや、だって。普通のひとは、あくまで視覚優位で生きているから。目を瞑ってしまえば、その〝視覚〟が鎖されてしまうから、だから、視覚優位で生きている人間は、目を瞑ったら、止まるんだよね。というか、動けなくなるんだよね。

で、さて。

何だってみんなが目を瞑っているのかって言えば……それは、氷川さんが、言ったからだ。

「はい、今っ！　みんな、目を瞑るっ！」

で。これが、何だか、何でなんだか、あたしにはさっぱり判らない。

そもそも、氷川さんとも、「夢の中では目立たないように」っていう合意はとれていた筈なのに……何だって冬美や中学生達がこんなことして、その上みんなして目を瞑っているんだか、全然、まったく、判らない。

「夢路、目、瞑ってる？」

そんなことを悩んでいたら、いきなり声がして、あたし、あせった。冬美だ。

「え……今ん処、まだ、開けているけど」

「ただちに瞑って。……まさかと思うけど、〝マスター〟の方なんて、見ていないでしょうね？」

「見られる訳がない。怖くて」

「なら、それでいい。とにかく、一回、目を瞑って、そして、私の言葉に耳をかして」

ああ、はい。そこであたしは、目を瞑る。

「昨夜ね、夢路からの電話があった後……私、氷川さんってひとに、電話してみたのよ」

え。何でだ。ああ、いや、そう言えば確かに、冬美には、氷川さんや村雨さんや渚ちゃんのことを詳しく聞かれて、連絡先なんかも聞かれたから、それ、教えたけれど……何だってまた。

「夢路はさ。私のことを、守ってくれているんだよね」

え、いや、そんなつもりは特段ないんだけれど。ただ……冬美は、あたしとは、違う。今回の件が、なんかやばそうになればなる程、早紀ちゃんがいる、〝守るべきもの〟がいる冬美は、直接コミットしない方がいいって思ったのは、確かだ。

「私が夢路に、この件に嚙めって言ったのにね。夢路が、あの夢の中で凜々と響いた声、あれをやっちゃって、自分で訳判らなくなってた時、それでも夢路ならって、焚きつけたの、私なのにね。なのに、夢路は私を守ろうとしてる」

「いや、そんなご大層なもんじゃなくてね」

「それはまあ、どうでもいいの」

あら。どうでもいいんですか。

「ただ、まあ、その……」

くふん。ここで、冬美、ちょっと笑って。そして。とても優しい声で。囁（ささや）くように。

「嘗（な）めるな」

って、はい？

「夢路が私のことを大切に思ってくれているのと同じくらい、私も、夢路のことが、大切だよ。私は、夢路に守られているだけの存在じゃ、ないんだよ」

……いや……そんなふうに思っていたつもりはないんだけれど……でも、ちょっと、そうなのかな。

「んでね、思ったの。今回の場合……自覚はないんだろうけれど、夢路は、絶対に、キーパーソンだ。この先、何かあった場合、夢路は、私達全員の、人間側の切り札になる可能性がある。……そんなこと思って、氷川さんってひとに電話してみたら、あっちもあっちで、何か思うことがあったみたいで……」

「……？」

「なんか、村雨さん関係で、『とても怖い台詞を聞いてしまったような気がする』んだって。だから、絶対に、セーフティネットを張っておくべきだって点で、私と氷川さん、合意したの」

「…………？」

「氷川さんも、夢路は私達の切り札だって思っていて……だから。なんか、村雨さんってひとが、怖いことをしてしまった場合、ないしは、他の局面でも……何かあったら、絶対に夢路を守るべきだってことになったの」

あたしの知らない処で。そんな会話があったのか。なんかちょっと驚くし……その前に……こんなこと思ってる場合じゃないんだろうけれど……ちょっと、嬉しい。

「おそらく、〝マスター〟は夢路と直接対峙しようとする。それをさせるなっていうのが、氷川さんの意見だったのよ。……私も、それは、そう思う。その意見は、正しいんじゃないかって思う」

確かにそれはそうかも知れない。けれど、あたし達が対峙する以外……この先はないんじゃないだろうかっていう気も、する。

「確かに、夢の中で〝目立たない〟ことは大切だ。それは、私達、判っているのよ。……でも……夢路が、マスターと対峙しそうになったら……とにかく騒いで、マスターの目を、夢路から逸らす。私は、自分で志願して、夢路の楯になることにした」

「フユっ！」

瞬間、あたし、沸騰した。そんな莫迦な！　そんなこと、やっちゃいけないっ！　だって。

「莫迦者っ！　いーい、あたしは、ひとりだ。でも、冬美、あんたはひとりじゃない。あんたには、早紀ちゃんだの何だの……」

「夢路っ！」

まったく間をおかず、あたしは冬美に怒鳴り返された。

「莫迦者っ！　あんたには旦那（だんな）さんだっているし、あんたのことが大好きな私だっているのよっ！」

……う……ぐ……う……。

「とにかく。〝マスター〟と目と目をあわせなければ、大丈夫なんでしょ？　氷川さん達に、夢路が、そう言ったんでしょ？」

い、いや、それは確かにそう。確かにあたしは、そう思った。でも、それが、本当に真実であるのかどうかは……実は、まったく、判らない。判らないんだよ？

「だから、とにかく。氷川さんが、渚ちゃん達に連絡してくれて……」

で。この状況か。

ひたすら〝マスター〟に声をかけ、〝マスター〟があたしと直接対峙することを防いで……あとは、あたしの言葉を信じて、とにかく目を瞑る。

「夢路と、〝マスター〟が、直接対峙することを、できるだけ避けようとしているのが、只今の状況な訳」

……成程。

それは判った。

現在の状況も、氷川さんの台詞も、そんでもって目を瞑ったのであろう中学生達のことも、把握できた。

でも。

この時のあたしには、なんか、なんか……どうしようもなく、くるものがあった。くるもの。

込み上げてくる……〝感謝〟とは違うな、〝感動〟とも違う、でも……何か、そういうものに、よく似た感情。

だから。

この瞬間。

何故かあたしは、ぱっちりと目を開けてしまったのだ。

だって。

ここまで。

ここまで他人様に守っていただいているのなら……。

そして、本当に、あたしにそんな価値があるのなら。ここまでして、他人様に守っていただける、そんな価値が、あたしにあるのなら……。

なら。

あたしがやるべきことは、たったのひとつだ。

あたしは。

戦わなければいけない。

戦う、しか、ない。

自分が、自分でもよく判らない、〝呪術師〟だの何だのっていう変なものなら、なら、
あたしは、それなりのことをしなくてはいけない。

だから、あたしは、ぱっちり目を見開いて。

そうしたら。

ひえ、何だろう、もう、目の前に。

指呼の間に。

あたしのほんとにすぐ前に。

いたのは……〝マスター〟。

目と目を見交わした訳ではないんだけれど(さすがにそれは、あまりにも怖くてできかねる)、〝マスター〟の姿を、あたしの目は、捉えていた。

☆

「ああ、やっと」

その時には。

〝マスター〟は、あたしのほぼ前にいた。目を瞑っている冬美には判らないだろうけれど、

冬美と並ぶような位置。

あたしは、微妙に〝マスター〟から視線を逸らし、視界の片隅に〝マスター〟を捕らえるようにする。

ほんとに〝日本昔話〟だあ。

足元は藁(わら)草履だし、蓑笠被(みのかさかぶ)っているし、こんなのが地下鉄に乗っていたら、話題にならない訳がない。まさにそんな感じの、そんな〝モノ〟が、只今、あたしのすぐ前に、立っていた。

「三春ちゃんと相対してくれたんだ、呪術師」

と、同時に。

「夢路っ！」

冬美の声がする。

「あなた、ちゃんと目を瞑ってる？　なんか、瞑っていないような気がしちゃうのは私の気のせい？」

「ああ、瞑ってます、瞑ってます」

嘘だけど。

で、こんな冬美の声をまったく無視して。〝マスター〟は台詞を続ける。

「では、呪術師、三春ちゃんとお話ししましょう」

そんなこと、言われてもなあ。

「嫌」

あたしにしてみれば、まず、こう言ってみるしかない。だって本当に〝お話し〟するのが嫌だったし……そもそも、呪術師って言われるのが嫌だ。

けど、あたしが、「嫌」って言うと、〝マスター〟、なんかもの凄く傷ついたような声音になって。

「嫌って……何で」

「だって……」

だって、何なんだろう。ちょっと考えてみて、すぐに、判る。

「あたしは、呪術師なんかじゃ、ないっ!」

そうだ。一番あたしが違和感を覚えていたのがこの言葉なんだ、だからまず、ここからいかなくては。

「あたしは、ごく普通の人間であって、そもそも、ずっと前から生きていた訳じゃなくって、だからいつの世でもあなたを殺そうとしていただなんてある訳がなくて」

ぜいぜいぜい。思いっきり自分が主張したいことを言い尽くしたら、なんかぜいぜいしてしまった。

「そもそもあたしは、ちょっと前までは普通の会社員であって、出版社で校閲の仕事して、でも、親の介護の問題があって、結果的に会社辞めざるを得なくなって、だから只今鬱屈(うっくつ)しているんだけれど、とにかくあたしは、過去、単なる会社員であり、今は単なる主婦であって」

「夢路！　あんた、何、自分の個人情報もらしてんのよっ！」

冬美に怒鳴りつけられてしまった。

ま、そう言えばそうだ。こんなこと言ってる場合じゃない（って言うか、こんなこと言っちゃいけないよな）。そこであたし、気を取り直して。

「大体、そんなこと言ってるあんたは、何なのよっ！」

一応、怒鳴ってはみたんだけれど、相手から目をそらして怒鳴りつけるって……これ、やってみれば判るんだけれど、おそろしく迫力に欠ける行為なんだよね。

「え……何って、三春ちゃん」

「だから、三春ちゃんって、何よ？　それ、どう考えても名前でしょ？　あたしが聞きたいのは、あなたの名前じゃなくて、あなたが〝何〟なのかっていう」

「自己紹介もしないひとに、そんなこと言いたくありません」

「じゃあ言うけど、あたしは」

「夢路っ！　あんた、何、乗せられてるのっ！　名乗っちゃ駄目！」

って、悲鳴のように叫んだ冬美の台詞はもっともな気もするんだけれど……そもそも、冬美が、あたしの名前を叫んでいる以上、名乗らなくてもあたしの名前、〝マスター〟にはばればれだと思う。（むしろ、下手にあたしが名乗るよりずっと、あたしの名前、〝マスター〟の記憶に刻まれたような気もしないでもない。）

でも。どうやら〝マスター〟は、そんなことに気がついていないみたいだった。

「んと……三春ちゃんはね、〝人間を捕食するもの〟、なの」

三春ちゃんって名乗る〝マスター〟……こっちもなんか、お互いの関係性を考えると、ほんっとに緊張感がなく、すらっとこんなことを言ってくる。

これを聞いた、人間であるあたし達側の動揺は……凄かった。

「人間を……捕食、する、もの？」

「ライオンみたいな？」

「普通のライオンは普通人間を常食のエサにしないぞ」

「そりゃ、普通のライオンは、あんまり人間を喰える処にいないから」

ぼそぼそって聞こえる声。その瞬間、また。

「今、なんか言った奴らっ！　事情が判っていない奴らっ！　何が何だか判らないまま、今、気がついた奴らっ！　訳わかんねーだろうけど、目を瞑れっ！」

また、氷川さんが叫んだ。氷川さんの声が聞こえる。

「おまえら、今、状況がまったく判ってねーだろ？　勿論、俺だって判ってねー。けど、今、この地下鉄の中に、ライオンみたいに、ひとを喰っちまう〝何か〟がいること、それだけは確かなんだ。だから、目を瞑れっ！　その、ひと喰いは、目と目があわない限り、ひとを喰うことはできない筈だっ！」

いや、それ、あたしが前に言った台詞に準拠しているよね？　で……今更、こんなこと言っちゃいけないとは思うんだけれど、あの台詞……〝そんな気がする〟っていうだけで、〝それが本当に真実なのかどうか〟は、保証できないんだよね。

で、あたしが、ちょっと青くなると。〝マスター〟は——三春ちゃんは、もっとずっとあたしが青くなるようなことを言った。

「ああ、さっきから。なんか、余計なこと言ってるひとがいるよね。あれ……なんか煩いから、ちょっと排除してこようかな」

で。三春ちゃんの足が動いた。あたしに背を向けて、おそらくは、氷川さんがいるであろう方向へと。

「逃げるなっ！」

……いや、あたし、莫迦だと思う。

そもそもあたしは、この〝マスター〟、三春ちゃんを相手にすると、自分でもまったく言う気がなかった台詞を連発してしまう傾向があるんだけれど、この時も、それ。

とにかく、三春ちゃんを、氷川さんの方へ行かせてはいけない。

それだけ思っていたあたしは……気がつくと、こう言っていた。

「逃げんなよっ！　あたしが、あんたに、対峙するって言ってんのにっ」

すると、三春ちゃん、ふんって鼻で笑った感じ。

「対峙する？　呪術師が、本当に？」

「だから、あたしは呪術師なんかじゃないって、何回言ったら判んのよ」

「じゃあ、言い換える。対峙する？　あなたが、本当に？　三春ちゃんから目を逸らすことしかできないような、そんなひとが？　本当に？」

「本当に」

……あたしは……莫迦だ。

も、何回だってこう言っていい。何回だってこう言われてもしょうがない。

ただ。あたしは。

この瞬間。

まっすぐ三春ちゃんに目を向けた。

すると、あっちこっちすり切れた着物を着て、その上に蓑笠被った、身長百三、四十センチくらいの、女の子が……あたしの視界に、映った。

いや、これ、女の子じゃ、ない。

女のひと、だ。

背は低いけれど。

子供ではない。

いや、むしろ、大人？　それも、かなり、年のいった、大人？

でも。

不思議なことに、〝老人〟にも、また、見えなかったんだよね。

〝老人〟じゃなくて、年をとらないまま、ずっと、時が止まってしまった大人。なんか、そんなひとに見える。

それにまた。

このひと。

ある種の肉体的な疾患で、成人になっているのに身長が伸びなかったひとでも、ない。

そんな感じがする。

このひとは（いや、〝ひと〟じゃないだろうと思うんだが）、成人女性の平均身長が、百三、四十センチくらいの時代の……普通の〝女のひと〟だ。そう思えてしまった。

成人女性の平均身長が百三十から四十センチ……って、それ、いつの時代の話だ？

少なくとも平成では絶対なく、昭和でもなく、大正でもなく、明治でもない。江戸時代は、年号が一杯あった上に二百何十年も続いたんだから、この時代のことは、よく判らない。この時代あたりは、女性で成人で百三、四十センチって身長は普通だったのかな？

けれど……江戸、でも、ないような気がする。

と、いうことは、戦国時代？

そんでもって、あたしは、息を呑む。

視線をあげたあたしは、このひとと、〝マスター〟と、〝三春ちゃん〟と……もろに、目と目を、見交わしてしまったのだ。

瞬間。

くらっときた。

貧血の、なんか、凄い奴。

くらっとあたしの頭の中から、血の気というものが一斉に引いてしまい、あたしは瞬時、ふらっとして……でも、そこまで。それで、おしまい。

と。

「ふふふん。やっぱり、あなた、呪術師じゃない」

三春ちゃん、なんか笑っている。

「三春ちゃんが本気で見つめたのに、殺すつもりで見つめたのに、あなた、まだ、生きている。全然、倒れそうにない」

「……倒れかけたわっ」

今、あたしが背筋を伸ばしていられること、それがすでに奇跡だと思う。

「だから、あなたは呪術師。三春ちゃんが本気で睨(にら)んで、それでも死なない、あなたは呪術師」

……そ……そういう基準なのか？　ということは、三春ちゃんが本気で睨んだら……あたし以外のひとは、死んでしまうっていうことなのか？

と。ここで。隣から、すっごい悲鳴。そして、台詞。

「夢路っ！」

冬美だ。

「あなた、まさかと思うけれど目を」

「夢路さんっていうのかなあ、この呪術師はね、ぱっちり目を見開いているよ？　んでもって、しっかり、三春ちゃんと、目と目を見交わしている」

「夢路！　あなた、それは絶対やっちゃいけないって……」

「うん。普通のひとは、絶対、これやっちゃいけないんだよね。だって、そんなことしたら、死んじゃうもん」

冬美と三春ちゃん。多分、冬美の方には、〝マスター〟と会話するつもりなんてまったくなかっただろうに、単純に、冬美は、悲鳴をあげているだけなのに、悲鳴と同時に言いたいことを言っているだけなのに、なのに、会話が、成立してしまっている。……あきらかに、三春ちゃんは、この会話を楽しんでいる。

「え、だって夢路、あなたは私に」

なんか、にやにや笑っている三春ちゃんの気配。この瞬間……あたしが、これに気がついたのは、僥倖（ぎょうこう）だった。

「フユっ！」

全身全霊を込めて。あたしは、怒鳴る。

「絶対に、目を、開けるなっ！」

この、三春ちゃんの、からかっているかのようなしゃべり方は……。

「この、三春ちゃんって〝モノ〟は、あんたのことを挑発してるっ。あんた挑発して、あんたが目を開ける瞬間、それを待っているっ！」

この言葉と同時に。冬美は、ぎゅっと目を瞑ってくれ……。あまりにぎゅっと目を瞑ったせいか、両手の拳まで、ぎゅっと力がはいって。

と、それを見た、三春ちゃん。

「ああ、残念。ちゃんと目を瞑っているのね」

……からかっている。

莫迦にしている。

楽しんでいる。

それが判ったので。

すっと、あたしの頭から、血が下りた。いや、この言い方、何か変だと思うんだけれど(だって、そもそも、くらっと貧血っぽい状態になっていたのだ、あたしの頭からは血の気が引いていたんだろうから……そっから更に血が下りてしまったら、そりゃ絶対まずいような気がしないでもないんだが……でも……)……この瞬間、あたしは、理性的になったのだ。

「フユ。それから、この声を聞いているだろう氷川さんや他のみなさん」

声をはりあげる。

演説……とは、ちょっと違うんだけれど。

あたしは、この地下鉄の中にいるみんなに聞かせる為に、言葉を紡いだ。

☆

「あたしは……呪術師なんてものじゃないのは確かなんだけれど、でも、どうやら、三春ちゃんにとってそういうものらしいの」

……何言ってんだか、これ、自分でもよく判らない。けど、こうとしか、言いようがない。

「そして、あたしは、この、〝マスター〟、〝何か〟、〝三春ちゃん〟と、目と目を見交わしても、死なない。あたしは、この、三春ちゃんを睨みつけることができる。けど、これは、どうやら、あたしだけ、みたいなの。他のみんなは、絶対に、三春ちゃんと目と目を見交わしてはいけない」

「だよー。だって、目と目があったら、三春ちゃんが、そのひとのこと、殺しにいっちゃうからね」

驚くべきことに、あたしの台詞を、三春ちゃんが補足してくれた。……あきらかに……三春ちゃん、あたし達のことを弄(もてあそ)んでいるんだ。

「で、この、三春ちゃんって、何なのか」

これは。

もの凄く重みがある問いの筈なのに、おそろしいことに、〝三春ちゃん〟みずからが、これに答えてくれたのだ。

「三春ちゃんはねー、人間を捕食する生き物」

そして。三春ちゃんは続ける。

「はい、みなさん、三春ちゃんの御飯。三春ちゃんはねー、お腹がすいたら、ひとのいる処に結界を作るの。その結界の中で、三春ちゃんは、ひとの生気を吸う。ま、生気を吸われちゃったひとは、体力がないと死んだりしちゃうんだけれど、御飯なんだから、それ、しょうがないよね。ただ、三春ちゃんだって、ひとを殺しまくりたい訳じゃない、大体、そんなに一度に一杯御飯は食べられない、だから、ちょっとお食事をしたら、結界を解くの。普段は、そんなふうにして、お食事してる」

この〝三春ちゃん〟の台詞……あっけらかんとしているからこそ、余計……も、何をどう言っていいのやら。

「……吸血鬼？」

ぼそっと冬美が呟く。すると（目を瞑っている冬美に判らなかったのが幸いだ）、三春ちゃん、ぎろっと凄い目つきで冬美を睨んで。

「そういう、洋モノみたいな変な呼称を使わないで。三春ちゃんは、ひとの首筋に嚙みつくような下品なこと、しません」

……いや……それによりひとが死んでしまうのなら、嚙みつくのも視線を合わせるのも、似たりよったりだと思うんだけれど。

「それに、最近は、できることなら殺すまでひとから生気を奪わないようにしてるもん。

そんなことしちゃうと、最近の人間は煩いし。せいぜい、ちょっと寝たきりになるとか、運が悪いと廃人になっちゃうとか、精神疾患発症しちゃうとか、その程度のことしか、していないもん」

その程度で、充分酷いわ！

「で、電車って、結構素敵な狩場なのよ。ドアが閉まればそれは自動的に密室みたいなものになるから、三春ちゃんがわざわざ張らなくても結界ができるし、電車の中で、誰かひとりがいきなり倒れても、誰もそれ問題にしないし」

……ほんとに、充分、酷い。

「ただ。今回の場合はね……ちょっと、問題があって。三春ちゃんが結界を張って、お食事をした時……その結界の中で、まったく三春ちゃんとは別の事情で、昏睡してしまったひとが、でてきちゃったんだよねー。昏睡するっていうことは、その人間の意識、自分の心の中だけに別世界を構築してしまうことになるんで……いわば、三春ちゃんの結界の中に、そのひとの結界が、できてしまったってことになるのね。二重結界。で、こうなると」

こうなると。それが、今の、状況なんだが。

「三春ちゃんの意思では、結界、解けなくなっちゃったの。三春ちゃんの結界の中にいるんだけれど、そのひとの意識には、もう、三春ちゃん、接触することができないんだもん。で、こうなると、三春ちゃんも、あなた達巻き込まれた人間も、みんな、この結界の中に居続けるしかなくなっちゃうの。もうね、三春ちゃんだってね、お食事は済ませたし、最初のお食事おいといて、二人目まで、しょうがなく生気吸っちゃったんだ、お腹、一杯すぎてはちきれそうだし、結界、解きたくて解きたくてしょうがないんだけれどね、でも、今は、三春ちゃんの意思でも、この結界が解けないの」

え。そうなるのか。となると……。

「三春ちゃんはね、今、この電車の中にいるみなさまを、一刻も早く解放したいのよ。というか、こんな状態、続けるの嫌だ。けど……昏睡しているひとの結界が解けないと、これはもう、三春ちゃんにもどうしようもない世界。それでね、昏睡しているひとの結界が解け、三春ちゃんが結界を解く為には、まず、この、昏睡しているひとが、意識を取り戻すか……あるいは、死んでしまう必要が、あるのね。うん、昏睡しているひとが、意識を取り戻せば、そのひとの結界は自然に解ける。そうなったら、三春ちゃんが結界を解く。死んでしまえば、結界それ自体がなくなる。だから、三春ちゃんは、一刻も早く、昏睡しているひとに死んで欲しいんだけれど……さて。以上のことに関して……何かご質問はありますか？　ところで、文句は、受け付けません」

佐川逸美

……どきどき、していた。

肋骨(ろっこつ)の中、肺の下で、心臓がほんとにどきどきしていた。わたしの心臓……肺突き破って、肋骨も突破して、わたしの服から飛び出してしまうのではないか、そんな気持ちになってしまうくらい……どきどき。

目を瞑ったまま、大原さんと、〝マスター〟が、会話しているのを聞いて。

だって、〝マスター〟は……三春ちゃんっていうのか、それは、その〝存在〟は、言ったのだ。

うん。

正確な言葉は覚えていないし、覚えたくもないけれど。

一人目は、食事として、生気を吸った、と。

二人目は、しょうがないから、みたいなことを。

そして、一人目。生気を吸われた千草は……死んでしまっている。

けど……二人目。今、瀕死(ひんし)である、瑞枝は？　瑞枝は？　瑞枝は、まだ、死んでいないのだ。ずっと入院中だけど。

それに、〝マスター〟、三春ちゃん、言ってもいた。〝食事をする時も、ひとがあんまり死なないように注意してる〟っていう意味のことを。

と、いうことは。あるいは。

あるいは？

食事として生気を吸われた訳ではない瑞枝は……今からでも、まだ、助かる可能性、あるのか？

この結界が解ければ。

今、すぐに、結界が解けさえすれば。

瑞枝だけでも、助かる可能性……あるの？

そんなこと、わたし、期待しちゃ駄目？

そう思った瞬間から、もう、わたしの心臓、暴れだしてる。

心臓の鼓動があんまり凄くて、もうわたしの胸郭を破りそう。

そして。

昏睡しているひとを知っている看護師さん、明日にでも、わたし達は特定できるのかも知れない。そんな条件が……整っている。

そして、看護師さんが特定できたら、昏睡しているひとの情報が判る。それが判ったら……。

今、わたしが考えていること。今、わたしが何をやろうとしているのか……。

……。

…………。

それ、やってはいけないこと、か？

心臓が……も……壊れそうだ。

そのくらい、どきどきしている。

それ……わたし……やっても……。

いや、駄目だ。

何考えてるわたし。

ひとを殺すだなんて、それは絶対、やってはいけないことだ。

でも……。

瑞枝は、まだ、中学生で。この先にとっても沢山の可能性があって。人生、まさに、これからで。そうだよ、瑞枝の人生は、まだ、本でいえばオープニング。第一章が始まったばっかり。

これから、生き続けることができるのなら、瑞枝は、高校に進んで、将来のことを考え、いろんな夢をみて、大学に進んだり就職したり、そして、恋をして、結婚して、子供ができて……うん、第二章、第三章、第四章……って、続いてゆけるのだ。勿論、幸せなだけの人生じゃないかも知れない、生きているのが辛いことがあるかも知れない、ここで助かっても、不慮の事故で章半ばで死んでしまう可能性だってある。でも、でも、瑞枝の人生って本は、これからだ！　これから続いてゆく筈のものなのだ。

いや、瑞枝だけじゃ、ない。

この状況が続いている限り、渚だって伊賀ちゃんだって、みんな、命の危険があるのだ。〝マスター〟により、命が刈り取られてしまう危険があるのだ。なら。

その〝危険性〟を排除することに、何のためらいがある。

わたし。

自分で自分に言い聞かせる。

瑞枝を。

もっと言っちゃえば渚を。伊賀ちゃんを。真理亜を。ゆきちゃんを。

護る為に、今、わたしが行動しなくてどうする。

たとえ……その〝行動〟が……〝見知らぬ誰かを殺す〟ことであっても……でも、その〝見知らぬ誰か〟は、すでに死んでいるようなもんなんだよ？ すでに、昏睡しているひとを殺す、それも、積極的にわたしが殺すんではなくて、生命維持装置のスイッチを切る、たったのそれだけで、わたしは、わたしの子供達を護ることができる。

いや、その前に。

〝生命維持装置のスイッチを切る〟、これは、ひとを殺したことになる……のか？ いや、なるんだよ、今はなるんだよ、でも。

そもそも〝生命維持装置〟に繋がれているひとって、昔だったら〝死んでいるひと〟なんじゃ、ないのか？ ほっといたら、単体でいたら、生きてゆけないひと。そんなひとが、〝生命維持装置〟に繋がれている。それで、かろうじて、〝生きている〟。いや、〝生きている〟訳じゃない、〝死なずに済んでいる〟。

だとしたら。

この夢の世界を出た後で。
わたしが、〝生命維持装置〟のスイッチを切らない……積極的な理由なんて……ない。
ない、と、しか、思えない。
ない、としか、思えないんだが……それでも。
心のどこかに。
〝それだけはやってはいけない〟って思っている、自分が、いる。
この、〝自分〟のことを……わたしは、説得できそうにない……。

村雨大河

……じりじり……していた。
僕の前には、氷川さんが立ちはだかっている。
いや、ほんとに〝立ちはだかっている〟んだよ氷川さん。
もともとの位置関係を考えると、僕が優先席に座っている氷川さんの前に立っていた筈なんだが、いつの間にか、氷川さんは、立ち上がっていて。そして。

まるで、僕をブロックするかのような位置に、今、氷川さんは、ついていたのだ。

氷川さんは、目を瞑っている。

こんなことを言っている僕は、当然、目を開けている。

いや、この局面で目を開けていてはいけないって、判ってはいるんだが。大原さんにも氷川さんにも、散々、言われていたのだが。

でも、目を開けざるを得ない。

今の状態を、把握せずにはいられない。

何故かといえば。

……とても。

とても、嫌な感じがしているからだ。

いや、人間、六十も過ぎれば、経験値ってものがある。

僕は、確かに、とても情けない人間であり、若いひとから見たら、〝変なおじいさん〟で済まされてしまうような人間なんだろう。そう思う、若いひと達の認識に、間違いはないと思うし、実際そうなんだろうとは思うんだが……。

だが。

どんなに僕が情けない人間であったとしても。

それでも、亀の甲より年の功。

だてに、六十年以上、生きてきた訳ではないのだ。

そのせいで、いやでも判ってしまうことは、ある。

この……〝マスター〟？　三春ちゃん？

これの反応は……とても、〝変〟だ。

大原さんも氷川さんも、いい大人なのに、それが判らないのか？

いや、判らないんだろう。それが判るには、このひと達は、若すぎる。齢が五十を過ぎていたって、若すぎる。この場合、問題になるのは、年齢ではなく、境遇なのだ。

つまり。このひと達は、まだ社会において〝現役〟で、どんなに苦労をしようとも、それでどんなに辛いことがあっても、それでも社会と繋がっていて……だから、判らないのだ。〝繋がる社会がない〟存在の気持ちが。

ついさっき。大原さんは、三春ちゃんの台詞を、「挑発している」って言ったんだけれど……それは、違う。いや、確かに、そういう側面があることは否定しないが、気持ちが、違う。

三春ちゃんは……〝単にしゃべることができるのが嬉しいから、だから喜んでしゃべっているだけ〟なのだ。少なくとも僕はそう思う。

むしろ。まだ若くとも。専業主婦なんかでひたすら夫と子供の世話だけをして、社会との関わりがない人間、引きこもりをやっていてまったく社会との関係がない人間なんかの方が、この感覚、判ってくれるんじゃないかと思う。あるいは……僕みたいに、会社をやめた後、まったく社会との関わりがなくなり、悠々自適の生活を営んではいるが、でも、それは、〃生活を営んでゆくことができるだけ〃、それだけ、の、人間の方が。

三春ちゃん。

どんな存在なのかは、まったく判らない。

けれど。

僕には、女子中学生に見えた、氷川さんには日本昔話に出てくるお地蔵さんのように見えた、他のひと達には、昼の地下鉄に乗っていて不思議がないひとに見えるんだそう、こんな存在……殆ど間違いなく、他人との恒久的な、そして安定した関係を築くことは不可能だろう。

彼女が。

何年……何百年、生きているのか知らない。

だが、その間、まったく他人と関わることができなかった、そんな存在が、自分を意識してくれ、自分と話してくれる大原さんを相手にしたら……そりゃ、しゃべり尽くすだろう。軽い躁状態になったような感じで、言う必要がないことまで、どんどんずんずんしゃべるだろう。多分、今、三春ちゃんは、そういう状態になっているのだ。

そして。そういうことが。

大原さんには、氷川さんには、判らない。

もっと怖いのは、何ていったのかなあ、名前、よく覚えていないが、渚ちゃんの中学の先生だ。

あの先生は、見るからに真面目なひとのようだった。

だとすると、あの先生、この状況下では、誤解してしまう可能性が高い。

誤解。

いや、この言葉はいささか違うのだが。

軽い躁状態になった〝三春ちゃん〟が、〝結界を解く為の条件〟を色々あげつらったら……そうしたら、この先生、結界を解く為に、〝昏睡しているひと〟を殺すことを、視野にいれてしまうかも知れない。

それは。それだけは。

絶対に、まずい。

あってはいけない……やってはいけないことだ。

だが、この先生が真面目であればある程、そっちへ行ってしまう危険性は高い。

それを。大原さんも、氷川さんも、判らないのだ。


この、三春ちゃん。

繰り返すが、彼女は、「人間の言葉が理解できる、意思疎通ができる」、〝なにものか〟、なのだ。

そうなんだよ。

何でこんな簡単なことが、大原さんや氷川さんには判らないんだ。

三春ちゃんは、〝人間の言葉が理解でき、人間の言葉をしゃべることができ、人間と意思疎通ができる〟、なのに、ずっと、ずっと、長いこと、ひとと〝意思疎通〟をすることができなかった、他の人間と関わり合うことができなかった、そんな、〝なにものか〟、なのだ。

ひとりで。

誰とも言葉を交わすことができず。

〝共感〟も〝同情〟も〝愛情〟も〝友情〟も、得ることができず。

その前に、「今日はいいお天気で」とか、「雨、続いて嫌ですねー」とか、そんな雑談だって誰とも交わすことができず。

そんな状態で、何年、何十年……下手すれば何百年を……生き続けてきた〝なにものか〟なのだ。

話せるのに。

言葉が理解できるのに。

自分と同じ言葉をしゃべるひとが、世界に満ちているのに。

なのに、誰とも意思疎通をすることができなかった、そんな状況で生きてきた、そんな状況で生きてゆくしかなかった、そんな、〝なにものか〟なのだ。

だとしたら。そのことを踏まえたら。

もっと、やりようってものが、あるだろう？

まず、三春ちゃんの感情というものを……考えることも、できるのではないのか？　それを慮(おもんぱか)ってみるって手は、あるのではないか？

でも、大原さんも氷川さんも、これが判らない。

うん、判らないんだろうなあ。どうしたって、判らない。

だって。

大原さんも氷川さんも、現役のひとだ。普通にひとと意思疎通ができるひとだ。普通に自分を取り囲んでいる社会があるひとだ。

僕みたいに、それまで確固としてあった、〝自分の居場所〟が、一回なくなったひとではない。

勿論、会社を、〝確固としてあった自分の居場所〟だと認識していること自体が、問題だっていえば問題なんだが。だが、僕の世代の男で、ずっと会社人生を過ごしてきた人間は、どうしたってそう思ってしまうのではないのだろうか。

勿論、今、僕には自分の家庭がある。趣味がある。碁会所は僕の二つ目の人生の居場所だ。

だが……どんなに囲碁が楽しくても、心のどこかに、「これは時間を潰しているだけだ」って言っている自分がいる。「今の自分は仕事をしていない」って思っている自分がいる。仕事をしていないことの何が悪いのか、今までずっと働いてきて、やっと定年になったのだ、後は悠々自適の人生過ごして何が悪いのかって思っている自分はいる、でも、同時に、「それは、ただ、時間を潰しているだけだ」って思っている自分も、いる。

だから。だから僕は、とてもとても、孫に夢を見ているのかも知れない。

だって、孫。孫ができたら、きっと僕には、もうひとつの居場所ができる。

孫の面倒をみるおじいちゃん。

これは充分社会と繋がっている存在だ。

孫の面倒をみれば、息子にも胡桃さんにも喜ばれるだろうし、家内だってきっと喜んでくれる。そして、孫を保育園に送り迎えしたり、それやっているうちに地域のひととも交流ができ、子供の通学路を見守りするボランティアなんかができるようになったら……それは、それこそが、社会と関わりが持てる第二の人生だ。

社会と関わりが持てる。それがどんなに素晴らしいことなのか、僕がどんなに切望しているることなのか、只今、現実に社会と関わりを持っている、いや、ひょっとしたら、社会との関わりで苦労しているのかも知れない、だから、あるいは、〝社会との関わりがめんどくさい〟なんて思っているかも知れない……むしろ、〝社会との関わりがあることが辛くてたまらない〟可能性がある、そんな大原さんや氷川さんは判らない。いや、僕だって。実際に、現役で仕事をしていた時は、会社との関わりが、辛くて面倒でたまらないことは、よくあった。現役のひとの場合、それはむしろ当然のことなのではないかとも、思う。

でも。だから。そんなひと達は。

社会と関わりが持てない、三春ちゃんの気持ちが判らない。

けれど。僕には、判る。

多分。

現状で。

僕が。

僕だけが、それが、判る。

そんな気がしていたから。

昨夜、碁会所を出る時から、僕は、決心していたのだ。

僕、だけ、だ。

この〝何か〟、三春ちゃんと、彼女の気持ちに寄り添って、ちゃんと話ができるのは、おそらくは、僕だけだ。

だから。

僕が、話す。

僕が、話すしか、ない。

☆

そして。

そう思ったので。

三春ちゃんが見得を切った処で、僕は、まず、おずおずと声を掛けてみたのだ。僕をブロックしている氷川さんの体の脇から、こそっと顔を覗かせて。ちょっと体を伸ばすようにして。

「あのう……すみません……」

僕が、こう言った瞬間。

僕の目の前にいる氷川さんが硬直したのは判った、そして、大原さんが息を呑んだのも。でも、僕にしてみれば、こう言うしかない。

「あのう……すみません……」


「ありゃあ、はいい？」

でもって、三春ちゃんが、こんな風に、ちょっとふざけた感じで僕の言葉を受けること、ここまでは、織り込み済みなのだ。

三春ちゃん。多分、今は、大原さんと会話をするのが楽しくて楽しくてしょうがないんだろう。そこに、新たに加わってくる人間がいる。つまりは、僕だ。

複数の人間との会話を楽しむ。

この状況は、舌なめずりするくらい、三春ちゃんにとっては嬉しいだろう。そう思ったから、僕は、勇気をだして、こんな言葉を口にしたのだが。

「あの、変なおじいさん？　あの、変なおじいさんが、今更、何だって？」

「僕は、〝三春ちゃん〟と、お話ししたいことがあるんですが」

「待てっ、じーさん、待てっ」

「やめて、何やってんの村雨さんっ」

この瞬間。

氷川さんと大原さんが、同時に叫ぶ。でも、悪いけれど、僕、それ、無視。

「えー、三春ちゃ……いえ、三春……さん？」

本人が自分のことを〝三春ちゃん〟って言っているからって、僕が彼女のことを〝三春ちゃん〟って呼ぶのは、変だよなあ。だから、言いなおす。三春さん。

「僕は、あなたとお話をしたいなあって思っておりまして……」

僕がこう言うと。僕の前に氷川さんが立ちはだかっているから見えない、でも、氷川さんの向こうにいるであろう三春さんが、ふんって、鼻を鳴らしたのが判った。

「おじーさん、あなた、判ってる？　あなたが今生きているのは、最初の時に三春ちゃんがお目こぼしをしたから、だよ？」

お目こぼし。最初に三春さんが僕達の処に近づいてきた時。何の準備もなしで、三春さんの方を見ようとした僕から、三春さんの方が目を逸らしてくれた。だから、僕は、未だに死なずにここにいる。あの時、僕が、まっすぐ三春さんの方を見てしまって、三春さんと目と目があってしまったら、多分、今の僕は、死んでいるか死にかけている。それは判っていたので。

「それは判ってはいるんですが。でも、それでも、僕は、あなたと、お話がしたい。そう思っているんです」

「ふほお。それは、すっごいな。三春ちゃん、こんな莫迦元気なじーさんを相手にするのは、初めて」

素晴らしく僕のことを莫迦にしている台詞。だから、僕も、受けてたつ。

「そうでしょうねえ。僕も、あなたみたいな〝妖怪〟を相手にするのは、初めてですよ」

こう言ってみたら。大原さんと氷川さんが息を呑んだのが判った、〝妖怪〟だなんて、絶対言ってはいけないって、この二人が思っていることも判った、なんだって三春さんをわざわざ挑発するんだって、この二人が思っていることも判った、でも。

僕としては、こう言うしか、ない。

「あなたは、〝吸血鬼〟って言われたら、怒ったでしょう？　洋モノじゃないって」

「え……言ったかな、三春ちゃん、そんなこと」

こんなことを言いながらも。三春さんが、目を瞑っているひと達の隙間を縫って、こっちに近づいてきていることは……なんとなく、雰囲気で、判った。

「で、洋モノでないとしたら、和モノ。でも、あいにく、日本には、ひとの生気を奪うような化け物の名前が、ないんです。……いや、僕が知らないだけで、実はあるのかも知れませんけれど。少なくとも、僕は、知らない。だから、そんなあなたを呼ぶとしたら、もう、これしかない。……〝妖怪〟」

「その台詞を聞いて、三春ちゃんが怒らないとでも、思っていた？」

この言葉と一緒に。この言葉を発している主体（つまりは三春さん、だよね）が、氷川さんの脇を潜って、僕の前にやってきた。

「いや、怒りますか、三春さん」

僕は。この台詞を、真っ正面を向いて、言った。そのくらいの覚悟は、していた。

真っ正面を向いて……つまり、僕に向かって歩いてきている三春さんが、もし、僕の方を向いていたのなら、あきらかに、絶対、僕と目と目を見交わしてしまう、そんな位置関係になるだろう、そういう状況で。

でも。僕には、何の変化もなかった。僕の側にやってきた、ああ、氷川さんが言っていたのは本当のことだったんだなあ、蓑笠被った、確かに〝日本昔話〟としか言いようがない格好をした三春さん……微妙に、視線を、下に向けている。彼女の方が、僕と目と目を見交わさないようにしてくれているんだ。

これに僕、ちょっと力を得て。

「怒らないでしょう」

言ってみる。

「むしろ、喜んでいるんでは？」

「って、おじいちゃん、何言ってんのよっ！」

もう、目の前に、三春さんがいる。

「三春さん。あなたは……寂しかった、ん、ですよね？　で、しょう？」

僕が。

こう言った。

その瞬間。

あたりには、突風が、吹き荒れたのだ。

突風。

そうとしか言いようがない。

もの凄い、風っ！　風っ！　風っ！

そして、しばらく。

とにかく風が凄くて酷くて、僕も他の誰もが、ちゃんと顔を上げていることができなくなった、ひたすら目を瞑ってやり過ごすことしかできなかった（目を開けていたら絶対に目をやられてしまいそうだった）、そんな風が……ひたすら、吹き荒れる。

しばらく。随分。うんと。かなり長く。

ああ、もう、どの言葉が正しいのか、自分でも判らない。

そのくらい、吹き荒れる、風。

でも。

でも、その風も、やがて、止む。

その瞬間を見すまして、そんな、まるで台風の目にはいったような時に。

それを狙って、僕は言葉を紡ぐ。

「あなたは。誰かと、しゃべりたかった。……本当に、誰かと、しゃべりたかったんですよね？　だから、呪術師である、大原さんがいてくれて、本当に嬉しかった。……違いますか？」

「何判ったようなこと言ってんのよっ！」

ここでまた。吹き荒れる風。風っ！　風っ！

でも。下を向いて耐えていれば、必ず、この風は止む筈。

それに、おそらくは、これ、前の風に較べれば、たいしたことがない筈。

僕はそう思い……そして実際……そうなった。

ここでまた僕、まるで台風の目を狙っているような感じで、言葉を紡ぐ。

「勿論、僕にはあなたの気持ちなんて判りません。でも、推測することは、できるんじゃないかと思っています」

僕がこう言った瞬間。僕の正面で。目を瞑ったままの氷川さんがかすかに呟いたのが、聞こえたような気がした。

「ちっくしょー、セーフティネット、大原さんじゃなくてこっちに張っとくべきだったんかいっ！」

☆

……もう、風は、吹かなかった。

そもそも、地下鉄の中で、突風が吹くっていうこと自体、何か変な話なんだし。

そして。

風が止んだので、僕は、ゆっくりと話しだした。

☆

「判らないんですけれどね」

囲碁で。ゆっくり序盤の形を作っているつもりで。

僕は、一つ一つ、石を置く。そういう感じで、ゆっくりと、一つ一つ、言葉を置いて。

「想像するしか、できないんですけれどね」

「って、何よ」

もの凄く不貞腐れている感じの、三春さんの声。

「三春さんって、どんな存在なのかなあって、僕は、考えてみました」

「ほお。で、おじーさんは、三春ちゃんがどんな存在だと思った訳？」

「いや、僕には……最初、あなたが、女子中学生に見えました。でも、そんなあなたの足元を見ていて、あなたが蓑笠被った日本昔話のような存在に見えたっていうひとも、いました」

「ちっ。先刻からなんか面倒臭いこと言ってる男だよね、それ。妙に目端が利くじゃない。……やっぱ、殺しとくべきなんだろうな」

って、これは多分氷川さんのことだろうから、そして、そんなことされてしまってはとても困るので、僕、慌てて言葉を継ぐ。

「でも、それはとても〝変〟ですよね？」

話を逸らしにかかる。

「ひとが、複数の見た目を持つ。そんなこと、普通ではあり得ません」

「ふふん」

ここで、三春さん、ちょっと胸をはり。

「普通ではあり得ないこと。それをやっちゃうのが、それができてしまうのが、三春ちゃん」

「ですよね。本当に、凄い」

一回、持ち上げておく。そしてそれから、話を続ける。

「それに。ほんとのあなたがどんな存在なのかは知りませんけれど、でも、そんなあなたが、地下鉄にいてまったく不思議ではない人間に見える、見ているひとが、〝そこにいておかしくない〟と認識してしまう人間に見える、あなたがそんな擬態をとっているんだって主張しているひとも、いました」

「ああ、それ、正解。でもって、そんなこと言ってんのは、どうせ呪術師でしょうがよ」

やはり、不貞腐れているように感じる、三春さんの台詞。

そして、この場合の呪術師は、大原さんのことだから、ま、これは、よしとしよう。どうせ、どうやったって、三春さんと大原さんは敵対している筈なんだし。

「と、まあ、こんな。見るひとによって、まったく違う人間に見えてしまうあなたは……どんな日常生活を送っているんでしょうか？」

ゆっくり。これが、僕が置いた、三つ目の石。この石によって、三連星の布石、とりあえず完了。（三連星って、僕が若い頃流行った囲碁の布石なんだが、結局、今に至るまで、僕はこの布石が、一番好きだ。だから、未だによくこれを打つ。）

そして、ここから先は……とにかく、この三つの石を足がかりにして、僕はひたすら中央に向かって、話を進めてゆくのだ。その為の三連星。

だから。この三つ目の布石が、三春さんの心の中にとどまったと思える処まで、しばらく、僕は、息継ぎ。そして、ある程度の時間がたってから、僕は、言葉を継ぐ。

「あの、三春、さん。僕が思うに……あなた、辛くありませんでしたか？」

さて、ここから先は、勢い勝負だ。僕が中央を纏めることができるか、その勝負だ。

☆

「僕が、三春さんだったと思えば。その人生って……辛かった……ような、気がするんです。いえ……辛い、と言うより、寂しいんじゃ、ありませんか？」

四つ目の石。今、僕は、自分の心の中の碁盤、右辺で三連星を作ったから、そこからみて、下辺中央へ。星へと、開く、四つ目の石。四連星。これは、碁だったら（まあ、相手の石の位置と、打った人間の棋力にもよるんだが）、打ちすぎである可能性高い。現実の碁で、僕の棋力では、割打ちされた時、かなり困ってしまう。

けれど。

ここだけは、今だけは、勢い勝負。

「寂しいって、何よっ」

「だって、三春さん、あなたは、他のひとと関係を持ちたい。そう思っている。なのに、それができない」

「んな訳がないっ！」

あまりに早すぎる、三春さんの否定。これで僕は、自分の考えが正しかったことが判った。

しかも。途中から、時制を、現在形にしたのにも意味がある。〝辛かったでしょう〟〝寂しかったでしょう〟と、〝辛いでしょう〟〝寂しいでしょう〟では、三春さんが受け取るニュアンスが違ってくる。

このくらいの処までは。たとえどんなに駄目なじーさんであっても、たとえどんなにへぼな打ち手であっても、僕だって碁打ちだ、読ませていただく。

「それに」

もういっこ、布石。

「先刻、僕は、三春さん怒らせるの覚悟で、あなたのこと、〝妖怪〟って言いました。あの……多分、昔は。〝妖怪〟のお仲間が、あなたにはいらしたのでは？」

今でも妖怪っているのかも知れない。現に三春さんがいるんだから。でも、ここは、あくまでも、過去形で通す。今の三春さんの感情が〝現在形〟であることを、より、強調する為にも。

　そして、三春さんが軽く息を呑んだのを見、力を得て、言葉を続ける。

「ええと……〝こなき爺〟さんとか、〝砂かけ婆〟さんとか、お友達の妖怪さんが、以前はいらしたのではないかと」

「あんた、『ゲゲゲの鬼太郎』世代かよっ！　しかも、自分がじーさんだから？　何で爺婆ばっかり」

「いえ、もうちょっと前の世代です。僕が最初に読んだのは、『墓場鬼太郎』でした。でも、TVでアニメになっているのも、何回か見たことありますよ。一反木綿さんとか、ねこ娘さんとか、あげてもいいです。……あの方々が、若いかどうかは……謎なんですが」

「じゃあ、言っとく。あれは、漫画家の創作だから。実際には」

「実際には、そういうお名前の妖怪さんは、いらっしゃらなかったのかも知れません。でも、昔は、三春さん以外にも、妖怪さんがいらしたのでは？」

　三春さん。これに対しては、無言。

「でも。いつの日か、徐々に、じわじわと。妖怪さん達、数が減ってきたのでは？　そして、あなたは、お仲間となかなか会えなくなってしまった。お仲間自体の総数が減ってしまったから」

　三春さん。無言。

「それを思い出していただきたくて……すみません、〝妖怪〟だなんて、言葉を遣ってしまいました。……で。昔はそういう妖怪の方々がいて、でも、今はどんどんその数が減ってきてしまって、三春さんが妖怪のお友達と会える機会がどんどん減ってゆき……そして」

フィニッシュ。ここで、天元に石を置く。

「そして、あなたは、だから、今、とても、寂しい」

すべて現在形。

言った瞬間。僕は、覚悟した。

多分。ここで。

今までになかった、最大級の嵐が来る。風が吹く筈だ。

だが。

その風は。

収まる。

時間さえたてば、絶対に収まる筈なのだ。

そして、そうしたら……。

そうしたら、僕には、言いたいことがある。

それを言う為に、今まで僕は、ゆっくり、ゆっくり、石を置いていったのだから。

だが。

ごおおおおおっ！

いきなり吹いた風は、そんな僕の予想を、遥（はる）かに上回るものだったのだ。

ごおおおおおっ！

目を、開けていられない、だなんてものじゃない。
も、立っていられない。
立っているのが辛い。

ごおおおおおっ！

……僕は……なぎ倒され……意識が、途絶えた……。

（下巻に続く）

文庫版あとがき

あとがきであります。

なんでこんな処にあとがきがあるのかって思っていらっしゃる方も、おられるのではないかと思います。うん、普通、あとがきって、お話が終わった処にあるものだもんね。でもって、このお話……今の処、まったく終わる気がありません。

ただ。私、今まで、あとがきがついていない本を出したことがないので……すみません、あとがき、書かせていただきます。

☆

お話自体がまだまったく終わる気になっていないので、このお話についての具体的なことを書くのはまずい、よね。だから、大変一般的なこととして。

このお話。

書いてて、すっごく、楽しかったです。

ほんっとに、楽しかった。何たって、どんなお話なんだか、書いてる私本人がまったく判らない！

そもそも、これがどんな経緯で連載になったのか、それについては、下巻についている〝単行本刊行時のあとがき〟に書いてあるのですが、こんな依頼を受けた私、生まれて初めて、連載を始める前に、「このお話についての説明」って奴を、書いてみました。

で、書いてみたら、「これからこのお話はどんな風に進むか」なんて話には全然ならなくて、じゃ、何書いているかっていうと、「大原夢路(おおはらゆめじ)は何考えているどんなひとで、現状はかくかくしかじかで……村雨大河(むらさめたいが)はどんなひとで、今、考えているのはどんなことで……氷川稔(ひかわみのる)はどんなひとで、このひとの現状は云々(うんぬん)かんぬん……」っていうのが、本人の一人称で延々続いて……というか、ほぼ、それしか書いていない原稿が、五十枚も続き、さすがに書いている私の方が、そろそろやめようって思いました。(だって、長編って、普通三百から六百枚くらいでしょ、で、キャラクターが思っていることだけで、五十枚も書いちゃったら……これはどうなんだろう。少なくとも、これはこのお話のバックボーンではあるんだけれど……お話について説明している文書ではないよね……。)

で、自分でも「これはない……」って思ったのが、この文章の締めのひとこと。

「なお、ここまで書いたキャラクターの思いや過去については、御安心ください、本文では原則的に書きません」。

まあ、最後まで読んでいただければ、それが判るようになっているとは思うんですが、それを最初っから書いてしまうと、なんかひとの愚痴を延々聞いている感じになりそうだったので、それだけは避けようと思いまして。

とは言うものの、この文書は……これは、ない、わ、なあ。こんな文書を受け取った、当時の担当編集者だった金子さんは……かなり困ったのではないか、と、今、私は思っております。（五十枚も原稿読まされて、で、結論が、〝これは書きません〟じゃなあ……。金子さん、ごめんなさい。）

ま、ただ。これやったおかげで、最初っからこの三人は、私の中でまったく揺らがなくって。今になって思ってみれば、これ、やってよかったよなあ。もともと私、お話を書く前に、キャラクターについては過去まで全部考えるんだけれど、それを一人称でつらつら書くのは楽しかったです。

ただ。大問題がありました。

というのは。登場人物はもの凄くよく判ったんだけれど、もっとずっと前のこととして。そもそもこれは、一体全体、どんなお話なんだ？

判らない。

作者である私本人が、判らない。これがもう、面白くて面白くて。

あと。まったく別な（私にとっての）娯楽も発生しました。

この文書を読んだ金子さんが、氷川さんをかなり嫌っていて。連載途中で、「もうこの辺で氷川さん、殺してしまいませんか?」なんて言われてしまい、私、この瞬間、もの凄く燃えました。

よぉし。中盤以降で、金子さんに、「氷川さんってかっこいい……」って言わせてやる! 勿論、性格設定なんかはまったく今のままで。スタンスも変えずに。でも、氷川さんをかっこいいって思わせてみせる!

これが実現した時、私、心の中で握り拳つくって、「よおしっ!」って叫んでしまいました。(ただ、どう考えても、これは〝正しい〟お話の作り方ではないと思う……。)

普通の場合、私、ラストシーンだけは判って書いています。けど、このお話は……実は、「ラストで夢路さんが何を考えるか」は判っていても、そこに至るまでのストーリーラインが、まったく判らなかったんですよね。(また、途中で氷川さん問題が絡んだので、余計訳判らなくなった。)

昔だったらね、怖くてこんなお話、きっと書けなかっただろうと思います。でも、今ではこれが、もう私、楽しくて楽しくて。

村雨さんが何かする度にぎょっとしたり、夢路さんがいきなり自分の過去の話を回想しだしたら、「え、今、そっち行くか」って思ったり。

作者だって、この時点ではどうなるのかまったく判らないまま書いてきたこのお話の続き……できれば楽しんでいただけると嬉しいです。(一応、無事に、ちゃんと終わりましたから。いや、終わってなきゃ本になってないか。……そのかわり、枚数が……とんでもないものになってしまいましたが。)

よろしければ、下巻も、おつきあいいただければと思っております。

二〇二二年七月

新井素子

本書は、二〇二〇年三月に小社より刊行された単行本を加筆修正し、上下に分冊のうえ、文庫化したものです。

絶対猫から動かない　上

新井素子

令和4年 10月25日　初版発行

発行者●堀内大示

発行●株式会社KADOKAWA
〒102-8177　東京都千代田区富士見2-13-3
電話　0570-002-301（ナビダイヤル）

角川文庫 23358

印刷所●株式会社暁印刷
製本所●本間製本株式会社

表紙画●和田三造

ISBN 978-4-04-112826-8　C0193

◇◇◇

角川文庫発刊に際して

角　川　源　義

第二次世界大戦の敗北は、軍事力の敗北であった以上に、私たちの若い文化力の敗退であった。私たちの文化が戦争に対して如何に無力であり、単なるあだ花に過ぎなかったかを、私たちは身を以て体験し痛感した。西洋近代文化の摂取にとって、明治以後八十年の歳月は決して短かすぎたとは言えない。にもかかわらず、近代文化の伝統を確立し、自由な批判と柔軟な良識に富む文化層として自らを形成することに私たちは失敗して来た。そしてこれは、各層への文化の普及滲透を任務とする出版人の責任でもあった。

一九四五年以来、私たちは再び振出しに戻り、第一歩から踏み出すことを余儀なくされた。これは大きな不幸ではあるが、反面、これまでの混沌・未熟・歪曲の中にあった我が国の文化に秩序と確たる基礎を齎らすためには絶好の機会でもある。角川書店は、このような祖国の文化的危機にあたり、微力をも顧みず再建の礎石たるべき抱負と決意とをもって出発したが、ここに創立以来の念願を果すべく角川文庫を発刊する。これまで刊行されたあらゆる全集叢書文庫類の長所と短所とを検討し、古今東西の不朽の典籍を、良心的編集のもとに、廉価に、そして書架にふさわしい美本として、多くのひとびとに提供しようとする。しかし私たちは徒らに百科全書的な知識のジレッタントを作ることを目的とせず、あくまで祖国の文化に秩序と再建への道を示し、この文庫を角川書店の栄ある事業として、今後永久に継続発展せしめ、学芸と教養との殿堂として大成せんことを期したい。多くの読書子の愛情ある忠言と支持とによって、この希望と抱負とを完遂せしめられんことを願う。

一九四九年五月三日

角川文庫ベストセラー

ゆっくり十まで

新井素子

温泉嫌いな女の子、寂しい王妃様、猫、熱帯魚、消火器……個性豊かな主人公たちの、いろんなカタチの「大好き」を描いた15編を収録。短時間で読めて楽しめる、可愛くて、切なくて、ちょっと不思議な物語。

ショートショートドロップス

新井素子・上田早夕里・恩田陸・図子慧・高野史緒・辻村深月・新津きよみ・萩尾望都・堀真潮・松崎有理・三浦しをん・皆川博子・宮部みゆき・村田沙耶香・矢崎存美　編／新井素子

いろんなお話が詰まった、色とりどりの、ドロップの缶詰。可愛い話、こわい話に美味しい話。女性作家によるショートショート15編を収録。

SF JACK

新井素子、上田早夕里、冲方丁、小林泰三、今野敏、堀晃、宮部みゆき、山田正紀、山本弘、夢枕獏、吉川良太郎
編／日本SF作家クラブ

SFの新たな扉が開く!! 豪華執筆陣による夢の競演がついに実現。物語も、色々な世界が楽しめる1冊。変わらない毎日からトリップしよう！

ドミノ

恩田陸

一億の契約書を待つ生保会社のオフィス。下剤を盛られた子役の麻里花。推理力を競い合う大学生。別れを画策する青年実業家。昼下がりの東京駅、見知らぬ者同士がすれ違うその一瞬、運命のドミノが倒れてゆく！

ユージニア

恩田陸

あの夏、白い百日紅の記憶。死の使いは、静かに街を滅ぼした。旧家で起きた、大量毒殺事件。未解決となったあの事件、真相はいったいどこにあったのだろうか。数々の証言で浮かび上がる、犯人の像は――。

角川文庫ベストセラー

失われた地図　恩田 陸

これは失われたはずの光景、人々の情念が形を成す「裂け目」。かつて夫婦だった鮎観と遼平は、裂け目を封じることのできる能力を持つ一族だった。息子の誕生で、2人の運命の歯車は狂いはじめ……。

ふちなしのかがみ　辻村深月

冬也に一目惚れした加奈子は、恋の行方を知りたくて禁断の占いに手を出してしまう。鏡の前に蠟燭を並べ、向こうを見ると――子どもの頃、誰もが覗き込んだ異界への扉を、青春ミステリの旗手が鮮やかに描く。

本日は大安なり　辻村深月

企みを胸に秘めた美人双子姉妹、プランナーを困らせるクレーマー新婦、新婦に重大な事実を告げられないまま、結婚式当日を迎えた新郎……。人気結婚式場の一日を舞台に人生の悲喜こもごもをすくい取る。

きのうの影踏み　辻村深月

どうか、女の子の霊が現れますように。おばさんとその子が、会えますように。交通事故で亡くした娘を待ちわびる母の願いは祈りになった――。辻村深月が〝怖くて好きなものを全部入れて書いた〟という本格恐怖譚。

今夜は眠れない　宮部みゆき

中学一年でサッカー部の僕、両親は結婚15年目、ごく普通の平和な我が家に、謎の人物が5億もの財産を母さんに遺贈したことで、生活が一変。家族の絆を取り戻すため、僕は親友の島崎と、真相究明に乗り出す。

角川文庫ベストセラー

夢にも思わない　宮部みゆき

秋の夜、下町の庭園での虫聞きの会で殺人事件が。殺されたのは僕の同級生のクドウさんの従妹だった。被害者への無責任な噂もあとをたたず、クドウさんも沈みがち。僕は親友の島崎と真相究明に乗り出した。

あやし　宮部みゆき

木綿問屋の大黒屋の跡取り、藤一郎に縁談が持ち上がったが、女中のおはるのお腹にその子供がいることが判明する。店を出されたおはるを、藤一郎の遣いで訪ねた小僧が見たものは……江戸のふしぎ噺9編。

お文(ふみ)の影　宮部みゆき

月光の下、影踏みをして遊ぶ子どもたちのなかにぽつんと女の子の影が現れる。影の正体と、その因縁とは。「ぼんくら」シリーズの政五郎親分とおでこの活躍する表題作をはじめとする、全6編のあやしの世界。

過ぎ去りし王国の城　宮部みゆき

早々に進学先も決まった中学三年の二月、ひょんなことから中世ヨーロッパの古城のデッサンを拾った尾垣真。やがて絵の中にアバター（分身）を描き込むことで、自分もその世界に入り込めることを突き止める。

おそろし　三島屋変調百物語事始　宮部みゆき

17歳のおちかは、実家で起きたある事件をきっかけに心を閉ざした。今は江戸で袋物屋・三島屋を営む叔父夫婦の元で暮らしている。三島屋を訪れる人々の不思議話が、おちかの心を溶かし始める。百物語、開幕！

角川文庫ベストセラー

あんじゅう 三島屋変調百物語事続　宮部みゆき

ある日おちかは、空き屋敷にまつわる不思議な話を聞く。人を恋いながら、人のそばでは生きられない暗獣〈くろすけ〉とは……宮部みゆきの江戸怪奇譚連作集「三島屋変調百物語」第2弾。

泣き童子 三島屋変調百物語参之続　宮部みゆき

おちか1人が聞いては聞き捨てる、変わり百物語が始まって1年。三島屋の黒白の間にやってきたのは、死人のような顔色をしている奇妙な客だった。彼は虫の息の状態で、おちかにある童子の話を語るのだが……。

三鬼 三島屋変調百物語四之続　宮部みゆき

此度の語り手は山陰の小藩の元江戸家老。彼が山番士として送られた寒村で知った恐ろしい秘密とは!? せつなくて怖いお話が満載! おちかが聞き手をつとめる変わり百物語、「三島屋」シリーズ文庫第四弾!

あやかし草紙 三島屋変調百物語伍之続　宮部みゆき

「語ってしまえば、消えますよ」人々の弱さに寄り添い、心を清めてくれる極上の物語の数々。聞き手おちかの卒業をもって、百物語は新たな幕を開く。大人気「三島屋」シリーズ第1期の完結篇!

ブレイブ・ストーリー (上)(中)(下)　宮部みゆき

ごく普通の小学5年生亘は、友人関係やお小遣いに悩みながらも、幸せな生活を送っていた。ある日、父から家を出てゆくと告げられる。失われた家族の日常を取り戻すため、亘は異世界への旅立ちを決意した。

角川文庫ベストセラー

女性作家捕物帳アンソロジー
撫子が斬る (上)(下)
選／宮部みゆき
編／日本ペンクラブ

宇江佐真理、澤田瞳子、藤原緋沙子、北原亞以子、藤水名子、杉本章子、澤田ふじ子、宮部みゆき、畠中恵、山崎洋子、松井今朝子、諸田玲子、杉本苑子、築山桂、平岩弓枝――。当代を代表する女性作家15名による、色とりどりの捕物帳アンソロジー。

ロマンス小説の七日間
三浦しをん

海外ロマンス小説の翻訳を生業とするあかりは、現実にはさえない彼氏と半同棲中の27歳。そんな中ヒストリカル・ロマンス小説の翻訳を引き受ける。最初は内容と現実とのギャップにめまいものだったが……。

月魚
三浦しをん

『無窮堂』は古書業界では名の知れた老舗。その三代目に当たる真志喜と「せどり屋」と呼ばれるやくざ者の父を持つ太一は幼い頃から兄弟のように育つ。ある夏の午後に起きた事件が二人の関係を変えてしまう。

白いへび眠る島
三浦しをん

高校生の悟史が夏休みに帰省した拝島は、今も古い因習が残る。十三年ぶりの大祭でにぎわう島である噂が起こる。【あれ】が出たと……悟史は幼なじみの光市と噂の真相を探るが、やがて意外な展開に！

ののはな通信
三浦しをん

ののとはな。横浜の高校に通う2人の少女は、性格が正反対の親友同士。しかし、ののははなに友達以上の気持ちを抱いていた。幼い恋から始まる物語は、やがて大人となった2人の人生へと繋がって……。

角川文庫ベストセラー

アーモンド入りチョコレートのワルツ　森　絵都

十三・十四・十五歳。きらめく季節は静かに訪れ、ふいに終わる。シューマン、バッハ、サティ、三つのピアノ曲のやさしい調べにのせて、多感な少年少女の二度と戻らない「あのころ」を描く珠玉の短編集。

つきのふね　森　絵都

親友との喧嘩や不良グループとの確執。中学二年のさくらの毎日は憂鬱。ある日人類を救う宇宙船を開発中の不思議な男性、智さんと出会い事件に巻き込まれる。揺れる少女の想いを描く、直球青春ストーリー！

DIVE（ダイブ）!!（上）（下）　森　絵都

高さ10メートルから時速60キロで飛び込み、技の正確さと美しさを競うダイビング。赤字経営のクラブ存続の条件はなんとオリンピック出場だった。少年たちの長く熱い夏が始まる。小学館児童出版文化賞受賞作。

いつかパラソルの下で　森　絵都

厳格な父の教育に嫌気がさし、成人を機に家を飛び出していた柏原野々。その父も亡くなり、四十九日の法要を迎えようとしていたころ、生前の父と関係があったという女性から連絡が入り……。

リズム　森　絵都

中学一年生のさゆきは、近所に住んでいるいとこの真ちゃんが小さい頃から大好きだった。ある日、さゆきは真ちゃんの両親が離婚するかもしれないという話を聞き……講談社児童文学新人賞受賞のデビュー作！

角川文庫ベストセラー